dtv

Kopenhagen im April 1949. Am Hafenbecken liegt eine junge Frau. Sie ist ertrunken. Die Menschen sind nicht allzu schockiert. »Die Deutsche« hat man sie genannt, denn zur Zeit der Besetzung Dänemarks hat man Karin oft in den Autos der Nazi-Offiziere gesehen. Seitdem ist sie verhaßt, lebt als Verfemte in der eigenen Stadt. Doch was ist wirklich geschehen? Julien Green erzählt in diesem Roman, der näher an der Gegenwart ist als jedes andere seiner Werke, die Geschichte einer unmöglichen Liebe in Zeiten des Krieges und die Geschichte einer unbedingten Suche nach einem Glauben, der diesem Krieg widerstehen kann. Roger, der junge Franzose, und Karin, die Dänin, lernen sich 1939 kennen, und sie verlieren einander 1949. Dazwischen liegt die problematische Liebe zweier Menschen, die von ganz verschiedenen Impulsen zueinander getrieben werden. Der »Andere«, das ist jeder für sein Gegenüber, doch für jeden von ihnen ist es Gott, der Andere in einer neuen, unerhörten Bedeutung.

Julien Green wurde 1900 als Sohn amerikanischer Eltern in Paris geboren. Er wuchs zweisprachig auf und wurde protestantisch erzogen. 1916 konvertierte er zum Katholizismus. Mit siebzehn Dienst als Sanitäter an der Front. 1919 bis 1922 studierte er in Charlottesville/Virginia Philologie. Danach lebte er wieder in Paris. Bereits mit seinem dritten Roman, ›Leviathan‹ (1929), erlangte er Weltruhm. 1971 wurde er Mitglied der Académie française. Er starb 1998 in Paris.

Julien Green

Der Andere

Roman

Aus dem Französischen
von Gerhard Heller

Deutscher Taschenbuch Verlag

Titel der französischen Originalausgabe:
›L'autre‹ (1971)

Ungekürzte Ausgabe
März 2004
Deutscher Taschenbuch Verlag GmbH & Co. KG,
München
www.dtv.de
© 1971 Librairie Plon, Paris
© 2001 der deutschsprachigen Ausgabe:
Carl Hanser Verlag München · Wien
Umschlagkonzept: Balk & Brumshagen
Umschlagfoto: »Bord de Seine« (Paris, 1949) von Izis
(© Madame Izis Bildermanas)
Gesetzt aus der Janson Text
Satz: Fotosatz Reinhard Amann, Aichstetten
Druck und Bindung: Druckerei C. H. Beck, Nördlingen
Gedruckt auf säurefreiem, chlorfrei gebleichtem Papier
Printed in Germany · ISBN 3-423-13183-7

Erster Teil

21. April 1949

Es lag an jenem Morgen trotz allem Glück in der Luft. Darüber waren sich alle einig. Was von dem nicht enden wollenden skandinavischen Winter übrigblieb, die letzten Nebelfetzen, die Kälte in den schmalen Straßen, verscheuchte jetzt die Sonne, um ihr starkes, grelles Licht über die Stadt zu schütten. Die Bäume breiteten auf den Steinen den noch zarten, deutlichen Schatten ihrer Zweige aus, an denen jede Knospe glänzte wie ein Juwel. Am Rand des großen Hafenbeckens stand eine Reihe alter Häuser, sie blickten auf die fernen Türme der Stadt mit ihren mandelgrünen Hauben. Im Hafen schlug das streng riechende schwarze Wasser sanft gegen die Schiffsleiber, und die Möwen kreischten im blaßblauen Himmel.

Fünfzehn oder zwanzig Leute standen auf dem Kai im Halbkreis um eine Plane herum, die einen Körper bedeckte. Die Füße lagen frei, der eine trug einen braunen Schuh, der andere nur einen Strumpf.

Eine junge rotblonde Frau jammerte. Sie hielt einen Mann wie ein Kind an der Hand, er war klein, und auch er jammerte.

»Irgend jemand hat sie heute nacht ins Wasser gestoßen«, sagte die junge Frau immer wieder. »Sie wollte leben.«

»Ach, Marie«, sagte der kleine Mann, »sei nicht traurig. Meine Schwester hat sie geholt und mit sich genommen.«

Marie ließ die Hand des Mannes los und rief:

»Sag mir nicht noch einmal, daß sie im Paradies ist, Ib. Du gehst mir auf die Nerven. Sie ist tot, am Tag nach ihrem Geburtstag ist sie gestorben.«

»Es ist die Deutsche«, sagte ein bebrillter Herr. »Ich habe sie gleich erkannt.«

»Sie haben nicht das Recht, sie die Deutsche zu nennen«, erwiderte Marie heftig. »Schon lange wurde sie nicht mehr so genannt.«

»Sie ist aber sehr oft in den Autos der Nazis gesehen worden«, gab der bebrillte Herr zurück.

»Damals spielte sie die Hochmütige«, mischte sich eine alte Dame mit scharfer Stimme ein. »Wenn ich wie alle Welt zu Fuß ging, fuhr sie an mir vorüber, ohne mich anzusehen. Und dabei kannte sie mich.«

»Sie sind nachtragend«, sagte Marie und schob mit kampfeslustiger Gebärde die Haare aus ihrer Stirn. »Sie hat ihre Strafe gehabt, sie hat dafür bezahlt.«

In diesem Augenblick kam ein junger Mann in hellblauem Hemd und weißer Leinenhose auf die Gruppe der Neugierigen zu, er sah verstört aus. Mit dem Ellbogen bahnte er sich einen Weg bis zu der Plane. Er hob einen Zipfel hoch.

»Emil!« schrie die junge rotblonde Frau. »Sieh nicht hin. Wenn sie dich geheiratet hätte, wäre sie sicher nicht tot.«

»Sie hat ja nicht gewollt«, sagte er und richtete sich wieder auf.

Dann fiel er um.

Inzwischen war der Krankenwagen gekommen. Der Leichnam der Ertrunkenen wurde mit einer Schnelligkeit aufgeladen, die von langer Übung zeugte.

»Es passiert immer an der gleichen Stelle«, bemerkte einer der Krankenträger. »Es ist wie verhext.«

»Hallo! Die Plane gehört mir«, sagte ein alter Seemann in einem roten Sweater.

Während er das schwere Segeltuch zusammenrollte, spritzte Marie dem ohnmächtig gewordenen jungen Mann Wasser ins Gesicht. Seine schon ein wenig harten Züge ließen darauf schließen, daß er um die Dreißig sein mußte, aber das kupferbraune Haar lag struppig über seiner Stirn wie bei einem Schuljungen. Endlich machte er die Augen groß auf und schüttelte den Kopf, gerade als der Krankenwagen losfuhr.

»Karin«, flüsterte er. »Es sah aus, als lächele sie.«

»Denk nicht mehr daran«, schluchzte Marie unter Tränen.

Mit einem Satz sprang er auf. Die herumstehenden Männer sahen ihn, die Hände in den Taschen, schweigend an, in ihren Blicken lag Mitleid, aber auch eine Spur von Geringschätzung. Er bemerkte es wohl.

»Hör auf zu weinen«, fuhr er Marie an und klopfte den Staub von seiner Hose. »Du weinst zuviel, du weinst ja dauernd.«

»Wenn du das Fräulein geliebt hast, mein Junge«, sagte der Seemann mit der Plane und ging auf ihn zu, »dann durftest du sie in der Nacht nicht allein lassen.«

»Laß das, Großvater«, erwiderte Emil. »In deinem Alter verstehst du von solchen Sachen nichts mehr.«

Der Seemann nahm die Pfeife aus dem Mund. Alle Falten seines Gesichts zogen sich zu einem Lächeln zusammen, und er setzte zu einer Rede an.

»Mein Junge«, sagte er, »als ich so alt war wie du . . .«

»Komm, Marie«, sagte Emil, »wir gehen zu dir, und du machst mir einen starken Kaffee. Ich habe noch nicht gefrühstückt.«

»Oh, ich gehe mit euch«, rief Ib, der kleine Mann.

Er wedelte mit den Händen, es wirkte kindlich, obwohl er schon im fortgeschrittenen Alter war. Sein rundes, fast mondbleiches Gesicht ließ ebenfalls ein gewisses Mißbehagen aufkommen, denn etwas von unausgegorener Kindheit war darin zu lesen.

»Wer ist das?« wandte sich Emil fragend an Marie, die ihre Tränen abwischte.

»Der Bruder von Fräulein Ott, die im vergangenen Monat gestorben ist.«

»Ott!« rief Ib dazwischen. »Sie hat Karin sehr geliebt. Sie sieht uns, das weiß ich genau.«

»Sei still«, sagte Marie. »Fang nicht wieder damit an.«

»Darf ich mit euch kommen?«

»Ja, wenn du vernünftig bist.«

»Schade, daß wir nicht ein Stück von dem großen Kuchen mitnehmen können, der bei Karin auf dem Tisch steht«, sagte er. »Zum Kaffee ist er wirklich gut, und es muß viel übriggeblieben sein.«

Wind war aufgekommen, und die Neugierigen gingen langsam auseinander, wie Zuschauer nach einer Aufführung. Da, wo vor kurzem der Leichnam gelegen hatte, strahlte jetzt die Sonne auf die hellen Steine. Marie blickte traurig dort hin. Es war, als wundere sie sich darüber, daß sie nichts mehr sah.

»Arme Karin, wir haben so oft miteinander geweint.«

Sie schob ihren Arm unter Emils Arm, sie lehnte sich fast zärtlich an den jungen Mann.

»Ein hübscher Junge wie du«, sagte sie, »findet immer ein Mädchen, das ihm gefällt.«

Emil antwortete nicht.

Langsam gingen sie zu einer ruhigen Straße. Hier waren die Geräusche des Hafens kaum noch zu hören, nur der schrille Schrei der Möwen, die jemand zu rufen schienen, drang auch bis hierher. Im Aprillicht wirkten der Mann mit dem nachdenklichen Gesicht und seine hübsche Gefährtin unwillkürlich wie ein Liebespaar.

Ib ging hinterher, er wandte den Kopf immerzu nach rechts und nach links, er lächelte allem und jedem zu.

Die Untersuchung förderte nichts Wesentliches zutage. Zu dieser Jahreszeit sind auch in Dänemark Selbstmorde nicht so selten, daß man viel Aufhebens davon machte, und es schien klar zu sein, daß Karin freiwillig aus dem Leben geschieden war. Daß sie fünfzig Meter von dem Haus entfernt, in dem sie seit vier Jahren wohnte, ins Wasser gefallen war, ließ sich nicht anders erklären. Der Verdacht, sie könne betrunken gewesen sein, mußte fallengelassen werden. Karin hatte nie getrunken. Es blieb noch die Möglichkeit eines Mordes, aber auch hier stand man vor unlösbaren Schwierigkeiten. Karin hatte so viele Feinde, daß fast die gesamte Stadt hätte verdächtigt werden müssen, und außerdem gab es keinen Zeugen. Auf jeden Fall war man allgemein der Auffassung, der Tod habe das Königreich von einer seiner unwürdigsten Untertanen befreit. Eine Episode war zu Ende. Die Deutsche würde ihr zerquältes Gesicht nicht mehr in den Stadtgärten öffentlich zur Schau tragen.

Einige wenige bewiesen mehr Nachsicht. Sie meinten, die Schuldige hätte sich in der letzten Zeit reingewaschen, überhaupt habe sie ihre Schuld hinlänglich gesühnt.

Zudem sei der Krieg seit vier Jahren beendet, man könne jetzt Gras wachsen lassen über die Sache. Mehrere Nachbarn von Karin traten für sie ein. Ein Brief wurde an die Zeitungen geschickt, aber veröffentlicht wurde er nicht. Nach ein paar Tagen wurden die Möbel der Verstorbenen versteigert, und die erlöste Summe fand Verwendung zur Bezahlung verschiedener Schulden sowie der Beisetzungskosten. Schließlich richtete sich, mit dem Fortschreiten der schönen Witterung, die Aufmerksamkeit wieder weniger düsteren Fragen zu, man kümmerte sich um die Touristen.

Zweiter Teil

Rogers Bericht
Sommer 1939

Ich wartete schon so lange, daß ich gar nicht mehr wußte, was ich eigentlich hier wollte, an der Ecke dieser menschenleeren Straße, abends um acht Uhr, während ich woanders meinem Vergnügen hätte nachgehen können, denn mir Vergnügen zu verschaffen war der Hauptinhalt meines Lebens. Zeitweilig dachte ich wirklich an etwas ganz anderes und nicht an diese ziemlich sinnlose Verabredung. Weshalb hatte ich darum gebeten, und weshalb war sie darauf eingegangen? Mir schien klar, daß wir beide keine rechte Sehnsucht nacheinander hatten. In dieser Stadt, in der an hübschen Gestalten kein Mangel war, fand ich das Mädchen, mit dem ich verabredet war, nur recht durchschnittlich. Charme hatte sie, ohne Zweifel, das mußte man ihr zubilligen, und einen hübschen Gang, schnell und behende zugleich, aber das Gesicht, abgesehen von den frischen Farben, war keineswegs bemerkenswert. Aschblondes Haar, dunkle Augen, eine Stupsnase, ein kleiner, sehr roter Mund. Daraus wäre eine reizvolle Physiognomie zu machen gewesen, aber es fehlte irgend etwas. Dänemark hatte mich sehr wählerisch gemacht.

Die lange, gerade Straße wirkte mit ihren gleichförmigen roten Backsteinhäusern von Minute zu Minute langweiliger auf mich. Nur die Feuersbrunst, die die untergehende Sonne in den Fensterscheiben verursachte, fand ich herrlich. Alle Welt saß beim Abendessen, glaube ich, und ich selber hatte auch Hunger. Im Geiste stellte ich mir ein Menü in einem hübschen kleinen Restaurant in der Umgebung zusammen, in dem Restaurant, in das ich die kleine ungezogene Person mitnehmen wollte, die mich warten ließ. Ich wollte gerade gehen, als sich eine Hand von hinten sanft auf meinen Ellbogen legte, so sanft, daß ich nicht zusammenzuckte. Sie war es.

Ich drehte mich um und sah in ein Lächeln. Ich wußte sofort, daß ich dieses Lächelns wegen gewartet hatte.

»Sie entwaffnen mich«, sagte ich. »Ich hatte mir vorgenommen, Ihnen eine Szene zu machen.«

»So gut kennen wir uns nicht, daß Sie mir eine Szene machen könnten. Dazu gehört schon eine gewisse Vertrautheit.«

Ich mußte lachen, obwohl ich noch etwas ärgerlich war.

»Und Ohrfeigen, mein unverschämtes Fräulein?«

»Ach, Ohrfeigen, die kommen viel, viel später dran. Wieviel Uhr mag es sein? Sechs? Hatten wir sechs oder sieben Uhr gesagt?«

»Es ist acht«, sagte ich und nahm ihren Arm. »Haben Sie gar keinen Zeitbegriff?«

»Hier zählt die Zeit nicht. Sie müssen noch viel lernen.«

»Und Sie nicht?«

»Doch. Zum Beispiel hoffe ich, daß Sie meine Fehler im Französischen verbessern.«

»Lassen wir die Scherze und gehen wir essen. Ist Ihnen das recht?«

Sie machte ihren Arm los und sagte mit einem neuerlichen Lächeln:

»Wir können ebensogut ein Glas Mineralwasser in einem Café hier in der Nähe trinken. Dort können wir ungestört reden.«

»Aber worüber sollen wir reden?«

In diesem Augenblick traf ein Sonnenstrahl ihr Gesicht, wie um ihr die Ohrfeige zu verabreichen, die ich ihr angedroht hatte.

»Sie wählen irgendein interessantes Thema«, sagte sie mit den Augen blinzelnd, »und ich kann dabei mein Vokabular mit nützlichen Redewendungen bereichern und mit – wie sagen Sie dazu? – Gallizismen.«

Jetzt wurde ich wütend.

»Lassen wir es dabei bewenden. Für Sie ist es besser, nach Hause zu gehen. Ich frage mich überhaupt, warum man Sie zu dieser Tageszeit allein ausgehen läßt.«

»Meinen Sie, ich müßte eine Anstandsdame haben? In Kopenhagen, im Jahr 1939!«

Ich wußte nicht, was ich erwidern sollte, und ich tat, als ginge ich weg, zögernden Schritts. Mir schien die Gelegenheit günstig, mich von diesem Mädchen, das wirklich nicht hübsch genug war, um mich zu verlocken, zu trennen. Hinter mir hörte ich ein spöttisches Lachen.

Sie drehte sich auf dem Absatz um und ging ohne Hast, vielleicht enttäuscht, davon. Möglicherweise hoffte sie, ich käme ihr nachgelaufen. Doch sie hatte mich in meiner Eitelkeit verletzt, und so ließ ich sie gehen, nicht ganz ohne Bedauern.

Wenig später war ich in einem großen Vergnügungspark, der sich mit hereinbrechender Nacht mehr und mehr mit Spaziergängern und Schaulustigen füllte. Nach meinem Mißgeschick hatte ich keinen Hunger mehr, doch ich war entschlossen, in dieser Stadt, deren Quellen des Vergnügens ich zur Genüge kannte, mir ein denkwürdiges Abenteuer zu verschaffen. Hübsche Mädchen gab es viele in diesem Land, und ich war so jung, daß ich meinte, auf das Allerbeste Anspruch zu haben. Dieser Gedanke beflügelte mich, obwohl die Gerüchte über einen Krieg seit mehreren Wochen zunehmend deutlicher wurden. Wozu taugte meine Jugend eigentlich? Über allen, die im wehrfähigen Alter waren, schwebte eine Todesdrohung. Aber an jenem Abend nahm ich mir vor, die Politik zu vergessen. Alles ermunterte mich dazu. Ich tauchte unter in der unbekümmerten Menge, die, so schien es, vom Krieg nicht bedroht war.

Der Tag war drückend heiß gewesen, jetzt wurde die Luft etwas frischer, und ziellos ließ ich mich treiben, ich folgte den Gaffern, die wie Kinder lachten und schwatzten. Von ihrer Sprache hatte ich fast keine Ahnung, ich verstand ihre Scherze nicht, doch ich genoß die Atmosphäre, diese überall herrschende gute Laune, fast würde ich sagen die Kindlichkeit, wenn das Wort nicht abschätzig klänge. Denn ich liebte dieses Land, dem ich schon viele Freuden verdankte. Selbst seine Leichtfertigkeit entzückte mich, denn sie ließ mich die Sorgen, die mich am Ende der Ferien überfallen würden, vergessen.

Girlanden mit kleinen Lämpchen beleuchteten in Abständen eine breite Allee, die sich an Rasenflächen entlangschlän-
gelte, darüber sah ich einen Himmel, der jetzt tiefblau und
mit Diamanten besetzt war. Die Großartigkeit der Nacht
rührte mich an, ich konnte nicht umhin, sie mit unseren arm-
seligen kleinen irdischen Illuminationen zu vergleichen und
mit diesem dürftigen Fest in einem Park, aber gleich gewan-
nen Wunsch und Begehren die Oberhand, und ich machte
mich wieder auf die Suche, denn ich war ja hier, um zu suchen. Suchen hieß, mir einen Weg bahnen durch die Menge
und einen flüchtigen Blick auf alle Gesichter werfen, von denen nicht ein einziges meiner Aufmerksamkeit entging. Ich
bildete mir ein, schnell das Richtige zu sehen, ohne je einen
Irrtum zu begehen. Ich wußte, was ich wollte, noch besser
wußte ich, was ich nicht wollte. Zuweilen zögerte ich angesichts einer vielversprechenden Gestalt, gerade so lange, bis
sie vorüber war. Ich dachte darüber nach und fand, daß ich gar
nicht zögern, sondern weitergehen sollte auf das Gesicht zu,
dessen Schönheit unbestreitbar war und wahrscheinlich in
diesem Halbdunkel voller Flüstern und Gemurmel auf mich
wartete.

Alles atmete Liebe in dieser verführerischen, alles begün-
stigenden Nacht. Der Gedanke an das Menü, das ich mir vorhin zusammengestellt hatte, brachte mich zum Lachen.

Zu Abend zu essen wäre mir als ein Zeitverlust erschienen.
Ein anderer Hunger als der des Magens rumorte in meinem
Innern. Der Schwindel der Sinne schien mir kein falsches
Bild zu sein. Mein Kopf war ganz leicht. Ich brannte. Jetzt
war das Gedränge so stark, daß ich im Hin- und Hergehen
behindert war. Andererseits war es mir nicht unangenehm,
dorthin geschoben zu werden, wo etwas vor sich ging, denn
an den Stellen, dachte ich, wäre meine Suche vielleicht besonders aussichtsreich. Ich wurde ein Teil der Menge, ich ließ
alles mit mir geschehen, und wahrscheinlich war das richtig
so. Tatsächlich sah ich bald von weitem einen großen Lichtkreis, in dessen Mitte zwei dicke Metallstäbe aufgerichtet wa-

ren, die etwa zehn Meter über dem Boden eine horizontale Stange trugen, vermutlich für eine akrobatische Vorstellung. Ich mochte Dinge solcher Art sehr gern, weil der Nervenkitzel das Anziehende der körperlichen Schönheit noch erhöht, aber selbst wenn ich es gewollt hätte, es wäre schwierig gewesen, jetzt freizukommen. Vorwärts gestoßen und unwillkürlich Unbekannte vorwärts stoßend, deren Nähe mir nicht angenehm war, empfand ich plötzlich ein Unbehagen, das ich, so gut es ging, unterdrückte. Nicht nur die Tatsache, daß ich in der Menschenmasse gefangen war, verwirrte mich, mehr noch war es das Brausen unverständlicher Worte, die um meine Ohren schwirrten. Dann blieben wir nicht weit von einer Schranke stehen, und die Vorführung begann.

Auf jeder Seite der horizontalen Stange stiegen ein junger Mann und eine junge Frau auf Leitern nach oben, sie waren ganz gewöhnlich gekleidet und grüßten die Menge mit einer Handbewegung und einem strahlenden, banalen Lächeln, das wie eine höfliche Herausforderung an den Tod wirkte. Beide hatten bräunliche Haut, doch während der Junge offensichtlich Skandinavier war, kam die junge Frau aus einem fernen Land, dem Gemurmel um mich herum entnahm ich das Wort Java. Leichtfüßig gingen sie aufeinander zu, wie auf einem Weg, und gaben sich die Hand. Ich bebte innerlich vor soviel Anmut. Mein Herz zog sich mitleidsvoll zusammen, ich fürchtete, sie könnten fehltreten und zu Boden stürzen, aber schnell schwand diese Furcht angesichts ihrer unglaublichen Sicherheit. Und womit wollten sie uns in Erstaunen setzen? Es wäre naiv gewesen zu glauben, sie würden uns lediglich ein Schauspiel für einen Wohltätigkeitsverein darbieten. Sie zogen sich aus.

Ich dachte zunächst (war ich wirklich so harmlos?), sie würden nur ihre Jacke und ihr Kleid in die Luft werfen. Diese Kleidungsstücke wurden mit lässiger Geste ins Leere geschleudert. Dann kam das Hemd an die Reihe, sie waren halbnackt im grellen Licht der Scheinwerfer; allgemeines bewunderndes Gemurmel erhob sich. Ich fragte mich, wie alle staunenden Zuschauer, wie weit sie ihre Kühnheit treiben würden. Sie zogen sich einfach weiter aus, aber in Anbetracht der Höhe, in der sich dieses stille Drama abspielte, konnte man das wohl nicht mehr mit normal bezeichnen. Klingt es wohl lächerlich, wenn ich schreibe, daß es für zwei zwanzigjährige junge Leute ein Drama sein kann, wenn sie, zehn Meter über dem Boden, er seine Socken, sie ihre Strümpfe ausziehen müssen, wobei die Füße nur auf einer ganz schmalen Eisenstange stehen, und das alles, um die Menge zu belustigen? Die Leute sahen jetzt aufmerksam bangend zu, und wenn ich vorhin sagte, daß ich ein Teil der Menge geworden war, kann ich jetzt sagen, daß wir alle auf einmal ein Teil dieser Akrobaten wurden, deren Leben von einem unsagbar empfindlichen Gleichgewichtsgefühl abhing. Kein Laut störte das Schweigen der Nacht, ich hätte meinen können, allein zu sein, wenn ich die Augen geschlossen hätte, aber meine Lider blieben geöffnet, als wären sie an die Augenbogen festgeklebt. Unterdessen legten die Frau und der Mann mit bewundernswürdiger Präzision alles ab, was den unteren Teil ihres Körpers verbarg. Auch die Anmut ihrer Körper erweckte den Anschein äußerster Zerbrechlichkeit. Ich spürte in diesem Augenblick, daß sich im Gemüt der Menge neugieriges Begehren mit Angst mischte. Wir alle hielten den Atem an, als hätte ein Atemhauch genügt, das Paar, das unseren schreckerfüllten Augen ausgesetzt war, ins Leere zu stürzen. Sie lächelten jedoch, nur mit Licht bekleidet, wenn man von dem weißen Stück Stoff absieht, mit dem man unser Schamgefühl schonen wollte. Nichts Keuscheres übrigens als diese goldene Nacktheit, die sieghaft vor einem dunkelblauen Himmel stand. Noch einmal grüßten sie mit erhobenem Arm, dann glitten sie im Donner des Beifalls mit katzenhafter Geschmeidigkeit die Leitern hinab. Ein Mantel wurde ihnen um die Schultern geworfen, und sie verschwanden schnell in einem kleinen Häuschen, in dem sie sich anzogen.

Im gleichen Augenblick zerstreute sich die Menge, als wolle sie der Langeweile entfliehen wie der Pest, sie strömte zu einem anderen Winkel des Parks, zu einer neuen, humoristischen Vorstellung, mit Clowns, aber ich ging nicht mit. Kaum drei Minuten später war ich allein oder fast allein bei den Metallstangen, die abgebaut wurden, und den Scheinwerfern, die verlöschten. In meinem Kopf spielte sich die atemberaubende, gerade beendete Akrobatik noch einmal ab, und mir war, als sähe ich sie in der Erinnerung viel deutlicher. Von neuem, aber noch schöner, leuchteten die bernsteinfarbenen Körper vor der Tiefe der Nacht, und wieder vollbrachten die prächtig geformten Glieder für mich allein die gefahrvollen Gesten, die mich faszinierten. Von neuem spürte ich den Druck in meiner Kehle, »denn wenn sie herunterfallen« dachte ich, »sterbe ich mit ihnen«. In diesen Augenblicken war jede körperliche Erregung fern von mir. Es war sogar recht seltsam, daß nicht die Spur eines Begehrens diese innere Schau störte, und ich konnte darüber nur staunen wie vor einem Wunder. Diese strahlende Nacktheit sprach eine andere Sprache als die des Körpers.

Eine lange Weile stand ich reglos, und als ich wieder zu mir kam, entschied ich mich, meine Suche dort wiederaufzunehmen, wo Lärm und Licht, wo Menschen waren, doch beflügelte mich nicht mehr der gleiche Eifer wie zu Anfang. Ich war ernüchtert nach dem, was ich erlebt hatte. Was mir zufällige Abenteuer bieten konnten, war weit entfernt von meinen Träumen. Doch die Verlockung, die Akrobaten (die inzwischen verschwunden waren) aufzusuchen, war nur schwach. Die Frau hatte etwas Überirdisches für mich, wie ein Denkmal oder eine Erscheinung. Ich konnte mir eine Berührung meines Körpers mit dem ihren nicht vorstellen. Es war, als sei in dieser Hinsicht meine Phantasie mit Ohnmacht geschlagen. Früher oder später würde ich mich mit irdischeren Erfüllungen begnügen müssen. Vielleicht aber waren es nur die zehn Meter über dem Erdboden, die das Schauspiel vorhin bis in märchenhafte Höhen gehoben hatten, doch das Ergebnis war das gleiche.

Mit diesen Gedanken im Kopf kam ich zu einer Art kleinen

künstlichen Dorfs, dessen Gassen von Jahrmarktsbuden gesäumt waren. Da waren Taschenspieler, die nur die einfältigsten Gaffer fesselten. Andere, anspruchsvollere, blieben eine Weile stehen, um einen großen zimtfarbenen Bären tanzen zu sehen, die meisten jedoch verharrten vor einem Schießstand, an dem man für ein Geldstück seine Geschicklichkeit mit einem Gewehr erproben konnte.

Unter den Schützen waren drei Matrosen, die durch ihre weiße Uniform die Blicke aller Leute auf sich zogen. Immer wieder setzten sie erfolglos die Waffe an, die ihnen gereicht wurde, und lachten selber über ihre Ungeschicklichkeit. Der eine, kräftiger und besser gebaut als seine Kameraden, warf sich in Positur und ließ seinen Blick voller Selbstsicherheit und Hochmut über die Umstehenden schweifen. An den langen schwarzen Bändern, die über ihre Schultern hingen, erkannte man, daß es Männer einer ausländischen Flotte waren, wahrscheinlich Polen. Ich befand mich ziemlich nahe bei ihnen und hörte die Worte, die sie miteinander wechselten, in einer Sprache, deren sanfter, singender Tonfall im Gegensatz stand zu der Kraft dieser ein wenig groben Gesichter.

Hinter dieser kleinen Gruppe stand ein junger dänischer Offizier, der wie ich die Versuche beobachtete. Etwas auffallend Überhebliches lag in seinem Blick. Die rosigen Wangen, die hohen Backenknochen und vor allem die tiefdunklen Augen in seinem kraftvoll schmalen Gesicht gaben ihm ein Aussehen, daß er aus der Menge herausstach. Groß und schlank, trug er elegant die äußerst schlichte Uniform der heutigen Militärs, und er hielt sich abseits, stolz und allein. Ich würde nicht sagen, daß er schön war, aber man konnte ihn nicht anblicken, ohne sich zu fragen: »Wer ist das? Was hält er von dem allem? Warum diese hochmütige und strenge Miene?«

Daß ich ein wenig bei der Beschreibung dieses Mannes verweile, geschieht, weil offensichtlich noch jemand die gleichen Beobachtungen anstellte. Ich legte meine Hand behutsam auf den Arm eines jungen Mädchens, das fast neben mir stand, nur ein wenig weiter vorn.

»Was bewundern Sie so sehr?« fragte ich auf französisch. Es war meine kleine Dänin von vorhin.

Ohne den Kopf zu wenden, antwortete sie in einem Atemzug:

»Vielleicht dasselbe wie Sie, dessen Gegenwart ich seit einer Minute hinter mir spüre.«

»Ich bewundere nicht, ich betrachte. Wahrscheinlich gefallen Ihnen diese luftigen, langen Bänder auf den breiten Nacken.«

»Dieser Kontrast ist in der Tat sehr amüsant, aber eins muß ich Ihnen sagen, Sie stören mich ein bißchen.«

»Sie beobachten etwas anderes? Ich glaube, ich weiß was – und wen.«

»Dann lassen Sie mich in Ruhe. Übrigens bin ich nicht allein. Die junge Frau hier links ist mit mir gekommen.«

Jetzt erblickte ich eine Frau mit Brille, die sehr ernsthaft aussah.

»Kann sie Französisch?« fragte ich.

»Kein Wort. Sie ist eine Jugendfreundin. Wenn Sie weiter auf mich einreden, muß ich Sie vorstellen. Wir haben uns vorhin zufällig getroffen. Sie ist nett, aber fürchterlich langweilig. Werden Sie nun gehen?«

»Sie könnten sich doch ohne weiteres von ihr trennen und mit mir essen gehen.«

Was brachte mich plötzlich dazu, so beharrlich zu sein? Anfänglich hatte ich sie nur ein bißchen necken wollen, ohne jeden Hintergedanken, aber nun fand ich sie mit ihrer abweisenden Haltung fast anziehend. Zudem sprach sie Französisch, aber auf meine Frage antwortete sie nicht. Sie verschlang den jungen Offizier mit den Augen. Ich zögerte einen Augenblick, beugte mich dann zu ihr und sagte ihr ins Ohr:

»Wenn Sie hierbleiben, werden Sie eine Enttäuschung erleiden.«

Zu meiner Überraschung antwortete sie flüsternd:

»Vielleicht erleide ich solche Enttäuschungen ganz gern.«

»Sagen Sie mir wenigstens Ihren Vornamen.«

»Was nützt Ihnen das? Lassen Sie mich in Ruhe. Ich heiße Karin.«

In diesem Augenblick drehte sich der Offizier um und verschwand.

Karin wandte mir ihr bestürztes Gesicht zu.

»Ich gehe mit Ihnen«, sagte sie.

»Und Ihre Begleiterin?«

»Was für eine Begleiterin? Ach, die Dame dort? Ich kenne sie nicht.«

»Aber Sie sagten doch ...«

»Bitte, seien Sie doch nicht so schwerfällig. Ich denke mir manchmal etwas aus.«

»Haben Sie Hunger?«

»Ich weiß nicht. Aber wenn Sie wollen, gehen wir jetzt.« Wir verließen den Park und gingen zum Essen in ein Restaurant; kleine Lampen beleuchteten die Tische, die wie Fischkörbe geflochtenen Schirme dämpften das Licht. Die weißen Tischtücher und die vorgezogenen Vorhänge verliehen dem Raum eine intime Stimmung, die, wie ich glaubte, vertrauliche Gespräche begünstigen würde. Meine Begleiterin machte mich nämlich neugierig, und ich war sicher, daß sie nach einem oder zwei Glas Wein, den ich selber auswählen wollte, ihre Lebensgeschichte erzählen würde, wie es Menschen zu tun pflegen, die noch nicht viel erlebt haben. Nicht daß ich mich wirklich zu ihr hingezogen fühlte – was das betrifft, war ich mir nicht sicher, und das heißt, daß ich mich eigentlich nicht zu ihr hingezogen fühlte –, aber in ihren Erwiderungen und in ihrem ganzen Verhalten war etwas, das ein kleines Geheimnis verbarg. Ich wollte herausbekommen, was in diesem Kopf vorging, als sie mir versprach, zu der Verabredung zu kommen, an der mir dann so wenig lag. Außerdem hatte ich gerade, unter den abweisenden Blicken des dänischen Offiziers, so etwas wie einem inneren Drama beigewohnt. Meine Neugier war erwacht. Ich wollte wissen und begreifen, warum ich neben diesem Mädchen saß, vor einem Teller mit Krabben und einer Flasche Sauternes, denn, um es ehrlich zu sagen, worüber ich am meisten erstaunt war, war mein eigenes Verhalten.

Karin also. Da sie so jung war – ungefähr neunzehn Jahre – wunderte ich mich wiederum, daß ihr erlaubt war, nach Sonnenuntergang durch die Stadt zu schlendern, wie es ihr gefiel. Ich sagte indes kein Wort, obwohl ich viele Fragen auf der Zunge hatte. Ich wollte auch wissen, wie mein Gegenüber ihren Lebensunterhalt bestritt. Aber wir waren noch beim ersten Glas. Ich betrachtete anerkennend die schmale gebräunte Hand, die sich auf den Tisch legte, wie um sie von mir bewundern zu lassen. Ich witterte Koketterie in dieser Geste, die erlaubte, ganz natürlich das wichtige Problem des Sonnenbadens aufzuwerfen. Nahm sie Sonnenbäder?

»Keine Zeit dazu«, sagte sie. »Außerdem stelle ich mich nicht gern zur Schau.«

Mit welcher Schamhaftigkeit sie es sagte ... Ich sah von ihr nur das Jungmädchenprofil und ihre schlanken Finger, die auf dem Damasttuch einen Zwieback zerkrümelten. Ihr schwarzes Auge glich die Banalität der etwas zu hübschen Nase und der unschuldigen vollen Lippen aus. Sie gehörte zu den Menschen, von denen man mit Sicherheit sagen kann, daß sie alles von ihrer Mutter haben, obwohl diese Annahme durch nichts zu untermauern ist. Ich wagte eine schüchterne Frage und erfuhr, daß ihre Eltern vor zwei Jahren bei einem Autounfall gestorben waren und daß ihre Mutter Deutsche gewesen war. Die letzte Mitteilung wurde mir mit einer Spur von Herausforderung im Blick gemacht, so daß ich die Unterhaltung auf andere Gebiete, ein wenig intellektuellere, lenken wollte. Hier war tiefes Schweigen. Karin las nicht, nicht einmal die Zeitung.

»Bei uns«, sagte sie, »fliegen die Nachrichten durch die Luft, jeden Abend sehen wir sie in leuchtenden Buchstaben auf dem Turm der *Berlingske Tidende*.«

Einer plötzlichen Eingebung folgend, erzählte ich von Reisen und wollte erfahren, ob sie nicht Lust verspüre, das Mittelmeer kennenzulernen. Ich war mir der Wirkung sicher, die diese Silben auf die skandinavische Phantasie ausüben, und auch diesmal wurde ich nicht enttäuscht. Ihr Gesicht war wie von einer beglückenden inneren Vision erhellt, sie vertraute mir an, wie sehr es sie nach Italien und Griechenland ziehe.

»Warum nach Italien oder Griechenland?« fragte ich. »Warum nicht nach Tunesien oder Marokko?«

Doch sie hörte mir nicht zu. Die magischen Namen, die sie mehrmals vor sich hinsprach, als wolle sie ihre südliche Trunkenheit vertiefen, hatten eine viel stärkere Wirkung als der berauschende Wein, mit dem ich vergeblich ihr Glas zu füllen versuchte. In der Art und Weise, wie sie die Namen ferner Länder aussprach, lag ein Ton, der an Schmerz denken ließ.

»Meinen Sie, daß dort alle Menschen glücklich sind?«

Noch einmal neigte ich verstohlen den Hals der Flasche über ihr Glas. Sie fuhr aus ihrer Glückseligkeit auf und runzelte die Brauen.

»Ich habe den Eindruck, Sie wollen mich aus irgendwelchen Gründen zum Trinken animieren. Das ist nutzlos.«

Ich wollte sie tatsächlich zum Trinken animieren und wußte ganz genau, aus welchen Gründen, jedoch sie begann, ohne betrunken zu sein, aus sich herauszugehen. Ich schämte mich meiner hinterlistigen Absicht, und um Vergebung zu erlangen, schlug ich Karin ohne Umschweife vor, sie auf eine Reise in jene verlockenden Länder mitzunehmen. Ihr Mund öffnete sich ein wenig, ihre Zähne, weiß wie Reis, wurden sichtbar.

»Oh«, sagte sie und ihre Augen wurden feucht vor so viel unmöglichem Glück.

Doch gleich fing sie sich wieder. »Sie scherzen«, sagte sie kühl.

Der wechselnde Ausdruck ihres Gesichts überraschte mich. Ich schlug die Augen nieder und bemerkte zum erstenmal, daß der Stoff ihres Kleides unterhalb der Brust Spuren der Abnutzung zeigte. Wahrscheinlich folgte sie meinem Blick, denn sie schob einen Arm ein bißchen nach vorn, um zu verbergen, was ich gesehen hatte. Auf jeden Fall, dachte ich bei mir, ist sie keine Prostituierte.

Was ging mich das auch an? Was gingen mich diese Mahlzeit, diese abtastende Unterhaltung, dieses nicht ernst ge-
meinte und sogleich zurückgewiesene Angebot überhaupt
an? Es sah so aus, als belagerte ich eine widerspenstige Schönheit. Die Sache mit der Reise vor allem war kläglich und
plump. Um das sonderbare Abendessen möglichst abzukür-
zen, ließ ich die Rechnung bringen und wartete, daß mein
Gast den Wunsch zu gehen äußerte. Sie hatte einen Likör ab-
gelehnt, und wir blieben an dem Tisch sitzen, über den die
kleine Lampe mit dem geflochtenen Schirm ein Licht verbreitete, das hier wie auch an den anderen Tischen in diesem
sich nach und nach leerenden Saal Vertrautheit begünstigen
wollte. Nicht weit von uns entfernt flüsterte ein Herr einem
jungen blonden Mädchen etwas zu, sie unterdrückte dauernd
ihr Gähnen. So wie dieser Fünfzigjährige wollte ich nicht
wirken. Lieber sterben, dachte ich.

»Wollen wir eine Fahrt mit dem Wagen machen?« fragte
ich unvermittelt. »Wir könnten durch die breiten Waldalleen
fahren.«

»Nein danke.«

»Oder soll ich Sie nach Hause bringen?«

»Es lohnt die Mühe nicht, in einen Wagen zu steigen, um
den Platz zu überqueren. Ich wohne ganz in der Nähe, hinter
dem Rathaus. Wir können uns hier verabschieden.«

Bei diesen Worten – in welcher Absicht wurden sie gesprochen, denn sie erhob sich nicht? – wandte sie mir ihr Gesicht
zu und schenkte mir ein Lächeln, ihr Lächeln, das sie so
merkwürdig verwandelte. Auf einmal wurde sie strahlend, beunruhigend schön. Ihre ganze Zärtlichkeit strömte in ihre
großen dunklen Augensterne. Vermutlich sah sie etwas von
meinem Erstaunen auf meinem Gesicht.

»Sie scheinen nicht sehr froh zu sein«, sagte sie. »Habe ich
nicht getan, was Sie wollten? Sie hatten den Wunsch ge-
äußert, mit mir zusammen zu Abend zu essen ...«

Die Gelegenheit, jetzt Schluß zu machen, bot sich an, aber
das wollte ich nicht mehr.

»Wir verabschieden uns ein bißchen früh.«

»Ich wüßte nicht, was ein paar Minuten diesem Abend noch hinzufügen könnten.«

»Karin ...«

»Wer hat Ihnen erlaubt, mich Karin zu nennen?« fragte sie lachend. »Ich weiß nicht einmal Ihren Namen.«

»Sagen Sie Roger zu mir.«

»Ich werde Sie keineswegs so nennen. Roger. Ein komischer Name! Ich weiß nicht, ob ich ihn hübsch finden soll.«

»Verraten Sie mir, von wem Sie unsere Sprache so gut gelernt haben.«

»Das geht Sie nichts an, Monsieur Roger«, antwortete sie neckisch.

»Ich könnte Ihnen noch ein paar weitere Redewendungen beibringen.«

Sie warf mir einen vorwurfsvollen Blick zu und sagte leise: »Warum machen Sie sich über mich lustig?«

»Vielleicht hätten Sie den Abend lieber mit jemand anderem verbracht. Was weiß ich? Mit einem Ihrer Landsleute. Zum Beispiel ...«

Erriet sie, daß ich auf den jungen Offizier anspielen wollte? Sie durchbohrte mich mit Blicken.

»Verzeihung, Karin.«

»Glücklicherweise habe ich Ihnen nichts zu verzeihen«, sagte sie und stand auf.

Kurz danach waren wir auf dem Platz, der vom Rathausturm überragt wurde. Die Geräusche des Vergnügungsparks drangen zu uns herüber, die Lichter verbreiteten eine Art Strahlenkranz über der schwarzen Masse der Bäume, die die Allee säumten. Ich wollte Karins Arm nicht nehmen, wir gingen einige Schritte nebeneinander bis zu einer schwach beleuchteten Straße. Dort senkte sie ein wenig die Stimme, als wolle sie mir etwas Geheimnisvolles mitteilen.

»Hier ist es«, sagte sie.

»Hier?«

»Hier verabschieden wir uns.«

Und freundlich fügte sie hinzu:

»Tak for mad. Danke für das Abendessen.«

Ein absurder, schändlicher Gedanke ging mir durch den Kopf. Ich hatte gesehen, wie schön ihr Hals war, wie wundervoll rund geformt. Welch angenehmere Erinnerung an diesen Abend konnte mir verbleiben als ein Kuß auf die feste und glatte Haut ihres Halses? Hatte ich nicht das Recht dazu? (Hier lag das Schändliche.) Ich neigte den Kopf und drückte die Lippen auf eine Stelle ein bißchen unterhalb des kleinen Kinderohrs. Karin zuckte zurück, als hätte ich sie verbrannt.

»Oh, warum tun Sie das?« fragte sie mit veränderter Stimme.

»Wovor haben Sie denn Angst, Karin?«

Ohne Antwort zu geben lief sie schnell davon, und ich sah, daß sie hinten in der Straße verschwand. Vielleicht erwartete sie, ich würde ihr nachlaufen, doch sicher bin ich mir dessen nicht. Auf jeden Fall nahm dieses freudlose Abenteuer ein abruptes Ende, und das war gut so, denn ich hatte große Befürchtungen, mich mit dem Mädchen zu langweilen.

»Fort mit Schaden!« sagte ich laut.

Ich fühle mich erleichtert und zugleich enttäuscht, aber auch ein bißchen gedemütigt, ein bißchen beschämt und wieder allein mit meiner Einsamkeit. Aber es ist Zeit, daß ich von mir spreche. Mein Aufenthalt in Kopenhagen sollte bis Ende August dauern, und es war erst Mitte Juli. Die Wahl meines Ferienorts war, teilweise zumindest, mit ganz natürlichen Neigungen zu erklären. Mit der Harmlosigkeit, die allen Eltern eigen ist, stellten die meinen sich vor, ich könnte meine freie Zeit zu einer Studienreise benutzen, und in der Tat machte ich Studien, aber nicht die von ihnen vermuteten. Sie hielten mich für ernsthaft und ordentlich. Und das war ich auch, wie viele sinnliche Menschen es sind.

Ich war vierundzwanzig Jahre alt, und wenn ich auch nicht reich war, so verfügte ich doch über Geld genug, um mir alles leisten zu können. Um die schönsten Abenteuer der Welt zu erleben, fehlte mir nur, so dachte ich, die Kenntnis der dänischen Sprache. Leider war ich nur mäßig begabt für Sprachen, und die Rolle des Stummen wird lästig, wenn es sich darum handelt, jemanden überreden zu wollen oder einfach eine Verabredung zu treffen. Mein größter Trumpf, das sage ich ohne falsche Bescheidenheit, war die Fülle meines ebenholzschwarzen dichten und gewellten Haars, und dazu die merkwürdige Farbe meiner Augen; es war ein Grau, das manchmal ins Violett spielte. Das zog die Blicke auf mich. Ich befand mich in einer ähnlichen Lage wie ein Blonder in einem Land, wo alle Welt brünett ist. Dieser äußerliche Vorzug war mir gewiß bei oberflächlichen Begegnungen von Nutzen, die aus nichts anderem als aus Gesten und Gebärden bestehen, aber ich zielte auf Höheres. Vor allen Dingen ertrug ich die Einsamkeit nicht. Die Anziehungskraft nordischer Schönheit allein hätte meinen Aufenthalt in Dänemark rechtfertigen können. Indes war da noch etwas anderes. Kopenhagen war relativ weit von Paris entfernt, und die Wahrheitsliebe zwingt mich zu sagen, daß dies für mich wichtig war. Wer die unerträgliche Unruhe und Besorgnis erlebt hat, die bei uns in Frankreich während der letzten Friedenswochen herrschten, wird verstehen, welche Freude ich empfand, jeden Morgen in einem Land aufzuwachen, wo die Furcht vor dem Krieg nicht spürbar war. Wer sollte Dänemark bedrohen? Französische Zeitungen, die ich mir leicht hätte beschaffen können, las ich nicht. Ich wollte den Alpdruck, der die Zukunft verdunkelte, nicht heraufbeschwören. Noch ein paar Minuten des Glücks ... Ich wollte leben. Der Gestellungsbefehl würde noch früh genug kommen.

In meiner Tasche trug ich einen Brief mit mir herum, den ein Pariser Freund mir als Antwort auf meine Klagen über Liebesnöte geschickt hatte. Er kannte Kopenhagen gut und wies mich, um aus meiner Verlegenheit herauszukommen, auf eine Möglichkeit hin, die ich nicht sehr verlockend fand: »Fräulein Ott«, schrieb er unter anderem, »leitet eine der schönsten Buchhandlungen in der Stadt. Da sie auf alles

Französische erpicht ist, wird sie sich, bildlich gesprochen, in Deine Arme stürzen. Du bist ein gutaussehender Junge, und so wird sie vielleicht in Versuchung geraten, nicht im Bildlichen zu bleiben, doch sicher ist es nicht, denn sie hat feste Grundsätze. Sie ist fromm und patriotisch gleichermaßen, weist mithin eine untadelige Fassade vor, aber ich vermute, sie hat ein paar schwache Stellen, bei denen es sich jedoch nur um kleine Sünden handeln kann. Du wirst dahinterkommen, wenn Dir daran liegt. Ich für mein Teil verdanke ihr die Begegnung mit der reizenden Luisa, von der ich Dir erzählt habe. Hüte Dich aber davor, Fräulein Ott zu den Leuten zu rechnen, die Gelegenheit für nette Liebschaften schaffen. Es ist etwas völlig anderes und kaum herauszufinden. Für sie ist es eine Ehrensache, dem in Not befindlichen Fremden die Pforten zu ihrem heißgeliebten Dänemark zu öffnen. Sie ist hilfsbereit. Sie liebt Blumen. Für den Mammon empfindet sie eine fast plumpe Hochachtung, aber sie ist uneigennützig. Laß Dich durch ihre Freimütigkeit nicht täuschen. Ein falsches Wort, und Du siehst sie nicht wieder...«

Ich kannte diesen Brief auswendig, der mich seiner undeutlichen Aussagen wegen ärgerte. Dennoch las ich ihn noch einmal, bevor ich mich entschloß, den peinlichen Gang anzutreten. Man mußte schon den Teufel im Leib haben, um diese Dame aufzusuchen, die hilfsbereit, aber keine Kupplerin sein sollte. Ich merkte, daß ich dem Siedepunkt nahe war, und deshalb wäre mir eine Kupplerin lieber gewesen... Schließlich überschritt ich aber doch die Schwelle der Buchhandlung, die an einem hübschen, schattigen Platz lag – auf dem ich, ehe ich die Straße überquerte, zaudernd eine schreckliche halbe Stunde verbracht hatte.

Ein leichter Geruch nach Bohnerwachs schwebte in dem Laden, in dem ich zunächst nur Wände von broschierten Büchern sah sowie zwei schwere Eichentische, auf denen Kunstbücher lagen. Die Markisen, die die Schaufenster vor der Sonne schützten, dämpften angenehm das Licht. In der

Hitze und dem Verkehr der Stadt war diese Buchhandlung so etwas wie eine Oase, eine Oase der Frische und Stille. Sofort fühlte ich mich erleichtert, entspannt. Dem jungen Mädchen, das auf mich zukam und fragte, was ich wünschte, warf ich nur die zwei Worte Fräulein Ott hin.

»Fransk?« fragte lächelnd die Angestellte.

Ich nickte bejahend mit dem Kopf, ziemlich energisch. Franzose, das wenigstens verstand ich. Es verflossen einige Minuten, und ich hatte Muße mich umzuschauen. In einer Ecke der Buchhandlung befand sich eine Tür, zu der drei Stufen mit einem Messinggeländer hinaufführten. Und wie dieses Messinggeländer blinkte und blitzte ... Alles glänzte hier, alles atmete Wohlstand, Frieden, Glück eines in Gewohnheiten und Annehmlichkeiten gebetteten Lebens.

Ich wartete. Das junge Mädchen, das meinen Besuch ankündigen sollte, war hinter der Tür oben auf den Stufen verschwunden, und ich merkte an der Zeit, die verstrich, daß man Fräulein Ott nicht ohne weiteres stören durfte. Ich stellte sie mir schlank vor, elegant, wie eine unnahbare Lehrerin. Plötzlich ging die Tür auf, und zu meiner Überraschung sah ich eine etwa vierzigjährige, füllige Frau auf mich zukommen, das Gesicht ein bißchen zu rosig, so rosig, daß es nicht von Gesundheit zeugte. Sie trug ein dunkelblaues Baumwollkleid, an den Hüften eng anliegend, aber an den Knöcheln weit schwingend. Sie bewegte sich majestätisch langsam und erweckte den Anschein bürgerlicher Achtbarkeit. Als sie dicht vor mir stand, sah sie mich aus graugrünen Augen an, ich konnte nicht umhin, diese Augen schön zu finden. Sie wartete ab. Daß ich Franzose war, genügte ihr nicht. Was wollte ich? Es entstand eine kurze Pause, dann nannte ich den Namen meines Freundes, und sie nickte mit dem Kopf. Ein Lächeln ging über ihr breitflächiges Gesicht, auf jeder Seite ihres mädchenhaft niedlich gebliebenen Mundes bildete sich ein Grübchen. Mit einer Handbewegung wies sie auf die offengebliebene Tür, und hinter ihr stieg ich die drei Stufen hinauf, die unter ihrem Körpergewicht knarrten.

Jetzt befand ich mich mit Fräulein Ott in einem ziemlich schmalen, aber behaglich eingerichteten Büro, vor dessen Fenster ein kleiner Garten voller blühender Geranien lag. Zunächst sagte sie mir ein paar Worte über meinen Freund, der bei ihr anscheinend ein gutes Andenken hinterlassen hatte, und ich fragte mich, wie er es wohl angestellt hatte, sie zu erobern. Ich saß in einem schwarzen ausladenden Ledersessel und betrachtete das Gesicht der Frau über ihren Arbeitstisch hinweg. Sie beugte sich leicht nach vorn, mir zu. Mit einiger Anstrengung konnte man sich vorstellen, daß sie früher, als sie schlank war, hübsch gewesen sein mußte. Vielleicht hatte sich jemand, als sie achtzehn war, ihretwegen aus Liebeskummer umgebracht. Es lag wirklich etwas Gebieterisches in ihrer Art, wie bei Frauen, die einmal umschwärmt waren. Mir kam es vor, als forschten ihre Augen auf dem Grund der meinen nach einer Huldigung, sie war es so gewohnt, aber es handelte sich wohl eher um eine Frage als um eine Bitte. Ich empfand für sie etwas wie Mitleid, in das sich Unbehagen mischte vor diesem zierlichen und zugleich grausamen Mund. Wie viele beißende Worte waren wohl über diese sorgfältig rotgeschminkten Lippen gekommen!

Doch sie sprach in sanftem Ton, mit einer Stimme, deren angenehmer Klang ihren beharrlichen Blick, der mich störte, irgendwie milderte. Ich fürchtete, sie könne Gefallen an mir finden und das Bildliche aufgeben, von dem mein Freund in dem Brief, der zerknüllt in meiner Tasche steckte, gesprochen hatte. Wenn die gewichtige Dame eine Ahnung gehabt hätte ... Ich muß zugeben, daß ich nach einer Weile dem Reiz ihrer leicht affektierten Sprechweise verfiel. Sie sprach hervorragend Französisch, kokett zauderte sie bei manchen Worten, als wolle sie die Wahl, die sie traf, besonders deutlich machen. Es war nicht schwer zu erraten, daß sie darauf wartete, Komplimente für ihre sprachliche Virtuosität zu bekommen, und sie bekam sie in überströmendem Maß von mir.

»Oh«, sagte sie mit einer kleinen Handbewegung, wie um

ein Geschenk zurückzuweisen, »ich komme ganz gut zurecht. Es gibt ein paar Leute hier, die Französisch können.«

»Darauf wollte ich kommen. Wenn ich mit jemand in Verbindung treten ...«

Mit einem Kopfnicken deutete sie mir an, daß sie verstanden hatte.

»Sie müssen sich gänzlich verloren vorkommen in diesem Land, dessen Sprache so schwierig ist ... Außer – entschuldigen Sie – Sie sprächen dänisch. Nein? Ihr Freund befand sich in der gleichen Lage und hat darunter gelitten bis zu dem Tag, an dem ich ihm Privatstunden verschafft habe.«

»Aber meine Zeit ist zu kurz. Am einfachsten wäre es, ich könnte die Bekanntschaft von jemandem machen, der Französisch spricht.«

»Ein Austausch wäre nicht unmöglich. Ich meine, Sie würden französisch mit jemandem sprechen, der seine Kenntnisse Ihrer Sprache vervollkommnen will und Ihnen dafür die Anfangsgründe der unseren beibringt.«

Diese Worte waren von einem Lächeln begleitet, bei dem recht hübsche Zähne sichtbar wurden. Ich hatte blitzartig das Empfinden, daß sie genau wußte, was ich wollte, und daß sie sich köstlich amüsierte.

»Mein Freund hat mir viel Gutes von einer Dame erzählt, die Sie ihm zugeführt haben, so etwas wie eine Lehrerin.«

»Luisa? Luisa ist sehr nett, sie ist die Nichte einer Freundin von mir aus der Pensionatszeit. Aber Ihr Freund ist zu nachsichtig. Luisa besitzt kein Universitätsdiplom. Sie und er gingen jeden Tag ein oder zwei Stunden im Park spazieren und unterhielten sich, abwechselnd in Französisch oder in Dänisch.«

»Eine großartige Methode. Vielleicht ...« Einen Augenblick herrschte Schweigen.

»Vielleicht?« fragte Fräulein Ott.

»Ja, wenn Fräulein Luisa einverstanden wäre ...«

Sie ließ ein kleines silbernes Lachen vernehmen, das Lachen einer hübschen Frau, und am liebsten hätte ich ihr mit dem schweren bronzenen Briefbeschwerer, der auf dem Tisch lag, den Schädel eingeschlagen.

»Fräulein Luisa verbringt den Sommer mit ihren Eltern auf dem Lande.«

Ich konnte einen Anflug von Ärger nicht unterdrücken.

»Verzweifeln Sie nicht«, sagte sie besänftigend. »Wie lange bleiben Sie in Kopenhagen?«

»Bis Ende August.«

Sie schien über etwas nachzudenken, vielmehr über etwas zu grübeln.

»Vielleicht – ich sage vielleicht – könnte ich Sie mit einer sehr guten Freundin von mir bekannt machen ... Oder, Verzeihung, wäre Ihnen ein Herr angenehmer?«

Die Frage wurde so direkt gestellt, daß ich eine Falle witterte.

»Nein, wirklich nicht.«

»Nun, diese Freundin, von der ich eben sprach, ist äußerst seriös, mit abgeschlossenem Studium ...«

»Oh«, warf ich ein und wischte mir über die Stirn, denn selbst hier wurde die Hitze allmählich spürbar, »das kann ich ja gar nicht verlangen.«

Sie lehnte sich in ihrem Stuhl zurück.

»Entschuldigen Sie meine rücksichtslose Offenheit«, sagte sie mit einer plötzlich männlich klingenden Stimme, »aber ich habe den Eindruck, Sie sind auf der Suche nach einer charmanten Begleiterin, und meinen, ich würde jemand für Sie finden können.«

Ich richtete mich auf und sagte so würdig wie möglich:

»Bitte, glauben Sie mir, daß ich mir nie gestatten würde ...«

Zweifellos hatte sie diese Erwiderung erwartet, denn es war offensichtlich, daß wir eine Art Komödie aufführten, um den äußeren Schein zu wahren. Sie lenkte sofort wieder ein.

»Ich verstehe sehr gut, daß sich ein junger Mann in Gesellschaft charmanter Damen wohl fühlt. An ihnen mangelt es bei uns nicht.«

Jetzt zwang ich mich zu einem Lachen, ich gab mir Mühe, es so unbeschwert wie möglich klingen zu lassen, wie ein Lachen unbekümmerter Jugend, aber es klang schrecklich unecht.

»Warum sprechen sie nicht alle französisch?« fragte ich und fuhr mit der Hand durch die Luft.

»Oh, es gibt welche«, sagte sie ebenfalls lachend. »Ich möchte wetten, daß Sie bereits einigen begegnet sind, die französisch radebrechen. Doch ich bin indiskret.«

»Ganz und gar nicht.«

Karin . . . Wie kam ich darauf, plötzlich von ihr erzählen zu wollen? Ich dachte wohl an sie, ohne mir darüber klar zu sein. Mit gleichgültiger Miene, die Augenbrauen hochziehend, fuhr ich fort:

»Erst gestern ist mir mitten auf dem Rathausplatz zufällig ein junges Mädchen über den Weg gelaufen. Ich bat sie, mit dem Stadtplan in der Hand, um eine Auskunft, und sie antwortete mir in einem sehr annehmbaren Französisch.«

»Sehen Sie wohl. Der Zufall meint es gut mit Ihnen . . .« Und mit einem leichten Augenaufschlag fügte sie hinzu: »Er hat Ihnen höchstwahrscheinlich einen angenehmen Abend beschert.«

»Nein, einen ganzen Abend nicht. Wir haben uns nach wenigen Minuten getrennt, und ich habe sie aus den Augen verloren.«

»Du Lügner!« rief mir eine unhörbare Stimme zu.

»Derselbe Zufall wird sie Ihnen vielleicht wieder über den Weg schicken.«

»Ich bin mir gar nicht sicher, ob ich das möchte.«

»Sie sind wahrscheinlich anspruchsvoll.«

»Ausgesprochen.«

Ich war stolz, sie mit einem einzigen Wort in ihren bildlichen Rahmen, wenn ich so sagen darf, zurückverwiesen zu haben. Sie sah mich streng an, in ihren Augen bemerkte ich eine Art kalter Gier.

»Die junge Dame war vermutlich nicht sehr hübsch«, sagte sie mit schmalen Lippen.

»Oh, manchen hätte sie vielleicht mehr gefallen als mir. Sie hatte Charme und große dunkle Augen.«

»Große dunkle Augen! Das findet man bei uns nicht häufig. Und natürlich wissen Sie ihren Namen nicht.«

Wie neugierig dieses Fräulein Ott war! Ohne Antwort zu geben, zuckte ich die Schultern.

»Auf jeden Fall beglückwünsche ich Sie«, sagte sie in gekünsteltem Ton, »daß Sie in unserer Stadt eine junge Dänin gefunden haben, die dunkle Augen hat und französisch spricht. Der berühmte seltene Vogel . . .«

Damit wollte sie ausdrücken, daß ihr meine kleinen sexuellen Probleme gleichgültig waren, weil ich sie nicht weiter einweihen wollte.

»Der seltene Vogel hat mir seinen Vornamen genannt, aber ich habe ihn vergessen.«

»Es war nett von ihr, Ihnen bei einer so kurzen Begegnung den Vornamen zu sagen.«

»Elsa!« sagte ich aufs Geratewohl. »Sie hieß Elsa.«

Es verging eine Weile, während der Fräulein Ott mich angelegentlich betrachtete.

»Eine Elsa mit dunklen Augen, die Französisch spricht, kenne ich in Kopenhagen nicht«, sagte sie schließlich. »Und ich kenne jeden und jede hier.«

»Sie kennen Elsa nicht.«

»Nun«, sagte sie wie jemand, der sehr beschäftigt ist und zu einem Ende kommen will, »ich habe Sie schon zu lange aufgehalten, doch was die Privatstunden angeht, werde ich an Sie denken.«

Einen Augenblick schien es so, als wolle sie etwas hinzufügen, doch sie besann sich eines anderen, stand auf und streckte mir übertrieben herzlich die Hand hin.

»Ich hoffe, wir werden uns bald wiedersehen«, sagte sie. »Ich lade manchmal Freunde ein, ganz zwanglos, wie es in Dänemark üblich ist. Wenn Sie Lust haben, an einem solchen Abend zu kommen, sage ich Ihnen Bescheid. In welchem Hotel sind Sie abgestiegen?«

Ich bewohnte in der Stadt das gleiche Appartement, das vor mir mein Pariser Freund gehabt hatte, in der Sankt Annaegade.

»So«, sagte Fräulein Ott mit einem Anflug von Hochachtung, »eine gute Adresse. Die Besitzerin ist eine Baronin.«

So enttäuschend diese Unterredung auch gewesen war, sie hatte mir jedoch nicht jegliche Hoffnung genommen. Aber ich gehörte zu jenen Menschen, die sofort ihr Vergnügen haben wollen. Ich mochte nicht gern warten, daher beschloß ich, am gleichen Abend in einer schwach beleuchteten Parkanlage, deren heimliche Winkel ich kannte, herumzustreifen.

Gepflegte Wege führten an dichten Büschen entlang und fielen unmerklich zu einem kleinen Teich ab, auf dem tagsüber die Kinder ihre Schiffchen schwimmen ließen. Hohe Bäume, Blumen und einige künstliche Grotten machten an einem schönen Sommernachmittag diesen Park zu einem angenehmen Aufenthalt. Doch nachts verlor sich dieser unschuldige Eindruck. Wo frische Schatten die Rasenflächen vor der Sonnenglut geschützt hatten, schuf der Mond undurchdringliche dunkle Bereiche, die wie tiefe Schluchten wirkten. Ein paar Laternen warfen hier und dort, spärlich verteilt, einen leuchtenden Kreis auf den Kiesweg, sie verscheuchten nur einen geringen Teil der Dunkelheit, in der der Aufruhr der Sinne sichere Zuflucht fand, und die städtischen Behörden verhielten sich diesen Stätten gegenüber angenehm gleichgültig. Mehrfach hatte ich mir diese Umstände schon zunutze gemacht, aber die flüchtigen Augenblicke zu schnellen Rausches ließen mich unbefriedigt.

Das beruhigende Murmeln eines kleinen Wasserfalls zog mich in jene Gefilde, die ich für besonders ergiebig hielt, und wirklich streifte ich im Vorübergehen beinahe einige stumme und einander liebende Pärchen. Mehr als das alles berührte mich die Stille. Wäre nicht auf dem Kiesweg ab und zu das Geräusch von Schritten zu hören gewesen, denn auch andere waren wie ich auf der Suche, hätte ich mich in diesem bevölkerten Park völlig allein fühlen können. Natürlich wurden die Lichtkreise der Laternen gemieden. Man sah so gut wie nichts, nur dann und wann ein helles Kleid und – auch diese Einzelheit erwähne ich mit Genuß – das Schimmern hellen Haars.

Diese Stelle des Parks erinnerte in großen Zügen an einen Trichter, und die konzentrische Anlage der Alleen erweckte in mir das Bild einer der naiven, altertümlichen Allegorien, die das Schicksal der Menschen darstellen, die Reinen steigen zu den seligen Höhen empor, während eine unbezwingliche Gewalt die Wollüstigen zu den siebenmal verfluchten Abgründen hin stößt. In jenen weit zurückliegenden Jahren war es für mich nicht möglich, einen Unterschied zwischen dem Guten und dem Bösen zu erkennen, wenn es sich um Fleischeslust handelte. Ich gehorchte der Natur, aber zugleich bedauerte ich, daß das Gefühl der Sünde sich nicht einstellte, wäre es auch noch so schwach gewesen, um all dem einen Stachel zu geben, was durch simples Wiederholen zu einem alltäglichen Geschehnis auszuarten drohte. Immer stärker empfand ich das ständige Bedürfnis nach Neuem wie eine Tyrannei. Deshalb blieben für mich die unerwartetsten Begegnungen Eintagsabenteuer.

So weit war ich mit meinen Gedanken, als ich bei einem Blick nach oben – denn ich befand mich an der tiefsten Stelle des Gartens – die Gestalt von Karin durch den gelben Schein einer Laterne schreiten sah. Es konnte nur sie sein. Sie ging, so schnell die Steigung des Weges es ihr erlaubte, auf den Ausgang zu. Ich erkannte sie sogleich an der Anmut und Leichtigkeit ihres Gangs. Doch kaum war sie verschwunden, fragte ich mich, ob ich mich nicht doch täuschte. Daß sie sich an diesem Ort aufhielt, vertrug sich ganz und gar nicht mit der Vorstellung, die ich mir von ihr machte.

Ich mußte eine Weile darüber nachdenken. Ich wunderte mich, daß Karin allein war und daß sie so schnell voranschritt. Es war, als fliehe sie. Doch was ging mich das Verhalten dieses für mich bedeutungslosen Mädchens an? Ich war hier, um etwas Besseres zu suchen. Ich zündete mir eine Zigarette an, weniger weil ich Lust hatte zu rauchen, als um meine Gegenwart denjenigen, die wie ich auf der Suche waren, sichtbar zu machen, und auch, um bei der schwachen Flamme eines Streichholzes selber etwas zu sehen.

Der glückliche Zufall, der sich so selten einstellt, lenkte meine Augen auf ein ungemein junges Gesicht. Vor Überraschung ließ ich meine Zigarette fallen, denn – und darin war ich vielen Männern meines Alters gleich – ich liebte, was unberührt war. Das Mädchen, auf das ich ohne Zögern zuging, hatte ein Gesicht von solcher Reinheit, daß mein Herz schneller zu schlagen begann, ich tat nichts weiter, als ihr über das Haar zu streichen, und ich tat es mit einer Art Ehrfurcht, die manchem lächerlich vorkommen mag, ihr dichtes, kräftiges Haar schien Leben zu bekommen unter meinen Fingern. Weiterzugehen wagte ich noch nicht, mit dem Mund an ihrem Ohr, fragte ich sie berauscht, was sie hier mache, und ohne ein Wort zu sagen lehnte sie mit einer Unbeholfenheit, die mich vollends überwältigte, ihre Wange gegen die meine. War ich denn so naiv? Was dann folgte, verursachte mir solchen Widerwillen, daß ich mich brüsk von ihr losmachte, ihr ein Zehnkronenstück in die Hand drückte, die auf mir lag, und davonlief. Ich hätte kaum erklären können, warum ich mich so verhielt, denn eine unzüchtige Handlung hatte mir noch nie Angst eingejagt. Ich liebte das Laster, aber zuweilen kam es zu einer plötzlichen Abwehr, die ich nicht deuten konnte.

Als ich mich wieder in der Allee befand, überlegte ich, wie ich diesen Abend weiterhin verbringen sollte, denn in einer so herrlichen und klaren Nacht in mein Zimmer zurückzukehren, davon konnte nicht die Rede sein. Zudem hatte ich das Bedürfnis, mich zu bewegen. Bis zur Morgendämmerung wäre ich gern marschiert ... Ich war über mein Verhalten unzufrieden und verwundert zugleich, ich war in der Stimmung, stundenlang Selbstgespräche zu führen. Der Gedanke, meine Ferien abzubrechen und nach Frankreich zurückzufahren,

kam mir in den Sinn, aber über Frankreich lag ein Schatten ...
Auch wäre es zu dumm gewesen, diese Stadt zu verlassen, in
der einem an jeder Straßenecke die Schönheit in Menschen-
gestalt entgegentrat. Daß die arme Karin, sie, die Französisch
sprach, keinen Reiz auf mich ausübte, betrachtete ich als eine
Tücke des Schicksals. Genau, in allen Einzelheiten durchlebte ich noch einmal unser Zusammentreffen.

Ich stand in praller Sonne vor dem Rathaus und versuchte,
auf dem Stadtplan die schwierigen Straßennamen zu entzif-
fern, konnte aber den, den ich suchte, nicht finden. Plötzlich
ging das Mädchen, nur zwei Meter entfernt, an mir vorüber.
Mit einer flehenden Gebärde hielt ich sie an und sagte eines
der wenigen dänischen Worte, das ich behalten hatte und das
ich wahrscheinlich nicht richtig aussprach: »Vaersaagod«.
Mit ihren hypnotisch wirkenden Augen sah sie mich eindringlich an und wartete. Verzweifelt steckte ich den Plan in
die Tasche, als wollte ich es aufgeben, mich verständlich zu
machen. Plötzlich erhellte ein freundliches Lächeln ihr ernstes Gesicht.

»Fransk?« fragte sie.

Das war der Anfang einer Unterhaltung, die einige Minuten dauerte. Ich merkte, daß es dem jungen Mädchen Freude
machte, in meiner Muttersprache mit mir zu reden, und ich
selber empfand für sie sofort eine Sympathie, die um so ungetrübter war, als sie ohne Verlangen war.

Launisch, wie die Erinnerung sein kann, kam mir das wieder in den Sinn, als ich den düsteren Garten verließ, von dem
ich vorhin erzählte. Der Eindruck von dieser ersten Begegnung war so stark, daß er alle anderen auslöschte, und ich
konnte jetzt einfach nicht glauben, daß es Karin gewesen war,
die vorhin eilig über den Gartenweg gelaufen war. Es paßte so
gar nicht zu ihr, daß sie in diesem Freudenhaus unter freiem
Himmel gewesen sein sollte. Daß ich mir einredete, das alles
wäre mir gleichgültig, half nichts, denn ich war an einem
Punkt angelangt, wo ich mit mir selber nicht mehr ganz aufrichtig war. Doch die Wahrheit und Wirklichkeit zwang

mich, mir einzugestehen, daß ich seit vielen Stunden unaufhörlich an dieses Mädchen dachte.

Ich machte noch ein paar Schritte in der langen Allee und überquerte dann die Brücke, die mich zu der Insel brachte, auf der ich ein schönes, großes möbliertes Zimmer bewohnte. Es enthielt unter anderem ein breites Doppelbett, bei dessen Anblick mich stets Niedergeschlagenheit überkam. Was konnte es trübseligeres für einen Mann meines Alters und meiner Veranlagung geben, als nach Hause zu gehen und sich traurig unter die Bettdecke zu legen? Ich malte mir aus, wie zerwühlt die Laken nach einer Liebesnacht aussehen würden. Ich ertrug den Gedanken nicht, daß ich Nacht für Nacht einsam auf meinem Lager liegen sollte. Aber noch einmal umkehren, mir ein Mädchen für zwanzig oder dreißig Kronen holen – nein. Ich konnte nicht, ich wollte nicht. Wem sollte ich das erklären? Karin? Ein seltsamer Gedanke ... Ich dachte daran, wie merkwürdig schamhaft sie ausgesehen hatte, als ich über Sonnenbäder mit ihr sprach. Vielleicht hatte sie etwas zu verbergen, irgendein Gebrechen. Doch was konnte mir das ausmachen?

Jetzt ging ich durch eine ruhige Straße, zu beiden Seiten waren alte Häuser, deren nackte Fenster mich in der Stille der Nacht anzusehen schienen. Sie betrachteten mich so eindringlich, daß mir unbehaglich wurde, es war, als würde ich wirklich von unsichtbaren Zuschauern beobachtet, die vom Geräusch meiner Schritte angelockt hinter die Fensterscheiben getreten waren. Schließlich gelangte ich auf einen kleinen runden Platz. Er wurde von Straßenlaternen beleuchtet, die von Bäumen halb verdeckt waren, und diese Lichter im Laub wirkten wie Lampions. Ich beschreibe diese Einzelheiten, weil sich in dieser hübschen, aber alltäglichen Umgebung etwas ereignete, das meinen Lebensweg beinahe geändert hätte: ich hatte das Empfinden, eine Falle schnappe hinter mir zu. Es war unnötig, mir zu verhehlen, daß ich dabei war, mich in Karin zu verlieben.

Alle Anzeichen deuteten darauf hin, daß dies ein Unglück

wäre. Ich war jung, gewiß. Hätte ich wählen können, hätte ich sie vermutlich nicht einmal angeschaut, aber zuweilen verliebt man sich aus Gründen, die so tief liegen, daß man sie nicht erkennt. Der Ursprung dieser Liebe beruhte auf einem Gefühl, das gefährlicher als alle anderen ist und das sich manchmal bis zur Leidenschaft steigert: es war Mitleid, ein Mitleid, das sich unmerklich in Zuneigung wandelte, gepaart mit dem ganzen wilden Verlangen des Herzens. Nacheinander, blitzartig, sah ich mich flehend und fordernd dieser unbedeutenden Gestalt gegenüberstehen, die von Dutzenden hübscher Mädchen, die täglich meinen Weg kreuzten, ohne weiteres ausgestochen werden konnte. Ich hatte kein Verlangen nach ihr. Ich hatte noch kein Verlangen nach ihr.

Glücklicherweise besaß ich ihre Adresse nicht. Durch diesen Umstand kam ich nicht auf die dumme Idee, ihr einen Brief zu schreiben, und ich hatte Zeit, über die weiteren Schritte nachzudenken. Ich ging nach Hause und legte mich ins Bett. Im Dunkeln, während ich mich schlaflos hin und her wälzte, wurde mir klar, daß die Ursache dieser Wirrnis das Fehlen amouröser Abenteuer war. Morgen wollte ich zu Fräulein Ott gehen und offen mit ihr sprechen. Diese Geschichte mit den Privatstunden war verrückt, und sie wußte das auch. Hatte sie mir zudem nicht gesagt, daß sie alle Welt in Kopenhagen kenne? Als sie diesen Satz aussprach, hatte sie einen listigen Ausdruck im Gesicht gehabt, der keine Täuschung zuließ. Ich war weder schlau noch kühn genug gewesen. Sie bot mir ihre Dienste unter der Bedingung an, daß ich die Regeln respektierte. Sie wollte nicht für das gelten, was sie war. Die Angelegenheit mußte mit kluger Scheinheiligkeit fortgeführt werden. Außerdem wollte sie aus Gründen, die ich nicht durchschaute, daß ich ihr von Karin erzählte, aber ich hatte es nicht getan. Das war mein Fehler. In dieser Nacht, in der das unerfüllte Begehren mich plagte, faßte ich den Entschluß, Karin zu vergessen, um nicht in die Fallgrube einer sinnlosen Liebe zu geraten. Denn ich wollte die Lust, nicht die Liebe. Die Wollust ... Dieses etwas hochtrabende Wort besagte alles, und es schloß, das stand für mich fest, das schlichte Zusammensein mit einer stummen Partnerin aus. Ich wollte sinnliches Geplauder, die falsche, aber reizvolle Intimität zwischen zwei Menschen, die sich kurz zuvor noch nicht kannten und die sich bald darauf, vielleicht für immer, wieder trennen würden. Es gab so viele schöne Mädchen in diesem Land ... Der Strand von Klampenborg war übersät mit ihnen. Sie lachten und ließen sich in der Sonne bräunen, in Gesellschaft von nicht weniger sorglosen Jungen. War es nicht möglich, daß eine wunderhübsche Dänin, ohne es zu ahnen, dort oder anderswo auf mich wartete? Ich fand diese Vorstellung aufregend: in vierundzwanzig oder achtundvierzig Stunden dem Mädchen der Mädchen zu begegnen, das nach meiner Liebe verlangte und das meinen Namen noch nicht kannte, auch ich den ihren nicht ... Ich warf mich im Bett von einer Seite auf die andere und grübelte über diese Dinge nach. Mir war heiß. Ich konnte nicht schlafen.

Mit einem Satz sprang ich auf und ging auf den kleinen Balkon, der vor meinem Fenster lag. Von dort überblickte ich den Platz, von dem ich vorhin sprach, mit seinen dichten, wie von innen erleuchteten Bäumen. Was aber vor allem ins Auge fiel, war eine in der Nähe stehende Kirche, um deren Turm eine Spirale wie ein Band, das um ihn gewunden war, lief. Und dieses Band war so leicht, daß der Eindruck entstand, es könne beim geringsten Windhauch davonfliegen. Im Mondschein war diese Besonderheit gut zu sehen, der merkwürdige Turm hatte etwas Graziles. Zu anderen Stunden hatte ich den Einfall des Architekten bewundert, wenngleich die Nachbarschaft eines solchen Gebäudes mir ein gewisses Unbehagen verursachte. Sicherlich wäre jetzt der Augenblick zu gestehen, daß die Religion mir unbewußt Abscheu einflößte, aber darauf komme ich später noch zurück. In der Herrlichkeit und Klarheit der Nacht empfand ich, trotz meiner Unruhe, die Freude, am Leben zu sein, jung zu sein, die frische Luft zu atmen, von der das dichte Laub zu meinen Füßen sanft bewegt wurde. Das konnte man mir nicht rauben. Mir wurde wohler. Wer vermochte schon zu ahnen, welches Glück sich in der Zukunft verbarg?

Plötzlich spürte ich die Kühle, ich ging ins Zimmer zurück und warf mich auf mein Bett. Im Augenblick, als ich in den Schlaf hinüberglitt, ging mir ein seltsamer Satz durch den Kopf, wie das Ende einer Überlegung, bei der ich mehrere Etappen übersprungen hatte: »Du kannst über sie sagen, was du willst, aber unbedeutend ist sie nicht.«

Am nächsten Morgen stand ich ziemlich spät auf und machte mich unverzüglich auf den Weg zu der Buchhandlung. Ich wollte ein Ende machen, mich von Karin befreien. Durch ein aufregendes Abenteuer würde ich dieses nicht einmal hübsche Mädchen schnell vergessen. Ich sah wohl recht entschlossen aus, als ich die Tür des Ladens aufstieß, denn die Angestellte zuckte bei meinem Anblick zusammen.

»Fräulein Ott?« fragte ich.

»Fräulein Ott ist hier«, gab eine ruhige Stimme zur Antwort.

Ich wandte mich um und entschuldigte mich. In einem kaum beleuchteten Winkel des Ladens, der wegen der zu erwartenden Hitze durch Sonnenstores abgedunkelt war, ordnete Fräulein Ott Bücher in ein Regal ein.

»Sie hatten wohl nicht erwartet, mich so bald wiederzusehen«, sagte ich und ging auf sie zu.

»Doch. Sie sind genau wie Ihr Pariser Freund: ungeduldig. Kommen Sie bitte mit in mein Büro.«

Dann saß ich in dem gleichen Sessel wie tags zuvor. Eine graue Katze streifte durch den kleinen Garten und setzte sich in eine schattige Ecke, um ihr Fell zu lecken.

»Ich habe an Sie gedacht«, sagte Fräulein Ott. »Ich werde Sie jemandem vorstellen. Einer Dame ...«

»Einer Dame welchen Alters?«

»Das Alter spielt in diesem Fall keine Rolle. Die Dame ist nicht mehr jung, aber sie kennt viele Leute. Sie hat einen Namen in der Literatur.«

»Literatur interessiert mich nicht«, sagte ich frostig.

»Würden Sie lieber mit ungebildeten Menschen zu tun haben?«

»Ich habe nichts gegen ungebildete Menschen, vorausgesetzt, sie sind jung und hübsch.«

»Und sprechen kein Wort französisch. Dann, lieber Herr, bleibt Ihnen nur die Straße.«

Sie legte eine solche Geringschätzung in diese Worte, daß ich bis über die Ohren rot wurde.

»Entschuldigen Sie bitte, aber das Äußere französisch sprechender Menschen im Salon einer literaturbeflissenen Dame kann ich mir vorstellen. Intellektuelle finde ich abscheulich.«

Sie lehnte sich in ihrem Sessel zurück und lachte leise.

»Arme Fru Jensen! Es ist ihr nie gelungen, einen einzigen Intellektuellen unter ihr Dach zu bringen, aber sie bietet in ihrem Garten kleine Kuchen und kühle Getränke an, und es kommt ein ganzer Schwarm junger Leute beiderlei Geschlechts zu ihr, die Ihr schönes Französisch malträtieren.«

»Wie kommt es, daß sie Französisch können?« fragte ich mißtrauisch.

»Es sind Studenten.«

»Mit Brillen vermutlich.«

»Sie sind impertinent, lieber Herr. Es gibt Gelegenheiten, wo mir das gefällt, und andere, wo mir das weniger gefällt. Heute bin ich nachsichtiger Stimmung.«

Wie sie mich anblickte, als sie das sagte ... Aus halbgeschlossenen Augen beobachtete sie mich, so schien es mir, wie durch die Ritzen einer Jalousie hindurch. Einen Augenblick schwiegen wir beide, dann fragte sie mit einem Lächeln:

»Haben Sie Elsa wiedergesehen?«

»Elsa? Ich kenne keine ... Ah, doch. Elsa. Nein.«

»Nein soll bedeuten, daß sie nicht Elsa heißt, nicht wahr?«

»Sie glauben doch nicht, daß ich mich an die Namen aller Mädchen, die ich treffe, erinnere? Mir war so, als habe sie Elsa gesagt.«

»Das ist mir im übrigen völlig gleich. Aber es tut mir leid, daß Sie Bedenken haben, Frau Jensen einen Besuch zu machen.«

»Ich bitte um Verzeihung, aber literarische Kreise sind mir derart zuwider...«

Sie wiegte den Kopf von links nach rechts und von rechts nach links, wie ein enttäuschtes Kind.

»Schade«, sagte sie betrübt. »Denn bei Fru Jensen hat Ihr Freund Fräulein Luise kennengelernt.«

»Ah, dann...«

»Ah, dann, nein, lieber Herr. Sie sind launisch. Ich gebe zu, daß ein junger launischer Mann amüsant sein kann, vorausgesetzt, er ist nicht bösartig. Doch Sie finde ich – wie soll ich sagen? – überheblich. Auch das ist mir letztlich nicht unangenehm. Indes, es wird schwierig sein, Ihnen zu helfen.«

»Vielleicht wissen Sie nicht genau, was mir vorschwebt.«

»Halten Sie mich für einfältig? Es gibt Dinge, die man nicht deutlich zu sagen braucht.«

Mein Herz begann hoffnungsvoll zu schlagen. Um die Gunst dieser Frau ganz zu erlangen, entschloß ich mich, meine armselige Eroberung vom vergangenen Tag ihrer Wißbegier zu opfern. Auf diese Art und Weise machte ich mich auch frei von dieser aufkeimenden Neigung.

»Ach«, sagte ich und schlug mir vor die Stirn, »Karin.«

»Was meinen Sie?« fragte sie gelassen.

»Das Mädchen, das ich beim Rathaus getroffen habe, hieß nicht Elsa, sondern Karin.«

»Ich kenne mehrere Karins. Dunkle Haare, hatten Sie gesagt, nicht?«

»Blonde. Blonde Haare und dunkle Augen.«

»Ach ja. Dunkle Augen, das hat mich ein wenig irritiert. Dennoch... Aber es ist doch nicht möglich, daß Sie der kleinen Karin begegnet sind... unserer kleinen Schüchternen. Amüsant. Ich kenne sie. Jeder kennt sie. Doch jetzt muß ich in den Laden zurück, ich werde über Ihr Problem nachdenken.«

Schwerfällig erhob sie sich, und ich folgte ihr.

»Karin«, sagte sie gedankenvoll, als sie die Tür öffnete. »Amüsant. Sogar höchst amüsant. Doch Karin ist nichts für einen Mann wie Sie.«

Sie sagte diese Worte mit heiterer Miene und mit einer leichten Handbewegung, wie wenn sie jemand oder irgend etwas verabschieden wollte.

»Sie ist auch«, sagte ich und lachte, als stimme ich ihr bei, »ganz und gar nicht mein Fall.«

Wie widerwärtig fühlte ich mich in diesem Augenblick! Diesen Satz hätte ich wirklich nicht zu sagen brauchen. Er wurde mit einem perlenden Lachen aufgenommen. Ich fand es abscheulich.

»Ich weiß, vielmehr ich ahne«, sagte Fräulein Ott hintergründig, ohne zu verraten, was sie ahnte. »Geben Sie die Hoffnung nicht auf, lieber Herr.«

Die drei Stufen, die zum Laden hinunterführten, ächzten unter ihrem Gewicht. Ich ging artig hinter der breiten Gestalt her, bis zur Ladentür, wo sie unvermittelt, als sie mir die Hand hinstreckte, sagte: »Sie sollten zu Cook gehen.«

»Zu Cook?«

»Um zu sehen, ob Post für Sie da ist, zum Beispiel.«

»Bei Cook kann eigentlich gar keine Post für mich liegen.«

»Hahaha! Sie sagen das wirklich reizend. Auf bald, mein Herr.«

Zu Cook. Sie machte sich ganz sicher lustig über mich. Ich brauchte eine Weile, um zu begreifen. Doch trotz der Hitze ging ich geradewegs zu dem großen Platz, der an ein Blatt Papier erinnerte, auf das das Schicksal Dinge schrieb mit Buchstaben, die von den Vorübergehenden gebildet wurden. Die Linien waren durchaus nicht gerade, und viele waren unvollendet; außerdem bewegten sie sich unaufhörlich, aber von oben gesehen ergab das alles vielleicht einen Sinn.

Die Agentur lag an einer Stelle des Platzes, wo die Sonne wie mit einer Zunge jeglichen Schatten aufgeleckt hatte. Keine Mittsommernacht konnte derart unheimlich sein. Als ich die Räume betrat, sah ich mit einem Blick, daß Karin nicht da war. Ich suchte sie ja auch gar nicht, aber ich konnte sie aus meinen Gedanken nicht vertreiben. Dabei war ich gerade hier, um die Erinnerung an sie durch ein befreiendes Abenteuer auszulöschen. Fräulein Otts Vorschlag war nicht dumm: wenn irgendwo in Kopenhagen französisch gesprochen wurde, dann bestimmt hier, und wer konnte sagen, ob eine von den Angestellten ... Mit der Eindringlichkeit und Schnelligkeit eines echten Hedonisten ließ ich meine Augen im Kreise wandern, auf Entdeckungsreise nach einer hübschen Person, denn in diesem Traumland findet man überall und immer eine. Hier, o wundervolles Dänemark, sah ich zwei, die eine wie die andere so, daß sie auch das Auge des Anspruchsvollsten erfreuen konnte. Sie waren offenbar ganz ernsthaft bei der Sache, über Kursbücher und Prospekte gebeugt, lauschten sie aufmerksam den Fragen der Touristen, die nacheinander an ihnen vorbeidefilierten. Die erste ... Aber wozu soll ich die goldene Pracht beschreiben, die verschwenderisch über diesem Kopf ausgebreitet war, die schmale, neugierige Nase, die blauen, ein wenig leeren, ein wenig schüchternen, aber wunderschönen Augen? Es mochte noch so würdevoll sprechen, das Fräulein, in seinen Adern floß das Blut der Vorfahren, die mit lautem Schreien von ihren langen schwarzen Schiffen sprangen, um die halbnackten Engländer zu brandschatzen. Heute, der einzige Unterschied nach elf Jahrhunderten, trugen die Engländer Flanell oder Tweed und kamen selber, um den Dänen ihr Geld auszuhändigen.

An all dies dachte ich, als ich wartete, bis die Reihe an mir wäre. Von den beiden Angestellten hatte ich diejenige ausgesucht, die mir als die aufregendere erschien, doch nach ein oder zwei Minuten änderte ich Meinung und Platz, um mich noch einmal zu bedenken. Ich stellte mich wieder hinten an. Die andere war gewiß auch nicht zu verachten. Von ihrem Blick vor allem fühlte man sich auf die Folter gespannt, aber darauf komme ich gleich noch zurück.

Ich wartete geduldig. Die Leute vor mir sprachen englisch,

was mich beunruhigte, aber es brauchte mich nicht zu beunruhigen, denn als ich an der Reihe war, stand ich einem bernsteinfarbigen, rosigen Gesicht gegenüber, das mich ernst anblickte und mich vor Verlangen zum Stottern brachte.

»Fransk?« fragte der Mund mit den vollen Lippen.

Ich nickte zustimmend mit dem Kopf. Daraufhin wurde mir mit einem Bleistift in einer Hand, die ich am liebsten mit Küssen bedeckt hätte, ein grauhaariger Kollege mit riesiger Brille bezeichnet. Feuerrot im Gesicht entfernte ich mich rückwärts, wie von einer königlichen Gestalt, und war es nicht auch ein bißchen so?

Natürlich ging ich an dem bebrillten Herrn vorbei und stellte mich bescheiden in eine kleine Gruppe am anderen Ende des großen Raums. Dort bot sich meinen begehrlichen Blicken die zweite göttliche Skandinavierin dar. Im Unterschied zu der ersten lächelte sie – sie lächelte oft und viel. Mir war, als richte sich der Schlag meines Herzens nach dem Rhythmus ihres Lächelns. Ich übertreibe? Keineswegs. Ich bleibe weit hinter der Wirklichkeit zurück. Ich war entschlossen, sie anzuflehen, mit gefalteten Händen, vor allen Umstehenden, wenn sie mich zu dem bebrillten Herrn schicken sollte. Aber ich will versuchen, sie ganz ruhig zu beschreiben. Ihr üppiges Haar hatte zwei deutlich verschiedene Farbtöne: Butter und Bronze. Kenner wissen, was ich meine. Sogar schwarze Reflexe waren in den dunkleren Partien dieser schimmernden Fülle wahrzunehmen, ein volles und goldenes Schwarz. Wie gut es riechen mochte! Wie gern hätte ich mein Gesicht hineingetaucht und meine Brust damit bedeckt! Denn es war überreichlich vorhanden, und jedesmal, wenn dieser herrliche Kopf sich neigte, sich wieder hob, sich nach dieser oder jener Seite wendete, war es, als durchzuckten Blitze dieses verzaubernde Haar, das ich in Gedanken mit den Fingern kämmte. Die Augen jedoch, so dunkelblau, daß sie fast schwarz wirkten, zogen meine Aufmerksamkeit viel gebieterischer auf sich. Nachdenklich und schmeichelnd zugleich, konnten sie einen Unbesonnenen verwirren, und in ihren gewitterfarbenen weiten Pupillen ahnte ich eine unbändige Sanftheit. Diese Frau gehörte zu denen, die gern nein sagen. Ich wußte sofort, daß hier nichts zu machen war, trotzdem murmelte ich ein paar unzusammenhängende Worte, und sie streckte den Kopf ein wenig vor, um mich besser zu verstehen.

»Fransk«, sagte ich völlig verzweifelt.

»Ich habe es gemerkt«, sagte sie lächelnd.

»Oh, Sie sprechen französisch!«

»Wir können es hier alle ein bißchen, doch dort hinten der Herr befaßt sich vor allem mit unseren französischen Kunden.«

Ich warf einen schreckerfüllten Blick zu dem bebrillten Herrn hin und fuhr flehentlich fort:

»Ich wollte nur eine kurze Auskunft. Wie gelangt man nach Klampenborg?«

»Alle halbe Stunde fährt ein Autobus dorthin«, antwortete sie und schob mir einen Plan von der Stadt und ihrer Umgebung hin.

»Hier können Sie einsteigen, sehen Sie?«

Ich sah nur ihre Hand mit den hübschen Fingern, die gelb waren wie der Sand von Klampenborg. Scheinheilig beugte ich mich über den Plan, so daß meine schwarzen Haare ihre goldenen berührten. Ungestüm sinnliche Gedanken überfluteten mich, peinvoll deutlich. Mit heißen Wangen und tonloser Stimme fragte ich:

»Wo kann man sich hier amüsieren?«

Sie richtete sich auf.

»Kennen Sie das Tivoli?« Ob ich das Tivoli kannte!
»Nein«, erwiderte ich.

Und ich hatte Lust, sie zu fragen, warum sie *Tsivoli* sagte, aber ich wagte es nicht.

»Das ist der große Park, der auf dem Plan grün eingezeichnet ist.«

»Wie, sagen Sie, heißt er?«

»Tsivoli.«

Gern hätte ich sie den Namen zwanzigmal aussprechen hören, der auf ihrer Zunge fröhlich wie ein Zitherschlag tönte, aber wahrscheinlich merkte sie etwas, denn sie schenkte mir ein Lächeln und fügte rasch hinzu:

»Am besten gehen Sie erst nach dem Abendessen dorthin. Dann finden dort Vorstellungen statt. Und jetzt entschuldigen Sie mich bitte, ich muß mich mit der Dame beschäftigen...«

Ich verlor den Kopf und hörte, wie ich zu ihr sagte:

»Würden Sie, mein Fräulein, damit einverstanden sein, mit mir zum Tivoli zu gehen, zum Beispiel zum Abendessen?«

Ohne mit der Wimper zu zucken, sah sie mich an wie jemand, der es gewöhnt ist, solche Anträge zu erhalten, und sie antwortete:

»Sprechen Sie doch bitte mit meinem Mann über Ihren Vorschlag, er ist dort drüben am Wechselschalter, sehen Sie? Dort drüben, neben der Tür... Meine Dame?«

Tief getroffen wandte ich mich zur Ausgangstür, konnte aber nicht umhin, einen Blick zum Wechselbüro hinüber zu werfen, als wollte ich mein Leid vergrößern. Ich sah einen kleinen, bereits kahlköpfigen Mann mit sattem, kindlichem Gesicht. Seine zufriedene Miene brachte mich in Wut. Der Grund seiner Zufriedenheit befand sich fünf Meter entfernt von ihm, und wie sie heute abend lachen würde, wenn sie ihrem Mann von dem Versuch des französischen Touristen erzählte, sie einzuladen.

Draußen, auf dem Platz, mußte ich mir einen Ruck geben, um wieder zu mir zu kommen. Ich beruhigte mich, indem ich mir sagte, daß die beiden Frauen gar nicht so schön waren, wie der Liebeshunger es mir vorgegaukelt hatte. Das Begehren umgab sie wie mit einem mythischen Heiligenschein. Ich redete mir ein, daß die zweite, die Frau des Mannes am Wechselschalter, eine plattgedrückte Nase und unregelmäßige Zähne hatte. Wahrscheinlich hätte ich darüber hinweggesehen und das übrige genossen, aber meine Bewunderung glich einem Wahn.

Allmählich wurde ich ruhiger. Ich ging zu meinem Wagen, den ich in einer Nebenstraße abgestellt hatte, und fuhr nach Hause, um mich hinzulegen. Ich war völlig erschöpft, wie nach einer wilden Ausschweifung, aber diese Erschöpfung hatte nur die Nerven und den Kopf befallen. Ich hatte genug von dem blöden Leben, das ich in einer Stadt führte, in der allen anderen ein sinnliches Paradies aufgetan wurde, das sich für mich aber in eine Art Hölle verwandelte. Die Prostitution war nichts als ein Betrug, auf den immer die gleiche Ernüchterung folgte. Ich blieb allein.

In meinem Zimmer zog ich die Vorhänge zu, legte meine Kleider ab und warf mich, wie von einer Gier besessen, auf das Bett. Seit dem Mißgeschick vorhin war Schlafen für mich zu einer fixen Idee geworden, und wirklich versank ich nach wenigen Minuten in tiefen Schlummer.

Als der Nachmittag am heißesten war, wachte ich vom Klingeln des Telefons auf. Es war Fräulein Ott. Mir war, als verfolge mich ihre etwas zu klangvolle Stimme durch die Nebel zwischen Schlafen und Wachen und werfe die langen Sätze wie Lassos nach mir.

»Ich hoffe, ich störe Sie nicht«, begann sie, »ich möchte einen der schönsten Tage unseres skandinavischen Sommers nicht trüben.«

»Das tun Sie ganz und gar nicht. Was gibt es?«

»Oh, ich fürchte, ich habe irgendeine angenehme Beschäftigung unterbrochen, eine Unterhaltung oder etwas ähnlich Nettes.«

Ihr Tonfall war so frivol und so unnatürlich, daß ich vermutete, sie habe ein bißchen getrunken. Mein Pariser Freund hatte mir erzählt, daß sie an dieser kleinen Schwäche litt.

»Ich schwöre Ihnen, daß Sie nichts unterbrochen haben. Ich las die Zeitung.«

»Gegenwärtig darf man keine Zeitung lesen. Es ist eine unnötige und bedrückende Beschäftigung.«

»Darf ich fragen, was Sie mir sagen wollen?«

»Ich habe an Sie und Ihre augenblicklichen Schwierigkeiten gedacht. Für Sie, lieber Herr, dürfte es, das sage ich, ohne Ihnen Komplimente machen zu wollen, eigentlich keine Schwierigkeiten geben in unserer stets so gastlichen und so ... wie sagt man? Helfen Sie mir doch, das Wort zu finden, das ich suche.«

»Verständnisvoll?«

»Verständnisvoll klingt ziemlich kühl und abstrakt. Mir ist das Konkrete lieber, richtige menschliche Wärme.«

»Bitte entschuldigen Sie mich, Fräulein Ott, ich muß weggehen.«

»Aha, Sie wollen das Gespräch abbrechen. Um es kurz zu machen, vor dem Abendessen kommen nachher sehr liebe Freunde von mir hierher, unter ihnen einer meiner treuesten Kunden, den ich Ihnen gern vorstellen möchte.«

»Warum?«

»Mein Lieber, Sie stellen so brüske Fragen. Ich werde es Ihnen sagen. Er ist einer der vermögendsten Männer Englands.«

»Vermögende Leute interessieren mich nicht, Fräulein Ott.«

»Wie hübsch Sie das sagen. Sie sind wirklich ein Charmeur. Ich bin hier bei mir, auf meiner Couch und erfrische mich, ich fühle mich wohl, ich bin glücklich – beinahe glücklich.«

»Und neben Ihnen, auf einem niedrigen Tischchen, ein erlesenes, gut gekühltes Getränk.«

»Nicht auf einem niedrigen Tischchen, sondern in der Hand, die den Hörer nicht hält. Aber ich merke, Sie sind ein Hellseher. Kommen Sie doch nachher zu mir.«

»Ich weiß noch nicht.«

Eine kurze Pause, dann war die Stimme von neuem zu hören, jetzt sachlicher:

»Wenn ich Sie bitte zu kommen, weiß ich ganz genau, was ich tue. Ich versichere Ihnen, Sie werden es nicht bereuen.«

Ein Berg von Anspielungen lag in diesen Worten.

»Nun gut, ich komme«, sagte ich nach kurzem Zögern.

»Bestimmt?«

»Ja, bestimmt.«

»Großartig! Niemand bei Cook?«

»Nein.«

»Karin?«

»Ich habe Karin nicht gesehen.«

»Armer guter Engel, der Himmel möge sie segnen und beschützen.«

»Muß ich Amen sagen?«

»Scherzen Sie nicht. Jedenfalls ist Karin nichts für jemanden wie Sie.«

»Ich glaube, das haben Sie mir schon einmal gesagt.«

»Wirklich? Sie wissen doch, wo ich wohne?«

»Fasanvej 13.«

»Bravo. Im dritten Stock. Aber werden Sie Fasanvej finden?«

»Seien Sie unbesorgt.«

Ich wußte, wo Fasanvej ist, denn ich hatte dort einige ebenso hübsche wie sprachlich unerreichbare Mädchen angesprochen. Am anderen Ende der Leitung war ein leicht mephistophelisches Lachen zu vernehmen, als habe sie verstanden.

»Bis nachher, mein Herr.«

Der Ton war feierlich, wie um mich noch einmal an mein Versprechen zu erinnern.

Gegen sieben Uhr läutete ich an Fräulein Otts Tür. Sie machte mir selber auf, ihr Gesicht war eine Spur zu rosig, die Augen glänzten, als käme sie direkt aus einer Schlacht.

»Ich habe eine Menge Gäste«, sagte sie mit einer zugleich bänglichen und jubelnden Stimme. »Ich kann Sie unmöglich jedem einzelnen vorstellen, aber es wird sich alles ergeben, bei mir ergibt sich stets alles von selbst. Zum Glück ist aber mein Bruder hier, der mir zur Hand geht. Ib!« rief sie.

Ihre Stimme übertönte das Gemurmel, das aus dem hinteren Teil der Wohnung herüberdrang. Ein kleiner, einfach zu kurz geratener Mann mit breiten Schultern wurde sichtbar, er ähnelte in einer fast die Sinne täuschenden Art seiner Schwester: das gleiche rosige Gesicht, die gleichen wasserblauen Augen, die gleiche Leibesfülle. Sein aschblondes Haar umrahmte die von beginnender Kahlheit größer gewordene Stirn, doch er hatte das Aussehen langwährender Jugendlichkeit, wie ich es bei vielen Skandinaviern an der Schwelle zum Alter bemerkt hatte.

»Ja, ja«, sagte er mit einem albernen Lächeln und streckte mir seine große fleischige Hand hin.

Ich trat in den Salon und hatte augenblicklich das Bestreben, die Flucht zu ergreifen, aber ich war sofort von Personen reiferen Alters umgeben, alle äußerst zuvorkommend, die mir Cocktail-Dunst um die Nase bliesen. Ich sah sie wie durch Nebelschwaden, und ich weiß nicht, was Fräulein Ott über mich erzählt hatte, denn ich rief allerseits Neugier und kümmerliche Anstrengungen, französisch zu sprechen, hervor. Eine Dame mit feuchten Augen hob ihr halbvolles Glas in die Höhe meines Kopfes und wünschte mir irgend etwas, pausbäckige Herren, deren Gesichter von Schweiß überzogen waren, starrten mich mit hervorquellenden Augen an und gaben abgerissene Sätze über die jüngsten Ereignisse zum besten. Ich begriff mit Entsetzen, daß sie mir ihr Mitleid ausdrückten, und als Fräulein Ott in meiner Nähe war, sagte ich mit schneidender Stimme

»Das ist eine Falle, weiter nichts.«

Sie nahm mich bei der Hand und zog mich in einen kleinen Raum, der als Kleiderablage diente.

»Nein«, sagte sie und schloß die Tür hinter sich. »Diese Leute gehen alle gleich fort. Nur die interessanten bleiben, ich schwöre es Ihnen. Mister Gore muß jeden Augenblick kommen. Dieser Mann, das müssen Sie wissen, ist ein Zauberkünstler auf dem Gebiet der Spekulation. Wie hoch seine Einkünfte sind, weiß niemand, vielleicht weiß er es selbst nicht einmal. Er kann sich alles leisten. Im übrigen werden Sie sich bald davon überzeugen können. Sie werden sehen ...«

»Die Zurschaustellung seines Glücks läßt mich gleichgültig. Sagen Sie mir bitte offen heraus, was ich hier eigentlich soll.«

»Das möchte ich Ihnen gern als Überraschung bieten.«

»Was für eine Überraschung? Ich halte nicht viel von Überraschungen.«

Sie richtete sich so gut es ging auf, warf ihren Kopf zurück und gab sich das Aussehen ungeheurer Würde.

»Wenn Sie mir nicht trauen«, sagte sie frostig, »wäre es besser, wir brechen unsere Beziehungen ab.«

»Schon gut. Ich bitte um Entschuldigung. Spricht Mister Gore französisch?«

»Sehr viel lieber spricht er seine Muttersprache, aber ich bin ja da, um den Dolmetscher zu machen. Zuweilen äußert er sich auch auf französisch, in einem mühevollen Französisch mit einem Akzent ... wie sagt man? Dem Akzent eines Clowns. Fast alle Engländer haben im Französischen einen komischen Akzent. Bitte haben Sie die Güte, über Mister Gores Akzent nicht zu lächeln.«

»Immerhin bin ich einigermaßen gut erzogen.«

»Mein Gott, wie sind wir sensibel, Sie und ich. Um ein letztes Mal auf die kleine Karin zurückzukommen ... Sie ist ein bißchen ... nicht durchgedreht, nicht verrückt, aber merkwürdig. Ich bitte Sie ganz ernsthaft ...«

»Warum sprechen Sie noch immer über diese Person, die mir völlig gleichgültig ist? Was hat das mit unserem englischen Millionär zu tun?«

Sie ließ ihr gekünsteltes Lachen hören, das ich allmählich kannte und das stets Verlegenheit verriet.

»Gar nichts, lieber Herr. Ich sage, was mir gerade einfällt. Aber ich muß ein Auge auf die Kleine haben, und sie gibt mir Anlaß zu Sorge. Sie steht allein im Leben ...«

»Sind Sie mit ihr verwandt?«

Wieder dieses unecht klingende Lachen.

»Hören Sie, in Kopenhagen sind wir alle näher oder entfernter miteinander verwandt. Wollen wir nicht zu meinen Gästen hinübergehen?«

»Gestatten Sie, daß ich noch einen Augenblick hierbleibe. Dort drüben ist es zum Ersticken.«

»Nur einen Augenblick. Ich werde im Salon lüften.«

»Holen Sie mich bitte, wenn Ihr Engländer eingetroffen ist.«

Ohne zu antworten, verschwand sie. Die Tür stand ein paar Sekunden offen, und ein Schwall dänischer Laute drang herein, dann fiel sie wieder zu. Ich blickte um mich. An den Wänden des kleinen Raums hingen Stiche, sie stellten die Beschießung Kopenhagens durch die englische Flotte im Jahr 1807 dar. Auf dem langen, mit rotem Samt bezogenen Kanapee lagen die Hüte der Gäste, sie schienen die Eitelkeit ihrer Besitzer widerzuspiegeln. »Diese Dummköpfe haben großes Glück«, dachte ich bei mir, »Deutschland und alles, was zur Zeit geschieht, kümmert sie nicht.« Eine Anzahl Bücher auf einem Bord beschäftigten mich eine Weile, aber sie waren alle in dänischer oder englischer Sprache. Auf einmal wurde ich von namenloser Verzweiflung gepackt. Ich kam mir vor wie ein Tier, das mit einer Pfote im Schlageisen einer Falle gefangensitzt. Aus diesem Haus zu fliehen, auf die Straße zu laufen, hätte nichts geändert. Ich war vom Tod umzingelt. Die Falle war das Leben. Und im Mittelpunkt des Lebens stand das mitleidlose Räderwerk, das durch nichts aufgehalten werden konnte. Der Tod stand vor der Tür. Der Krieg mußte heute oder morgen ausbrechen. In dem Anfall von Panik, die sich meiner bemächtigte, suchte ich wie irrsinnig nach einer Zuflucht. Weder Alkohol noch Drogen hatten jemals Macht über meinen Kopf gehabt. Bei mir wurde Angst nur durch Erotik vertrieben, doch die Befriedigung war von kurzer Dauer, und in der darauffolgenden Einsamkeit brach der Schrecken wieder auf, denn nach dem Rausch war ich allein, selbst wenn die Frau noch da war. Ich glaube, ich hätte mich, wäre in diesem Raum, in dem ich mich befand, ein Fenster gewesen, ins Leere gestürzt, obwohl diese Todesart mir Entsetzen einflößte. In meiner Brust schlug etwas, das nicht mein Herz war, irgend etwas in der Mitte des Brustkorbs, und hinten in meinen Ohren vernahm ich das leichte Klingen, das ich so gut kannte, das Klingen des Grausens. Ich schloß die Augen und lehnte mich an die Wand. »Es geht vorüber«, sagte ich zu mir. »Es ist ein Anfall.«

Plötzlich ging die Tür auf, und wie in einem Traum sah ich Fräulein Ott mit einem Glas in der Hand auf mich zukommen. Fast hätte ich geschrien.

»Was haben Sie denn?« stieß sie hervor. »Sie sind ja kalkweiß.«

Lächerlicherweise überkam mich die Lust, sie zu umarmen. Es war unbegreiflich, aber diese füllige Person brachte alles wieder ins Gleichgewicht. Die Falle tat sich wieder auf.

»Ich habe nichts. Ich bin nur ein bißchen erschöpft.«

»Das kommt von diesem Wetter. Ich werde Ihnen einen Cocktail holen, der einen Toten wieder auferwecken würde. Da, hören Sie?«

In der Tat, die Türglocke schlug an. Sie ging hinaus, ließ die Tür offen, und ich begab mich wieder in den Salon. Jetzt empfand ich ein Gefühl niedriger und schändlicher Erleichterung, unter diesen Leuten zu sein, die in ihrer kehligen Sprache lachten und schwatzten. Sogar ihre Banalität hatte etwas Beruhigendes. Sinn- und grundlos lächelte ich wie sie. Ein Glas Alkohol wurde mir angeboten, ich griff danach. Ich war wie von einer Last befreit, als wäre eine unerwartete gute Nachricht in der Welt verbreitet worden. Auf einmal stand Fräulein Ott wieder neben mir, sie machte mir ein geheimnisvolles Zeichen.

»Er ist da«, sagte sie.

Gebieterisch ergriff sie meine Hand, und wir bahnten uns einen Weg zum Nebenraum, dem Speisezimmer. Es wurde fast in der ganzen Länge von einem Eichentisch eingenommen, auf dem zahllose halbvolle und abgegessene Teller von der Gefräßigkeit der Gäste zeugten. Das sah ich zuerst, dann hinten ein offenes Fenster, das auf einen Garten hinausging, wo in der untergehenden Sonne Birken zitterten. Fräulein Ott aber geleitete mich zu einer dunklen Ecke, und plötzlich stand ich einem kleinen Mann gegenüber, der einen abstoßenden Eindruck auf mich machte. Es gibt auch Haß auf den ersten Blick, wie es Liebe auf den ersten Blick gibt. Jedenfalls war der Haß unvermittelt da, und er war gegenseitig. Ich musterte das Gesicht dieses Menschen genauso gründlich wie er das meine, und ich bemerkte, daß seine Züge ganz dicht beieinander lagen, wie wenn es in diesem durch Fett aufgedunsenen Gesicht an Platz gefehlt hätte. Augen, Nase, Mund, alles war klein und wie von Geiz und Bösartigkeit zusammengequetscht. Wortlos betrachteten wir uns, während Fräulein Ott Plattheiten von sich gab. Dann kam ein Satz über seine Lippen, der genau das wiedergab, was ich selbst dachte:

»Wir haben uns schon irgendwo gesehen.«

Das glaubte ich auch, aber mit einer kaum merklichen Bewegung des Kopfes sagte ich nein. Er bedachte mich mit einem geringschätzigen und skeptischen Blick und sagte zu Fräulein Ott ein paar Worte auf englisch, die ich nicht verstand. Trotz der Abneigung, die er mir einflößte, mußte ich zugeben, daß in seinem Gesichtsausdruck scharfe, faszinierende Intelligenz zu erkennen war. Ohne jeden Zweifel stand ein bedeutender Mann vor mir, obwohl er äußerlich aussah wie ein Geschäftsmann auf Reisen. Er war kurzgewachsen, dick, trug einen dunkelblauen Alpakaanzug, und er schien unbeweglich darauf zu warten, daß ich irgend etwas unternahm, ein Wort sagte, eine Geste machte. Aber nichts dergleichen geschah, und es breitete sich Verlegenheit aus, denn Fräulein Ott stand wie versteinert vor Ehrfurcht da und wußte auch nichts zu sagen. Endlich riß sie sich zusammen und fragte:

»Was kann ich Ihnen zu trinken anbieten?«

»Nichts, Ott«, gab er kurz und bündig zur Antwort.

Er sagte einfach Ott zu ihr . . . Sie legte eine Hand in die andere, wie Verkäuferinnen vor einem Kunden es tun. Wiederum wurden einige Worte auf englisch gewechselt, und ich schickte mich an hinauszugehen; doch Fräulein Ott hielt mich zurück. »Mister Gore möchte Ihnen etwas sagen.« Durch einen flehenden Blick gab sie mir zu verstehen: »Ich bitte Sie um alles in der Welt.« Sie ging in den Salon und ließ mich mit dem Zauberkünstler der Spekulation allein.

»Ich vermute, Sie sind des Vergnügens wegen hier«, sagte er.

Er sprach wirklich mit dem Akzent eines Clowns, aber ich verspürte in keiner Weise den Drang, darüber zu lächeln. Die Frage wurde so abrupt gestellt, daß sie mein Interesse weckte.

»Zum Teil«, antwortete ich. »Doch ich bin anspruchsvoll, und diese Stadt enttäuscht mich.«

»Ott sagte mir, daß Sie nicht dänisch sprechen. Ich auch nicht, aber das ist kein ernstes Hindernis. Sie sind jung, Ihnen fehlt nur die Gewandtheit.«

»Wenn das, was Sie Gewandtheit nennen, sich erst mit dem Alter einstellt, möchte ich Ihnen sagen, daß mich das abstößt. Alter und Wollust zusammen finde ich entsetzlich.«

»Das sagt man, solange man jung ist. Und plötzlich ist das Alter da mit der Wollust. Dann kommt es auf die Gewandtheit an.«

»Hoffentlich sterbe ich vorher.«

Er lachte, und beim Lachen hoben sich seine Mundwinkel und ließen eine Reihe verdächtig weißer Zähne aufblitzen. Ohne noch ein Wort zu sagen, machte ich kehrt, diesmal fest entschlossen, diese unheimliche Wohnung zu verlassen. Es war nicht einfach, zwischen den herumstehenden Gästen hindurchzukommen, doch schließlich gelangte ich auf den Flur, der zur Ausgangstür führte. Als ich an dem kleinen Raum, der als Kleiderablage diente, vorüberkam, sah ich, daß die Tür halb offen stand, und einer unbewußten Neugier nachgebend, schaute ich vorsichtig hinein, denn ich meinte, Fräulein Ott mit jemandem sprechen zu hören. Unter dem Vorwand, meinen Hut zu holen, konnte ich nicht eintreten – im Sommer trug ich nie einen –, und außerdem fürchtete ich, Fräulein Ott würde mich wieder zum Bleiben auffordern. Trotz allem stieß ich die Tür auf und blieb verblüfft auf der Schwelle stehen. Eine junge Frau – ich sah nur ihren Rücken – stand vor einem kleinen ovalen, an der Wand hängenden Spiegel und ordnete mit bedächtigen und sorgfältigen Handbewegungen ihr Haar. Die Gesten schienen von einer Statue auszugehen, und wirklich erinnerte sie sowohl durch die Schönheit ihrer Gestalt wie durch den Adel ihrer Haltung an eine Statue. Als sie meine Gegenwart bemerkte, nahm sie die Arme herunter und richtete ihre Augen auf mich. Ich erblickte im Gegenlicht das Antlitz eines Engels, wie es Frauen nordischer Herkunft zuweilen besitzen. Das ihre jedoch erschien mir einfach ungewöhnlich schön. Gewiß, ich kannte die Attribute skandinavischer Schönheit: goldenes Haar, rosige und gebräunte Haut, große blaue Augen. Doch im Gesicht der Frau, die mich ansah, lag noch mehr: eine fast einschüchternde Würde und – sofern man noch das Wort benutzen kann, das durch den Mißbrauch, der mit ihm getrieben worden ist, ins Lächerliche gezogen wurde – eine Reinheit, vergleichbar der Unschuld eines ganz jungen Kindes.

Fräulein Ott zuckte zusammen, als sie mich erblickte.

»Oh«, rief sie aus, »sagen Sie nicht, daß Sie jetzt gehen wollen.«

»Nein«, murmelte ich und lächelte. »Ich gehe nicht.«

»Ilse«, sagte Fräulein Ott, »ich stelle Ihnen hier einen Herrn vor, der aus Frankreich kommt und unser Land aufrichtig liebt. Doch ich bin ja närrisch! Ich rede Ilse französisch an, und sie spricht diese Sprache gar nicht.«

Dann sagte sie ein paar Worte auf dänisch zu ihr, worauf ich ein leichtes Kopfnicken erhielt. Linkisch machte ich einen Schritt vorwärts, in der Hoffnung, sie würde mir ihre Hand entgegenstrecken, aber nichts dergleichen geschah. Ich bekam heftiges Herzklopfen. Wie schrecklich, dachte ich, ich bin im Begriff, mich zu verlieben. Diese Frau verkörpert alles, was ich auf der Welt ersehne. Es gibt kein anderes Wesen neben ihr.

Fräulein Ott warf sich in die Brust.

»Ilse«, sagte sie in mütterlichem Tonfall, »ist die Tochter meiner besten Pensionatsfreundin. Zwar spricht sie nur dänisch, aber ich wette, ihr Anblick ist Ihnen angenehm. Ein Vergnügen, das Sie sich nicht entgehen lassen sollten. Oh, hier ist ja auch Mister Gore!«

Wirklich war der Engländer leise in den Raum getreten, ich erlebte die ärgerliche Überraschung, ihn plötzlich neben mir stehen zu sehen. Und seine dünne, spitze und gebieterische Stimme sagte:

»Ott!«

Sie blickte ihn an, verneigte sich leicht und ging zu meiner größten Verwunderung sogleich hinaus.

»Bleiben Sie noch einen Augenblick«, sagte Mister Gore zu mir und schloß die Tür. »Hier können wir besser miteinander plaudern.«

Mit seinem Arm löste er eine Hutlawine aus und ließ sich dann auf dem Kanapee nieder, während Ilse und ich stehenblieben.

»Gefällt sie Ihnen?« fragte er.

»Sie ist charmant«, stammelte ich.

»Das macht ihr Freude, ›charmant‹ ist eines der wenigen französischen Worte, die sie versteht. Sie ist ein braves Mädchen, aber anspruchsvoll, ich meine sinnlich.«

Blitzartig begriff ich, daß vor meinen Augen das stand, was Fräulein Ott mir angedeutet hatte: Mister Gores Glück, und unbewußt zuckte ich entsetzt zusammen. Der Engel, die Reinheit, die Unschuld ... Ich fand mich furchtbar lächerlich, aber leider auch von Verlangen verzehrt.

»Hören Sie«, sagte Mister Gore, während er sich zurücklehnte und die Füße kreuzte, »wir sprachen vorhin von Gewandtheit. Ich habe stets das Beste, weil ich mehr gebe als irgend jemand anderer.«

Diese Worte trafen mich heftig und plötzlich. Wahrscheinlich wurde ich blaß. Ohne zu wissen, wie es geschah – so sehr verwirrte mich die Wut –, stand ich im Flur, lief die Treppen hinab und war dann auf der Straße, wo ich, ohne an meinen

Wagen zu denken, mit weit ausholenden Schritten davon-
stürzte.

Ich gelangte auf einen hübschen, ruhigen Platz, alte Leute
saßen, um frische Luft zu schöpfen, auf den Bänken. Ich
wollte versuchen, meine Fassung wiederzugewinnen, und
setzte mich ebenfalls. Weniger die Taktlosigkeit von Mister
Gores Worten als der Mißbrauch, den er mit seiner Macht
trieb, machte mir die Kehle trocken vor Zorn, doch der
Wahrheit wegen muß ich sagen, daß ich ihn ganz einfach um
die herrliche Kreatur beneidete, die er offensichtlich zu seiner Sklavin machte. Ich weiß nicht, was die Vorübergehenden
von mir dachten, die sahen, wie ich mein brennendes Gesicht
hinter meinen Händen verbarg.

»Ilse!« sagte ich laut.

Was hätte ich darum gegeben, mich vor ihre Füße werfen
und sie wie ein Götterbild anbeten zu können! Ich litt unsäglich. Diese Stunde war die schwerste, die ich erlebte, seit ich in
Dänemark war. Ich starrte auf den Schatten der Linden am
Boden und überlegte, was ich tun sollte. Nach Frankreich
zurückzukehren, bevor ich durch die äußeren Ereignisse dazu
gezwungen wurde, kam nicht in Betracht. In dieser Stadt zu
bleiben schien mir andererseits ebenfalls unmöglich. Von all
den Mädchen, die ich hatte – und es waren eine ganze Menge –,
schien mir keine denen vergleichbar, die ich noch nicht hatte
und die ich wahrscheinlich nie haben würde. Voller Groll und
mit ungestilltem Verlangen würde ich von hier wegfahren.

Mein Wagen stand nicht weit entfernt. Ich holte ihn und
wußte nichts Besseres, als in mein Zimmer zurückzukehren.
Es war noch früh, doch ich nahm mir vor zu schlafen, wie ein
Säufer sich vornimmt, sich vollaufen zu lassen. Ich hatte mich
schon halb ausgezogen, als ich mich eines anderen besann. Es
war zu dumm, in dieser Stadt, wo alle Welt gewann, immer
verlieren zu müssen. In einem Anflug sinnloser, doch unbe-
wußter Schamhaftigkeit zog ich mein Hemd wieder über und
rief Fräulein Ott an.

»Ah, Sie sind es.« Ihre Stimme klang ein wenig zurückhaltend. »Sie sind sehr früh weggegangen, Sie haben sich auf englisch empfohlen. Drückt man es bei Ihnen nicht so aus?«

»Ja, gewiß. Ich möchte Sie bitten, mich zu entschuldigen, mir wurde unwohl, wahrscheinlich von der Hitze. Erlauben Sie, daß ich nachher noch einmal bei Ihnen vorbeikomme?«

»Wenn Sie mögen. Ich esse heute nicht zu Abend. Fast alle meine Gäste brechen gerade auf. Wir können unter vier Augen miteinander plaudern. Nur mein Bruder wird hier sein, aber Ib stört nicht.«

»Ist Fräulein Ilse noch da?«

Ihr silbernes Lachen war so schrill, daß ich den Hörer von meinem Ohr nehmen mußte.

»Also Fräulein Ilse wollten Sie sehen? Sie ist mit Mister Gore fortgegangen.«

»Mit Mister Gore!«

»Das dürfte Sie nicht überraschen. Sie weicht ihm nicht von der Seite.«

So gut ich konnte, unterdrückte ich einen ärgerlichen Seufzer und sagte mit ruhiger Stimme:

»Wenn es Ihnen recht ist, bin ich in wenigen Minuten bei Ihnen.«

»Ich weiß nicht, ob ich Fräulein Ilse ersetzen kann«, sagte sie kokett.

Ein törichtes Kompliment lag mir auf den Lippen, aber diese Frau hatte etwas an sich, das mich irritierte, und ich legte auf, ohne zu antworten.

Eine Viertelstunde später läutete ich an Fräulein Otts Tür, und wieder war sie es, die mir öffnete.

Die Wohnung roch nach Tabak, Alkohol und dieser undefinierbaren Ausdünstung, die eine Menschenansammlung hinterläßt. Ib räumte im Speisezimmer den langen Tisch ab und begrüßte mich mit einem breiten Lächeln.

»Ib wohnt nicht in Kopenhagen«, sagte Fräulein Ott, »aber von Zeit zu Zeit macht er mir kurze Besuche. Er ist ein einfaches Gemüt, man kann sagen ein Engel, der in der Verkleidung eines Regierungsbeamten herumläuft.«

Während sie mit mir sprach, führte sie mich in den Salon, und mir war, als sähe ich ihn zum erstenmal, jetzt, da er leer war und die Eingeladenen ihn meinen Blicken nicht verbargen. Er wirkte auf mich wie eine Grotte aus rotem Samt, das Kanapee mit seinen dicken Polstern und die prallen Sessel hatten dieselbe stumpfe und doch grelle Farbe. Über dem Klavier hing schwarzgerahmt eine Winterlandschaft; auf einem niedrigen Tisch verbreitete eine schwere, von einem dichten Schirm umgebene Lampe ein Licht, das vertraulichen Gesprächen die richtige Atmosphäre verlieh. Eine gewisse familiäre Stimmung in diesen vier Wänden mochte einen unvoreingenommenen Besucher irreführen, ich aber besaß, was man einen boshaften Sinn nennt, und sah überall nur Sinnlichkeit. Daher witterte ich irgend etwas traurig Schlüpfriges angesichts dieser schwellenden Kissen. Ich malte mir Fräulein Otts heimliche Liebschaften aus.

»Setzen Sie sich«, sagte sie mit einem Lächeln. »Nein, hier.« Sie bot mir einen Platz auf dem Kanapee an, auf das sie sich selbst gesetzt hatte. »Es hat Mister Gore leid getan, daß Sie so früh fortgegangen sind, es hätte ihn sehr gefreut, sich länger mit Ihnen zu unterhalten. Mister Gore schätzt die Franzosen über alles.«

»Gestatten Sie, daß ich freimütig sage, was ich denke?«

»Ich gestatte es Ihnen nicht nur, ich verlange es!«

»Mister Gore ist ein Ferkel.«

»Alle Männer sind Ferkel«, sagte sie nachdenklich. »Sie unterscheiden sich nur durch die Raffiniertheit ihrer Neigungen und ihres Geschmacks. Mister Gore ist sehr anspruchsvoll. Ilse ist ihm sehr zugetan.«

»Ich nehme an, sie ist käuflich.«

»Aber, aber!«

»Entschuldigen Sie, aber Mister Gore hat mir zu verstehen gegeben ...«

»Ilse verdient sich ihren Lebensunterhalt auf ehrenwerte Art und Weise, sie ist Mannequin in einem unserer besten Modehäuser.«

»Ich finde es ungeheuerlich, daß sie sich Mister Gore hin-gibt.«

»Auf manche Frauen übt er einen unwiderstehlichen Reiz aus. Im übrigen sollten Sie versuchen, Mister Gore zu verste-hen. Er braucht Ilse für sein inneres Gleichgewicht.«

»Gleichgewicht?«

»Ja. Für seine seelische Ausgeglichenheit, wenn Sie wollen. In Ilses Gegenwart fühlt er sich frei, sie gibt ihm Frieden. Und Frieden hat er nötig. Er hat große Sorgen. Dieses riesen-hafte Vermögen ...«

»Das ist es ja gerade. Ilse profitiert wahrscheinlich davon in großem Maß.«

»Ich finde, Sie sind sehr streng.«

»Streng? Keineswegs. Ich begreife, ich begreife alles.«

Unwillkürlich wandte ich den Kopf zur Seite und sah, wie Fräulein Otts Bruder im Speisezimmer am langen Tisch die Überreste des kalten Buffets aufaß.

»Seien Sie unbesorgt«, sagte Fräulein Ott, die meinen Blick bemerkt hatte. »Ib versteht kein Wort von dem, was wir miteinander sprechen. Sein ganzes Französisch beschränkt sich auf *oui, oui*.«

»Ilse nimmt Geschenke an«, sagte ich gepreßt.

»Gewiß. Warum nicht?«

Mir wurde fast schwindlig. In Gedanken stellte ich eine kurze Rechnung auf.

»Würde sie auch eines von mir annehmen?«

Wieder diente das kristallene Lachen als Kommentar zu meinen Worten.

»Ilse würde sehr froh sein, gerührt sogar.«

Ich spürte, daß ich drauf und dran war, das zu sagen, was ich nicht sagen sollte. Eine innere Stimme warnte mich vor der Gefahr, zugleich wußte ich aber, daß es unvermeidlich war. Es handelte sich um einen Satz, den ich nicht aussprechen durfte, er bildete sich wie von selbst auf meinen Lippen.

»Ich bin in Ilse verliebt.«

»Ach was!«

»Haben Sie erfaßt, was ich gesagt habe? Ich möchte Ilse sehen. Wann kann ich sie sehen?«

»Ich habe keine Ahnung, lieber Herr. Ihre ganze freie Zeit widmet sie Mister Gore.«

»Dann«, sagte ich und stand auf, »werde ich sie nie sehen. Das wollten Sie damit doch sagen?«

»Es gibt viele andere reizende Mädchen in Kopenhagen.«

»Die einzige, die mich interessiert, ist Ilse.«

Ich meinte in ihren Augen ein triumphierendes Aufleuchten zu bemerken, und ich dachte an Karin. Wie nebensächlich war sie in diesem Augenblick! Gleichwohl hatte ich das Empfinden, sie zu verraten, und einer spontanen Eingebung folgend, gab ich meinen Gedanken laut Ausdruck, um zu erfahren ...

»Ich hätte mich an die kleine Karin halten sollen. Ich muß versuchen, sie wiederzufinden.«

Hatte ich besser ins Ziel getroffen, als ich glaubte? Fräulein Ott senkte den Kopf und schien nachzudenken.

»Die arme Karin würde Ihnen nur Enttäuschungen bereiten. Sie flieht vor dem Leben, sie fürchtet die Männer, sie hat vor allem Angst. Hinzu kommen Schwierigkeiten geistiger Art. «

»Aber sie spricht doch französisch.«

Sie zuckte die Schultern.

»Wenn Sie meinen, daß Ilse französisch spricht ...«

»Warum haben Sie sie mir vorgeführt, wenn sie so unmöglich ist?«

»Unmöglich ich habe nicht gesagt.«

Es bedurfte dieser Entgleisung im Satzgefüge nicht, um mir begreiflich zu machen, daß Fräulein Ott verwirrt war. Schweißperlen standen ihr auf der rot gewordenen Stirn. Auch ich spürte, daß ich errötete.

»Nun, Fräulein Ott, wenn Sie glauben ...«

Sie antwortete nicht. Ihre üppige Brust hob und senkte sich sichtbar; ich konnte meine Augen nicht davon abwenden. In der Stille, die eintrat, hörte ich das Geräusch, das Ib mit der Gabel verursachte.

»Es wäre besser gewesen, ich hätte sie nie gesehen«, sagte ich unvermittelt in theatralischem Ton. »Ich hätte mich lieber an die kleine Karin halten sollen.«

»Nein, nein.«

»Karin ist frei. Sie ist nicht die Sklavin eines englischen Millionärs.«

»Sklavin ist sehr übertrieben«, murmelte sie.

»Könnten Sie dann nicht ein Zusammentreffen arrangieren – oder in die Wege leiten?«

»Das weiß ich nicht. Ich habe so etwas noch nie getan. Wofür halten Sie mich?«

In ihr kämpfte die Bürgerlichkeit letzte Rückzugsgefechte. Ich versuchte, ihr zu einer ehrenvollen Kapitulation zu verhelfen.

»Fräulein Ott, seien Sie barmherzig. Ich empfinde für Sie die allergrößte Achtung, und ich halte Sie für das, was Sie sind: einen edlen Charakter.«

Sie bekam wieder Oberwasser.

»Ich werde häufig mißverstanden«, sagte sie mit einem Seufzer.

»Ich aber verstehe Sie. Ich verstehe Sie, und ich habe Hochachtung vor Ihnen. Bitte versuchen Sie, sich vorzustellen, was in mir vorgeht. Ich bin jung, ich bin im Vollbesitz meiner Sinne. Vor einer Stunde dachte ich noch nicht an Ilse.«

»Ich weiß«, sagte sie bedächtig. »Als ich in Ihrem Alter war...«, und halblaut fügte sie hinzu: »Ich gerate zuweilen noch in Brand.«

»Seien Sie großmütig. Unternehmen Sie etwas.«

»Leider kann ich nichts tun. Mister Gore verteidigt Ilse wie ein Tiger seine Beute.«

Ich stand auf.

»In diesem Fall«, sagte ich kühl, »bleibt mir nichts, als auf diese unzugängliche Person zu verzichten und mir anderswo Ausgleich zu suchen. Ich weiß, wo ich ihn finde, und zumindest bin ich da sicher, daß ich nicht verletzt werde. Karin hat auch ihre Vorzüge.«

Das war meine letzte Karte, und ich spielte sie nicht ohne starkes Herzklopfen aus. Um meinen Worten größeren Nachdruck zu verleihen, ging ich aus dem Zimmer, auf den Flur, zur Wohnungstür. Fräulein Ott erhob sich ebenfalls und kam mir nach. War es Zorn oder Furcht? Sie atmete schwer.

»Da Sie so sehr darauf beharren«, sagte sie, »werde ich anrufen.«

Wir standen vor der Tür.

»Wen werden Sie anrufen?« fragte ich.

Sie setzte ein gequältes Gesicht auf und antwortete nicht. Wir verabschiedeten uns, ohne ein weiteres Wort zu sagen.

Ich hatte den Eindruck, das Spiel gewonnen zu haben. Gleichzeitig fürchtete ich jedoch, meine ungeschminkte Ausdrucksweise könne Fräulein Ott schockiert haben, und ich dachte daran, ihr zwei Dutzend rote Rosen zu schicken, um mein unruhiges Gewissen zu besänftigen.

Am Abend ging ich zum Essen in den Tivoli, in ein hell erleuchtetes Restaurant, wo dänische Laute mich umbrandeten. Ich konnte immer noch nicht begreifen, daß eine menschliche Kehle imstande ist, solche rauhen und auch wiederum weichen Klänge hervorzubringen, die ich als unnachahmlich erachtete, und sie für Worte auszugeben. Vergeblich spitzte ich die Ohren nach einer vertrauten Silbe, doch ich hörte nur ein einziges Geräusch, das einem unausgesetzten kehligen Schlucken vergleichbar war. Dieses Ummauertsein von Worten konnte schließlich zu einem Angstzustand werden. Die gleichen Schwierigkeiten bestanden hinsichtlich der Schriftsprache: ich wollte ein Fleischgericht bestellen und bekam dafür einen Nachtisch serviert. Im Hotel konnte der Kellner übersetzen, im Tivoli nicht.

Ich bereute es fast, Fräulein Ott nicht eingeladen zu haben. Es wäre eine Erleichterung gewesen, wenigstens von einem Menschen verstanden zu werden, so irritierend sie auch sonst sein mochte. Irritierend und geheimnistuerisch. Ich mochte mir noch so sehr ins Gedächtnis rufen, was man mir über ihre

Uneigennützigkeit gesagt hatte: »Eine Kupplerin ist sie nicht...«, es schien mir klar, daß sie es doch ein bißchen war.

Ich versuchte, die bezaubernden Angestellten bei Cook zu vergessen, vor allem die zweite, die Französisch konnte. Ebenso kämpfte ich mit mir, um das Gesicht und die Figur von Ilse aus meinem Kopf zu verbannen, und wenn ich Figur sage, gebe ich mir schon Mühe, Anstand zu bewahren. An Karin allerdings wollte ich überhaupt nicht denken. Was stellte die arme Karin auch dar, neben diesen Göttinnen? Aber ich dachte doch an sie, und das beängstigte mich. Die Falle war zugeschnappt und blieb geschlossen. Ich hatte Mitleid mit Karin. Damit hatte alles angefangen. Man sollte nie ohne nachzudenken Mitleid haben.

»Nein, nein und nochmals nein«, sagte ich laut vor mich hin.

Der Mann neben mir und seine Frau sahen mich erstaunt an. Ich wurde rot und winkte dem Kellner, ich wollte zahlen.

Ich ließ mich mit der Menge treiben und hoffte, dem großen, unerwarteten Glück entgegengeführt zu werden. Zudem hatte ich den Eindruck, daß ich als einzelne Person in der Vielzahl aufging, daß mein Schmerz weniger spürbar wurde, er gehörte mir nicht mehr allein. Ich kam an einem chinesischen Pavillon vorüber, der von elektrischen Lichtern und den abgerissenen Klängen eines unsichtbaren Orchesters umflutet war. Wäre es um mein Leben gegangen, ich hätte nicht sagen können, an welcher Stelle des Parks ich mich befand, doch auf einmal erblickte ich den Schießstand mit den Gaffern und den Leuten, die mit Gewehren schossen. Dort hatte ich die polnischen Matrosen mit ihren langen Mützenbändern gesehen und den dänischen Offizier. Heute waren die Matrosen nicht da, auch der interessante Offizier nicht, aber ganz in meiner Nähe stand ein junges Mädchen, das ich eine Weile ansah, ohne sie zu erkennen: Karin. Stundenlang hatte ich in der Erinnerung mit ihr gelebt, hatte sie vielleicht verschönt, und jetzt, da sie vor mir stand, kam sie mir vor wie jemand, dessen Namen einem entfallen ist.

Sie stand reglos da, ruhig und geduldig, wie ein Mensch, der vergeblich auf etwas wartet. Mich durchzuckte der merkwürdige Gedanke, sie könne in ihrer geistigen Entwicklung zurückgeblieben sein. Es lag an irgend etwas, vielleicht an ihrem mädchenhaften Verhalten, an ihrem unschuldig wirkenden Gesicht, und ich spürte eben die Regung, vor der ich mich fürchtete. Es war nicht Begehren, sondern Zärtlichkeit. Langsam, als ahnte sie etwas, drehte sie den Kopf zu mir hin und erkannte mich. Ein Lächeln stand um ihren Mund, aber sie unterdrückte es sofort und musterte mich mit vorwurfsvollem Ernst.

Nach kurzem Zaudern stellte ich mich neben sie und sagte guten Abend. Sie antwortete nicht, sie rührte sich nicht. Hätte sie nicht dieses Kinderprofil gehabt, das mich, ob ich wollte oder nicht, berührte, ich wäre weggegangen, und mein Leben wäre anders verlaufen. Aber hier entschied sich mein Schicksal.

»Sie sind verärgert«, sagte ich in das kleine wohlgeformte Ohr, das so tat, als höre es mich nicht. »Es tut mir leid, daß ich Ihnen Kummer gemacht habe, aber ich kann nicht bereuen, was ich getan habe.«

Sie blickte zu einem Schützen hin, der das Gewehr schulterte, sie wartete auf den Schuß, bei dem sie leicht zusammenzuckte. Lachen wurde hörbar: der Schuß war danebengegangen.

»Sprechen Sie nicht mehr mit mir?« fragte ich Karin. »Sind Sie mir noch immer böse?«

Dieses Wort schien sie zu treffen, sie zögerte, dann blickte sie mich fast heftig an.

»Nein«, sagte sie. »Nicht sehr . . .«

Im Dunkeln griff ich nach ihrer Hand und drückte sie verstohlen.

»Lassen Sie uns gehen, Karin.«

Zu meiner Überraschung folgte sie mir widerspruchslos, wir gingen auf den Ausgang des Parks zu. In der Allee fragte ich sie, ob sie etwas essen wolle, doch sie hatte keinen Hunger.

»Möchten Sie, daß wir im Wagen an den Strand fahren?«

Statt einer Antwort bekam ich dieses Lächeln, von dem sie wahrscheinlich nicht wußte, welche Macht es besaß. Ich schob meinen Arm unter den ihren, und wir gingen zu meinem Wagen. Bald darauf waren wir außerhalb der Stadt. Nach dem glühendheißen Tag war der Abend wunderbar frisch, ich sah die Sterne am Himmel und fühlte mich glücklich. Gern hätte ich Karins Hand in die meine genommen. Ihr Schweigen bedrückte mich ein wenig. Aber es war besser abzuwarten. Ich sagte ein paar banale Worte über die Sommernacht, sie blieben ohne Echo.

Jetzt wehte uns der Seewind ins Gesicht, ich sah hinten an der Straße das große Hotel mit seinen langen hellen Veranden auftauchen und hörte die Kapelle, die ihre nichtigen Töne in die grenzenlose Dämmerung schickte. Die närrische Musik begleitete uns eine Weile, dann hielten wir an.

»Wollen wir noch weiterfahren, Karin?«

»Nein. Ich möchte in den Wald gehen, aber zuvor ein bißchen am Strand entlang.«

Auf dem Strandweg spazierten Leute hin und her. Um ihnen auszuweichen, gingen wir über den Sand, dem Meer zu, das sich milchig unter dem fahlen Himmel ausbreitete. Das gleichmäßige Rauschen des Wassers ging unaufhörlich, ohne Ende über in die Stille.

Ich nahm einen Kieselstein auf und sagte: »Die Nacht bricht nur langsam herein.«

»Sie kommt überhaupt nicht. So bleibt es bis zum Sonnenaufgang.«

In diesem seltsamen Licht, das aus einer anderen Welt zu kommen schien, betrachtete ich Karins Gesicht. Die flächigen Partien zeugten von einer Energie, die ich bis jetzt bei ihr nicht vermutet hatte, und ich fühlte, daß auch sie mich beobachtete. Dann bückte sie sich, nahm eine Handvoll Sand auf und ließ die feinen Körner durch ihre Finger rinnen.

»Ich mag diesen Sand«, sagte sie. »Es ist, als bewahre er den Abdruck all der Körper, die ihn gepreßt haben. Kann man das so sagen?«

»Ja, durchaus.«

»Ich stelle mir vor, daß sie vorhanden sind, so gebräunt, daß man selbst bei bedecktem Himmel die Empfindung hat, die Sonne strahle noch auf die bei manchen Körpern wunderschöne Haut.«

Gern hätte ich ihr einige Fragen gestellt, aber ich tat es nicht. In Karins Art zu sprechen lag etwas Schwärmerisches, das im Gegensatz stand zu ihrem Schweigen während der Fahrt. Ich wußte, daß sie von allein sprechen würde und daß meine Fragerei sie wahrscheinlich wieder verstummen lassen würde.

»Ich bin«, fuhr sie fort, »ganz braun, von Kopf bis Fuß. Ich nehme auf dem kleinen Balkon vor meinem Zimmer Sonnenbäder. Ich reibe mich mit Creme ein. Für mich ist der Sommer der Geruch dieser Creme, der Geruch warmer Haut, Sie verstehen, es riecht wie nach Früchten.«

Einen Augenblick lang glaubte ich, sie wolle mir die Vorzüge ihres Körpers preisen, aber ich verkannte sie. Sie lachte leise und nahm zum erstenmal meinen Arm.

»Ich liebe die Nacht«, sagte sie. »Und Sie?«

»Ich liebe sie nicht immer, aber die heutige liebe ich.«

Wir gingen jetzt am Rand des Wassers entlang, und da wir ein wenig vertrauter miteinander geworden waren, gab ich dem Verlangen nach, etwas zu erfahren, das mich seit zwei Tagen beschäftigte.

»Warum haben Sie mich vorgestern stehenlassen? Warum sind Sie davongelaufen?«

»Das weiß ich nicht«, sagte sie erstaunt.

»Das wissen Sie nicht?«

»Wirklich nicht. Was ist das auch für eine merkwürdige Frage! Eine richtige Franzosen-Frage, ein Franzose will immer alles verstehen.«

»Hatten Sie vielleicht Angst vor mir?«

Sie mußte laut lachen.

»Angst vor Ihnen! Ich finde Sie sonderbar. Sind Sie der Meinung, daß man stets weiß, warum man das oder jenes

74

tut und warum man so oder so spricht? Jetzt darf ich mal die Neugierige spielen: Warum lieben Sie blaue Augen so sehr?«

»Ich finde sie dekorativ.«

»Sie weichen meiner Frage aus. Es hat noch einen anderen Grund. Sie lieben blaue Augen.«

»Habe ich es Ihnen gesagt?«

»Ich bin davon überzeugt, daß Sie blaue Augen lieben.«

»Ich liebe auch dunkle Augen.«

»Sie sind feige! Sie wagen nicht zu sagen, daß Sie blaue Augen lieber haben. Was sehen Sie in blauen Augen? Sie sind leer. Auf mich wirken sie wie Löcher, durch die hindurch man den Himmel sieht.«

»Das wäre gar nicht so schlecht.«

»Löcher, durch die hindurch man einen leeren Himmel sieht. Aber der Himmel ist nicht leer.«

»Was soll denn im Himmel sein außer Leere?«

»Was Sie jetzt sagen, gefällt mir nicht.«

»Jedenfalls haben Sie, liebe Karin, dunkle Augen.«

»Ja, dunkle«, sagte sie in herausforderndem Ton. »Wie meine Mutter. Sie stammte aus Bayern.«

»Und um aus Ihnen eine echte Skandinavierin zu machen, hat Ihr Vater Ihnen Gold über den Kopf geschüttet.«

»Ich weiß nicht, ob das genügt hat. Aber blaue Augen können nichts ausdrücken, das sage ich Ihnen, weder Liebe noch Haß, noch Freude, ganz und gar nichts.«

»Sind Sie empfänglich für Komplimente?«

»Nein.«

»Denken Sie noch einmal nach, Karin, und antworten Sie mir dann: Sind Sie empfänglich für Komplimente?«

»Ja.«

»Es gibt nichts Schöneres auf der Welt als dunkle Augen und blondes Haar.«

»Bei Ihnen haben viele Männer dunkles Haar, und auf die Dauer muß das ebenso alltäglich sein wie unsere ewigen blonden Strähnen, die Sie für Gold halten.«

»Wie dem auch sei, es macht mir Freude, Sie lachen zu hören, Karin. Sie lachen wie ein glückliches Mädchen.«

»Ich bin nicht glücklich, doch darüber wollen wir nicht sprechen. Wir könnten jetzt in den Wald gehen, nicht wahr?«

Meine Hand streifte die ihre, sie zog sie sanft zurück, und wir gingen schweigend auf die gewaltige schwarze Laubwand zu, die sich wie eine Mauer vor dem Himmel auftürmte. Mir war, als käme sie in diesem überirdischen Licht auf uns zu.

Als wir unter den Bäumen waren, sagte Karin mit ruhiger Stimme:

»Neulich abend habe ich Sie belogen, als ich sagte, daß meine Eltern bei einem Autounfall ums Leben gekommen seien. Meine Mutter lebt noch, sofern man das leben nennen kann.

Mein Vater hat sich vor zwei Jahren ins Hafenbecken gestürzt. Wenn es Ihnen hier zu dunkel ist, können wir auf die Hauptallee gehen, aber dann sind wir sicher nicht mehr allein.«

»Meine Augen gewöhnen sich allmählich an die Dunkelheit.«

»Ab und zu werden Sie das rote Aufglimmen einer Zigarette bemerken. Achten Sie nicht darauf. Das sind Leute, die auf Abenteuer aller Art aus sind. Die Zigarette ersetzt die Frage: ›Wollen Sie?‹«

»Ich weiß.«

»Sie sollten es nicht wissen.«

Dieser Satz wurde halb ernst, halb spöttisch ausgesprochen und enthob mich so einer Antwort. Ich murmelte nur:

»Und Sie selbst, Karin...«

»Ich? Ich rauche nicht«, erwiderte sie munter.

Die Baumstämme wirkten plötzlich wie Riesen, die aus dem Halbdunkel traten. Der Erdboden unter uns war geisterfahl.

»Kommen Sie oft hierher?« fragte ich.

»Ja, ziemlich oft.«

»Mit Freunden?«

»Manchmal, doch gewöhnlich allein.«

»Haben Sie keine Angst?«

»Bis jetzt ist mir nichts passiert. Übrigens gehöre ich nicht zu den Menschen, denen etwas passiert. Bisweilen bedaure ich es. Außerdem ist dieser Wald nicht gefährlich.«

»Nehmen wir an, er ist nur abenteuerlich.«

»So ist es. Der abenteuerliche Wald, wie in den Rittergeschichten.«

Ich griff nach ihrer Hand, und diesmal zog sie sie nicht zurück.

»Und jetzt halten Sie meine Hand, was werden Sie mit ihr tun?« fragte sie mit einem Anflug von Ironie.

»Ich danke dem Wald für mein schönes Abenteuer.«

»Bin ich Ihr Abenteuer? Berufen Sie nicht zu früh, daß es schön ist. Es könnte Sie enttäuschen.«

»Das, Karin, glaube ich nicht. Sie sind ein rätselhaftes Wesen, aber ich errate, wer Sie sind, und ich fühle mich wohl in Ihrer Nähe.«

»So haben Sie neulich abend nicht mit mir gesprochen.«

»Inzwischen habe ich über Sie nachgedacht.«

»Sie fühlen sich wohl in meiner Nähe, aber woher wissen Sie, ob es mir mit Ihnen auch so geht?«

»Wir sind in diesem Wald zusammen, und Sie lassen Ihre Hand in der meinen.«

»Ich nehme sie weg!«

Doch ich umspannte ihre Hand so sehr, daß sie sie mir lassen mußte.

»Ich beuge mich der Gewalt«, murmelte sie leise.

»Um nichts in der Welt würde ich das ausnutzen.«

»Meinen Sie, ich wüßte das nicht?«

Sie sagte es mit einer so traurigen Stimme, daß ich ganz ratlos wurde, meine Hand lockerte die Umklammerung. Nach einer Weile fragte ich:

»Finden Sie es nicht merkwürdig, daß wir uns heute abend im Tivoli an derselben Stelle getroffen haben wie vorgestern?«

»Nein. Ich würde dort noch stehen, wenn Sie nicht gekommen wären. Außerdem finde ich gar nichts merkwürdig.«

»Haben Sie im Tivoli auf jemand gewartet?«

»Ja … Nein. Das geht Sie nichts an.«

»Karin, ich weiß, wen Sie zu treffen hofften.«

»Sie wissen überhaupt nichts.«

»Er ist nicht wiedergekommen. Ich habe ihn weder im Park noch in der Stadt noch einmal getroffen.«

»Von wem reden Sie?«

»Warum fragen Sie mich das? Es tut Ihnen weh, Karin.«

Sie entzog mir ihre Hand.

»Ich verabscheue Ihre romantische Ausdrucksweise«, stieß sie hervor, »aber diesmal haben Sie das Richtige getroffen. Ich bin soweit, daß ich am liebsten vom Erdboden verschwinden würde.«

»Vom Erdboden verschwinden?«

»Ja, heute abend ist mir so, daß ich lieber nicht auf die Welt gekommen wäre. Weil ich nicht bin wie die anderen. Die anderen sind glücklich, ich nicht. Wenn man sterben könnte, ohne daß es weh tut, würde ich wohl kaum eine Minute zögern.«

»Karin, Sie sind nicht bei Sinnen!«

»Sie haben nicht das Recht, das zu sagen«, sagte sie schroff. »Sie verwenden Worte, deren Sinn Sie nicht kennen. Ich bin völlig bei Sinnen. Ich verbiete Ihnen, daran zu zweifeln.«

Ich sah, wie bewegt sie war, und versuchte, sie zu beruhigen. Ich nahm ihren Arm, und sie ließ es geschehen, als wäre der Widerstand in ihr zerbrochen.

»Sprechen Sie oder schweigen Sie«, sagte ich leise. »Ich bin schon froh, bei Ihnen und mit Ihnen zu sein.«

Eine ganze Weile gingen wir schweigend weiter, nur das Knacken trockener Zweige unter unseren Füßen war zu hören.

»Ich hätte diesen Spaziergang durch den Wald nicht mitmachen sollen«, sagte sie mit größerer Gelassenheit. »Es gibt allzuviel, das ich Ihnen nicht erklären kann.«

»Ich stelle keine Frage mehr.«

»Vorhin haben Sie mich gereizt, weil Sie dicht an der Wahrheit waren, verstehen Sie?«

»Ich hatte nicht vor, taktlos zu sein.«

»Sie sind die Taktlosigkeit selbst.« Sie lachte leise und fuhr auf einmal in fast schmeichlerischem Ton fort: »Da Sie wissen, wen ich zu treffen hoffte, beschreiben Sie ihn mir. Sagen Sie doch, wie er aussah.«

»Sie haben ihn doch genauso gut gesehen wie ich.«

»Sie begreifen nicht. Ich möchte ihn vermittels Ihrer Augen wiedersehen. Ich habe dann die Vorstellung, daß er in der Dunkelheit vor mir steht.«

Diese letzten Worte wurden so flehentlich hervorgebracht, daß sich ein Abgrund vor mir öffnete. Vermutlich hatte sie eine Phantasiewelt und lebte in ihr, wie es ihrem Alter eigentlich nicht entsprach. Eine völlig Ahnungslose hatte diesen Wunsch nicht ausgesprochen.

»Worauf warten Sie?« murmelte sie.

»Ich muß zunächst gestehen, daß dieser junge Offizier mir nicht so bemerkenswert vorkam wie Ihnen. Doch ich hatte auch nicht die gleichen Gründe zur Bewunderung wie Sie. Kurz zuvor indes, als ich durch den Park ging, sah ich einen Jungen und ein Mädchen bei einem akrobatischen Kunststück. Sie standen auf einer Stange, acht oder zehn Meter über dem Boden und zogen ihre Kleider aus. Beide waren ungewöhnlich anmutig. Der Junge ...«

»Ich weiß, ich habe ihn gesehen. Ich fand ihn unbedeutend, er war nur schön, während der Offizier ... Bitte, bitte, sprechen Sie weiter ...«

»Um ihn mit Ihren Augen zu sehen, müßte ich aus meiner Haut schlüpfen. Er kam mir ein bißchen steif vor. Gut gebaut, ganz zweifellos, breitschultrig, fast zu sehr, meine ich.«

»Das Gesicht?«

»Angenehm, wenn nicht dieser überhebliche Ausdruck gewesen wäre ...«

Ohne etwas zu sagen, schmiegte sich Karin so dicht an

mich, daß ihr Kopf meine Schulter berührte. Ich spürte, daß sie schauderte, als wäre ihr kalt. Ihre Hand umspannte jetzt meinen Arm mit aller ihr zur Verfügung stehenden Kraft.

»Das war der Mann, den ich lieben wollte«, sagte sie mit einer Stimme, die ich bisher noch nicht bei ihr gehört hatte. »Manchmal, wenn ich an ihn denke, ist mir, als erdrücke er mich, als töte er mich.«

Sie sprach auf einmal dänisch, und es fiel mir schwer, in ihr die gleiche zu sehen, die sich auf französisch mit manchmal kindlichem Zögern ausdrückte. Die dänische Sprache, die mir sonst so hart in den Ohren klang, verlor in ihrem Mund jegliche Rauheit. Die Sätze reihten sich bedachtsam aneinander, in monotoner Art, als sage sie einen auswendig gelernten Text her. Ein paar Minuten lang hörte ich dem geheimnisvollen Reden zu, dann nahm sie auf einmal meinen Kopf in ihre Hände und preßte ungeschickt ihren Mund auf meinen. Ein Wort schoß mir durch den Kopf: »Jungfrau.« Ich wollte sie umarmen, doch sie machte sich los.

»Nein«, sagte sie. »Wir wollen nach Hause gehen. Ich will nach Hause. Lassen Sie mich, bitte.«

»Sie sehen, Karin, ich bin gehorsam. Sind Sie wieder verärgert?«

»Ich bin nicht verärgert, aber ich möchte weg von hier.«

»Wir gehen zum Wagen.«

Sie streichelte dankbar meine Hand, wir gingen auf die große Allee zurück.

»Ich muß Ihnen sicherlich merkwürdig vorkommen«, sagte sie. »Ich hoffe, wir bleiben trotz allem Freunde.«

»Was redeten Sie eigentlich vorhin?«

Sie schien überrascht.

»Was ich redete?«

»Aber Karin, Sie haben eine Zeitlang dänisch gesprochen.«

»Nicht zu laut, hoffentlich. Das passiert mir manchmal, wenn ich Kummer habe. Aber Sie werden nie erfahren, was ich gesagt habe. Niemand übrigens... Es war doch kein Mensch in der Nähe?«

»Nein. Ich möchte nur noch wissen, an wen Sie die Worte gerichtet haben.«

»Nicht an Sie jedenfalls. Seien Sie nicht böse. Außerdem erinnere ich mich nicht mehr an das, was ich gesagt habe.«

»Karin, Sie lügen.«

»Zuweilen lüge ich, heute abend aber nicht. Ich kann mich wirklich nicht mehr erinnern.«

»Es hörte sich an, als sagten Sie ein Gedicht auf.«

Ihr helles Lachen klang wie ein kleiner Schrei.

»Ein Gedicht? Bestimmt nicht. Oder doch, vielleicht. Das Gedicht von der Einsamkeit und dem Hunger.«

Wir waren jetzt in der Hauptallee, von der aus die Lichter der in die Stadt führenden Straße zu sehen waren. Ich schaute das Mädchen an. Ihr Gesicht kam immer mehr aus dem Dunkel heraus, ich bewunderte die Lawine goldenen Haars auf der glatten Haut und ihre feinen Züge, die wie aus Metall getrieben wirkten. Sie merkte, daß ich sie anblickte, und starrte mich mit Augen an, die größer und dunkler waren als bei Tage.

»Sie wollen wissen, was ich vorhin sagte. Ich erinnere mich nicht mehr genau. Einige Sätze jedoch kommen mir ins Gedächtnis zurück. Gäbe ich sie Ihnen wieder, würden Sie wahrscheinlich nie mehr mit mehr sprechen.«

»Das sollte mich wundern. Ich bin nicht so leicht zu erschüttern. Alle Gedanken, die einem Mann durch den Kopf gehen können, habe ich gedacht. Und welcher Mann ist im Grunde kein Besessener?«

»Und die Frauen?«

»Frauen sind anders. Eure Vorstellungen sind nicht die unseren.«

Sie mußte lachen.

»Wenn der andere erfahren hätte, was ich sagte, er hätte mich geschlagen, um mich zum Schweigen zu bringen.«

Ich nahm sie in meine Arme und bedeckte ihr Gesicht mit Küssen, sie aber wandte den Kopf nach rechts und links und wehrte sich so heftig, daß ich sie losließ. Wir waren beide außer Atem.

»Ich überlege mir, warum wir zusammen sind, wenn Sie mich nicht lieben«, sagte ich hastig.

»Ach, Sie verstehen nicht.«

Als wir im Wagen saßen, tat sie den Mund nicht mehr auf. Ich sah oder glaubte Tränen auf ihren Wangen zu sehen.

In der Stadt bat sie mich, an einer Straßenecke zu halten, dann berührte sie meine Hand und stieß hervor:

»Versuchen Sie vor allem nicht herauszubekommen, wo ich wohne.«

Nach einer unruhig verbrachten Nacht wurde ich durch einen unerwarteten Anruf von Fräulein Ott aus dem Schlaf gerissen.

»Kommen Sie noch am Vormittag bei mir vorbei«, sagte sie fast befehlend. »Ich habe Ihnen etwas zu sagen, Sie werden einen Freudensprung machen.«

»Oh«, sagte ich, »worum handelt es sich denn?«

Ohne zu antworten legte sie auf. Ich ließ meiner Phantasie freien Lauf, während ich in der Badewanne lag, aber Karins wegen war mir das Herz schwer. Ich verlor keine Zeit und überschritt, als es halb zwölf schlug, die Schwelle der Buchhandlung.

Fräulein Ott nahm mich mit in ihr Büro und schloß die Tür. Die Katze putzte sich in einer Hofecke den Schnurrbart.

»Es handelt sich um Mister Gore«, sagte Fräulein Ott.

Ich konnte eine ärgerliche Regung nicht unterdrücken.

»Dieser Mann ist mir sehr unsympathisch, ich möchte Ihnen das nicht verhehlen.«

»Ich weiß. Sie kennen und begreifen ihn vielleicht nicht gut genug, denn er besitzt seltene Eigenschaften.«

»Die hauptsächlichste: er ist reich.«

Sie sah mich vorwurfsvoll an.

»Würden Sie, was Sie soeben gesagt haben, auf der Stelle zurücknehmen?« fragte sie.

»Ich nehme es zurück. Entschuldigen Sie bitte, ich habe schlecht geschlafen.«

»Gut. Ich habe mit Mister Gore über die Gefühle, die Sie Fräulein Ilse entgegenbringen, gesprochen.«

»Von Gefühlen zu sprechen, ist übertrieben. Höchstens von Bewunderung.«

»Wie es Ihnen beliebt. Mister Gore ist einverstanden, daß Sie Fräulein Ilse zum Abendessen einladen. Sie wird Ihre Einladung annehmen. Kennen Sie das Restaurant Wivex? Ja? Bestellen Sie für heute abend um acht einen Tisch. Ist Ihnen das recht?«

»Wie sollte ich das ablehnen?«

Fräulein Ott zog die Augenbrauen hoch, wie um zu unterstreichen, daß man es wirklich nicht ablehnen konnte, mit Ilse zum Abendessen zu gehen. Sie fuhr fort:

»Mister Gore erwartet, daß Sie ihm dann morgen oder am folgenden Tag einen kurzen Dankesbesuch abstatten.«

»Nein. Er mag mich nicht.«

»Woher wissen Sie das? Sie interessieren ihn.«

»Sie müssen verstehen, daß es mir bereits sehr unangenehm ist, aus demselben Glas zu trinken wie er. Mein Vergnügen wird dadurch beeinträchtigt.«

»Ihre Ausdrucksweise ist manchmal äußerst schockierend. Was Sie da sagen, berührt mich nicht. Hingegen möchte ich Ihnen sagen, daß man, um mich Ihrer Worte zu bedienen, immer aus dem Glas eines anderen trinkt.«

Ich dachte an Karin.

»Nicht immer – selbst hier nicht.«

Sie erriet sofort, was ich meinte, denn sie wurde rot.

»Es kann nur zu Ihrem Vorteil sein, wenn Sie mit Fräulein Ilse verkehren. Sie kann sehr charmant sein.«

»Ich möchte, daß sie mehr ist als das.«

»Hören Sie, mein Herr, ich weiß wirklich nicht, ob ich noch weiter mit Ihnen sprechen soll. Die einzige Entschuldigung ist Ihre Jugend. Ilse wird charmant und mehr als charmant sein, wie Sie sagen, wenn Sie versprechen, Mister Gore den Höflichkeitsbesuch zu machen.«

»Sie sagten vorhin: Dankesbesuch.«

»Aus Dankbarkeit, ja.«

»Dieser Handel ist mir zuwider. Ich werde es mir überlegen.«

»Es ist keineswegs ein Handel. Gleichwohl, es bleibt Ihnen der ganze Nachmittag zum Überlegen.«

Ein schrecklicher Gedanke kam mir in den Sinn.

»Ich hoffe, Ihr Mister Gore hegt keine Hintergedanken bei der Aufforderung, ihn zu besuchen.«

Sie wandte mir ein erstauntes Kindergesicht zu.

»Hintergedanken? Jetzt kann ich Ihnen nicht mehr folgen.«

Ich wurde ebenfalls rot.

»Gut, lassen wir das«, sagte ich. »Ich werde es mir überlegen. Lassen Sie mir Zeit bis fünf Uhr.«

»Ich lasse Ihnen bis sechs Uhr Zeit«, sagte sie in hoheitsvollem Ton.

Nie war sie mir rätselvoller erschienen als in diesem Augenblick. Ich hatte plötzlich das Gefühl, jemandem gegenüberzustehen, dessen Motive unfaßbar waren. Ich wollte gern glauben, was mein Pariser Freund mir geschrieben hatte: daß sie keine Kupplerin sei, daß sie sich uneigennützig verhalte, wie groß auch ihre Bewunderung für finanzielle Erfolge sein mochte … Ich hatte den Verdacht, sie wolle mir den Weg zu Ilse bahnen, um mich von Karin abzulenken. Und wie es schon öfters geschehen war, schien sie meine Gedanken zu erraten.

»Was die andere angeht, lieber Herr, so möchte ich Ihnen eine vertrauliche Mitteilung machen.«

»Welche andere?«

»Nun, die kleine Karin. Man läßt sie am besten in Ruhe, verstehen Sie? Doch ich merke, daß Sie nicht verstehen. Niemand würde ernsthaft auf den Gedanken kommen, ihr den Hof zu machen. Sie will nicht. Sie will aus sehr ehrenhaften Beweggründen nicht. Es würde zu lange dauern, es Ihnen zu erklären, peinlich – ich meine, nachdem man über Ilse gesprochen hat … Karin ist keine Ilse. Karin wird stets nur charmant sein, nichts mehr. Bitte versprechen Sie mir, sich nicht mehr mit ihr zu treffen.«

»Aber Fräulein Ott, ich weiß ja nicht einmal, wo sie wohnt.«

Eine Last schien von ihr abzufallen.

»Früher oder später würde sie doch nein sagen, und das würde Sie dann schmerzen.«

Diese Prophezeiung war so zutreffend, daß ich ganz bestürzt war. Alles wurde klar in Karins Verhalten – fast alles.

»Warum will sie nicht?«

»Die Karin, die nicht will, ist die stärkere.«

»Wollen Sie damit sagen, daß es auch eine Karin gibt, die will?«

»Schwer zu sagen. Sie hat Angst. Sie hat viel Unglück erlebt. Man rührt Karin nicht an. Außerdem, unter uns, sie ist doch keineswegs hübsch. Bei uns jedenfalls gilt sie als ziemlich durchschnittlich. Ein Abenteuer hat sie anscheinend nie gehabt.«

»Sie ist erst achtzehn Jahre alt.«

Fräulein Ott deutete ein Lächeln an.

»Mit achtzehn Jahren wäre sie eine Ausnahme, wenn sie es zumindest nicht – versucht hätte. Bei uns herrschen völlig freie Sitten.«

»Karin ist aber im Tivoli anzutreffen. Und sie blickt sich um.«

»Das ist die Karin, die man nicht kennt. Die Karin jedoch, die nicht will, hat stets das letzte Wort.«

»Wie kommt es, daß sie so gut Französisch spricht?«

»Ihr Vater hat es ihr beigebracht. Er konnte viele Sprachen, wie alle Kellner.«

Ohne mit der Wimper zu zucken, nahm ich den Schlag hin. Ich hatte mir unter Karins Vater etwas anderes vorgestellt.

»Ihr Vater ist tot?«

»Er hat vor zwei Jahren Selbstmord begangen.«

Karin hatte nicht gelogen. Ich freute mich darüber.

»Und ihre Mutter?«

»Interessiert es Sie? Das ist etwas schwieriger. Das muß ich Ihnen ein andermal erzählen.«

»Eine letzte Frage: arbeitet Karin?«

»Sie denken viel zuviel an Karin. Sie arbeitet in einem Kaufhaus, da Ihnen so viel daran liegt, es zu erfahren. Doch Sie versprechen mir, sie nicht zu suchen?«

»Ich verspreche nichts.«

»In diesem Fall«, sagte sie und griff nach dem Telefon, »sage ich die Verabredung mit Ilse ab.«

»Ich machte nur einen Scherz, Fräulein Ott. Wie soll ich denn jemand wiederfinden können, dessen Adresse ich nicht habe?«

»Und im Tivoli?«

»Ich werde meine Zeit nicht damit verschwenden, einem Mädchen nachzulaufen, an dem mir gar nichts liegt. Ich habe es eilig.«

»Dann versprechen Sie es also?«

»Natürlich«, sagte ich, genau wissend, daß ich mein Wort nicht halten würde.

Als ich aus der Buchhandlung kam, befand ich mich in einem schwer zu beschreibenden Zustand, ich wußte nicht mehr, ob ich glücklich war oder nicht, denn ich fühlte mich seltsam hin und her gerissen zwischen der Aussicht auf eine ereignisreiche Nacht und der Betrübnis, die mir der Gedanke an Karin verursachte. Zu wissen, daß sie arm, alleinstehend und zu einem freudlosen Leben verurteilt war, machte sie mir noch liebenswerter, aber ich begehrte sie nicht. Ich begehrte Ilse. Ich sollte also Ilse haben. Das Bild von dem Glas, aus dem schon andere getrunken hatten, kam mir wieder in den Sinn. Hunderte von Unbekannten hatten aus diesem Glas getrunken, aber es war mir einerlei. Was mir schwieriger hinzunehmen schien, war, daß dort, wo mein Mund sich aufpressen würde, sicherlich die ekelhaften Lippen Mister Gores lange verweilt hatten. Ihn danach besuchen zu müssen ...

»Es ist zum Speien«, sagte ich laut vor mich hin und setzte

mich auf eine Bank im Schatten der Linden. Die Luft war lau und wie geschwängert von Liebkosungen. Zu meinen Füßen beobachtete ich die Sonnenflecken, die vom Wind, der durch das Laub ging, zum Tanzen gebracht wurden. Vom Hafen her kam leichter Teergeruch, der das Bild ferner Länder heraufbeschwor, wo kein Kriegsgeschrei das Leben verdüsterte. Die bedrohlichen Nachrichten bewegten mich hier gottlob weniger als in Frankreich. Das glückselige Skandinavien war anscheinend nicht mit im Spiel.

Ich beschloß, den Tag ruhig zu verbringen. Um zu vermeiden, daß meine Phantasie erhitzt wurde, fuhr ich nicht nach Klampenborg, um den badenden Mädchen zuzuschauen, wie ich es sonst tat. Ich hielt es für vernünftiger, ins Museum zu gehen. Ohne sie richtig zu sehen, betrachtete ich Dutzende von Gemälden, denn zwischen mir und diesen Bildern erschien plötzlich Ilses Körper; ich berührte ihn, ich spürte seine Wärme an meinen Wangen, mir wurde schwindlig. In den leeren Sälen – in Kopenhagen hat man, wenn die Sonne scheint, anderes zu tun, als Kunstwerke zu betrachten, die wahren Kunstwerke sind hier am Strand – überlegte ich, was ich in dieser Stadt überhaupt sollte, denn meine Unkenntnis des Dänischen verschloß mir den Mund. Ich war in meinem Schweigen gefangen.

Was hatte mich hierher getrieben? Die Flucht vor dem Krieg. Was hielt mich in dieser Stadt fest? Die Angst und das Begehren. Ich malte mir den Ekel aus, der sich einstellen würde nach einer mit einer Prostituierten verbrachten Nacht. Nicht ein Wort würde ich mit ihr wechseln können. Ich sah vor mir ihre ausgestreckten Finger, mit denen sie mir am nächsten Morgen ihren Preis mitteilte. Alles war dürftig und sogar traurig, aber ich war lüstern auf diese Dirne.

Zum Mittagessen ging ich allein in ein Restaurant, wo die Speisekarte, nicht weniger als zwei Meter lang, bis auf den Boden herunterreichte. Es gab nur Fische und Krustentiere, der Einheitspreis gab einem das Recht, so viel zu essen, bis man satt war. War man imstande, dreißig kleine Langusten zu verschlingen, so verschlang man dreißig, und man zahlte dafür dasselbe wie für eine einzige. Zusammen mit einem Freund hätte mir das Spaß gemacht. Ich aß lustlos etwa zehn Langustinen und ging nach Hause.

Eine Überraschung erwartete mich: unter meiner Tür steckte ein Brief, ein paar Zeilen in fast kindlicher Schrift. »Wenn Sie morgen, Samstag, frei sind, könnten wir in der Umgebung spazierengehen. Ich möchte Ihnen das frühere Grundstück meiner Eltern zeigen. Ich weiß nicht mehr genau, was ich Ihnen gestern in dem abenteuerlichen Wald erzählt habe, jedenfalls sollten Sie es vergessen. Sie müssen alles vergessen außer Karin.«

Der Schluß des Briefes rührte mich so, daß ich mich lächerlich benahm, das heißt, ich drückte meine Lippen auf den Namenszug, der wenigstens konnte sich nicht wehren. Das Blut stieg mir ins Gesicht. War es nicht erwiesen, daß Karin mich liebte? Offensichtlich war sie selber während der Mittagszeit gekommen und hatte das Briefchen unter meine Tür geschoben. Wäre ich zu Hause gewesen, hätte ich die Tür schnell aufgerissen, die braune Hand ergriffen und meine Beute gewaltsam ins Zimmer gezerrt ... Eine lange Weile verging in gefühlsseligem Überschwang. Ich redete mit mir selber, ich warf mich aufs Bett und rief Karins Namen ins Kopfkissen, bald zärtlich, bald wild, wie es in Romanen beschrieben ist. Es fehlte nur noch der Tränenstrom, den ich allerdings nicht hervorzaubern konnte.

Trotz allem war mir wohl bewußt, in welch grotesker Lage ich mich befand. Es mag sein, daß ich verliebt war in Karin, aber ich hatte eine Verabredung mit Ilse, weil ich sie begehrte und nicht die andere. Diese Gedanken ließen mich bis zum Abend nicht los. Kurz vor halb acht stand ich mit meinem Wagen vor dem Restaurant Wivex, auf der gegenüberliegenden Straßenseite.

Um mich zu tarnen, hatte ich eine große, dunkle Brille aufgesetzt und trug, wie es damals Mode war, einen Hut, dessen Krempe mir in die Stirn hing, wodurch ich mich vollends unkenntlich gemacht hatte. So konnte ich Ilses Eintreffen beobachten, ohne daß sie es merkte. Für eine Dänin war sie unerwartet pünktlich, aber ich machte mir sofort klar, daß darin keine Höflichkeitsbezeigung mir gegenüber lag, sondern blinder Gehorsam den Befehlen Mister Gores gegenüber. Man lieh mir eine Sklavin aus.

An eine Sklavin erinnerte Ilse durch den Hochmut, den sie zur Schau trug, die Arroganz, den verächtlichen Blick, der durch alle anderen hindurchgeht und sich nur auf ihren Herrn und Gebieter richtet. Und wie elegant sie ging, als sie die breite Straße überquerte genau in dem Augenblick, als die Uhr des Rathauses achtmal schlug! Ich beobachtete sie mit den Augen eines Besessenen. Bei jedem Schritt ließ sich unter dem Rock aus dünner Seide ihr herrlicher Körper erahnen. Ich fand es sonderbar, daß kein Mensch sie zu bemerken schien, daß man ihr nicht nachlief, und ich zitterte, daß jemand in Versuchung kommen könnte, denn diese Nacht gehörte sie mir. »Du gehörst mir«, murmelte ich, »mir, von Kopf bis Fuß.« Ich wollte diesen berauschenden Augenblick verlängern und mein Begehren steigern, deshalb blieb ich in meinem Wagen sitzen. Ich sah, wie Ilse in das Restaurant eintrat, wie sie den Kopf nach rechts und links wandte und wie sie sich schließlich an einen etwas abseits stehenden Tisch setzte, um auf mich zu warten. Sie, der man nichts abschlagen konnte, wartete auf mich, überrascht vielleicht, daß ich noch nicht da war, denn vor dem noch blauen Himmel standen die Zeiger der großen Uhr auf fünf Minuten nach acht.

Vielleicht war Ilse schon verstimmt über meine Verspätung. Der Gedanke erheiterte mich. Ich zapfte ihren Stolz ein wenig an. Offensichtlich langweilte sie sich (denn das alles konnte ich von draußen sehen). Wie zuvor blickte sie bald nach rechts, bald nach links. Ich lachte darüber, ohne es zu verbergen. Dann wurde ich bei der Vorstellung, daß diese Beute mir zufallen sollte, von panischem Hunger gepackt und ließ den Wagen an.

Fast augenblicklich mußte ich vor dem roten Licht halten

und lange Reihen von Straßenbahnen und Wagen vorbeilassen, die meiner Ungeduld zu spotten schienen. Endlich war der Weg frei, ich fuhr los und parkte den Wagen nicht weit vom Restaurant entfernt, und lief dann darauf zu. Erst wenige Meter vor der Eingangstür verlangsamte ich den Schritt, um so ruhig wie möglich hineinzugehen.

Schon auf der Schwelle blieb ich stehen, wie angenagelt vor Überraschung. Ein Mann mittleren Alters in einem eleganten dunkelblauen Anzug saß an Ilses Tisch, an meinem Tisch und redete angeregt mit ihr, wie jemand, der nach langer Zeit eine Freundin wiedertrifft. Am ärgerlichsten war Ilses heitere Miene, sie erwiderte jedes Lächeln durch Lächeln und war anscheinend in bester Stimmung.

Ich setzte Schritt vor Schritt, wie man es in einem Alptraum tut, als hätte ich dreißig Kilo Gewicht an jedem Fuß. Der Raum war lang und breit, er hatte große Fenster mit Musselingardinen. Fast überall brannten kleine, von rosa Seidenschirmen gedämpfte Lampen. Die Tische standen in einer gewissen Entfernung voneinander und verschwanden unter weißen Tischtüchern, deren Falten auf einen dicken roten Teppich herunterfielen. Hinter einer dichten Palmengruppe spielte diskret und wie von weit her kommend eine recht gute Musikkapelle. Ich befand mich im besten Restaurant der Stadt, und ich fühlte mich nicht nur wie in einem Alptraum, sondern war selber ein Alptraum für diese erlesene Stätte der Reichen. Diese Umgebung legte mir nahe, kein Aufhebens zu machen. Gleichwohl ging ich auf meinen Tisch zu, den ich nicht aus dem Auge ließ, und dann war ich so nahe, daß Ilse und ihr Begleiter mit stummen Fragen in den Augen ihre Köpfe zu mir wandten.

»Ilse«, stieß ich gepreßt hervor, »Mister Gore ...«

Sie sah mich schweigend mit hochgezogenen Augenbrauen an. Ob sie mich überhaupt erkannte? Ich beugte mich zu ihr hinunter.

»Please«, sagte mit fester Stimme der Herr im dunkelblauen Anzug.

»Mister Gore«, wiederholte ich.

»Yes, Mister Gore«, sagte der Unbekannte.

Und er zeigte mit dem Finger auf sich, um mir begreiflich zu machen, daß er seine Anwesenheit tatsächlich Mister Gore verdanke. Diese Lüge brachte mich aus der Fassung. Mir wurde schwindlig. Im Rhythmus des Menuetts von Boccherini, das ich nicht leiden kann, entfernte ich mich, ich hatte den Eindruck, daß ich damit höflich spöttisch zur Tür geleitet wurde.

Plötzlich fuhr ich auf und kam zur Besinnung. Ich saß am Steuer meines am Straßenrand parkenden Wagens. Meine Armbanduhr zeigte sieben Minuten vor acht. Ich hatte eine Weile gänzlich erschöpft von der Nervenanstrengung des stundenlangen Wartens und dem Hin und Her geschlafen; ich hatte geschlafen und geträumt. Ich war so froh und erleichtert, daß ich den Seufzer, nein, den Schrei eines Mannes ausstieß, der sich aus völliger Hoffnungslosigkeit errettet sieht. Ohne Zögern fuhr ich diesmal über die Straße und parkte den Wagen vor dem Restaurant, in das ich rasch eintrat.

Ein Blick in die Runde genügte, um mich zu beruhigen: Ilse war noch nicht da. Das war ganz normal. Es war überhaupt noch niemand da, und ich konnte mir irgendeinen unter den Tischen aussuchen, die schöne weiße Tischtücher, allerdings nicht ganz so lange wie in meinem Traum, hatten. Auch war der Saal nicht ganz so groß und luxuriös, die Fenster nicht so breit, die Decke hing tiefer, und es war auch, jedenfalls zu diesem Zeitpunkt, keine Musik zu hören. Ein Maître d'hôtel mit weißer gestärkter Hemdbrust kam auf mich zu und bot mir einen Tisch nahe an der Tür an, ich aber wollte etwas Intimeres, einen Tisch in einer Ecke. Es gab keine Ecke. Ich schüttelte den Kopf und durchquerte den Raum in allen Richtungen, der dicke Mann keuchte ungeduldig hinter mir her. Ich nahm schließlich auf einer samtbezogenen Wandbank Platz, hier sollte später mein Gast sitzen. Der Maître d'hôtel reichte mir mit dem üblichen *Vaersaagod* eine Speisekarte, worauf ich in einer lustigen Zeichensprache zu verstehen gab, daß ich warten wollte. Er lächelte.

»Isch 'abe verstanden«, sagte er.

Warum lächelte er? Sein langes, breites Gesicht mit den grauen Wangen und dem bläulich schimmernden Kinn erinnerte mich an das eines Häftlings, der Gerichtsbeamter geworden ist.

Alles in allem war es vergnüglich, hier zu sein, in diesem seltsamen und köstlichen Land. Angelegentlich beobachtete ich eine elegante junge Dame, die mit einem Herrn reifen Alters hereinkam, »so reif«, dachte ich und lachte verstohlen, »daß er bald abfallen wird«. Er hatte anscheinend verteufelt viel Glück bei den Frauen. Die Dame, in pfirsichfarbener Seide, ließ prachtvolle Arme sehen und von ihrem Dekolleté etwas mehr als schicklich war, überhaupt war ihre Aufmachung herausfordernd, Seide und Haut stimmten im Farbton fast überein, so daß sie wie nackt wirkte. War es verwunderlich, daß ihr Begleiter sie schamlos mit seinen rotgeränderten Augen verschlang? Er war dick, untersetzt, abstoßend, wohingegen ich jung und schlank war, was die Dame, die scheinheilig charmant Blicke um sich warf, wohl zu bemerken schien. Zu manchen Stunden ist das Leben köstlich. Wer vermöchte zu bestreiten, daß das Warten auf das Glück nicht bereits das Glück selber ist? Ich war mit mir und der Welt zufrieden, Ilses wegen, die jeden Augenblick auftauchen mußte und sich mir gegenüber setzen würde – oder vielleicht neben mich, auf die Bank. Allerdings war für zwei Personen, die vis-à-vis sitzen sollten, gedeckt. Schade. Wie spät war es inzwischen? Zwanzig Minuten nach acht. Das konnte man kaum als Verspätung bezeichnen, redete ich mir ein und knetete an meinem Brötchen.

Der Raum füllte sich. Die Kellner trugen Gerichte auf, und der Maître d'hôtel schleppte seine gewichtige Gestalt bedächtig von einem Tisch zum anderen. Um ihn herum das Gesumm von Worten, die mir nach wie vor unverständlich waren, aber der Grundton zeugte von guter Stimmung, hier und da ein Lachen, das sich in das Geräusch der Bestecke mischte. Fast alle Anwesenden kamen mir häßlich vor, bis auf die pfirsichfarbene Dame, die mich indes nicht mehr ansah. Ich wartete. Ich mußte Geduld haben, hatte aber den unangenehmen Eindruck, daß man über mich, der ich vor einem leeren Teller saß, ein bißchen lächelte, weil man ahnte, daß die Angebetete mich schmachten ließ. Schmachten? Das Wort war etwas stark. Man schmachtet nicht beim Warten auf eine Frau, die ihre Reize verkauft, aber dennoch ...

Halb neun schlug laut und vernehmlich die Uhr vom Rathaus. Wenn Ilse erst vor mir saß, würde ich ihr auf französisch sagen, was ich von ihr dachte, aber ich würde es mit einem Lächeln sagen. Ich würde gemein sein, sogar unflätig, ich würde sie in meiner schönen Sprache, die sie sicherlich nicht verstand, geflissentlich durch den Schmutz ziehen. Die Vorbereitung dieser Strafpredigt verschaffte mir ein gewisses Vergnügen und half, die Zeit zu vertreiben. Gleichwohl bemerkte ich, daß mir Schweißtropfen von der Stirn rannen, als die Uhr erneut schlug, denn ich begriff allmählich ...

Es war heiß in dem Restaurant. Die Ventilatoren konnten nicht dagegen an. Die Tafelnden sprachen immer lauter, und ihr Lachen klang wie Bellen. Zehn weitere Minuten wollte ich Ilse noch gewähren, dann würde ich gehen. Oder besser nicht. Ich würde mir dann ein erlesenes Mahl bestellen.

Ich wedelte mit der Speisekarte, um den Maître d'hôtel auf mich aufmerksam zu machen, doch ich existierte schon lange nicht mehr für ihn, und er brauchte ein paar Minuten, um zu begreifen, daß ich noch da war. Nun stand er wie ein Grabmal vor mir.

»Vaersaagod!«

»Ich glaube, Sie verstehen französisch.«

»Jawohl.«

»Bitte, übersetzen Sie mir die Speisekarte.«

Das war mühsam. Er neigte sich über mich und blies mir Biergeruch ins Gesicht, der die Gerichte, die er mir nannte, nicht gerade vorteilhaft begleitete. Ich litt unsäglich. Mein

Alptraum von vorhin war nichts im Vergleich zu diesem. Statt Ilses glattem und goldenem Gesicht hatte ich diesen übelriechenden Schweinskopf neben mir, und als fehlte noch etwas, um die grausame Situation zu verschlimmern, sah ich plötzlich Fräulein Ott in das Restaurant kommen, unruhvoll den Kopf nach allen Seiten wendend. Als sie mich, vom Maître d'hôtel halb verborgen, endlich entdeckte, blieb sie zunächst starr stehen, setzte eine ernsthafte Miene auf und kam dann auf mich zu, als nähere sie sich dem Bett eines Kranken. Mit den Fingerspitzen berührte sie das Tischtuch, sah mich einen Augenblick an und sagte mit schmerzlichem Lächeln:

»Lieber Herr, das Leben spielt einem böse Streiche!«

In ihrem dunkelblauen Baumwollkleid, mit dem kleinen schwarzen Hut auf dem Kopf wirkte sie auf mich wie ein riesiger Unglücksvogel. Es lag etwas Würdevolles in ihrer Haltung, auch das bemerkte ich in meiner Aufregung. Ohne es zu wollen war ich aufgestanden.

»Ist etwas passiert?« fragte ich.

Der Maître d'hôtel hatte sich aufgerichtet und drückte mit geduldigem Gesichtsausdruck die Speisekarte an seine Brust, doch vor Neugier kniff er die Augen zusammen.

»Ich weiß nicht«, sagte Fräulein Ott, »ob hier der richtige Ort zum Sprechen ist, obwohl Sie ja einen etwas abseits stehenden Tisch gewählt haben.«

Man war aufmerksam geworden auf diese statiöse, reglose und ernst aussehende Dame.

»Darf ich?« fragte sie und blickte auf den leeren Stuhl.

Ich bot ihr den Platz auf der Bank an, und sie setzte sich, bescheiden und taktvoll, das muß ich sagen, es sah aus, als wolle sie gleich wieder aufbrechen. Immerhin war es Ilses Platz...

»Ilse kommt nicht«, sagte Fräulein Ott. »Es ist fast sicher.«

»Dann ist es unnötig, daß ich hierbleibe«, sagte ich eisig.

»Ich nehme an, Sie haben noch nicht gegessen.«

»Natürlich nicht. Doch ich habe keinen Hunger.«

Sie neigte sich in mütterlicher Weise zu mir hinüber.

»Es wäre falsch, nicht zu essen. Das tröstet und stärkt. Außerdem, ich möchte aber keine falschen Hoffnungen erwecken – drückt man es so aus? –, ist es nicht völlig ausgeschlossen, daß sie später noch auftaucht. Essen Sie gern Krebse?«

»Nichts esse ich gern«, sagte ich barsch.

Ohne sich um meine Ablehnung zu kümmern, sprach sie mit einer Geschwindigkeit und Überfülle von Vokalen, die in ihrem Hals steckenzubleiben schienen, auf den Maître d'hôtel ein. Auch er erhob die Stimme und ließ ein Gurgeln unbestimmter Töne hören.

»Die Langustinen werden empfohlen«, sagte Fräulein Ott.

»Ich möchte nicht essen.«

»Es besteht immerhin eine kleine Aussicht, daß Fräulein Ilse noch kommt, und nur hier könnte sie Sie finden. Inzwischen müßten Sie doch etwas zu sich nehmen, nicht wahr?«

»Bitte, bestellen Sie etwas für sich.«

»Das habe ich bereits. Doch vor allem für Sie, lieber Herr, denn ich . . .«

Sie setzte eine vergeistigte Miene auf, entfaltete aber nichtsdestotrotz rasch und geschickt ihre Serviette, was auf einen guten Appetit schließen ließ. Sie meinte vielleicht, ich hätte nichts bemerkt.

»Was gibt Ihnen Anlaß zu glauben, daß Ilse noch kommen könnte?« fragte ich in einem flehentlichen Ton, über den ich mich gleich schämte.

»Ich fürchte, Sie zu verletzen.«

»Bitte, reden Sie nur.«

»Es gibt Worte, die eine Dame nicht aussprechen sollte. Sie werden mir hoffentlich indiskrete Fragen ersparen.«

»Gewiß.«

»Vor mehr als einer Stunde begann Ilse sich anzukleiden, um sich, wie verabredet, mit Ihnen zu treffen. Ich muß einschieben, daß Mister Gore nicht immer sehr großzügig ihr gegenüber ist. Eine Eigenheit seines Charakters. Kurzum, sie wollte zu der Verabredung und zog sich an. Ich war da.«

»Was heißt da?«

»Bei ihr. Nun, auf einmal kam Mister Gore. Eine Laune, ein Einfall. Wir mußten ihm aufmachen, denn es war immerhin Mister Gore. Er rief seinen Namen durch die geschlossene Tür. Als er Ilse in ihrem entzückenden Kleidchen sah ... Wie soll ich die Farbe beschreiben?«

»Die Farbe spielt keine Rolle.«

»Doch«, sagte sie fast kreischend. »Es ist die gleiche Farbe wie das Kleid der Dame hinter Ihnen.«

»Pfirsich«, sagte ich, ohne mich umzuwenden.

»Jawohl, aber noch ein bißchen zarter.«

In diesem Augenblick stellte ein Kellner eine dunkle Flasche und zwei kleine Gläser vor uns hin.

»Trinken Sie etwas Aquavit«, sagte Fräulein Ott und schickte den Kellner mit einer Handbewegung fort. »Das wird Ihnen guttun.«

Ehe ich antworten konnte, hatte sie die beiden kleinen Gläser vollgegossen.

»Hier«, erläuterte sie mir, »gießen die Herren das in einem Zug hinunter, aber wenn Sie es nicht gewöhnt sind, rate ich Ihnen, es nicht zu tun. Um auf Mister Gore zurückzukommen, der sich bestimmt entschuldigen wird ...«

»Ich pfeife auf Mister Gores Entschuldigungen«, sagte ich.

»Das begreife ich nicht«, sagte sie und erhob das Glas.

»Dann werde ich es Ihnen noch einmal sagen: Mister Gores Entschuldigungen sind mir völlig gleichgültig.«

»Ach so. Ich kann Ihnen nur sagen, daß bedeutende Männer wie er, wohlhabende Männer – mehrere Millionen Kronen – ganz unberechenbar in ihrem Verhalten sind. Sie haben Launen wie Herrscher.«

Sie trank einen Schluck und fuhr fort:

»Als Mister Gore Ilse in dem hübschen Kleid sah, überfiel ihn eine Laune. Jetzt ist es wahrscheinlich schon vorbei. Ich möchte wetten, daß Sie Ilse ein bißchen später haben werden.«

Jetzt wurde mir klar, daß sie beschwipst war, wenn auch nur

leicht. Sie verlor ihre sonstige Zurückhaltung, und ihr Französisch wurde unsicher. Ich stellte mein Glas ab, stieß meinen Blick wie ein Messer in ihre graublauen, durch den Aquavit rührselig gewordenen Augen und murmelte mit vor Zorn bebender Stimme:

»Ich will diese Nutte nie wiedersehen, haben Sie verstanden?«

»Nutte?« wiederholte sie lachend. »Was ist eine Nutte? Oh, ich habe begriffen. Sie sind interessant!«

Vorspeisen in einem Dutzend kleiner Schalen wurden von zwei Kellnern vor uns aufgebaut. Fräulein Ott leerte ihr Glas und während sie ihren Zeigefinger über die Schalen wandern ließ, um die Dinge zu bezeichnen, die sie essen wollte, sprach sie weiter:

»Auch Mister Gore findet Sie interessant. Oh, Sie müssen etwas nehmen. Sehen Sie, dies und dies und dies! Fühlen Sie sich nicht schon besser? Der Aquavit richtet Sie wieder auf. Darauf Bier. Das ist bei uns die Regel: zuerst Aquavit, dann Bier, um den Brand zu löschen.«

Sie bedeutete den Kellnern, sich zu entfernen.

»Ich empfinde Sympathie für Sie«, fuhr sie fort, »und ich verstehe Sie. In Dänemark hat jeder Sympathie für die Franzosen, besonders jetzt wegen der Ereignisse. Aber der Krieg wird nicht ausbrechen. Mister Gore ist sicher, daß es keinen Krieg geben wird und er weiß Bescheid. Aber, ich flehe Sie an, trinken Sie!«

Ich trank einen Schluck oder zwei. Die Wut hatte mir die Kehle trocken gemacht.

»Sie dürfen Mister Gore nicht verdammen«, sagte sie noch und senkte dabei mit ernstem Gesicht die Stimme. » ›Richtet nicht, damit ihr nicht gerichtet werdet.‹ Also, Sie werden Mister Gore nicht verdammen. Mister Gore ist reich. Gut. Mehrere Millionen Kronen. Gut, sehr gut. Mister Gore liebt hübsche Mädchen. Dazu sage ich nichts. Ich erinnere mich an den Splitter und den Balken. Sie ebenfalls, nicht wahr?«

Diese kleine Rede fand ich so unangebracht, daß ich die

Worte, die sich mir auf die Lippen drängten, nicht zurückhalten konnte.

»Fräulein Ott, Sie bringen völlig vergeblich Bibelzitate vor, an die ich nicht glaube. Vor allem hier nicht. Sie sprechen zu einem Ungläubigen.«

Ohne meinen Einwurf im geringsten zu beachten, redete sie weiter:

»Ich nehme noch einmal von dem Aal, ich nehme von allem noch einmal, und Sie rühren überhaupt nichts an. Das ist unrecht. Bei uns gibt es alle guten Dinge dieser Welt in Überfülle, weil wir unserem Ideal treu sind. Nächstens werde ich Ihnen einen alten Bekannten vorstellen, der sehr beschlagen in Theologie ist. Er versteht alles, weil er Probleme hat wie wir alle. Erzählen Sie mir von Ihren Problemen«, sagte sie, legte ihre Gabel hin und faßte mit zwei Fingern nach meinem Arm.

Ich machte mich sofort los.

»Entschuldigen Sie, ich habe keine Probleme.«

Eine Träne bildete sich in ihren Augenwinkeln.

»Ich, ich habe welche. Fräulein Ott hat Probleme, aber sie behält sie für sich, das ist ihr Geheimnis. Heute abend allerdings fühle ich mich wohl, hier, in Ihrer Gesellschaft. Ich mache Ihnen keineswegs Komplimente. Glauben Sie nicht, daß . . . Zudem muß ich gestehen, daß ich nicht oft Gelegenheit habe, in einem Restaurant wie diesem zu speisen.«

Das sagte sie ganz sanft, es klang wie eine Beichte, und plötzlich überkam mich Mitleid mit Fräulein Ott. Zwar lebte sie keineswegs in dürftigen Verhältnissen, aber den Luxus eines Essens bei Wivex konnte sie sich nicht leisten. Dieses Diner war ein kleines Fest für sie. Sie warf mir ein Lächeln zu, daß sie für verführerisch hielt, auf mich aber so abstoßend wirkte, daß ich die Augen senkte. Die Eitelkeit in ihr wollte nicht sterben.

»Gestatten Sie, daß ich Ihnen eine Frage stelle«, sagte sie.

»Natürlich, nur zu.«

Sie tupfte sich Mund und Finger ab und mußte augenscheinlich eine Hemmung überwinden.

»Haben Sie Karin wiedergesehen?«

»Nein. Ich habe Ihnen doch gesagt, daß Karin mich nicht interessiert.«

Ich bereute diese Worte bereits, als ich sie aussprach. Denn es hätte sich endlich die Gelegenheit ergeben, bestimmte Dinge zu erfahren. Fräulein Ott seufzte tief.

»Karin ist ein anständiges junges Mädchen«, sagte sie leise.

»Warum hat sich ihr Vater umgebracht?«

»Aus Liebe. Im Grunde eine dumme Geschichte. Er hatte sich in eine junge Frau vergafft, die ihn abwies, die er aber durchaus hätte haben können. Sagt man vergafft?«

»Ja, vergafft.«

»Das finde ich bemerkenswert, denn wir sagen das gleiche. Nun, er ist ins Wasser gegangen. Seine Frau hat den Schlag nicht überwunden.«

»Lebt sie noch?«

»Ja, aber sie erkennt niemanden mehr. Trotz der Seitensprünge ihres Mannes konnte sie nicht umhin, ihn zu lieben.«

Mit den Augen erheischte sie ein Lob für diese elegante sprachliche Wendung. Ich zwang mich zu einem Lächeln.

»Der arme Mann hatte keine Willensstärke, keinen Glauben. Sie hingegen war gläubig, aber das hat an den Dingen nichts geändert ... Essen Sie diesen Krebs auf Ihrem Teller. Doch, ich verlange es, im Namen aller Meere, die unser Dänemark umspülen!«

Ich war zu abgespannt, um mich zu wehren.

»Sie war gläubig bis auf den Grund ihrer Seele. Vielleicht ist sie es in ihren klaren Augenblicken immer noch. Sind Sie gläubig?«

»Ich bin nichts«, sagte ich in entschiedenem Ton. »Religion finde ich sterbenslangweilig.«

Sie runzelte die Stirn.

»Natürlich«, sagte sie, »ein Franzose ...«

»Was tut Karin?«

»Sie ist in ihrem Fach sehr begabt. Sie fertigt Zeichnungen

und Muster für Wandteppiche an. Sie ist in einem großen Kaufhaus angestellt, arbeitet aber bei sich zu Hause.«

»In welchem Kaufhaus?«

Etwas Hinterhältiges blitzte in ihrem Auge auf, als sie antwortete:

»Das sage ich Ihnen nicht, denn Sie sind mir ein bißchen zu interessiert.«

»Lebt sie allein?«

»Allein mit einem Kanarienvogel und ihren etwas verrückten Ideen. Sie würden Ihre Zeit mit ihr verschwenden.«

»Das haben Sie mir schon oft genug gesagt. Worauf beziehen sich ihre etwas verrückten Ideen?«

Sie tauchte die Fingerspitzen in eine Schale mit Wasser, die auf den Tisch gestellt wurde, und lächelte vor sich hin.

»Ich bedaure, lieber Herr, aber Sie haben mir verboten, über Religion zu sprechen.«

Eine Viertelstunde später verabschiedete ich mich von Fräulein Ott, ließ meinen Wagen stehen und machte mich zu Fuß auf den Weg nach Hause. Eine strahlendere Nacht kann man sich nicht vorstellen. Hin und wieder wehte ein Windhauch sanft über mein Gesicht, ich ging am alten Hafen entlang und fragte mich, ob es auf der Welt wohl einen stilleren Ort gäbe, wo selbst die Düsternis zum Glücklichsein einlud.

Doch ich war verärgert über den sinnlosen Abend, und ich wußte, daß es Jahre dauern würde, bis ich die Bitterkeit über das verfehlte Rendezvous verwunden hätte. An meine Unterhaltung mit Fräulein Ott dachte ich mit Widerwillen, vor allem an ihre aalglatten Äußerungen über die Religion. Irgend etwas in mir wehrte sich gegen einen Glauben, der den Menschen unterjochte; und daß darüber ausgerechnet in dem Restaurant gesprochen wurde, in dem ich vergeblich auf eine Prostituierte wartete, machte das Maß des Unbehagens voll. Mir kam der Gedanke, die Stadt schon am nächsten Morgen zu verlassen und Ilses Namen wie all der anderen blonden Schönheiten, die nur mit den Augen zu liebkosen waren, aus meinem Gedächtnis zu streichen. In diesen Straßen hatte ich schon zu viele Enttäuschungen erlitten.

In der Nähe von Sankt Annaegade sah ich eine Gestalt auf mich zukommen, die ich sofort an ihrer Art zu gehen erkannte.

»Karin!« rief ich.

Sie blieb stehen und wartete, bis ich bei ihr war.

»Sie werden mir jetzt verschiedene Fragen stellen«, sagte sie lachend. »Sie werden zum Beispiel wissen wollen, warum ich hier bin. Antwort: aus reinem Zufall. Ich wollte frische Luft schnappen, das ist alles.«

Das kalte Licht einer Straßenlaterne lag auf ihrem Gesicht, es wirkte wie das einer Statue.

Ich war seltsam berührt und sagte: »Karin, Sie sind fast ...«

»Fast was? Fast hübsch, nicht wahr?«

Sie sagte genau das, was mir durch den Kopf ging.

»Fast gefährlich«, sagte ich und griff nach ihrer Hand. »Gefährlich, weil Sie schön sind.«

»Oh, wie schlecht Sie lügen«, sagte sie lachend.

»Nein, wirklich ...«

Jetzt mußte auch ich lachen. Ganz offensichtlich hatte sie auf mich gewartet. Meine Traurigkeit verflog wie der Wind. Ich fuhr fort:

»Da Sie nicht wollen, daß ich Ihnen Fragen stelle, möchte ich nur sagen, daß ich dem Zufall dankbar bin, denn der Zufall hat es gefügt, daß ich Sie hier treffe.«

»Ach, der Zufall ... Ich hatte Lust zu sehen, in was für einem Haus Sie wohnen.«

»Wollen Sie einen Augenblick mit hinaufkommen? Ich möchte Ihnen den Balkon zeigen.«

»Sind Sie verrückt? Ich gehe doch nicht einfach mit zu irgendwem.«

»Ich hoffte für Sie etwas anderes zu sein als irgendwer.«

»Spielen Sie nicht den Dummen, Herr Franzose. Was man ausspricht, ist unwichtig. Versuchen Sie zu verstehen, was man nicht ausspricht.«

»Sie sprechen aber so viele Dinge nicht aus.«

»Eben deswegen.«

»Ihnen liegt also daran, rätselhaft zu bleiben?«

»Ich bin einfach wie ein Schulbuch für Anfänger. Aber Sie werden langweilig, und ich hatte gehofft, mich amüsant unterhalten zu können. Wollen wir nicht ein bißchen am Kanal spazierengehen?«

Nachdem wir einige Zeit an den bunten Häusern, auf die die Bäume ihren Schatten warfen, auf und ab gegangen waren wie, um böse Erinnerungen auszulöschen, nahm ich unvermittelt aus einem Impuls heraus Karins Arm und sagte:

»Was ich vorhin gesagt habe, ist wirklich wahr. Heute abend sind Sie schöner als sonst.«

»Sie wollen mir doch keine Liebeserklärung machen«, gab sie lachend zurück. »Ich sage Ihnen gleich, das es unnütz wäre.«

»Unnütz, weil Sie mich ganz und gar nicht mögen.«

»Da Sie die Fragen stellen und auch gleich die Antworten geben, kann ich nichts anderes tun als schweigen.«

»Karin, Sie sind unmöglich!« sagte ich und trat heftig mit dem Fuß auf.

Sie lachte unbändig wie ein Kind.

»Sie stampfen mit dem Fuß auf! Das ist furchtbar komisch. Und wenn jemand Sie . . .«

Ich nahm sie in die Arme und küßte sie auf den Mund, sie wehrte sich jedoch so sehr, daß ich sie loslassen mußte. Sie war kräftiger, als ich geglaubt hatte.

»Sie sind scheußlich, scheußlich«, sagte sie und rieb sich ungestüm die Lippen. »Sie haben kein Verlangen, mich zu küssen, und mir ist es unangenehm.«

»Es würde Ihnen weniger unangenehm sein, wenn ich der Offizier von neulich abend wäre.«

»Lassen Sie die Armee aus dem Spiel«, sagte sie etwas ruhiger. »Wenn Ihnen daran liegt, daß wir Freunde bleiben, dann hören Sie mit Ihrem – wie heißt das? – Hokuspokus auf.«

»Warum treffen wir uns eigentlich?«

»Ich habe meine Gründe, und Sie wahrscheinlich auch.«

»Und wenn ich in Sie verliebt wäre?«

»Sie sind aber nicht verliebt. Das würde ich spüren, glauben Sie mir.«

»Warum treffen wir uns dann? Sagen Sie bloß nicht, Sie wollten Ihr Französisch aufbessern. Dann sehe ich rot, und ich wäre imstande, Sie zu schlagen!«

»Das würden Sie nicht wagen. Sie hätten viel zuviel Angst, mich ein für allemal zu verlieren. Denn Sie wollen mich in Ihre Sammlung einreihen, die kleine Dänin, die noch keiner gehabt hat.«

»Keiner?«

»Ich habe das so hingesagt.«

»Keiner, Karin?« fragte ich noch einmal.

Ohne zu antworten, nahm sie meine Hand und lächelte mich mit ihrem reizendsten Lächeln an.

»Bitte, seien Sie nett«, sagte sie. »Quälen Sie mich nicht mit Ihren Fragen. Sie müßten doch wissen, daß Frauen Fragereien nicht leiden können. Wir setzen uns auf diese Bank, und Sie erzählen mir von sich. Ich weiß ja nicht einmal, wer und was Sie sind.«

»Mir wäre es viel lieber, Sie erzählten von sich.«

»Gut, ich werde Ihnen von mir erzählen. Hören Sie das Plätschern des Wassers gegen die Boote?« fragte sie, als wir nebeneinander saßen. »Ich gehe manchmal hierher, wenn ich allein sein will und Ruhe haben will. Ich liebe die Nacht, den Geruch des Kanals und dieses Geräusch. Es hört sich an, als gäbe das Wasser dem Rumpf der Boote kleine liebevolle Klapse.«

Karin zu Gefallen lauschte ich gehorsam auf das Plätschern, doch zugleich bedauerte ich es, sie an diesem einsamen Ort nicht umarmen zu können, es war kein Verlangen, das mich trieb, sondern ein Anflug von Zärtlichkeit. Das war es, was ich ihr nicht begreiflich machen konnte, ohne sie möglicherweise zu verletzen, denn in ihrem Alter hört man es nicht gern, daß man keusch geliebt wird und daß das Begehren, wenn es sich überhaupt einstellt, erst viel später kommt. Ich war fast sicher, daß es kommen würde, wenn ich Ilse aus meinem Kopf vertrieben hatte. Und was schon früher eingetreten war, ereignete sich aufs neue: Karin hatte eine undeutliche Ahnung von dem, was in mir vorging.

»Bestimmt«, sagte sie, »haben Sie in unserer Stadt glanzvolle Eroberungen gemacht.«

»O nein, Eroberungen nicht. Indes würde ich lügen, wenn ich behauptete, ich wäre jeden Tag brav gewesen. Es gibt gewisse Gelegenheiten ...«

»Hatten Ihre Gelegenheiten dunkles Haar und dunkle Augen?«

»Nein. Vorschriftsmäßig blondes Haar und blaue Augen. Blaue Augen – aber ich liebe auch dunkle Augen, bestimmte dunkle Augen.«

»Sie sind ein Wüstling. Kann man das sagen?«

»In altmodischen Romanen, ja. Aber Sie selbst treiben sich im Tivoli herum.«

»Herumtreiben ist kein schönes Wort. Tivoli bedeutet für mich Hoffnungslosigkeit. Ich streife die Flamme, ohne mich je zu verbrennen.«

Diese Worte kamen mir so gekünstelt vor, daß ich einen Augenblick an Karins Aufrichtigkeit zweifelte. Ich schwieg. Wieder einmal ahnte sie etwas.

»Sie sagen nichts.«

Ich war überrascht, als sie im Halbdunkel meine Hand suchte und murmelte:

»Glauben Sie wirklich, daß Sie verliebt sind, Roger?«

Zum erstenmal sprach sie meinen Namen aus. Ich beugte mich hinunter und preßte meinen Mund auf ihre Hand.

»Ich«, sagte sie, ohne eine Bewegung zu machen, »ich kann ohne Sie nicht mehr sein. Aber das ist nicht genau dasselbe.«

Die Lippen auf die zarte und duftende Haut gedrückt, verharrte ich reglos, aufmerksam hörte ich der sanften, ein wenig unsicheren Stimme zu, die über mir Worte zu einer seltsamen Ansprache formte:

»Als ich im abenteuerlichen Wald auf dänisch vor mich hinsprach, habe ich Dinge gesagt, die man nie ausspricht. Ich habe Hunger und Durst. Ich habe Hunger und Durst nach Liebe. Ich bin verloren, Roger. Sehen Sie, ich sage Ihnen das völlig gelassen, und keinem anderen außer Ihnen kann ich es sagen, denn Sie gehen wieder fort, und wenn der Krieg ausbricht, werden wir uns nicht wiedersehen.«

Mit der freien Hand strich sie mir über das Haar.

»Deshalb ist es besser, wir lieben uns nicht«, setzte sie hinzu, »doch trotz allem liebe ich Sie … Am letzten Tag wollen wir hierher gehen, und dann werden Sie mich umarmen.«

Lange Zeit ließ ich den Kopf in ihrem Schoß, ich war glücklich und verzweifelt. Plötzlich flüsterte sie:

»Richten Sie sich auf.«

Ich tat es und sah, daß sie mir zulächelte.

»Vielleicht bricht der Krieg ja nicht aus, Karin. Auf jeden Fall haben Sie hier nichts zu fürchten. Warum sagten Sie, Sie seien verloren?«

»Oh, ich weiß, mir wird nichts geschehen. Ich bin in Sicherheit in meinem Vaterland. Das meinte ich nicht. Auch meine Mutter fürchtete, nicht gerettet zu werden. Sie ist krank geworden. Sie wollte im Tod meines Vaters ein Zeichen erblicken, ich weiß nicht, welches Zeichen, und jetzt weiß sie nicht mehr, wer sie ist. Sie war unschuldig. Ich bin es nicht.«

»Sie sind unberührt, Karin.«

Sie lachte, aber es klang nicht fröhlich.

»Wie Sie darüber sprechen … Unberührt … Der Körper, ja, doch das ist alles.«

Und da die Ironie bei ihr stets die Oberhand behielt, früher oder später, setzte sie hinzu:

»Sie werden in Kopenhagen im Jahr 1939 schwerlich eine unberührte Jungfrau, wie Sie es nennen, gefunden haben.«

Spaziergänger näherten sich unserer Bank. Wir standen auf und gingen unter den Bäumen hin und her.

»Mein Vater war nicht gläubig«, nahm Karin das Gespräch wieder auf. »Ich habe ihn sehr geliebt, aber ich hatte Angst vor ihm, weil er ungläubig war. Als er ins Wasser ging, war das für mich ein furchtbarer Schlag. Ich weiß nicht, ob ich es Ihnen schon gesagt habe. Er hat sich im Kanal ertränkt.«

»Auf der anderen Seite der Stadt?«

»Nein«, erwiderte sie leise. »Drei Meter von der Bank entfernt, auf der wir eben saßen.«

Sie zeigte mit der Hand auf das Wasser, das durch die Bäume schimmerte. Unbewußt blieb ich stehen, sie sah mich ruhig an.

»Worüber sind Sie verwundert? Ich setze mich zuweilen dort hin und denke an ihn. Ich grüble darüber nach, was wohl geschieht, wenn man fortgeht.«

»Wenn man stirbt, Karin? Nichts. Es geschieht nichts.«

»Wenn Sie scherzen wollen, sprechen wir von etwas anderem.«

»Ich scherzte nicht. Ich liebe Sie zu sehr, als daß ich scherzen könnte.«

Wir gingen weiter, schweigend diesmal, und bald darauf waren wir in meiner Straße.

»Ich möchte so gern, daß Sie mich verstehen«, brachte Karin plötzlich hervor. »Das Leben ängstigt mich manchmal. Ich meine nicht die Ereignisse in der Welt, sondern all die Dinge des Lebens, es gibt einige, die mir sehr am Herzen liegen.«

»Die Liebe?«

Wortlos zuckte sie die Schultern.

»Die Liebe verlockt Sie, Karin. Sie haben es mir vorhin gesagt.«

»Ich liebe, was mich vernichtet.«

Und fast übergangslos fügte sie hinzu:

»Vergessen Sie nicht, daß Sie morgen mit mir im Wagen aufs Land fahren. Wir wollen uns um sieben Uhr hier treffen.«

»Um sieben oder um neun?«

»Macht es Ihnen etwas aus, stehend zu warten? Sie können sich ebensogut auf unsere Bank setzen.«

Im Bruchteil einer Sekunde ahnte ich, welche Szenen mir bevorstanden, was ich durch ihre Launen zu erdulden haben würde, wenn wir eine Liebesgeschichte miteinander hätten. Doch in diesem Augenblick, wie um mich zu entwaffnen, lächelte sie und sah dabei aus wie ein Kind. Ein Kind, dachte ich, du bist nur ein Kind. Ich mußte mich beherrschen, um sie nicht in die Arme zu nehmen.

Bei mir zu Hause ging ich auf den Balkon, ich betrachtete die Sterne und den vollen Mond, der wundervoll glänzte. Sein kaltes, geheimnisvolles Licht traf schräg auf die nahe Kirche mit dem sonderbaren Korkenzieher, der sich um den spitzen Turm herumwand. Wie riesenhafte Tintenkleckse wirkten die schwarzen Klumpen der Bäume zwischen den hellen Dächern und den grauen Straßen, die wie metallene Bänder aussahen. Vom Stadtinnern her kam ein Rauschen, aber es vertiefte die nächtliche Stille eher, als daß es sie störte. Ich fühlte mich im Einklang mit dieser Umgebung, die mir immer vertrauter wurde. Doch als ich an mein Gespräch mit Karin dachte, an ihre Zärtlichkeit und ihre Ablehnung, packte mich etwas wie schwermütige Freude. »Offensichtlich«, sagte ich mir, »gibt es zwei Hindernisse, die sie zurückhalten, sich mir hinzugeben: die Religion und die Furcht vor Männern. Diese beiden Hindernisse werde ich überwinden. Die Liebe entsteht meist aus dem Verlangen. Aber auch das Umgekehrte tritt manchmal ein. Sobald sie mein ist, wird uns Leidenschaft verbinden, und wenn es keinen Krieg gibt, bleibe ich hier. Hör zu, Karin . . .«

Ich sprach, die Hände auf die Balustrade gestützt, halblaut mit ihr, als stünde sie neben mir. Ich flehte sie an, ich redete auf sie ein, mit einem Satz wischte ich ihre ganzen Bedenken hinweg, dann legte ich meine Arme um sie, wie man ein Kind beschützt, mit jener Wollust des Herzens, die aus der Hingabe kommt. Schließlich ging ich zurück ins Zimmer und legte mich ins Bett. Ilses Bild trat vor meine Augen, ich konnte es jedoch leicht verdrängen, indem ich mir Karins Worte ins Gedächtnis zurückrief, ihre Stimme und ihr Lächeln, das mich bezauberte.

»Bitte, Karin, lächle!«

Sie tat es, erteilte mir aber gleich einen kleinen Tadel.

»Lächeln Sie, muß es heißen, nicht wahr? Wir kennen uns erst seit fünf Tagen.«

»Kommt lächle später?«

»Vielleicht am letzten Tag.«

»Macht es Spaß, einen Mann auf die Folter zu spannen?«

»Offenbar, wenn er verliebt ist.«

»Und Sie sind nicht verliebt?«

»Darüber habe ich mich in meinem Monolog auf dänisch ausgelassen. Fahren wir los?«

Zehn Minuten später kamen wir durch eine Ortschaft, nahe am Meer, dessen Blau hier heller war als der Himmel und das man am Ende der schnurgeraden Straßen sehen konnte. Die weißen Häuser waren von Gärten umgeben, in denen im leichten Schatten der Birken üppig Blumen blühten. Alles atmete Glück und Frieden. Ich hätte gern angehalten, aber Karin wies herrisch mit dem Finger auf die Straße.

»Fahren Sie weiter«, sagte sie.

Hinter der Ortschaft führte der Weg neben den milchig-blauen Wellen entlang. Da und dort erhoben sich Bauern-häuser am Rand großer Wiesen, auf denen fahlgelbe Kühe weideten. Und dann tauchten, von Bäumen und Rasenflächen umgebene, behäbige Wohnsitze auf, die die Anwesenheit stadt-müder Bürger anzeigten, und danach, beiderseits der Straße, hübsche Villen und ein ganz in bäuerlichem Stil gehaltenes Gasthaus, dessen Aushängeschild, eine riesige goldene Brezel, in der untergehenden Sonne funkelte.

»Wollen wir nicht anhalten und ein Glas Bier trinken?« bat ich inständig.

»Schlagen Sie sich das aus dem Sinn. Erstens ist das däni-sche Bier nur um Ostern gut, wenn es stark eingebraut ist. Und zweitens wollen wir unser Haus im günstigsten Nach-mittagslicht ansehen. Weiter.«

Ob ich wollte oder nicht, ihr gebieterischer Ton beein-druckte mich. Manchmal ist es herrlich, gehorchen zu müssen.

Wiesen und noch einmal Wiesen, dann führte die Straße vom Meeresufer weg und stieg unmerklich an durch Wälder, in deren grüne Tiefen die Sonne ihre Strahlen warf.

»Sind wir bald da, Karin?«

»Wir sind schon da. Halten Sie in dieser Allee, dort rechts.«

Zwischen zwei dichten Reihen dunkler Tannen gingen wir zu Fuß auf ein hohes Gitter mit rostigen Stäben zu. Karin begann zu laufen und stieß mit beiden Händen das Tor auf. Nun wandte sie mir ihr vor Glück strahlendes Gesicht zu und rief:

»Kommen Sie, machen Sie schnell!«

Beiderseits eines langen, grasbewachsenen Gartenwegs waren unregelmäßig Birken gepflanzt, die in ihrem Laub die letzten Sonnenstrahlen auffingen. Ich ging der ungeduldigen Karin nicht schnell genug, und sie kam zurück und nahm mich bei der Hand.

»Hier sprang ich herum, als ich klein war«, sagte sie mit fast zitternder Stimme. »Ich liebte diese Bäume, ich lehnte meine Wange an die weiße Rinde, sie kam mir glatt vor wie menschliche Haut. Sehen Sie: ihre Blätter bewegen sich noch, obwohl kein Windhauch mehr zu spüren ist.«

Während sie so sprach, zog sie mich zu dem Haus. Es stand inmitten eines mit Kiesel bedeckten Platzes. Ein Bau, viereckig und weiß, schwer und stattlich, so wie man im vorigen Jahrhundert baute. Man konnte das Gebäude mit den hohen Fenstern und den gestrichenen Läden, die alle geschlossen waren, und der dichten Fülle kräftigen Efeus, der es auf der einen Seite wie mit einem zerfetzten dunklen Schal umkleidete, durchaus schön finden. Fünf oder sechs geschwungene Stufen führten auf eine Estrade vor einer großen Tür, deren oberer Teil aus einem vergitterten Glasfenster bestand, durch das man einen Blick in den Vorraum werfen konnte.

»Das ist alles, was man sehen kann«, sagte Karin betrübt. »Die Tür ist seit dem Tod meines Vaters geschlossen, und das Haus steht zum Verkauf. Dort rechts können Sie vielleicht den Ansatz der Treppe erkennen, aber es ist drinnen schön so dunkel ... Als ich sieben oder acht Jahre alt war, war dies die Stunde, da ich Angst bekam, kurz bevor der Kronleuchter angezündet wurde. Sehen Sie ihn?«

Ich sah ihn nicht. Sie seufzte sehnsüchtig.

»Wenn Sie wüßten, wie glücklich ich hier war ... Mein Zimmer lag im zweiten Stock, ich hatte einen Blick auf das Meer und auf fast alle Dörfer, durch die wir gefahren sind. Im Winter sah ich die Türme von Kopenhagen und die mandelgrünen Dächer. Mein Vater ließ mich tun, was ich wollte ...«

Ich empfand angesichts dieser wunderlichen Erzählung Rührung und jenes gefährliche Mitleid, das ich schon kannte, denn das Mädchen schien wirklich an alle Einzelheiten, die es mir mit fast fieberhafter Eile aufzählte, fest zu glauben.

»Mein Vater war Diplomat«, sagte sie, als wir gemeinsam die Stufen hinunterstiegen, um einen Gang um das Haus zu machen. »Meine Eltern hatten viel Besuch, und dann strahlte das Haus in der Nacht wie eine Laterne, wie ein Diamant. Es war wie ein Fest. Ich versteckte mich und sah alles mit an, ich hatte es gern, wenn das Gemurmel der Stimmen bis herauf in mein Zimmer drang. Ich kauerte mich ins Treppenhaus. Damen in großer Toilette und Männer, auch Offiziere in Uniform, gingen, vom Kronleuchter beschienen, vorüber. Diener in schönen blaugoldenen Livreen reichten große Silbertabletts mit Gläsern und Kristallflakons herum, in denen es wie Feuer funkelte. Ich erinnere mich an einen Abend, an dem ein Ball stattfand. Musik war über dem Stimmengewirr, und ich vernahm das Schlurfen der Füße, die über das Parkett des Salons glitten.«

Wir befanden uns jetzt am Rand des kiesbedeckten Platzes und hatten einen Blick auf das im fahlen Licht der Dämmerung jetzt ganz weiße Meer. Nach einem kurzen Schweigen sagte Karin fast flüsternd:

»Als mein Vater tot war, nahm alles an einem einzigen Tag ein Ende. Das Haus wurde mit unglaublicher Schnelligkeit ausgeräumt, wie in einem Alptraum. Meine Mutter verschwand.«

Mich wandelte die unmenschliche Versuchung an, Karin zu sagen, daß ich an das, was sie erzählte, nicht glaubte. Ihre Beschreibung ärgerte mich plötzlich, denn die Erzählerin war offensichtlich der Auffassung, ich sei leichtgläubig. Aber lag die Leichtgläubigkeit nicht viel mehr auf ihrer Seite? Sie erzählte ja nicht wie eine Lügnerin, sie erzählte wie jemand, der sich an einer Geschichte berauscht, von der er fest überzeugt ist, sie sei wahr. Machte ich Karin klar, daß ich mich nicht beschwindeln ließ, würde ich sie möglicherweise tief verletzen. Und zudem rührte mich irgendwie diese Traumvergangenheit, die sie für sich erfand. Und da kaum jemand ganz unkompliziert ist, gesellte sich zu dem Mitleid bei mir etwas wie Abscheu, ein fast körperlicher Abscheu angesichts dieser Naivität. Anders war mein plötzlicher Unwille fraglos nicht zu erklären. Vor allem aber war ich wütend auf mich selber, weil ich doch Rührung empfand. Ahnte sie das?

»Sie hören mir gar nicht zu«, sagte sie plötzlich.

Ohne Antwort zu geben, nahm ich ihren Arm und zog sie auf den breiten Weg.

»Wollen Sie schon fort?« fragte sie.

»Ja, es wird allmählich dunkel.«

»Warum reden Sie nicht über das, was ich Ihnen anvertraut habe?«

»Weil ich nichts dazu sagen kann, aber ich denke über all diese Dinge nach.«

Ganz leicht lehnte sie sich an mich.

»Es hat mir gutgetan, Ihnen das alles erzählen zu können, Roger. Außer Ihnen habe ich es noch keinem Menschen anvertraut. Ich möchte dem großen Haus noch auf Wiedersehen sagen.«

Sie wandte den Kopf und verharrte eine Weile in dieser Haltung. Wiederum überlegte ich, was nun Aufrichtigkeit und was Schauspielerei war. Und wiederum witterte sie meine Zweifel.

»Sicherlich kommt Ihnen meine Geschichte erstaunlich vor.«

Als sie das sagte, wurde ihr Gesicht so traurig, daß ich sie am liebsten in die Arme genommen hätte. Wir waren allein in der unmerklich abschüssigen Allee, und das sinkende Licht, das uns direkt traf, vergoldete ihre Stirn und die hübschen Wangen, die ich so gern mit Küssen bedeckt hätte, aber ich fürchtete ihren plötzlichen Unmut und griff nur nach ihren Händen, die sie mir überließ. Was ich jetzt tat, geschah wie unter einem Zwang: Ich beugte mich nieder, barg mein Gesicht in ihren Händen und, ohne daß es mir bewußt wurde, kniete ich vor dem Mädchen, das unbeweglich dastand. So verging geraume Zeit, dann hörte ich ihre leicht zögernde Stimme; sie sagte liebevoll:

»Warum kehren Sie nach Frankreich zurück? Sie sollten hierbleiben. Hier haben Sie nichts zu befürchten.«

Ich erhob mich.

»Sie reden, als wäre der Ausbruch des Kriegs sicher, Karin.«

»Heute morgen habe ich auf der Straße Deutsche miteinander reden hören. Ich verstehe Deutsch ebenso gut wie Dänisch. Der Krieg ist da.«

»Haben Sie Angst?«

»Ja, ich habe Angst. Angst um Sie.«

»Vor mir aber haben Sie keine Angst mehr, nicht wahr? Sie lieben mich, Karin.«

Sie gab keine Antwort. Gern wäre ich mit ihr noch in dieser etwas düsteren Szenerie bei den Tannen geblieben. Ich hatte das Empfinden, hier würde sie mir nun alles sagen können, aber ich fürchtete auch das, was sie mir sagen würde. Ich kannte ihre religiösen Skrupel, und sie brachten mich in Harnisch. Ich konnte nicht begreifen, daß ein menschliches Wesen in seinem Innern den Schrecken vor einem Gespenst, das Gott genannt wurde, nährte. Argumente, die ich für unabweisbar erachtete, gingen mir bereits durch den Kopf, und ich mußte den Wunsch unterdrücken, ein Streitgespräch zu beginnen, aus dem ich vermutlich als Sieger hervorgegangen wäre. Da meine Begleiterin weiterhin schwieg, schwieg auch ich, ich legte meine Hand in ihre, und wir gingen zur Straße hinunter, wo wir den Wagen stehengelassen hatten.

Es wurde Nacht, als wir in die Stadt zurückkamen. Ich fragte Karin, ob es ihr recht sei, wenn wir in die Tivoli-Gärten zum Abendessen gingen.

»O nein«, sagte sie, »heute abend zieht mich nichts zum Tivoli.«

»Wollen wir irgendwo anders hingehen?«

Sie schüttelte heftig den Kopf. Sie war auf einmal widerspenstig, verstockt. Von ihrer Zärtlichkeit war nichts mehr vorhanden.

Wir standen genau an der Stelle, an der wir uns zwei Stunden zuvor getroffen hatten, unter den Linden, dicht bei *unserer* Bank. Im Laub gingen die ersten Lichter der Laternen an.

»Mir scheint, Sie sind nicht ganz zufrieden.«

»Doch«, sagte sie mit einer Spur von Herausforderung.

»Ich wüßte gern, ob Sie vielleicht immer noch Angst vor mir haben.«

»Warum sagen Sie das immer wieder? Sie haben nichts Furchterregendes an sich.«

Sie lächelte, ohne die Lippen zu öffnen, in ihren Augen war ein spöttisches Blitzen. Ich hätte vorhin unter den Tannen die gute Gelegenheit ergreifen sollen. Vielleicht wollte sie das andeuten.

»Bereuen Sie, was Sie gesagt haben, als wir dort draußen waren?« fragte ich.

»Oh«, entgegnete sie und hob die Schultern. »Wenn Sie meinen, daß ich mich an alles erinnere, was ich Ihnen gesagt habe ...«

Hatte ich den Finger auf die Wunde gelegt? Wahrscheinlich war sie mir böse, weil ich Ohrenzeuge ihrer Lügen geworden war, die mit der Vorstellung, die sie sich von sich selbst machte, nicht im Einklang standen. Einen Augenblick lang fand ich sie scheußlich. Sie las es in meinem Blick und schenkte mir ihr offenes Lächeln, das mich so fesselte.

»Vielen Dank für die schöne Fahrt«, sagte sie im Weggehen.

»Wo werden Sie zu Abend essen?« rief ich ihr nach.

»Machen Sie sich deswegen keine Sorgen!« rief sie zurück.

Sie ging schnellen Schritts unter den Bäumen davon, und in diesem Augenblick, aus einem Grund, den ich mir nicht gleich klarmachen konnte, begehrte ich sie mit allen Sinnen. Vielleicht lag es an ihrer natürlich anmutigen Art zu gehen. Ich hatte ihr zu oft zu verstehen gegeben, wie sehr ich sie liebte. Jetzt war es wahrhaftig so, das Begehren war aufgeflammt, ich hätte darauf vorbereitet sein müssen. Außerdem muß ich hinzufügen, daß ich seit Tagen jegliche körperliche Freude entbehrt hatte.

Meine erste Regung war, Karin mit dem Wagen einzuholen, doch das wäre eine weitere Ungeschicklichkeit gewesen. Kein Mädchen verzichtet auf den Genuß, sich dem zu verweigern, der zu flehentlich bittet. Schweren Herzens ließ ich meinen Wagen stehen und ging hinauf in mein Zimmer.

Plötzlich preßte mir ein Kopfschmerz die Schläfen zusammen. Ohne Licht zu machen ging ich, um Atem zu schöpfen, auf den Balkon, neben dem der dunkle, spiralige Glockenturm am noch hellen Himmel aufragte. Zu meinen Füßen warfen die Laternen ihr Licht auf die Gehsteige und den unteren Teil der bunt gestrichenen Häuserfronten, ich prägte mir diese Einzelheiten genau ein, ich wollte die Gedanken an Karin verscheuchen. Ich hatte mich dumm benommen. Ich hätte sie vorhin zurückholen sollen. Ich hätte sie in dem Park des leerstehenden Hauses, als wir allein waren, mit Gewalt nehmen sollen, aber da begehrte ich sie nicht stark genug. Es war ja möglich, daß sie das wollte: mit Gewalt genommen werden, doch das alles wurde mir erst Stunden später klar. Kein Mensch hätte linkischer sein können als ich mit einem Mädchen, das mich erregte.

Wütend über mich selbst ging ich ins Zimmer zurück und stieß mit dem Fuß einen Tisch um, auf dem Bücher und Zeitungen lagen, dann stürzte ich zum Telefon und rief Fräulein Ott in ihrer Wohnung an. Zum Glück war sie da.

Sie war noch ganz betroffen von ihrem Mißerfolg, denn sie hatte versprochen, daß ich die reizende Ilse haben sollte, und so verströmte sie einen Schwall von Entschuldigungen in mein Ohr. Aber ich unterbrach sie brüsk.

»Sie wissen, daß Karin mich in einer bestimmten Hinsicht überhaupt nicht interessiert, und Sie hatten auch recht, sie beschützen zu wollen, aber heute abend habe ich Lust, mit ihr französisch zu sprechen. Versuchen Sie bitte, mich zu verstehen. Ich fühle mich sehr allein. Wo kann ich sie erreichen?«

»Ich habe ihre Adresse verlegt. Aber wenn Sie Lust haben, den Abend mit jemandem zu verbringen, der französisch spricht...«

Es trat eine schreckliche Pause ein. Es war, als wollte sie sagen: »Bin ich nicht dazu da?«

Ich legte auf. In der Wut, die mich jetzt wieder packte, begann ich laut zu reden, mit schriller Stimme, wie ich sie sonst an mir gar nicht kannte. »Was für eine Stadt! Die schönsten Mädchen der Welt laufen an mir vorüber, und mir wird nur eine Jungfer zugebilligt, die sich mir verweigert!« Mein Entschluß war schnell gefaßt. Ich verließ das Haus.

Es war nicht schwer, Prostituierte aufzufinden. Vier oder fünf standen immer in der Nähe des besten Hotels der Stadt herum. Auffällig langsam gingen sie am Kanal bei den ältesten Häusern des Stadtviertels auf und ab und blieben bei dem leisesten Wink mit den Augen gefällig stehen. Zu dieser buntfarbigen, sehr altertümlichen Umgebung bildete ihre Jugend einen verlockenden Kontrast. Straßenlaternen, die sich im schwarzen Wasser spiegelten, verbreiteten ein diffuses Licht, man mußte nahe an die hübschen Pflastertreterinnen herangehen, um zu sehen, welche einem gefiel. Meine angeborene Schüchternheit war ungeeignet für dieses Spiel. Ich zog es vor, mich neben einen der großen Granitsockel zu stellen, die durch Ketten miteinander verbunden sind und am Rand des Hafenbeckens als Geländer dienen. Ich brauchte nicht lange zu warten. Alles in meinem Verhalten wies mich, trotz meiner Jugend, als Anwärter aus.

Als ich zwei Stunden später in meinem Zimmer war, warf ich mich auf mein Bett und preßte das Gesicht ins Kopfkissen. Mir war, als spürte ich in meinen Händen und überall an mir den Duft des herrlichen Körpers, der sich meiner Gier hingegeben hatte. Im Geiste durchlebte ich alles noch einmal. Es waren keine Bilder der Erinnerung, sondern eher Sinnestäuschungen. Wieder befand ich mich in einem von einer einzigen Birne über dem Bett erleuchteten Zimmer. Der bis auf das Geflecht abgetretene Teppichboden hatte keine erkennbare Farbe mehr, und die lila Plüschvorhänge vor dem Fenster hatten gelbliche Streifen und Flecken. So war es gewesen ... Ich sah auch die schmutzige Waschschüssel und den schartigen Wasserkrug auf einem Holztisch. Und an der Wand links neben der Tür, o Graus, ein großes Bild, das irgendeine religiöse Szene darstellte. Als ich dort war, hatte ich das alles kaum wahrgenommen, ich hatte nur Augen für den glatten, gebräunten Körper, der im grellen Licht der elektrischen Birne schimmerte.

Danach ... Danach wäre es mir am liebsten gewesen, wie bei solchen Gelegenheiten unerklärlicherweise immer, der Fußboden hätte sich aufgetan und meine Partnerin verschluckt. Wie langsam sie sich anzog! Mit ihren beiden ausgestreckten Händen, die Finger gespreizt, gab sie mir zu verstehen, daß sie so und so viel Kronen haben wollte, als hätten wir den Preis nicht zuvor, am Kanal, ausgemacht. Unverzüglich gab ich ihr das Geld. Jetzt erst sah ich mit einem einzigen Blick in voller Deutlichkeit das dunkelrote Daunenbett, den Teppichboden, den Wasserkrug, das erbauliche Bild und die verschossenen Vorhänge, kurzum die scheußliche Kulisse sträflicher Untaten. Und nun, da ich allein war, weidete ich mich in der Erinnerung an dieser brutalen, panischen Lust, die ich in der Hast und Gier nur unvollkommen genossen hatte – erst jetzt kostete ich sie richtig aus.

Ich schlief bis zum Morgengrauen. Vögel zwitscherten und weckten mich auf. Ich sprang aus dem Bett. Mein erster Gedanke war, es könne vielleicht ein Brief unter der Tür durchgeschoben worden sein. Doch nein, es lag nichts am Boden. Ich weiß nicht, warum ich damit gerechnet hatte, jedenfalls war es eine bittere Enttäuschung. Eine lange Weile trug ich meine Traurigkeit mit mir herum. Warum soll ich es verheimlichen? Ich liebte Karin. Nun, da mein Körper ruhig war, erfaßte ich das Ausmaß dieser aufkeimenden Leidenschaft besser und deutlicher, und der Gedanke, nach Frankreich zurückzukehren, ließ mich schaudern, schaudern auch das Erlebnis vom Abend zuvor.

Obwohl es noch eher Nacht als Morgen war, ließ ich mir ein Bad einlaufen und tauchte ins warme Wasser, als wollte ich meinen Körper von den empfangenen Liebkosungen reinigen. Nicht ein Zoll meiner Haut entging der Bürste, ich wusch mich wie rasend, von den Ohren bis zu den Zehen, in einer Art wütenden Abscheus. Wie mit rächender Hand verteilte ich den schneeigen Seifenschaum über meine Glieder, über mein Gesicht und über die Haare. Ich hätte drei Stück Seife verbrauchen mögen in dieser reinigenden und läuternden Raserei, deren Sinn mir erst lange danach aufging.

Ich hatte eine Abneigung gegen die Prostitution, weniger einer möglichen Krankheit wegen, als wegen der fehlenden Bequemlichkeit. Ich hielt es für unwürdig, wenn man darauf zurückgriff, ehe man in dem Alter war, in dem man sonst keinen Erfolg mehr hat. In meinen Augen beschmutzte ich mich, machte ich mich älter, und ich schämte mich. Die Moral – muß ich es besonders unterstreichen? – hatte mit dieser Geschichte nichts zu tun. Meiner Meinung nach war eine Straßendirne mehr wert als manche sogenannte achtbare Person, aber ich war nicht klarsichtig und mutig genug, mir einzugestehen, daß mich die Prostitution mit der gleichen Macht anzog wie ein Abgrund einen Menschen anzieht, dem es leicht schwindlig wird. Zu dieser Einsicht kam ich erst viel später.

In der Badewanne schlief ich ein. Ich träumte, ich glitte nackt in eine Marmorgruft. Das abgekühlte Wasser riß mich aus diesem Alptraum.

Als ich angezogen war, hörte ich die Glocken der nahen Kirche. Ihr Klang war so eindringlich, so bestimmt und so maßvoll, ohne Prahlerei und Fanatismus, daß ich meine Vorurteile gegen den Glauben vergaß und dieser uralten um meinen Kopf brausenden Stimme lauschte.

Es kam mir in den Sinn, ich könnte, da Sonntag war, die Kirche besichtigen, sobald der Gottesdienst vorüber war. Sie war wirklich eine der sehenswertesten in der Gegend. Und da ich Architekt werden wollte, was ich bei meinen wollüstigen Träumen zu häufig vergaß, war diese Besichtigung fast notwendig. Du bist ein Tier geworden, dachte ich. »Das hat diese Stadt aus dir gemacht. Du hast nur einen einzigen Gedanken...« Ich mußte darüber lachen, denn, das gestand ich mir ein, ein christlicher Moralist hätte nicht anders räsoniert. Waren diese absonderlichen Gedankengänge dem Glockengeläut zuzuschreiben? Gewiß versetzten einen diese bronzenen Klänge in eine vergangene Zeit, die ihren Zauber und ihre Anziehungskraft bewahrt hatte, doch ich war glücklich, daß ich mich nach den mystischen Regungen in meiner frühesten Jugend davon losgemacht hatte.

Während ich diese Gedanken wälzte, widmete ich mich, ohne großen Appetit, dem Frühstück, das ich mir selber zubereitete. Nachdem die Glocken verklungen waren, stiegen Gesänge durch die frische Morgenluft zu mir herauf. Ich wollte das Fenster schließen, weil ich dachte, es wäre jetzt genug, da vernahm ich einen Choral von Luther, dessen Schönheit mir unbestreitbar, ja ergreifend erschien. »Das ist gefühlsseliges Zeug, das die Kirche anwendet, um die Menschen an sich zu fesseln.« Nach einer Weile schloß ich das Fenster und drehte meinen kleinen Radioapparat an, um etwas leichte Musik zu hören, und danach, einer unwiderstehlichen Versuchung nachgebend, die Morgennachrichten. War es nicht möglich, daß sie doch weniger beunruhigend waren?

Der Apparat taugte nicht viel. Paris gab nur knatternde Geräusche zum besten. Aus dem nahen Deutschland hörte ich hingegen diese hysterische Stimme, die die Völker zum

Zittern brachte. Das Herz zog sich mir zusammen. Ich verstand kein Wort, aber es konnte sich nur um Tod handeln, um unseren Tod. Das bedeutete nicht das Ende der Welt, aber das Ende Europas, das Ende unserer Jugend und unserer Hoffnung. Ich drehte den Kasten ab.

Eine halbe Stunde später stand ich vor der Kirchentür, aus der miteinander plaudernd die Gläubigen herauskamen, Männer und Frauen, fast alle schon in ehrwürdigem Alter, was natürlich nicht ausschloß, daß einige sehr froh und glücklich aussahen. Es mag sein, daß ich streng bin. Es gehört zu lebenslustigen Menschen, religiösen Erscheinungen gegenüber streng zu sein. In all diesen Gesichtern suchte ich die Ernsthaftigkeit des Glaubens, die Überzeugung, das Zeichen des Unbedingten. Ich fand nur Überheblichkeit, Heuchelei oder alberne Dummheit, überdeckt von einer rosigen Hautfarbe, die auf beste Verdauung schließen läßt. Insbesondere fiel mir die Gewöhnlichkeit der Gesichtszüge auf, dazu die gediegene Qualität der Kleidung, was ich mit untrüglichem Blick erkannte. Dahin ist es also, dachte ich, mit dem Evangelium im zwanzigsten Jahrhundert gekommen.

Als sich die Menschen ein wenig verlaufen hatten, trat ich in die Kirche und hätte vor Bewunderung fast einen Schrei ausgestoßen. Riesige Fenster ließen von beiden Seiten Licht herein, und man sah durch das Laub der Pappeln den Himmel. Vom Alter blankgewetzte Eichenbänke bildeten eine dunkle Masse, die von der Weiße und Nacktheit der Wände abstach. Zwei blaue Elefanten schienen die Orgelempore aus dem dunklem Holz, deren üppige Verzierung die Kahlheit zwischen diesen Mauern ausglich, zu tragen.

So unbemerkt wie möglich ging ich auf das Taufbecken zu, das meinen Blick durch eine herrliche Königskrone aus vergoldetem Holz anzog, doch mit einemmal blieb ich vor Verblüffung starr stehen. Nicht weit von mir gingen vier oder fünf Personen auf den Ausgang zu. Unter ihnen Karin. Sie war nicht allein. Ein junges Mädchen, so blond wie sie, aber hübscher, sprach leise auf sie ein. Wir waren durch die ganze

Breite der Bankreihen voneinander getrennt, und Karin hatte mich bestimmt nicht gesehen. Ihr sonst bekümmertes oder spöttisches Gesicht war von einer Heiterkeit und von einer Art stillen Freude erfüllt, die ich noch nicht an ihr bemerkt hatte und die sie zu einer Unbekannten für mich machte. Eine Unbekannte, das war das Wort, das mir in den Sinn kam. Gleichwohl, sie war es, und im ersten Augenblick wollte ich auf sie zutreten und guten Tag sagen, aber irgend etwas hielt mich zurück, und ich ließ sie gehen.

Die Kirche blieb geöffnet, ich verweilte noch einen Augenblick, nicht mehr um zu schauen und zu bewundern, sondern um mich von meiner Überraschung zu erholen und, wenn ich so sagen darf, um sie zu verdauen. Die gleiche Karin, die ich im Tivoli gesehen hatte, als sie einen jungen Offizier schwärmerisch anstarrte, kam hierher, um Andacht zu halten. Tivoli mochte noch hingehen, da die ganze Stadt sich dort vergnügte, die Anwesenheit des jungen Mädchens im Garten der heimlichen Lüste hingegen war weniger leicht erklärlich – wenn sie es wirklich gewesen war, die ich zu sehen geglaubt hatte. Das Wort Scheinheiligkeit kam mir auf die Lippen, aber ich unterdrückte es sogleich. Das vor Glück strahlende Gesicht, das ich gerade gesehen hatte, gehörte keiner Scheinheiligen. Da war etwas, das sich den üblichen Gedanken und Schlüssen über die Wahrhaftigkeit der Menschen entzog, ein rätselhafter Widerspruch, zu dem ich den Schlüssel nicht fand.

Ich blickte, ohne sie wirklich zu sehen, auf die große Krone, die in der Sonne blinkte, und plötzlich kam mir der Gedanke, hinter Karin herzulaufen, sie zu verfolgen, um herauszubekommen, wohin sie mit ihrer Freundin ging. Wie so oft bei solchen Einfällen, guten oder fragwürdigen, kam mir auch dieser zu spät. Zu spät? Vielleicht nicht. Wie ein Verrückter stürzte ich aus der Kirche und rannte auf meine Straße zu, dann, grundlos meine Absicht ändernd, in die entgegengesetzte Richtung. Die sonntäglichen Spaziergänger schauten diesem ebenso eiligen wie unentschlossenen Touristen neugierig nach. Kurz darauf war ich am Hafen bei der Bank, auf der wir gesessen hatten, sie und ich, wo ich ihr im Dunkeln mit beinah frommer Glut die Hände geküßt hatte. Hoffte ich, sie dort plötzlich zu sehen? Nach kurzem Zögern setzte ich mich ans Ende der Bank, als wollte ich Platz lassen für Karin, ich sah aufs Wasser, auf dem Sonnenflecken spielten. Eine alte, schwarzgekleidete Dame setzte sich neben mich. Freundlich sagte sie einen kurzen Satz auf dänisch, den sie mit einer Handbewegung zu den Wolken unterstrich. Unverzüglich stand ich auf und ging weg.

Ich verbrachte einen trübseligen Tag, einerseits wagte ich nicht, mein Zimmer zu verlassen, weil ich auf einen Anruf Karins hoffte, andererseits ärgerte ich mich, daß ich nicht an den Strand fahren konnte, wohin es bei der strahlenden Sonne die gesamte Jugend der Stadt zog – außer Karin, setzte ich, vor mich hinredend, hinzu.

Ich hatte meinen eigenen Strand. Da ich am Abend zuvor eine Tüte Pfirsiche, eine Flasche Bier und ein paar Sandwiches gekauft hatte, konnte ich zu Hause zu Mittag essen. Zuerst schob ich die Couch auf den Balkon und streckte mich darauf aus. Ich wollte braun werden, auf beiden Seiten, aber ich war leider allein. Allein. Ich begann die Abgründe auszuloten, die in diesem Wort enthalten sind. Die Tanzmusik, die aus dem Radioapparat kam, verschlimmerte noch meine Traurigkeit. Ab und zu schloß ich die Augen und verfiel in einen Halbschlaf, den die Kirchenuhr zu jeder halben und vollen Stunde zerriß, doch zeitweilig vergaß ich meine Kümmernisse und genoß die einzigartige Lust, einfach am Leben und jung zu sein. Die Sonnenstrahlen auf meinem Körper waren wie eine warme Liebkosung, wie eine Linderung aller meiner Schwierigkeiten: ich, das war nichts weiter als mein Körper, so sollte es sein, ich wollte, daß mein Körper mir eine Zuflucht bot vor der Verzweiflung und den Widrigkeiten der Liebe, ich liebte niemanden mehr, ich gehörte der Sonne und dem Wind, der von Kopf bis Fuß über mich hinstrich.

Nach dem Mittagessen las ich einige Seiten in einem Kriminalroman und döste bis zum Spätnachmittag vor mich hin, das stumme Telefon dicht neben mir. Der Himmel veränderte langsam seine Färbung, und der Verkehrslärm in der Stadt kündete an, daß ein glühendheißer Tag zu Ende ging. Karin war vielleicht irgendwo, wo ich sie hätte treffen können, in dem abenteuerlichen Wald oder unter den Bäumen des Platzes vor meinem Fenster. Oder sie wartete einfach auf mich, am Ende der Straße, auf einer Bank sitzend. Es war auch möglich, daß sie auf den Glückszufall hoffte, der unserer beider Wege zusammenführte. Dieses Versteckspiel ermüdete die Seele, denn die Seele gab es.

Zehnmal stürzte ich zur Tür, weil ich meinte, das leise Geräusch gehört zu haben, das entsteht, wenn ein Stück Papier unter der Tür durchgeschoben wird, aber es war natürlich jedesmal ein Irrtum.

Von jetzt an hielt ich es für vergeblich, noch auf einen Telefonanruf zu hoffen, und um die Abendstunden totzuschlagen, ging ich aus dem Haus und schlenderte um den Rathausplatz herum. Karin wohnte in der Nähe, aber sicherlich wollte es die grausame Laune des Zufalls, daß mein Hiersein oder Dortsein das Mädchen anderswo suchen ließ.

»Anderswo«, sagte ich wie ein Narr dauernd vor mich hin, »wo ist anderswo?«

An Abendessen war nicht zu denken. Ich hatte keinen Hunger. Als ich an einem Kino vorbeikam, kaufte ich eine Eintrittskarte und ging in den fast leeren Saal, wo ein Film lief, den ich nicht verstand, doch fühlte ich mich in der Kühle und dem Halbdunkel ruhiger werden, und nach ein paar Minuten war ich eingeschlafen. Schritte vor und neben mir weckten mich auf. Das Licht ging an und öffnete mir gewaltsam die Augen. Ich ging hinaus.

Wieder zu Hause, zog ich mich hastig aus und warf mich sehnsuchtsvoll gierig auf mein Bett. Hätte ich mich ebenso leicht in den Abgrund des Todes stürzen können, ich hätte es ohne Zögern getan. Ich konnte schmerzliche Gedanken und Gefühle nicht ertragen.

In dieser Nacht brach der Schrecken über mich herein.

Wochenlang hatte ich ihn in respektvoller Entfernung gehalten, mit jener geheimnisvollen Macht, die uns gegeben ist, um gegen das Schicksal anzukämpfen, und jetzt auf einmal wurde ich schwach. Es mochte gegen zwei Uhr morgens sein. Ich wurde aus dem Schlaf gerissen, weil mir plötzlich ein Wort von Karin, das sie am Abend zuvor ausgesprochen hatte, durch den Kopf ging, das mich bis in meine Träume verfolgte: »Der Krieg ist da.«

Obwohl das Fenster weit offenstand und frische Luft hereinkam, fand ich es unerträglich heiß im Zimmer, ich war schweißgebadet. Ich stand auf und riß mir den am Körper klebenden Pyjama herunter, aber als ich nackt war, liefen mir Schauer über die feuchte Haut. Ich brauchte eine Weile, bis ich merkte, daß meine Zähne aufeinanderschlugen, natürlich nicht der Kälte oder eines Fiebers wegen, sondern weil mir eine niederträchtige und demütigende Angst den Leib zusammenschnürte. Das hatte ich noch nie erlebt. Ich hielt mich für mutig und tapfer, ich war es nicht. Es hatte nichts genützt, daß ich mich vor der Wirklichkeit des Tages versteckt hatte, indem ich die französischen Zeitungen nicht las, die jeden Morgen hier eintrafen, und ich war froh gewesen, die Nachrichten nicht zu verstehen, die vermutlich äußerst beunruhigend waren und in der Dunkelheit in Leuchtschrift am Turm der *Berlingske Tidende* vorüberflossen. Und warum war ich nach Dänemark gefahren? Doch um zu fliehen? Natürlich war die Sinnenlust, die vielen blonden Schöpfe ein Anziehungspunkt, aber wie gut deckten sich Begehren und körperlicher Schrecken vor dem Tod! Karin hatte mir verkündet, daß ich sterben würde. Sie konnte es nicht wissen, aber sie hatte stellvertretend für das Schicksal gesprochen. Es half mir nichts, daß ich mich vor der bedrohlichen Zukunft verbergen wollte. Selbst hier, an diesem Zufluchtsort, spürte mich mein Schicksal auf und rief mir zu: »Ich bin hier.« Und Karin hatte mir auch den Ausweg aus der Furcht gezeigt: »Bleiben Sie bei uns, fahren Sie nicht weg.«

In diesen Minuten wurde ich ein anderer Mensch. Ich zündete kein Licht an, weil ich nicht sehen wollte, weil ich vor allem mich nicht sehen wollte, aber ich stöhnte vor unbeschreiblicher Angst, wie ich oft zuvor vor Lust gestöhnt hatte. Das Grausen überschwemmte mich wie eine Woge. Ich hätte nichts dagegen gehabt, wenn sie meinem Leben ein Ende gemacht hätte, doch nach einer Viertelstunde war der Anfall vorüber, ich stand auf und ging auf den Balkon, um tief ein- und auszuatmen. Meine Hände zitterten noch, als ich sie auf das Geländer legte. Ohne mein Zutun kam ich wieder zu Kräften, und ich war imstande, vernünftig nachzudenken. Im Augenblick war ich von keiner Gefahr bedroht, noch war Frieden in ganz Europa, nicht ein Schuß war bisher gefallen. Ich konnte ungehindert kommen und gehen, wohin ich wollte ... Die Reglosigkeit der Dinge um mich herum tröstete mich, und ich warf einen weniger feindseligen Blick zu dem gewundenen Kirchturm hinüber. Diese lange graue Pfeilspitze, die in den dunklen Himmel zeigte, hatte etwas Beruhigendes, das ich nicht zu ergründen vermochte. Vielleicht war es allein die geheime Kraft der Vergangenheit, die so vielen einfachen Seelen eine Zuflucht gewährt: der Glaube, der nicht wankt. In mir war kein Platz dafür, aber das Glück, das ich auf Karins Gesicht gesehen hatte, kam mir ins Gedächtnis, und ich beneidete sie einen Augenblick darum.

Als ich wieder im Bett lag, fühlte ich mich vollkommen ruhig, ich schlief ein und wachte erst um neun Uhr auf. Eine Überraschung wartete auf mich. Unter der Tür ein Stück Papier. Es stand nur eine einzige Zeile ohne Unterschrift darauf: »Ich komme morgen abend wieder.« In der Nacht war Karin dagewesen.

Der nächste Tag war peinigend. Zu der unaufhörlich wiederaufkeimenden Angst vor dem drohenden Krieg gesellte sich die Furcht, Karin am Abend zu verpassen. Worte, die sie mir gesagt hatte, flammten fortwährend in meinem Kopf auf, wie um jegliche Hoffnung zu ersticken: »Für eine Dänin ist eine Verabredung unwichtig ... Ich lüge nur, wenn es notwendig ist ... Wenn Sie meinen, ich erinnere mich an das, was ich gestern oder vorhin gesagt habe...« Der Klang ihrer spöttischen Stimme begleitete mich auf meinen ziel- und zwecklosen Gängen durch die Stadt. Ich irrte wie ein Schemen umher, ich sah nichts, ich sah niemanden. Manchmal ließ ich mich auf eine Bank fallen oder ging in ein Café. Ich weiß nicht, wie die Zeit verging. Mir war, als übergebe mich jede Stunde der nächsten, wie man einen Gegenstand von Hand zu Hand weiterreicht. Am hellen Tag, in der prallen Sonne, die den großen Platz verschlang, wurde ich plötzlich wieder von der Angst befallen, die ich am Abend zuvor beim Blick auf den Turm der *Berlingske Tidende* verspürt hatte, wo jeden Abend, wenn es dunkel wurde, »mene tekel upharsin« auf dänisch an den Himmel geschrieben wurde.

In der Nähe war eine kleine Grünanlage, wohin ich mich flüchten wollte, aber um dorthin zu gelangen, mußte ich an einem Kiosk vorüber, wo französische Zeitungen aushingen, deren Schlagzeilen von Tag zu Tag größer und dicker wurden. Unmäßige Forderungen Hitlers, Truppenmassierungen an deutschen Grenzen, wie hätte ich diese Überschriften nicht sehen sollen, die in Schüben auf mich loszukommen schienen, mit Schrecken behaftet, wie Soldaten in schwarzer Uniform? Dänemark nahm bereits seinen ersten französischen Flüchtling auf, seinen ersten Deserteur. Als ich endlich auf einer Bank in der Anlage saß, schloß ich die Augen, und die Schläge meines Herzens wurden regelmäßiger und ruhiger, ich hoffte wieder sehnsüchtig, daß sich alles doch noch einrenken würde. Mit geschlossenen Lidern glaubte ich Karins Lächeln zu sehen. Als es Abend wurde, kehrte ich in mein Zimmer zurück.

Sie kam um neun Uhr, klopfte leise an die Tür. Sofort, als ich sie sah, war mir klar, daß ihr etwas zugestoßen sein mußte. Ohne ein Wort zu sagen, kam sie herein und setzte sich in eine Ecke des langen gelben Sofas, das einen Teil des Zimmers verstellte. Ihre Gesichtszüge wie auch ihre Haare waren in einem Durcheinander, wie bei jemand, der von einer Schlägerei kommt, und in der Stille hörte ich, wie schwer ihr

Atem ging. Instinktiv wußte ich, daß es besser war, im Augenblick nichts zu sagen, ich ging in die Küche und machte ihr einen Fruchtsaft zurecht. Nach einer Weile rief sie halblaut nach mir. Ich ging zurück und reichte ihr das Glas, das sie automatisch ergriff und an die Lippen setzte.

»In der vergangenen Nacht«, sagte sie leise, »habe ich mehrmals an Ihre Tür geklopft. Waren Sie zu Hause?«

»Wie spät war es?« fragte ich und setzte mich ihr gegenüber.

Sie runzelte die Stirn und machte eine so lange Pause, daß ich meinte, sie wolle mir nicht antworten, doch dann sagte sie in fast vorwurfsvollem Ton: »Zwei.«

»Um zwei! Natürlich war ich hier. Bis ungefähr um Mitternacht habe ich schlaflos gelegen, dann muß ich fest geschlafen haben.«

»Sie hätten mich hören müssen. Ich habe zehnmal geklopft. Ich mußte Sie dringend sprechen.«

»Und jetzt...« sagte ich und beugte mich zu ihr hin.

»Jetzt ist es anders. Ich bin nicht mehr die gleiche. Es ist zu spät.«

Nun war ich sicher, daß sie gekommen war, um sich auszusprechen und sich hinzugeben. Ich rührte mich jedoch nicht und sah plötzlich, daß sie weinte. Ihr Blick ging über mich hinweg, und was mich erschütterte, war die Tränenflut, die aus ihren Augen stürzte. Es war, als habe ihr jemand eine Schüssel mit Wasser ins Gesicht geschüttet.

»Ich hasse Sie«, brachte sie mit dumpfer Stimme hervor.

Anstatt sie zu fragen warum, worauf sie sicherlich wartete, lehnte ich mich in meinem Sessel zurück. Sie fuhr fort:

»Ich möchte Ihnen rückhaltlos alles sagen, was ich auf dem Herzen habe. Sie sollen es wissen. Ich habe Sie vom ersten Augenblick an gehaßt, an dem Tag, als Sie mich auf dem Platz ansprachen. Alles in mir lehnte sich gegen Sie auf... Bitte entschuldigen Sie diese ganzen Höflichkeiten«, setzte sie mit dem Lächeln hinzu, das ich so liebte.

»Sind Sie, um mir das zu sagen, heute abend gekommen?«

126

»Ich wollte nicht, daß Sie sich falsche Vorstellungen machen über mich.«

»Aber hätten Sie das nicht am hellichten Tage sagen können, Karin, oder im abenteuerlichen Wald?«

Sie bedeckte ihr Gesicht mit den Händen.

»Ich habe mir überlegt, hier, hier bei Ihnen, in Ihrem Zimmer, würde es Ihnen am meisten weh tun. Und bitte sprechen Sie nicht mehr von dem abenteuerlichen Wald. Es gibt keinen abenteuerlichen Wald.«

»Dann«, sagte ich leise, »wollen Sie sich wahrscheinlich rächen für ... weiß der liebe Himmel was.«

»Mich rächen ... nicht unbedingt. Ihnen falsche Hoffnungen machen ... weil es mir Spaß macht.«

»Ist es nicht gefährlich für Sie, hierherzukommen?« Wieder lächelte sie.

»Gefährlich, mit Ihnen? O nein. Sie sind kein gewalttätiger Mensch, Roger.«

»Im Gegensatz zu dem anderen, wahrscheinlich.«

Ihr war klar, auf wen ich anspielte. Mit einer Geste, die mir trotz der Unbeherrschtheit imponierte, warf sie das leere Glas an die Wand. Beim Splittern, das jäh die Stille zerriß, mußte ich an eine Blume denken, die plötzlich aufbricht. Ich blieb unbeweglich sitzen, und erst nach einer Weile fragte ich:

»Sie wollen mich nie mehr wiedersehen?« Sie zuckte die Schultern.

»Darum geht es nicht. Nebenbei, Sie können einen Menschen wie mich überhaupt nicht verstehen. Sie sind blind, weil Sie zu sehr vom Verstand beherrscht sind.«

Etwas gelassener fügte sie hinzu:

»Es war dumm, das Glas zu zertrümmern. Bitte, sammeln Sie die Scherben auf.«

Als sie sah, daß ich zögerte, verfiel sie in ihren fast schmeichlerischen Tonfall, sie wußte, daß ich dem nicht widerstehen konnte.

»Das können Sie doch für mich machen, nicht wahr? Es

tut mir weh, die vielen scharfen Scherben da liegen sehen zu müssen.«

Ich wurde rot, kniete mich schließlich hin und sammelte nacheinander die Scherben auf, die im Schein der Lampe blitzten, und tat sie in ein Stück Zeitungspapier.

»Dort«, sagte sie ruhig, »und dort hinten liegen noch welche. Jetzt werde ich Ihnen eine Frage stellen, ich, die niemals eine stellt. Warum haben Sie neulich gesagt, der Himmel sei leer?«

»Ich kann mich nicht erinnern, das gesagt zu haben.«

»O doch, im Zusammenhang mit blauen Augen. Sie haben sie mit einem leeren Himmel verglichen.«

»Und der Himmel ist auch leer.«

»Wie meinen Sie das? In welcher Hinsicht?«

»In jeder nur möglichen Hinsicht, Karin.«

»Sind Sie ungläubig?«

»Natürlich.«

Ich sammelte die letzten Glassplitter auf, ich hockte noch immer am Boden und sah, als ich den Kopf hob, ihre dunklen Augen brennen, als schauten sie in die Hölle. Sie stützte den Kopf auf eine Hand, sie wirkte in diesem Augenblick seltsam schön, es war eine Schönheit, die nicht zu vergleichen war mit der, die in Stunden der Unbekümmertheit zuweilen ihr Gesicht verklärte. Mich sah nicht mehr ein kindliches Mädchen an, sondern eine Frau, die viel einschüchternde Strenge und Würde besaß, und trotzdem empfand ich Mitleid mit diesem Wesen, das seine Jugend in der Düsternis des Aberglaubens hinbrachte. In mir war ein Schrei: »Errette sie von dem Irrtum! Entreiße sie der sinnlosen Tragödie des Glaubens ... Du hast das Licht. Gib es ihr.«

Vielleicht ahnte sie, was in mir vorging. Ich glaube, sie war imstande, alles zu erraten.

»Warum sehen Sie mich so an?« fragte sie.

»Ich sehe jemanden an, den ich bis zu dieser Stunde nicht kannte – und der mich haßt.«

»Begreifen Sie, warum?«

»Ja. Sie mögen sagen, was Sie wollen, Sie halten mich für gefährlich.«

Ich glaubte, sie würde in Lachen ausbrechen, doch sie blieb still und wandte die Augen nicht von mir.

»Gefährlich für wen oder was?« fragte sie schließlich.

»Für den Glauben, den Sie wie eine Bürde mit sich schleppen und der Sie daran hindert vorwärtszukommen, Karin, der Sie daran hindert zu leben.«

»Machen Sie die Lampe aus«, sagte sie plötzlich befehlend.

Ich gehorchte. In der Dunkelheit, die das Mondlicht nicht aufzuhellen vermochte, konnte ich sie nicht gleich sehen, doch nach und nach hoben sich die Umrisse ihres Gesichts heraus, und ich erkannte ihre Hände, die sie gefaltet hatte. Sie begann mit leiser und sanfter Stimme zu sprechen, einer Stimme, die in Einklang stand mit der Dunkelheit.

»Ich lebe unter Männern und Frauen, die nicht glauben, weil sie nie nachgedacht haben. Sie gehören zu denen, die nachdenken und doch zu dem Schluß kommen, daß der Himmel leer ist. Sie sind wahnsinnig.«

»Karin, viele Leute, die nachdenken, würden Ihnen sicher das gleiche sagen.«

»Ich weiß. Ich wirke wie eine Traumtänzerin, und ich bin außerstande zu beweisen, was ich glaube.«

»Nun, und?«

»Ich brauche keine Beweise. Sie liegen noch auf den Knien? Stehen Sie auf, diese Haltung ist lächerlich.«

Wiederum gehorchte ich, diesmal aber, um mich neben sie zu setzen und sie in meine Arme zu nehmen. Zu meiner Überraschung wehrte sie sich nicht. Ein erstickter Schrei kam aus ihrer Brust, als verspüre sie einen starken Schmerz. »Ich hasse Sie, aber ich liebe Sie«, flüsterte sie. Und noch leiser fügte sie hinzu: »Ich wollte Sie nicht lieben. Man kann nicht wählen.«

Im Morgengrauen, als der Schlaf mich überkam, spürte ich ihre Arme auf meiner Schulter, sie preßte sich krampfhaft an mich.

»Verlaß mich nicht, Roger«, sagte sie leise. »Der Krieg kommt bestimmt. Wenn du fortgehst, bist du verloren. Hier hast du nichts zu befürchten.«

Ich bekam heftiges Herzklopfen.

»Es ist nicht sicher, daß der Krieg kommt. Außerdem, was sollte ich hier tun, wovon sollte ich leben?«

»Ich würde schon etwas finden.«

Unsere Worte bekamen im grauen Dämmerlicht, das ins Zimmer drang, einen Klang, der mich beunruhigte, es war, als sprächen wir beide in einem Gefängnis miteinander. Sie redete weiter, mit der Stimme eines Kindes:

»Wenn du fortgehst, bringe ich mich um, ich nehme Gift.«

Sie weinte an meiner Brust, der Duft ihrer Haare lag auf meinem Gesicht.

»Warum bin ich dir begegnet?« fragte sie klagend. »Du brauchtest mich nur auf dem Platz, den ich jetzt hasse, anzusprechen, es genügte, daß du mich nach einer Straße fragst, und mein Schicksal war mit einemmal besiegelt. Heute nacht habe ich eine Welt entdeckt, die ich nicht kannte, und du gehst fort.«

»Ich gehe nicht gleich fort. Wir haben noch Tage und Tage vor uns, und Nächte wie diese.«

Ohne etwas zu erwidern, umschlang sie mich wie jemand, der am Ertrinken ist, ihr Körper preßte sich an den meinen, ungestüm und ängstlich.

Den ganzen nächsten Tag verbrachte sie mit mir, sie war in einem Zustand nervöser Überreiztheit, der mich besorgt stimmte, mich aber entzückte, bald wurde sie von einem Lachen geschüttelt, für das sie keinen Grund anzugeben vermochte, bald brach sie in Tränen aus, die gleichermaßen rätselhaft waren. Die sexuelle Lust versetzte sie in eine Art Taumel, der mich stärker beunruhigte als alles übrige. Dann meinte ich Zeichen von Wahnsinn zu erkennen, und zuweilen mußte ich meine ganze Kraft anwenden, um sie festzuhalten. In diesem kleinen schlanken Körper, der so zart wirkte, wohnte eine wilde, beinah übermenschliche Energie.

Wenn sie sich beruhigt hatte, verfiel sie in ein Schweigen, aus dem ich sie nicht herausreißen konnte. Sie lag auf dem Bett und schaute mich an, ohne auf meine Fragen Antwort zu geben. Manchmal hatte ich den Eindruck, einer Unbekannten gegenüberzustehen. Ihr Blick war nicht mehr der gleiche. Die Tiefe war nicht mehr vorhanden, dafür war ein ungewöhnliches Strahlen da, wie wenn aus einem Abgrund von Traurigkeit ein übergroßes Glück heraufgestiegen sei, das in den großen dunklen Augen sichtbar wurde. Noch erstaunlicher war vielleicht die unbeschreibliche Veränderung, die mit ihrem Körper vor sich ging, er bekam, schien es mir, eine Art Aura. Doch dieses Wort ist unzureichend. In Wirklichkeit war es nicht ein trügerischer Lichtstreifen, der die Konturen des Kopfes und der Glieder umgab, sondern eine wunderbare Verschönerung des ganzen körperlichen Wesens. Sie war sich dessen zweifellos bewußt, denn bei jedem Wort, mit dem ich meiner Bewunderung und Anbetung Ausdruck gab, wurde ihr Gesicht von einem Lächeln verklärt, das mich entzückte wie am ersten Tag, aber plötzlich rannen Tränen über ihre Wangen, und ihre Augenbrauen zogen sich zusammen.

»Geh nicht fort«, flehte sie.

»Ich gehe ja nicht fort, Liebling.«

»Bleib hier, bleib für immer bei uns. Wenn du fortgehst, sterbe ich, und auch du wirst sterben, fern von mir.«

Die folgenden Tage vergingen wie ein herrlicher Traum, der einen Alpdruck unterbricht. In der Tat wurden die Nachrichten immer unheilvoller, aber wir, Karin und ich, waren eine Zuflucht füreinander. In ihren Armen vergaß ich das Schreckliche, und wenn ich in ihren Armen lag, hatte sie das Gefühl, mich auf immer festhalten zu können. Um uns herum schwankte Europa in seinen Grundfesten, bevor es in den Abgrund rutschte. Gottlob gab es dieses kleine Stück Erde, auf dem wir uns befanden und das abseits vom Unheil zu liegen schien. In mir wuchs die Versuchung, zu fliehen, indem ich mich nicht rührte. Ich liebte Karin mit einer Besessenheit, die alle Überlegungen in meinem Kopf zunichte machte, Überlegungen, die ich damals anstellte, als mein Herz noch zauderte. Jetzt gehörte ich mir nicht mehr ganz, wie auch sie sich nicht mehr ganz gehörte.

Ich fuhr mit ihr weit aus der Stadt heraus, wir versteckten unsere Leidenschaft und Unruhe in Dörfern, wohin die Stimme der Welt nur abgeschwächt drang und die noch nicht zu unserem Jahrhundert zu gehören schienen mit ihren kleinen strohgedeckten Häusern und leeren Straßen. Spielerisch taten wir so – der Schrecken der Zeit gab es uns ein –, als lebten wir in einer vergangenen Epoche, der Epoche der Postkutschen, und als habe die Zeit uns vergessen. Ein bäuerliches Zimmer mit einem roten Federkissen auf dem Bett und einem Messingleuchter auf dem Tisch gab einen passenden Rahmen ab für den Frieden des Herzens und die nicht endende Sinnenfreude. Zuweilen fragte ich Karin, was sie über das Glück denke, das wir dem Schicksal abjagten.

»Ich habe vergessen, wer ich früher war«, sagte sie. »Seit ich dich liebe, hat sich alles geändert. Nicht die Welt ist anders geworden, ich bin eine andere geworden.«

»Ich liebte auch die Karin der ersten Tage, mit ihren sonderbaren Ideen.«

Sie schwieg eine Weile. Vermutlich hatte sie erraten, daß ich auf ihre Frömmigkeit anspielte, die ich für erloschen hielt.

»Meine sonderbaren Ideen«, murmelte sie, als spräche sie mit sich selbst. »Es ist besser, daran nicht zu rühren, Roger.«

Und ohne Übergang lachte sie ihr Mädchenlachen, und mit der verblüffenden Leichtigkeit, mit der sie von einem Thema zum anderen sprang, sagte sie:

»Weißt du, wen ich in der Nacht, als ich an deine Tür klopfte, getroffen habe? Nein? Errätst du es nicht? Den anderen.«

»Den anderen?«

»Ja. Den jungen Offizier. Er erblickte mich, als die Tore des Tivoli geschlossen wurden – denn im Tivoli war es –, hörst du mir zu?«

»Ja, natürlich.«

»Er ist mir bis zum Aa Boulevard nachgegangen. Ich muß gestehen, daß ich ihn ein bißchen fixiert hatte. Wir sind dann zusammen in eine stille Straße gegangen, und dort hat er mich geküßt, ohne ein Wort zu sagen.«

»Und weiter?«

»Das ist alles. Aber es hat eine ganze Zeit gedauert, das muß ich zugeben. Er hatte meinen Kopf in seine Eisenhände genommen, als wollte er mein Gesicht verschlingen. Auf einmal bekam ich Angst vor ihm. Diese Wildheit, verstehst du ... Als er, um zu Atem zu kommen, mich eine Sekunde losließ, bin ich davongelaufen.«

»Warum erzählst du mir das?« fragte ich ruhig.

Sie lachte.

»Um dich ein bißchen eifersüchtig zu machen. Du hältst mich für unschuldig. Und außerdem ist das, was ich dir erzählt habe, gar nicht wahr.«

»Wann sagst du die Wahrheit, Karin?«

»Bitte stell mir keine Fragen. Wahr ist auf alle Fälle, daß ich jetzt bei dir bin.«

Sie schmiegte sich an meine Schulter und flüsterte:

»Wenn du wüßtest, wie wild er aussah ...«

Diese Worte lösten eine unbezähmbare Wut in mir aus. Ich schob Karin von mir, zog ihren Kopf an den Haaren nach hinten und gab ihr eine Ohrfeige. Sie blickte verdutzt um sich und sagte nur: »Oh!« Etwas Tückisches trat in ihre Augen, und sie sah mich an, als habe sie mich nie vorher gesehen. Unvermittelt brach sie in Lachen aus:

»Das ist die Ohrfeige, die du mir am ersten Abend, als wir uns trafen, versprochen hattest.«

Ohne darauf zu antworten, legte ich meinen Arm um ihre Schultern und zog sie an mich.

Der nächste Tag war ein Sonntag, und die Glocke einer kleinen lutherischen Kirche bimmelte in den frischen Morgen hinein, während wir beim Frühstück saßen. Wir waren allein in einem langen, niedrigen Raum, den ich mein Leben lang vor Augen haben werde. Die Sonne schien auf die gegenüberliegende Wand, es war, als habe sie mit ihren Strahlen das Fenster hinter uns mit seinen Scheiben und der durchsichtigen Gardine darauf gezeichnet.

»Wenn du willst«, sagte ich mit verhaltener Stimme, »gehe ich eine Stunde im Wald spazieren. Unterdessen kannst du nebenan ... in die Kirche gehen.«

Ich hatte das zur Beruhigung meines Gewissens und so entgegenkommend wie möglich gesagt. Sie legte ihre schmale zarte Hand auf die meine und sagte nur:

»Nein. Das ist vorbei. Ich trenne mich nicht mehr von dir.«

Und doch trennten wir uns, einen Tag, nachdem die Sowjets den Pakt mit Hitler unterzeichnet hatten. Sie sagte mir nicht auf Wiedersehen. Ich trug den letzten Koffer hinunter und rief ihr zu, ich würde noch einmal zurückkommen, doch kaum hatte ich den Fahrstuhl verlassen, hörte ich ihre kindliche Stimme. Sie rief:

»Du brauchst nicht noch einmal heraufzukommen. So ist es am besten, findest du nicht? Du schreibst mir, sobald du dort bist. Ich gehe in ein paar Minuten hinunter und gebe den Schlüssel dem Hausmeister.«

Plötzlich schrie sie, in einem Ton, der mir ans Herz griff:

»Ein Telegramm, Roger! Du schickst mir ein Telegramm, nicht wahr? Sobald du in Paris bist ...«

Dann warf sie die Tür zu.

Dritter Teil

Karins Bericht
März–April 1949

Mein Zimmer. Ich kenne es zu gut, um sagen zu können, wie es aussieht. Ich könnte es nicht beschreiben, auf jeden Fall möchte ich es nicht beschreiben. Ich will nicht behaupten, daß ich hier zu sehr gelitten habe – dieser Ausdruck wäre wirklich zu romantisch –, aber ich habe mich hier zu sehr gelangweilt. Und deshalb hänge ich seltsamerweise so an ihm. Es würde mir schwerfallen, es aufzugeben, um in ein anderes zu ziehen, ein anderes was? Ein anderes Gefängnis? Es ist kein Gefängnis. Ich kann hinaus, wenn ich will, kommen und gehen. Niemand bewacht mich, aber es sieht mich auch keiner. Es ist, als gäbe es mich nicht. In der Stadt spukt es, es geht ein Gespenst um, und das Gespenst bin ich. Ich muß heimlich darüber lachen. Der Briefträger sieht mich nicht, der Metzgerbursche sieht mich nicht, die Frauen und Männer nicht, niemand. Mit den Kindern ist es anders. Sie sehen mich, sie winken mir zu. Die Kinder haben einen guten Instinkt, sagt man, aber stets ist eine Mutter oder ein Kindermädchen da, die sie am Arm packen, wenn ich näher komme, und die Mutter und das Kindermädchen haben stets diesen leeren Blick für mich bereit, seit vier Jahren, seit dem entscheidenden Augenblick, als die Glocken alle zusammen zu läuten begannen.

Ich wußte, was das zu bedeuten hatte. Ich habe Angst gehabt, aber ich bin trotzdem vor die Tür gegangen, weil ich nicht feige bin. Ich habe gedacht: »Sie werden mich töten für das, was ich während der Besatzungszeit getan habe.« Mir wäre es lieber gewesen, sie hätten mich getötet, damit es gleich vorüber wäre. Wie in einem Traum bin ich durch die von Menschen überfüllten Straßen gegangen. Man wich mir aus, niemand wollte mich berühren. Es war wie zu der Zeit, als die Deutschen hier waren: da hatte man mich genausowenig gesehen. Die Blicke gingen durch mich hindurch wie durch die jungen Offiziere, mit denen ich in ihren schönen, lautlosen

Wagen fuhr. An jenem Tag, am Tag des Singens und Schreiens, habe ich gemeint, ich würde verrückt werden. Man ließ mich in Ruhe. Ich glaubte, die Polizei würde zu mir kommen und ich müßte vor einem Gericht erscheinen. Nichts von dem geschah. Ich ging in die Läden, ich kaufte, was ich brauchte: kein Wort wurde gesprochen, der Preis stand auf dem Zettel. Gedankenlos sagte ich auf Wiedersehen, und die Antwort war Schweigen, nicht ein Schweigen der Entrüstung und der stummen Wut, sondern ein leeres Schweigen. Ich rief bei meinen früheren Arbeitgebern an. In zurückhaltendem, aber entschiedenem Ton wurde mir gesagt, ich solle meine Arbeit bei mir zu Hause, wie vor der Besatzungszeit, wiederaufnehmen. Ich fragte, wie die Bedingungen seien. Es wurde aufgelegt.

Warum schreibe ich das? Weil ich mich weniger allein fühle, wenn ich schreibe. Mir ist, als spräche ich mit jemandem. Schreiben heißt, mit sich selber sprechen, aber ich weiß nicht recht, was ich schreiben soll. Mein Leben erzählen? Das hieße noch einmal sterben.

Da war dieser Brief, den ich zerrissen und dann wieder zusammengeklebt habe und den ich aufbewahre, um sicher zu sein, daß ich ihn mir nicht eingebildet habe. Ich will mit dem Brief beginnen.

Es ist jetzt einen Monat her. Ich hatte meine große Mappe für das Kaufhaus zurechtgemacht. Der Bote sollte wie gewöhnlich um neun Uhr kommen, um sie zu holen, es war halb neun. In meinem Morgenrock saß ich neben der Heizung, las die Zeitung vom Vorabend und trank meinen Tee. Die Nachrichten interessierten mich wenig, und immer wieder schweiften meine Augen ab. Auf meinem Tischchen stand in einem Zinnkrug ein Strauß orangefarbener Ringelblumen, die etwas Licht in dieses Zimmer brachten; es war ein wenig düster, trotz der Fenster, die aus dem Zimmer eine Art Laterne machten. In der Ecke hing eine große Wanduhr, ein Erbstück von einem Vorfahren, der Uhrmacher gewesen war; ihr tiefes Ticktack vernahm ich gar nicht mehr. Weiße Vorhänge, ein blauer Teppich, Möbel aus hellem Holz und eine bunte Bettdecke, das alles heiter, sogar recht nett, nicht bieder. Strenger vielleicht und schöner das Buffet aus gemaserter Ulme, das aus der Familie meiner Mutter stammt und alle Bankrotte und Zwangsverkäufe überdauert hat. Es ist hoch und schmal und hat rechts und links neben den oberen Schranktüren zwei kleine Verzierungen, Nachahmungen eines Säulenkapitells. Einfältigerweise liebe ich es, so wie es ist, als wäre es ein Mensch. Es hat etwas von dörflicher Einfachheit und eine gewisse Vornehmheit, die man nur selten findet. Und dann ist da noch der lange Tisch, er steht schräg vor einer Zimmerecke neben der Tür. An ihm arbeite ich, und wenn ich hinter dem Tisch sitze, habe ich das Gefühl, daß mir nichts geschehen kann.

Ich hatte gesagt, ich würde das Zimmer nicht beschreiben, aber es übt einen Bann auf mich aus wie die Zimmer eines alten Königsschlosses, das man besichtigt. Man sieht gar nichts, aber man schaut auf Wände und Möbel, die etwas gesehen haben. An diesem Märzmorgen standen die Dinge nicht besser oder schlechter als gewöhnlich, bis ich gegen dreiviertel neun das Rascheln eines Briefes hörte, der in den Kasten gesteckt wurde. Allein dieses Geräusch war ein Ereignis für mich, denn ich bekam fast nie einen Brief. Ich lief an die Tür, nahm den Umschlag und riß ihn auf. Nur zwei mit der Maschine geschriebene Zeilen: »Karin, lehnen Sie es bitte nicht ab, mich zu sehen. Allein, um Sie zu sehen, bin ich hergekommen. Ich habe Ihnen etwas zu sagen. Ich rufe Sie an. Roger.«

Der Brief glitt mir aus den Fingern. Ich starrte auf das weiße Stück Papier zu meinen Füßen auf dem blauen Teppich. Verrückt, dachte ich. Du bist verrückt geworden. Tote schreiben nicht.

Eine Weile blieb ich unbeweglich stehen. Mir brummte der Kopf. Zum erstenmal vernahm ich, ganz tief hinten in meinen Ohren, ein leises Pfeifen, so dünn und so scharf, daß es einem winzigen Schrei ähnlich war, der von außen und von sehr weit her kam, der Schrei eines überirdischen Schreckens. Roger war doch im Krieg gefallen, und hier lag dieser Brief.

Schließlich beugte ich mich hinunter und nahm ihn in die Hand. Das Papier hatte keinen Aufdruck. Ein ganz gewöhnliches, eher einfaches Stück Papier. Auf der Briefmarke entzifferte ich den Datumsstempel vom Tag zuvor. Langsam, mit einer Geste, die ich mir nicht recht erklären kann, riß ich den Brief in vier Stücke und warf ihn in den Papierkorb. Wäre ein Kamin im Zimmer gewesen, hätte ich ihn verbrannt.

Und was sollte ich jetzt tun? Ich ging ans Fenster und sah hinaus auf den Hafen mit den dunklen Schiffen vor einem hellen Himmel. Das Pflaster glänzte unter dem Regen, und von Zeit zu Zeit stieß eine Sirene einen langen, heiseren Schrei aus. Möwen segelten durch die Leere und ließen ihren spitzen, traurigen Ruf hören. All das würde ich bis zu meinem Tod sehen und hören. Nichts anderes gab es für mich auf dieser Erde, und der Brief, der zu viele Erinnerungen aufrührte, schien aus einer unwirklichen Welt zu kommen. Gleichwohl lag er zerrissen dicht neben mir am Boden.

Einen Augenblick kämpfte ich gegen einen Gedanken, der mir in den Sinn kam. Außer mir hatte Roger in Kopenhagen nur Fräulein Ott gekannt. Sie konnte ihn, wenn er noch am Leben war, gesehen und ihm meine jetzige Adresse gegeben haben ... Sonst mußte es sich um einen schlechten Scherz handeln, von einem, der Französisch sprach und sich über mich lustig machen, mir weh tun wollte. Ich hatte meine Gründe, mißtrauisch zu sein. Meine Bekanntschaft mit Roger war allen bekannt. Diese zwei mit der Maschine geschriebenen Zeilen waren verdächtig. Der handgeschriebene Namenszug hatte keine Ähnlichkeit mit Rogers Schrift. Und dennoch ... Und dennoch mußte ich jetzt telefonieren, die Nummer wählen, die ich noch im Gedächtnis hatte, obwohl ich sie vier Jahre lang nicht benutzt hatte. Einige Minuten wartete ich noch, Stolz hielt mich zurück. Ich konnte bestimmte Worte nicht vergessen, die ich aus diesem Hörer vernommen hatte, aber ich wollte Klarheit haben.

Stehend, den Hörer ans Ohr gedrückt, wartete ich jetzt, es war wie ein Alptraum. Ich wußte, daß das Telefon in der scheußlichen, kleinen, rotsamtenen Wohnung jetzt läutete. Einmal, zweimal, dreimal. Vielleicht war Ott in ihrem Geschäft... Doch plötzlich fragte die trockene und schroffe Stimme, die ich gleich wiedererkannte, wer am Apparat sei.

»Ich bin es, Karin.«

Sofort wurde aufgelegt. Ich gehöre nicht zu denen, die in Schluchzen ausbrechen. Ich brach in Lachen aus. Unbändige Heiterkeit zwang mich dazu, mich hinzusetzen. Im Geiste sah ich, wie die starke, massige Frau mit theatralischer Gebärde den Hörer auf die Gabel warf. Sie hatte mir, wieder einmal, eine Lektion erteilt: einer Karin gibt man keine Antwort.

Ich spürte, daß ich rot wurde – aus Zorn oder aus Scham, wie man will, und das kam mir lächerlich vor. War meine Erregung nicht zu viel Ehre für diese fragwürdige kleine Person, die sich als Richterin aufspielte? Außerdem wußte ich, daß sie feige war. Es war nicht schwierig, sie zu etwas zu zwingen, selbst am Telefon nicht.

Ich rief Ott noch einmal an. Fast augenblicks antwortete sie, ungeduldig, als wäre sie im Begriff auszugehen. Mit hastiger, drohender Stimme, über die ich selbst lächeln mußte, sagte ich folgende Worte zu ihr:

»Wiederum Karin. Wenn Ihnen Ihre Ruhe lieb ist, dann beantworten Sie meine Fragen. Mit der Post heute morgen bekam ich den Brief eines Ausländers, dessen Namen ich nicht aussprechen möchte, aber Sie wissen, wen ich meine. Stehen Sie mit diesem Mann in Verbindung, oder handelt es sich um eine Irreführung?«

»Es handelt sich nicht um eine Irreführung.«

»Haben Sie ihn gesehen?«

»Ich habe ihn gestern gesehen.«

»Haben Sie mit ihm über mich gesprochen?«

»So wenig wie möglich. Sie müssen verstehen, daß der Anstand...«

Jetzt legte ich auf. Das Auflegen bereitete mir ausgesprochenes Vergnügen, ich bedauerte nur, daß es so kurz war. Ich hätte stundenlang auflegen können. Der Anstand einer Kupplerin! Scheinheilig war sie schon immer gewesen. Krieg und Besatzungszeit hatten eine schreckliche Chauvinistin aus ihr gemacht. Aber ich hatte ganz andere Sorgen. Roger... Was sollte der sonderbare Satz: »Lehnen Sie es nicht ab, mich zu sehen«? Ich sollte es ablehnen, einen Mann zu sehen!

Ich hätte an meinem Tisch sitzen müssen, um zu arbeiten, statt dessen rief ich das Büro des Direktors an und ließ ihm ausrichten, ich sei krank: ich könne heute keine Zeichnungen liefern. Es war mir gleichgültig, daß ich ein paar Kronen einbüßte. Vielleicht würde Roger heute kommen. Ich war so erregt, daß ich mit mir selber sprach. Wieso war er in Kopenhagen? Sollte das heißen, daß er noch verliebt in mich war? So viel verlangte ich gar nicht. Was ich verlangte... Jäh entrang sich ein Schrei meiner Brust, ein Schrei, der mir ganz fremd klang. Es war drei lange Jahre her, daß ich zuletzt einen Mann umarmt hatte... Ich schrie ganz fürchterlich, und jedesmal umschloß Schweigen meinen Schrei, wie um ihn zu ersticken, denn diese Schreie waren kaum menschenähnlich.

Ich wollte mich aufs Bett werfen, aber zuvor zog ich mein Kleid aus, um es nicht zu zerknittern, denn ich ahnte, daß ich mich heulend auf meinem Lager hin und her wälzen würde. Es war lächerlich, aber an diesem Morgen war alles lächerlich. Im Spiegel sah ich mich, das Bild einer schlanken und noch anmutigen jungen Frau, ja, anmutig wie ein Schulmädchen. Ich war siebenundzwanzig Jahre alt, und wie durch ein Wunder wies mein Gesicht, trotz allem was geschehen war, keine tiefe Falte auf. Ich versuchte zu lächeln, wie man einen Mann anlächelt, aber das Lächeln reichte nicht bis zu meinen Augen. Ich dachte an Roger, an die Abende mit ihm in den ländlichen Gasthäusern, und ich mußte lächeln. Nichts zu machen. Die Freude, die unnachahmliche Unbekümmertheit waren dahin.

Jetzt wollte ich nicht mehr schreien und mich auf meinem

Bett wälzen. Ich zog mein Kleid wieder an und setzte mich hin, völlig erschöpft. Hatte Ott Roger meine Geschichte erzählt, meine Schandtaten, wie sie es wahrscheinlich nannte? Vielleicht hätte ich nicht so überstürzt auflegen sollen, denn es war doch möglich, daß sie ihm alles berichtete, daß sie ihn daran hinderte zu kommen ... Warum rief er nicht an?

Der Vormittag verging. Einen Augenblick dachte ich daran, mir ein Mittagessen zu bereiten, aber ich verzichtete darauf. Ich stand auf, ging hin und her, setzte mich dann wieder neben das Telefon. Allmählich veränderte sich das Licht um mich herum, aus einer Zimmerhälfte verschwand es ganz, Schatten stiegen auf wie Nebel.

Endlich wurde ich ruhig, ich versank in Nachdenken über mein Leben, ich begann mit dem Tag, an dem ich Roger auf dem Rathausplatz getroffen hatte. Hatte ich ihn wirklich geliebt? Vielleicht, aber der Abschiedsschmerz war von kurzer Dauer gewesen. In dem Verlangen, ihn heute wiederzusehen, lag nur Sinnlichkeit. Ich war klarsichtig genug, nicht Gefühl aus dem Hunger der Sinne zu machen. Ich war gespannt zu erfahren, was zehn Jahre aus ihm gemacht hatten. Die Kriegsjahre waren sicherlich nicht spurlos an ihm vorübergegangen, aber ich durfte nicht anspruchsvoll sein. Warum wollte er mich wiedersehen? Aus Liebe? Ich zuckte die Schultern. Er hatte mir nie geschrieben.

Die Nacht brach schon herein, als das Telefon läutete. Ich ließ es eine Weile klingeln, dann fragte ich so gleichgültig wie möglich, wer anriefe. Und dann hörte ich, von weit her, wie aus dem fernen Jahr 1939, die Stimme, die mein Herz höher schlagen ließ.

»Ich bin es, Karin, Roger. Haben Sie meinen Brief erhalten?«

Er sagte Sie zu mir.

»Ihren Brief? Ja, natürlich. Ich muß gestehen, daß ich nicht weiß, woran ich bin. Was machen Sie in Kopenhagen? Sind Sie auf einer Geschäftsreise?«

»Nein, ganz und gar nicht. Ich bin Ihretwegen hier. Ich muß Sie sehen.«

»Handelt es sich um etwas Dringendes? Ich bin sehr beschäftigt.«

»Hätten Sie nicht heute abend einen Moment Zeit, Karin?«

»Heute abend? Leider nicht. Oder doch, einige Minuten, unter der Bedingung, daß Sie gleich vorbeikommen. Wo sind Sie?«

»Erinnern Sie sich noch an die Brücke, die mehrmals am Tag aufgezogen und wieder heruntergelassen wird?«

»Gewiß.«

»Gehen Sie die Allee bis zum Ende. Ich wohne im letzten Haus am Hafen, im Erdgeschoß. Aber beeilen Sie sich. Ich habe nur kurz Zeit für Sie.«

»Ich komme, Karin.«

Als ich den Hörer auflegte, war ich einer Ohnmacht nahe.

Diese Stimme, die sich nicht verändert hatte und die meinen Namen aussprach, die ihn dreimal ausgesprochen hatte, diese Stimme war wie der Körper eines Lebenden. Sie hatte die Fülle, die Wärme eines Körpers. Wenn ich jetzt schon phantasiere, dachte ich, beginnt alles sehr schlecht. Und im Halbdunkel schleppte ich mich ins Badezimmer, um mir das Gesicht mit einem feuchten Handtuch zu kühlen, es war etwas merkwürdig, aber meine Stirn und meine Wangen brannten wie Feuer.

Kurz darauf saß ich in meinem Zimmer. Ich hatte den Wandschirm vor das Bett gestellt und mein blauseidenes Kleid angezogen, das mir, obwohl es etwas zu feierlich wirkte, am besten stand. Nur eine Lampe auf dem runden Tisch beleuchtete den Raum, ausreichend, aber nicht zu hell. Ich wußte, wie wichtig mildes und abgeschirmtes Licht ist. Jetzt brauchte ich nur noch zu warten. Das war das schlimmste. Ich befand mich in einem Zustand so starker nervöser Überspanntheit, daß ich, als es an der Tür läutete, an mich halten mußte, um nicht zu schreien.

Ehe ich die Tür aufmachte, schaute ich durch das kleine Guckloch. Meine Enttäuschung war ungeheuer. Der Mann, den ich erblickte, war nicht der, den ich vor zehn Jahren gekannt hatte, und als habe er bemerkt, daß ich ihn beobachtete, senkte er den Kopf. Einige Sekunden lang überlegte ich, ob ich öffnen sollte, dann tat ich es.

Er trat ein.

Wo war der hübsche, fast zu hübsche Junge von vor dem Kriege, mit seinen dichten schwarzen Haaren, die sich über der schmalen Stirn kräuselten? Und die frischen Wangen, der schöne große Mund, über den ich so gern mit dem Finger gefahren war, und der glatte, runde Hals? Vor mir stand ein Mann mit ernstem, abgezehrtem Gesicht. Das schütter gewordene Haar umrahmte eine jetzt höhere Stirn, und die genießerischen Lippen waren so schmal geworden, daß sie nur ein Strich zu sein schienen. Ohne Zweifel sah er noch gut aus, aber der sinnliche Junge von einst war tot, mir war, als stünde sein Vater vor mir. In seinen Gesichtszügen, in seinen Augen, die mich traurig ansahen, las ich auch mein Alter.

»Ich habe mich verändert« sagte er.

»Ja.«

»Sie nicht.«

»Sie brauchen nicht zu lügen, um mir ein Kompliment zu machen.«

»Ich lüge nicht, Karin.«

Erst jetzt bemerkte ich, daß er in einen weiten Kapuzenmantel eingehüllt war, wie ihn die Hirten tragen. Das, dachte ich bei mir, das ist Theater. Er möchte etwas oder jemand sein. Ich weiß nicht, wer noch was, aber das ist ein Kleidungsstück, das Eindruck machen soll.

»Legen Sie Ihren Mantel ab und setzen Sie sich«, sagte ich. »Wir haben immerhin eine kleine Weile Zeit.«

Er zog seinen Mantel aus, faltete ihn sorgsam zusammen und legte ihn auf einen Stuhl. Sein schwarzer Anzug erstaunte mich nicht: ich war darauf vorbereitet von dem Augenblick an, als ich den weiten Trauermantel sah, auf den er so viel

Wert zu legen schien. Zugegebenermaßen war die Farbe, die er für seine Kleidung gewählt hatte, äußerst vorteilhaft, sie paßte gut zu ihm, aber sie unterstrich auch, was die Zeit an ihm verändert hatte. Wenn in seiner Aufmachung eine Spur von Eitelkeit enthalten war, so war sie nur angedeutet, denn man macht sich nicht fröhlichen Herzens älter. Das viele Schwarz machte ihn zu einem Vierziger, während er nicht älter als vierunddreißig Jahre war.

Er saß in einiger Entfernung von mir, in respektvoller Entfernung, wie es sich für einen ersten Besuch gehört, und lächelte schüchtern, was ich an ihm nicht kannte.

»Sind Sie überrascht, mich zu sehen, Karin?«

»Ein bißchen schon. Ich gestehe, daß Sie nach der langen Zeit aus meinen Gedanken verschwunden waren.«

»Zehn Jahre! Im Juli sind es zehn Jahre, nicht wahr?«

»Kann sein, ich habe nicht nachgerechnet. Darf ich wissen . . .«

»Wissen, warum ich gekommen bin, Karin?«

Wie zärtlich er die beiden Silben meines Namens aussprach . . . Seine Stimme schien mein Gesicht zu berühren. Obwohl ich mich innerlich wehrte, verspürte ich den Zauber dieser Liebkosung, und es wurde mir schwer, meine Stimme kühl klingen zu lassen.

»O ja. Ich kann mir nicht vorstellen, daß Sie diese Reise ohne ernsthaften Grund unternommen haben.«

»Der Grund ist zu ernsthaft, als daß ich ihn in wenigen Worten erklären könnte. Wäre es Ihnen recht, wenn wir diese Unterhaltung auf ein anderes Mal verschieben?«

Vor Überraschung konnte ich nicht sofort antworten.

»Ein anderes Mal?«

»Ich meine auf einen Tag, an dem Sie mehr Zeit für mich haben. Da ich über die meine völlig frei verfügen kann und nur hier bin, um Sie zu sehen, kann ich wiederkommen, wann immer Sie wollen.«

Der bestimmte und höfliche Ton, mit dem er diese Worte sagte, beunruhigte mich plötzlich. Viel verwirrender waren die, die er danach, nach einem Schweigen, das mir endlos lang erschien, aussprach:

»Ich möchte einen Verdacht, der sich möglicherweise bei Ihnen eingeschlichen hat, beseitigen. Wie groß auch die Zuneigung sein mag, die ich Ihnen bewahrt habe, Karin, das Motiv meiner Reise und dieses Besuchs hat nichts mit Liebe zu tun.«

Ich nahm den Schlag hin, ohne zu wanken. Heute, da ich diese Zeilen schreibe, bin ich stolz, daß mein Besucher nichts von dem ahnte, was in mir vorging, welche Hoffnungen er in mir zerstörte, als er so sprach. Denn für mich war er ganz einfach, wenn auch nicht mehr der verführerische junge Faun von 1939, so doch ein Mann. Von meinem Platz aus sah ich sein ernstes, entschlossenes Gesicht, an das ich mich langsam gewöhnte, seine kräftigen Schultern, seine immer noch schlanken, aber starken Hände. Ich bekam plötzlich Angst, das alles könne mir weggenommen werden, ehe ich den Kampf um ihn begonnen hatte. Ich mußte schnell handeln.

»Um so besser«, sagte ich lächelnd. »Da Sie mich in dieser Hinsicht beruhigen, sehe ich kein Hindernis, unser Gespräch fortzuführen. Die Arbeiten, die ich zu machen habe, können warten, doch zuvor, rauchen Sie? Ich weiß es nicht mehr.«

»Nein, Karin.«

Das konnte heißen: »Nein, Sie wissen es recht gut« oder »Nein, ich rauche nicht.« Das war der alte Roger, ich erkannte ihn wieder. Aber ich ging nicht weiter darauf ein.

»Vielleicht möchten Sie etwas trinken?«

»Nein, vielen Dank.«

Was mich an diesem neuen Roger am meisten irritierte, war der Anflug von irgend etwas Intellektuellem – und ich konnte Intellektuelle nicht leiden –, doch sein Blick, tiefer und eindringlicher geworden, war der eines Mannes, der sicherlich viel gelitten hatte. Ihn mit *Sie* anzusprechen kam mir trotz unserer vielen gemeinsamen Erlebnisse natürlicher vor, als ich zunächst geglaubt hatte.

»Wie haben Sie die Besatzungszeit überstanden?« fragte er sanft. »Es muß sehr hart gewesen sein.«

Ich stand auf. Ott hatte mich nicht verraten, oder aber er wußte alles und wollte mir eine Falle stellen.

»Nein«, antwortete ich und ging zu einem der Fenster, um den Vorhang vorzuziehen. »Es war nicht sehr hart, weil keine Kriegshandlungen bei uns stattgefunden haben.«

»Ich dachte an das seelische Leid.«

Unwillkürlich zuckte ich zusammen, ich witterte etwas.

»Das seelische Leid?« sagte ich und zog den Vorhang des zweiten Fensters zu. »Ich vermute, Ihre Freundin Ott hat Ihnen über dieses Thema einen kleinen Vortrag gehalten, darüber spricht sie äußerst gern.«

»Ich habe Fräulein Ott nur ganz kurz gesehen, gerade so lange, um zu erfahren, wie ich Sie erreichen kann. Es war übrigens nicht ganz einfach. Und außerdem würde ich Fräulein Ott wirklich nicht als meine Freundin bezeichnen.«

»Ich auch nicht, Roger.«

Sein Name entschlüpfte mir plötzlich, ich wurde rot. Da ich ihm fast den Rücken zuwandte, konnte ich einen Augenblick stehenbleiben und so tun, als ordnete ich die Falten des Vorhangs, bevor ich zum nächsten Fenster ging. Aus dem Augenwinkel indes beobachtete ich ihn, den ich unwillentlich mit seinem Vornamen angeredet hatte. Er blickte zu mir her.

»Ich freue mich, daß Sie mich so nennen, Karin. Mir ist, als könnte ich jetzt viel leichter mit Ihnen sprechen.«

Als ich mich ihm wieder gegenüber setzte, hatte ich äußerlich meine Ruhe zurückgewonnen. Zwischen dem Mann und mir stand der runde Tisch mit der Lampe, die unsere Gesichter nur schwach beleuchtete. Ich hätte sie gern gelöscht, um nur zu hören und nicht zu sehen, denn die Stimme war die des Jungen von damals. Nach einer Weile fuhr er fort:

»Man ändert sich im Zeitraum von zehn Jahren. Gedanken, Benehmen, alles. Sie selbst, Karin . . .«

»Ja. 1939 waren wir noch Kinder.«

»Möglich.«

»Was wird er sagen?« fragte ich mich. »Er wird doch nicht ganz ohne Leidenschaft sein. Vielleicht mag er mein blaues Kleid nicht.«

»Ich verleugne nicht, wer und was ich damals war«, sagte ich mit klarer Stimme.

»Ihre Freimütigkeit hat mir immer gefallen, aber es handelt sich nicht darum, sich zu verleugnen. Was ich Ihnen zu sagen habe, ist nicht leicht auszudrücken. Vor Ihnen steht ein Mann, der nur wenig gemein hat mit demjenigen, den Sie gekannt haben. Einzig der Name ist derselbe.«

»Und die Stimme«, warf ich lebhaft ein. »Die Stimme hat sich nicht verändert.«

»Möglich. Ich kann das nicht beurteilen, aber nie mehr könnte sie dieselben Dinge sagen.«

Jetzt hatte ich nur noch den Gedanken, ihn daran zu hindern, in dieser Art weiterzusprechen, denn ich ahnte peinliche Geständnisse.

»Roger, lassen wir das alles. Die Dinge von damals können nur schmerzliche Gedanken hervorrufen. Ich war glücklich – besorgt, aber glücklich.«

»Besorgt?«

»Besorgt wie Sie, des drohenden Krieges wegen.«

»Doch in Ihnen war noch eine andere Besorgnis, eine innere Unausgeglichenheit.«

»Ich weiß nicht, was Sie meinen.«

»Ich muß Ihnen gestehen, daß ich Sie eines Tages, ohne daß Sie es wußten, in einer Kirche gesehen habe.«

Diese Worte wirkten wie ein Peitschenhieb auf mich.

»Ich bitte Sie!« stieß sie hervor. »Reden Sie nicht davon. Es gibt Worte, die ich nicht mehr hören will.«

»Wenn es so ist, werde ich gehen, Karin«, sagte er und stand auf. »Erlauben Sie mir, Ihnen zu schreiben? Vielleicht kann ich in einem Brief das alles besser erklären.«

»Nein«, sagte ich und stand ebenfalls auf. »Bleiben Sie.«

Ich wußte nicht mehr genau, was ich sagte, bestimmt aber bemerkte Roger meine Verwirrung, denn er tat einen Schritt auf mich zu und nahm meine Hände in die seinen, er tat es so gebieterisch, daß ich wieder an die alten Zeiten erinnert wurde. »Arme Karin!«

Am liebsten hätte ich geweint. Wirklich, ich hätte kein Mittel verschmäht, um zu erlangen, was ich begehrte, um Zärtlichkeit bei dem Mann zu erwecken, von dem ich wußte, daß er zu Mitleid fähig war, wie ich selbst. Leider konnte ich seit Jahren schon nicht mehr weinen, ich besaß diese dem weiblichen Geschlecht so wertvolle Waffe nicht mehr. Gleichwohl mußte Roger die Verzweiflung in meinen Augen bemerkt haben, und vielleicht auch Bewunderung, denn auf einmal fand ich ihn schön.

»Warum, arme Karin?« fragte ich.

Und ich versuchte zu lächeln wie damals, doch er senkte sofort die Augen.

»Wir wollen uns morgen wiedersehen«, sagte er brüsk. »Ich komme zur selben Zeit.«

Ein Anflug von Stolz verwehrte mir, ihn zurückzuhalten. Ich machte meine Hand los und sagte nur:

»Kommen Sie etwas später, gegen acht.«

»Können wir zusammen essen, Karin? Schlagen Sie ein Restaurant vor.«

Im Restaurant essen! Wir wären nicht bedient worden, meinetwegen. Ich schüttelte den Kopf.

»Ich esse abends nichts.«

»Nun«, sagte er mit etwas gekünstelter Fröhlichkeit, »dann werden es zwei sein, die nichts essen.«

Unterdessen hatte er seinen Mantel genommen und ihn sich über die Schulter geworfen. Kurz darauf fiel die Tür hinter ihm zu, und ich war allein.

Allein. Grausamer allein war ich nie gewesen. Seit vier Jahren war zum erstenmal jemand in meine Einsamkeit eingedrungen und wieder fortgegangen, ein Mann. Das kurze Intermezzo mit Emil zählte nicht. Er hatte mir in einer Art Verblendung der Sinne nur körperliche Lust geschenkt. Auch die zufälligen und noch unendlich viel weniger wichtigen Begegnungen, an die ich nicht mehr denken will, zählten nicht. Mit Roger war es ganz etwas anderes. Er konnte einst in meinem Kopf und in meinem Herzen schalten und walten nach seinem Belieben, und in dieser Nacht lebte das alles im Zauberlicht der Erinnerung wieder auf.

Um meine Ruhe wiederzufinden, wäre ich gern hinausgegangen und wäre in der Allee ein bißchen auf und ab gegangen, aber es konnte sein, daß Roger anrief. Darum war es besser, neben dem Telefon sitzen zu bleiben, einer gefügigen Sklavin gleich, die auf den Ruf ihres Gebieters wartet. War es nicht so?

Ich machte Wasser heiß, um mir Tee aufzugießen. Daß ich Roger gesagt hatte, er solle erst um acht kommen, war nur geschehen, um unabhängig zu erscheinen, doch er besaß Einfühlungsvermögen genug, um zu wissen, welche Macht er über mich hatte. Manchmal haben die Männer Erleuchtungen ... Ach, wozu all diese Umstände, um zusammen ins Bett zu gehen? Das Bett war da, hinter dem Wandschirm. Ich hatte alles vorbereitet.

Ich stellte mir vor, was alles hätte geschehen können, wenn ich klüger gewesen wäre, aber ich hatte, ohne daß es offenbar geworden war, angesichts dieses Mannes den Kopf verloren. Und dabei war es doch gar nicht schwierig, einen Mann zu verführen – oder wieder zu verführen ... Roger war der sinnlichste, den ich je erlebt hatte. Im ganzen deutschen Heer hatte es keinen so leidenschaftlichen gegeben. Ich hätte Heiterkeit zur Schau tragen sollen, anstatt mich ebenso ernsthaft zu geben wie er. Früher hatte er mich gern lachen hören. Ich hätte lachen sollen. Jetzt blieb mir nichts weiter übrig, als vor Zorn zu schluchzen. »Idiotin!« sagte ich ganz laut. »Idiotin!« Ich hatte Dutzende junger Offiziere erobert und war nicht fähig, den Mann, der mir die Liebe beigebracht hatte, dazu zu bewegen, mich zu küssen.

Im Augenblick handelte es sich darum, den morgigen Tag zu erreichen, so wie man sich auf den Weg macht, um in ein fernes Land zu gelangen. Tausend kleine Dinge sollten mir dabei behilflich sein, tausend Handgriffe, alles, gleich was. Ich überlegte zum Beispiel, ob ich in meinem Zimmer nicht staubsaugen sollte. Seit acht Tagen hatte ich es mir immer wieder vorgenommen, doch es war mir lästig ... Albern!

Ich goß kochendes Wasser in die Teekanne, hatte dann aber keine Lust mehr, den Tee zu trinken. Im Spiegel über der Kommode erblickte ich das Bild einer verstörten Frau. Vor allem mußte ich mich kämmen. Ich lief ins Badezimmer und verbrachte eine Viertelstunde damit, mir wieder ein normales Aussehen zu verschaffen, ein Gesicht, das freundlich wirkte. Der Spiegel tat sein Bestes, um mir die Wahrheit zu sagen: ich war recht hübsch, aber die Frische fehlte mir, das Samtige der Haut, insbesondere der übermütige Blick, kurzum die Jugend, die wahre, nicht die der noch jungen Frauen, sondern die andere, die ursprüngliche, die unnachahmliche. »Ich muß gestehen, daß ich mich heute abend erschöpft fühle«, gab ich dem Spiegel zur Antwort ... Was nicht ausschloß, daß ich wieder die geworden wäre, die ich einst war, wenn mich jemand in die Arme genommen hätte.

Roger hatte auch die Erinnerung an den jungen dänischen Offizier in mir wachgerufen, den ich mit ihm zusammen in den Tivoli-Gärten gesehen hatte. Das hochmütige Gesicht unter dem bis zur rechten Augenbraue nach vorn gezogenen Käppi hatte in mir einen plötzlichen und gierigen Hunger entfacht, eine wonnevolle Qual, die ich nicht lange genug auskosten konnte. Nachdem der Mann meinen Blicken entschwunden war, hatte ich ihn in der Phantasie verfolgt bis zu jenem zauberhaften Augenblick, da ihn mir, sechs Tage später, der Zufall über den Weg führte und dieser freche und lüsterne Kopf sich zu meinem Gesicht herunterbeugte und mir den Mund zerbiß. Noch jetzt, zehn Jahre später, wird mir schwindlig, wenn ich daran zurückdenke. Der Kamm fiel mir aus der Hand, ich warf mich in einen Sessel und schloß die Augen, weil sich um mich herum alles drehte. Ich durchlebte alles noch einmal. Mein Zimmer versank, ich befand mich wieder in der Welt, die für immer dahin war, ich atmete die

Luft der Vorkriegszeit, und wenn ich jemanden in der Menge ansprach, wurde mir lächelnd Antwort zuteil, ich war frei, ich war nicht wie heute eingeschlossen hinter dicken Mauern von Schweigen.

Ich zog mein blaues Kleid und meine Wäsche aus. Mit dem lauwarmen Tee in der Tasse schluckte ich ein Schlafmittel.

Am nächsten Tag hatte ich viel zu tun. Wegen des Besuchs am Abend zuvor war ich mit meiner Arbeit im Rückstand. Wenn ich im Kaufhaus anrief und sagte, ich wäre noch krank, müßte ich damit rechnen, daß jemand käme, um zu kontrollieren, ob ich nicht simulierte, und gab es auch nur den geringsten Verdacht, würde ich innerhalb von vierundzwanzig Stunden entlassen werden. Oft genug hatte ich zu hören bekommen, daß ich meine Stellung lediglich dem Entgegenkommen der Geschäftsleitung verdankte. Diese ehrenwerten Herren hatten Mitleid mit mir. Das gestattete ihnen ruhigen Gewissens die unnachsichtige Ausbeutung meines Talents, aber ich hatte so viele Anlässe, aus Wut zugrunde zu gehen, daß ich mich mit diesem besser nicht aufhielt. Indem ich eine Mahlzeit am Tag ausfallen ließ, wollte ich allmählich genügend Geld zusammensparen, um entfliehen zu können – aber wieviel Jahre sollte das dauern, und in welchem körperlichen Zustand würde ich dann sein?

Ich setzte mich an meinen langen Tisch und zeichnete artig das Gesicht eines kleinen Mädchens, das mit einem Jungen Krocket spielt in einem Garten, den ich vor sieben Uhr noch mit blühendem Rittersporn, Lupinen und Goldlack füllen mußte. Die Gesichtszüge des Mädchens beschäftigten mich besonders, mit geradezu wildem Eifer gab ich ihr einen so schwellenden Mund, daß er zum Küssen und Beißen einlud, er würde ein Opfer aus ihr machen – im Dunkel irgendeines Gebüsches! Genauso eifrig zeichnete ich die Blumen, die in dichter Fülle an der Mauer wuchsen und aus einem Boden kamen, der mit langem und tiefem Groll gedüngt war. Es war der Garten des Zorns, in dem die Kinder spielten. In allen meinen Zeichnungen hatte der Zorn seinen Platz, er vergiftete die Luft, die Erde und das Wasser, doch niemand bemerkte es; ganz im Gegenteil, die Kundschaft liebte meinen Stil, sie verlangte heitere Szenen, üppige Pflanzen und Traumlandschaften, vorausgesetzt, sie waren realistisch dargestellt. All das bot ich ihr, auf meine Art und Weise und in stärkerem Maße, als sie es verlangte. Nie bekam ich eine Anerkennung seitens meiner Arbeitgeber, meine Arbeit blieb völlig anonym, aber das machte mir nichts, ich bekam, was ich für meinen Lebensunterhalt benötigte, und ich hatte ein Dach über dem Kopf. Was konnte ich noch mehr verlangen?

Was ich noch verlangte? Eines Nachts im März hatte ich mein Zimmer verlassen und mich bis zum Hafen vorgewagt. Dieser einfache Satz sagt viel aus über die langen Stunden der Angst und der Entbehrung, die mich aus dem Haus getrieben hatten – aber man kann nicht alles erzählen. In unserem endlosen Winter weht manchmal, wie an diesem Abend, ein milder Wind, der für acht bis zehn Stunden die Hoffnung auf die Rückkehr des Frühlings erweckt. Ein Wesen wie ich konnte sich an dieser Liebkosung des Himmels berauschen, sie war wie eine Aufforderung, glücklich zu sein. Herz und Sinne waren hungrig nach Liebe und voll von der irren Hoffnung auf eine wundersame Begegnung.

Ich ging vor mich hin, an den niedrigen Häuschen entlang, deren Fronten in regelmäßigen Abständen von den Straßenlaternen beleuchtet wurden, die Häuser waren mit hellen, auffallenden Farben angestrichen: apfelgrün, blutrot, orange, himmelblau. Das letzte Haus war auch das kleinste. Es war schwarz gestrichen, hatte aber nichts Düsteres an sich. Dorthin gingen die von weit her kommenden Seeleute, um bis zum Morgengrauen zu trinken. Die Anziehungskraft des Lokals war zum großen Teil auf die Enge des Raums zurückzuführen, in dem Männer und Mädchen im warmen Halbdunkel dichtgedrängt zusammen saßen. Wie hätte mich die übelbeleumdete Stätte nicht anziehen sollen? In mir war etwas von einer Prostituierten. Ich hatte es Roger in dem abenteuerlichen Wald gesagt, aber ich hatte es auf dänisch gesagt.

Aus vielen Gründen schien es mir indes geboten, die Schwelle des schwarzen Häuschens nicht zu übertreten. Ganz sicher hätte mich eines der Mädchen erkannt, und was hätte ich, der Eindringling, dann an Beschimpfungen zu hören bekommen! In den Wagen und Betten der deutschen Offiziere hat sie sich während der Besatzungszeit gesielt. Will sie sich jetzt in das galante Gewerbe einschmuggeln? Ich wußte, daß diese Frauen mir mein liederliches Betragen verübelten, einesteils wegen ihres Patriotismus, den sie gern zur Schau stellten, andererseits weil ihnen die finanziellen Vorteile entgangen waren, die sie, unter den gegebenen Umständen, nicht gewagt hatten wahrzunehmen, während die Deutsche, wie ich genannt wurde, sich schamlos an den Feind verkauft hatte. So sahen sie die Dinge, nicht wissend, daß ich, weit davon entfernt mich zu verkaufen, mich verschenkte.

Lautes Singen, Gelächter und Stimmengewirr drang jedesmal aus der Bar, wenn die Tür aufging und von Rauch-Schwaden geschwängertes Licht sich über das Pflaster vor dem Lokal ergoß. Ich stand abseits, im Dunkeln, wie eine Bettlerin – ich war eine wache, geduldige Bettlerin, die nach den Männern spähte, die herauskamen. Fast alle schwankten und gingen leider zu zweit oder zu dritt weg, weshalb ich sie nicht ansprechen konnte, aber ich muß auch dazu sagen, daß sie wenig attraktiv waren, trotz der Matrosenuniform, die noch heute auf mich anziehend wirkt.

Schließlich, es war etwa ein Uhr nachts, tauchte ein junger Schwede von der Handelsmarine auf. Ich will ihn nicht beschreiben, aber er weckte in mir mit einem Schlag unbezähmbares Begehren, das einen zu den kühnsten Handlungen hinreißt. Wie alle anderen konnte er sich nur mühsam auf den Beinen halten und streckte eine Hand aus, als suche er einen Halt. Sofort war ich zur Stelle und stützte mit aller Kraft diesen schlanken, aber schweren Körper, der bei jedem Schritt auf den Boden zu stürzen drohte.

Der Mann war so betrunken, daß er meiner doch so nütz-lichen Gegenwart nicht gleich gewahr wurde. Ich hielt ihn aufrecht, indem ich einen seiner Arme um meinen Hals legte, auch ich war berauscht, auf meine Weise, da mein Körper den seinen an den Schultern berührte und an den Knien, die ge-fährlich einknickten. Ich meinte, unter dieser schwankenden Last zusammenzubrechen.

Nichtsdestotrotz gelangten wir hinter dem schwarzen Haus in einen Winkel des Hafens, der zu dieser Stunde men-schenleer, aber ärgerlicherweise beleuchtet war. Was wollte ich eigentlich? Ich weiß es nicht, ich wollte es nicht wissen, auf jeden Fall wandte sich der Mann von mir ab und machte – o Schreck! – Anstalten, sich zu übergeben. Angewidert und ernüchtert, ließ ich ihn los, ich sah, wie er sich keuchend ge-gen eine Mauer stützte. Mit den Händen tastete er über den Stein, er suchte den Halt, den er soeben noch gespürt hatte. Ich bekam Mitleid mit ihm, packte ihn am Handgelenk und führte ihn ein paar Meter weiter. Ich sah, daß er jünger war, als ich gedacht hatte. Sein Profil hatte etwas Kindliches, das mich rührte. Er drehte den Kopf zu mir und fragte mich mit schwerer Zunge, wer ich sei und was ich hier tue. Ich holte die wenigen Worte Schwedisch, die ich wußte, hervor.

»Ich bin niemand«, antwortete ich ihm. »Du hast mich nie gesehen.«

»Dänin?«

»Vielleicht. Deutsche, wenn du so willst.«

Er nickte mit dem Kopf wie ein Säugling.

»Das ist nicht das gleiche«, sagte er stotternd, »aber das ist mir egal!«

Er machte mit einem Arm eine kreisende Bewegung, die ihn fast zu Boden gerissen hätte, aber mit der anderen Hand griff er nach meiner Schulter. Ich sah, daß die frische Luft ihm guttat, daß die Gedanken sich wieder ordneten in diesem Kopf, der einem gestrauchelten Engel gehören konnte.

»Du bist nicht häßlich«, sagte er nach einer Weile, »aber ich ... ich habe keine Krone mehr in der Tasche.«

»Ich brauche keine Kronen.«

»Bist du keine ...«

»Nein«, sagte ich, ich schnitt ihm das Wort ab.

»Was dann? Ein Fräulein.« Er brach in Lachen aus. »Fro-ken!«

Ich konnte nicht anders, ich verschlang ihn mit den Augen. Dann sagte er etwas, das ich nie vergessen habe, weil es einen ganzen Abschnitt meines Lebens mit allem Leid umfaßte:

»Froken, warum sehen Sie mich an wie ein Kind den Weihnachtsbaum?«

Ich war so bewegt, daß ich verstummte, ich konnte nur lächeln. Fast eine Minute lang sah er mich schweigend an, dann ahnte er wohl etwas – oder glaubte zu ahnen – und murmelte verwirrt:

»Heute abend nicht möglich. Zu viel Alkohol, zu viel Aquavit.«

Seine breite warme Hand griff rührend ungeschickt nach meinem Gesicht, es schien ganz darin zu verschwinden, und er fügte leiser hinzu:

»Gräm dich nicht, hübsches Fräulein. Du wirst sehen, ein andermal ...«

»Ein andermal? Wann?«

»Wenn das Schiff wiederkommt.«

Und mit den langen, schwankenden Schritten der Männer des Meeres ging er langsam in die Dunkelheit. Ich sah ihn noch einmal unter dem grellen Licht einer Laterne, dann bog er um eine Hausecke und verschwand. Ich blieb noch eine Weile wartend stehen, ich weiß nicht, warum, endlich verließ ich den Ort meiner Erniedrigung und ging nach Hause.

Von den Stunden, die darauf folgten, will ich nicht ausführlich berichten. Ich lag einsam auf meinem Bett und überließ mich meiner Verzweiflung, der Verzweiflung eines weidwunden Tiers, das irre geworden ist vor Wut. Man kann lächeln über diese Dinge. Ich selber empfinde eine gewisse Freude dabei, diese Tyrannei der Sinne, die sich bis aufs Herz und sein grenzenloses Bedürfnis nach Zärtlichkeit erstreckt, mit Ironie zu behandeln. Stets macht sich ein Teil meines Seins lustig über das andere, das Gehirn verlacht die Raserei des Geschlechts, aber zu manchen Stunden ist man fast nichts anderes als Geschlecht. Ich weiß wohl, was dieser Zustand an Ungeheuerlichem in sich schließt, doch durch die Grausamkeit derer, die mich strafen wollten, war ich ihm unterworfen worden. Im übrigen war ich, trotz des hitzigen Temperaments, das ich zugegebenermaßen besitze, völlig normal. Es gibt Tausende von Frauen meiner Art und Veranlagung auf dieser Welt, aus der die Männer für mich eine rachgierige Hölle gemacht haben.

Dieses Mißgeschick machte mich noch furchtsamer und scheuer, als ich von Natur aus war. Ich muß, da ich mich auf den Weg der Geständnisse begeben habe, auch sagen, daß meine Sinnlichkeit im Grunde nur ein Durst nach Zärtlichkeit war. Er wäre in der fleischlichen Raserei gestillt worden. Mit welch vernichtender Freude hätte ich meine Arme, die niemanden mehr umschlangen, um ein liebendes und geliebtes Wesen gelegt! Irgend etwas in mir wehrte sich dagegen, aus einem Mann ein Werkzeug der Wollust zu machen. Die Seele verlangte viel mehr als das. Welche Frau würde mich nicht verstehen? Sind wir daran schuld, daß der Mann durch den dauernden Heißhunger des Körpers in einen dem Wahnsinn ähnlichen Zustand gerät? Denn mit Halbverrückten haben wir es doch zu tun. Wenn sie sich in bestimmten Augenblicken nur einmal sehen könnten! Die Frauen verlieren nie völlig den Kopf und können nur ein ungeheures Mißverständnis feststellen, wenn sie sehen, daß Wollust versucht, sich als Liebe auszugeben. Sie sind außerstande, darüber zu sprechen, da die Männer dieselben Worte wie sie gebrauchen, um Dinge völlig anderer Natur zu bezeichnen. Die Frauen lieben, und die Männer lieben, doch nur die Leiber vereinigen sich. Ich weiß, es gibt erhabene Ausnahmen, von denen in Versen gesprochen wird. Ich leugne nicht, daß diese einzigartigen Augenblicke eintreten, aber für den Mann ist im allgemeinen der Wechsel das Gesetz, und das Bett ist das Grab der Liebe, sagen wir einer Liebe nach der anderen. Mit welcher Anmaßung bedenkt der König der Schöpfung dieses Wort mit dem Plural, wenn es ihn selbst betrifft! Seine kostbaren Liebschaften, die er nicht zu zählen vermag, verhelfen ihm zu dem Glauben, er sei ein großer Liebhaber, während er im Galopp, wenn ich mich so ausdrücken darf, an der Liebe im Singular vorbeirennt, aber ich würde kein Ende finden, wenn ich alles und jedes darüber sagen wollte.

Nach dem Fehlschlag, den ich mit dem schwedischen Matrosen erlebt hatte, wurde mir als Ausgleich eine flüchtige Begegnung mit Emil, dem Neffen der Bäckersfrau, zuteil. Zunächst möchte ich von der Bäckersfrau sprechen. Ich will nicht mehr wissen, wie die Moralisten das Gute und das Böse definieren. Für mich kam diese Frau mehr als irgendeine andere der Vorstellung nahe, die ich mir damals von einer wahren Christin machte. Sie allein behandelte mich nicht wie eine Schuldbeladene, sie allein richtete das Wort an mich, wenn empörte Stumme dabei waren, die mich durch ihr Schweigen straften. Dabei lief sie Gefahr, ihrer Kundschaft zu mißfallen, dennoch trotzte sie allen, und ihr Ansehen war so groß, daß niemand sie zu tadeln wagte. Sehr fromm war sie nicht. Sie war Protestantin und ging an hohen Feiertagen in die Kirche, sonst nicht; aber ich verlangte ja nicht Frömmigkeit von ihr, ich bat sie, da sie dazu bereit war, einfach menschlich zu sein. Durch ihre Gutmütigkeit wurde, so schien es mir, die Selbstgerechtigkeit der ganzen Stadt wiedergutgemacht. Doch will ich meiner Empörung nicht freien Lauf lassen, es könnte sein, daß ich zu geschwätzig würde.

Frau Jensen, so hieß sie, war eine hübsche Frau mit blondem, etwas wirrem Haar, einem kecken Näschen, auf dem Sommersprossen saßen, und etwas Goldbraunem in ihrem runden Gesicht, das an die herrlichen Brotlaibe in ihrem Laden erinnerte. Ihre beginnende Körperfülle war ihr nicht hinderlich, ihre Bewegungen waren behende und flink, ihr ganzes Wesen strahlte eine angeborene Fröhlichkeit aus, die selbst die Griesgrämigsten entwaffnete. Einige kleine Fältchen – sie sahen aus, als wären sie mit dem Fingernagel gezogen – deuteten auf einen ausgesprochenen Hang zur Lust hin, und es ist als sicher anzunehmen, daß ihr Gatte, ein dicker, etwas schläfriger Mann, hinsichtlich der ehelichen Treue keine zu strengen Maßstäbe anlegte, obwohl Frau Jensen fürchtete, er könne sie bei einem Fehltritt ertappen.

Als ich eines Tages allein mit ihr im Laden war, fragte sie mich, ob ich mich, da ich so einsam sei, nicht langweile. »Die Leute sind sehr hart mit Ihnen«, sagte sie. »Was gewesen ist, ist gewesen. Die Deutschen sind weg, und Sie haben genug gebüßt. Es ist doch schrecklich, ein hübsches Mädchen wie Sie in Ihrem Haus verkümmern zu sehen, während mancher brave Junge glücklich sein würde, Ihnen Gesellschaft leisten zu dürfen.« Ich fragte zurück, warum sie so mit mir spräche. »Nur so«, sagte sie augenblinzelnd, »nur so, kleine Karin, aber ich versetze mich manchmal in Ihre Lage.« Während sie das sagte, tat sie Hörnchen in eine Tüte und fügte, sie mir hinhaltend, hinzu: »Morgen wird Ihnen meine Nichte Johanna eine kleine Leckerei von mir bringen.« Es klang wie eine Verschwörung, und unfreiwillig mußte ich lachen.

Am nächsten Tag dachte ich nicht mehr daran – oder nur noch gelegentlich –, der Tag verging, ohne daß mir die versprochene Leckerei gebracht wurde. Groß war meine Enttäuschung nicht, denn ich wußte, wie leichtfertig Frau Jensen mit Worten umging, sie redete oft nur so dahin. Noch ein weiterer Tag verging, dann aber, eines Samstag abends – alles war schwer von den Sehnsüchten des frühlingshaften Monats Mai –, wurde an der Tür geläutet. Ich schob den Verschluß des Gucklochs zur Seite und sah einen Mann, der den Kopf gesenkt hielt. Ich öffnete die mit einer Kette gesicherte Tür ein wenig und fragte, wer da sei. »Ich komme von Frau Jensen«, erhielt ich zur Antwort. »Sie wollte Ihnen etwas durch ihre

Nichte schicken lassen, aber Johanna fürchtet sich, um diese Zeit auf die Straße zu gehen.« Die Stimme klang jung, warm, ein bißchen tief. »Lassen Sie das Päckchen neben der Tür«, entgegnete ich, »und gehen Sie.« Plötzlich hob er den Kopf. »Wollen Sie wirklich, daß ich gehe?« fragte er. Zuerst sah ich nur seine Augen, dann sein ganzes Gesicht. Wir blickten uns eine Weile durch das winzige Fenster an, dann machte ich die Tür auf.

Soll ich diesen Mann beschreiben ... Nein, ich will mir nicht noch einmal weh tun. Er war die Verkörperung der Sonne, aber was können diese Worte aussagen? Er war noch etwas anderes, er war mehr, er war alles, was ich mir in meiner Einsamkeit vorgestellt hatte. Es war, als hätte ich dieses fremde und doch so dänische Geschöpf erfunden. Mein Hunger stattete ihn mit einer nahezu unheimlichen Schönheit aus. Er machte sich lustig über mich und meine Anbetung. Sogar auf dem Höhepunkt der Lust dachte ich an die Stunde der Trennung, die unweigerlich kommen würde, denn er mußte in drei Tagen nach Jütland zurück, wo seine Eltern einen Bauernhof besaßen. Im Sommer half er bei der Ernte. Im Geiste sah ich, wie er halbnackt mit seinen starken Armen die Garben umspannte, einem Gott der Fülle gleich im Meer des Getreides. Ich sagte es ihm. »Aber wir haben doch Maschinen, Dummchen«, entgegnete er lachend. »Garben nehme ich nicht in meine Arme.«

Im Morgengrauen verließ er das Haus und kam am Abend wieder. Am übernächsten Tag ging er, als ich eingeschlafen war, fort, ich sah ihn nicht mehr wieder. Ich mochte noch so sehr auf etwas Ähnliches gefaßt gewesen sein, der Schlag war doch so furchtbar, daß ich eine Zeitlang an Selbstmord dachte, aber vor dem Tod hatte ich Angst, wie Kinder vor der Dunkelheit.

Das alles war 1946 geschehen, und jetzt war 1949, aber ich wußte bei weitem noch nicht alles über mich: die Entbehrung jeglichen Glücks lehrte mich, was noch zu lernen war. Ich merkte, wie mein Herz sich verhärtete. Endlich erfolgte dieser Besuch, den ich wohl als außergewöhnlich bezeichnen kann...

Roger war kaum fort, da kam mir die Idee, ihm einen Brief zu schreiben, einen heißen, langen Liebesbrief. Ich schrieb ihn mit ungezügelter Offenheit, denn ich hatte gar nicht die Absicht, ihn dem Adressaten zukommen zu lassen, aber durch das Schreiben wollte ich einige Zwänge und Komplexe loswerden. Außerdem verschaffte es mir ein seltsames Vergnügen, gewisse Worte, die unmöglich ausgesprochen werden konnten, schwarz auf weiß vor mir zu sehen. Auf diese Weise befreite ich mich.

Die Phantasie half mir, mich noch einmal in einem Bett zu wähnen, das nicht das meine war, hingegeben, schamlos, könnte man sagen. Fahles Licht drang vom Balkon herein, und wie in einer Wahnvorstellung sah ich die Schultern und die Brust eines Mannes leuchten, der vermutlich nicht mehr lebte, der am Tage zuvor jedoch mit mir gesprochen hatte. Der Brief war sieben Seiten lang. Ich legte ihn in die Schublade des Tisches, dahin, wo ich meine Zeichenstifte verwahrte.

Roger hielt sein Versprechen. Er erschien zu unserer Verabredung mit einer Pünktlichkeit, über die eine Frau, vor allem eine Dänin, nur lächeln konnte. Früher ärgerte es mich, aber an diesem Abend mußte ich mich zurückhalten, um mich ihm nicht an den Hals zu werfen. Gleich als er eintrat, sah ich, daß er eine scheußliche Nacht hinter sich hatte. Sein verhärmtes Gesicht zeigte, daß er am Ende seiner Kraft war, worüber ich mich heimlich freute, denn ich weiß, welchen Vorteil man einem erschöpften Mann gegenüber hat, der als Gegner quasi wehrlos ist. Er legte seinen Mantel ab, und ich fragte ihn gleich, ob er eine Tasse Tee trinken wolle.

»Gern«, sagte er mit dumpfer Stimme. »Danke.«

Seine Augen vermieden beharrlich meinen Blick. Ohne ein

weiteres Wort setzte er sich in einen Sessel und stützte das Kinn auf eine Hand. Wollte er damit einen dramatischen Effekt erzielen? Daß er abgespannt war, bezweifelte ich nicht, aber er übertrieb es, so schien mir.

Von der Küche aus, wo ich Wasser zum Kochen brachte, konnte ich ihn unbemerkt beobachten. Das Licht der Lampe streichelte sein Gesicht und verlieh ihm das Geheimnisvolle eines Porträts. Die Augenwimpern warfen einen Schatten auf die hellen Wangen, und die Hand, die den unteren Teil des Gesichts verbarg, war immer noch schön. Viele Male hatte ich, während Roger schlief, diese Hand geküßt.

Ich war so in Erinnerungen versunken, daß ich mich mit dem heißen Dampf, der aus dem Wasserkessel schoß, fast verbrüht hätte. Ich war vorhin recht naiv gewesen, als ich sagte, ich hätte mich entschlossen, diesen Mann zu lieben. Ich hatte gar nicht aufgehört, ihn zu lieben.

Sein Schweigen und diese Reglosigkeit beunruhigten mich. Woran dachte er? Was wußte er über mich? Geräuschlos goß ich das Wasser in die Teekanne und wartete, reglos auch ich. Vielleicht war er eingenickt. Nein, doch nicht. Zwischen seinen schwarzen Wimpern bemerkte ich einen winzigen Streifen, von einer Farbe, die mich wiederum in Staunen versetzte. Roger war der einzige mir bekannte Mann, der violette Augen hatte. Was hätte ich nicht darum gegeben, ihn wieder lächeln zu sehen oder vor Zorn und Begehren blasser werden, denn bei ihm nahm die Liebe oft die Maske des Zorns an.

Ich nahm mein Tablett und stellte es auf den kleinen Tisch. Roger zuckte nur unmerklich zusammen, er hob den Kopf und sah mich lächelnd an, wie um sich zu entschuldigen.

»Ich glaube, ich wäre fast eingeschlafen«, sagte er. »Es ist so angenehm bei Ihnen, und ich bin so müde.«

»Strecken Sie sich aus, Roger. Ja, wirklich, hier auf dem Sofa.«

Ich versuchte, soviel Zärtlichkeit wie möglich in meine ironische Stimme, wie sie viele Däninnen haben, zu legen, doch

er wischte mit einer Handbewegung jeden Überschwang beiseite.

»Tee«, sagte er.

Ich mochte es, daß er so mit mir sprach, daß er mir befahl.
Trotzdem sagte ich, er müsse ein paar Minuten warten.

»Sie wollen doch kein warmes Wasser trinken.«

Es war fast ein Gespräch unter Eheleuten.

»Karin«, sagte er, »ich muß Ihnen etwas sagen, das Sie erstaunen wird. Und ich bin nicht sicher, daß Sie mich gleich
verstehen.«

»Über die weibliche Intelligenz hatten Sie nie eine gute
Meinung.«

»Das wollte ich nicht sagen.«

Er stand auf. Ich blickte bewundernd auf seine Gestalt, den
Schwung seiner Hüften, der noch der gleiche war. Oh, ich
hätte alles getan, um diesen Augenblick zu verlängern, da
noch nichts Unangenehmes ausgesprochen war, denn ich
ahnte, daß Böses folgen würde. Ich stand ebenfalls auf und sah
ihn erstaunt an.

»Setzen Sie sich wieder«, sagte er, »bleiben Sie nicht stehen, Karin. Ich muß hin und her gehen.«

Er starrte auf den Teppich, als suche er nach den Worten,
die er sagen wollte. Dann hob er den Kopf, ohne mir allerdings in die Augen zu schauen.

»Seitdem ich Sie 1939 verlassen habe, bin ich ein anderer geworden«, begann er. »Ich bin nicht mehr derselbe
Mensch.«

»Das haben Sie mir gestern schon gesagt.«

»Ja, ich weiß, aber gestern bin ich feige gewesen.«

»Feige?«

»Ja, feige. Ich bin gegangen, ohne Ihnen den eigentlichen
Grund meines Besuchs mitzuteilen. Den Grund für diese
Reise. Ich wollte erst sehen und erfahren, in welchem Zu-
stand Sie selbst sich befinden.«

»Ich begreife nicht.«

»Nun, für mich geht es darum zu wissen, ob Sie sich über

die schwierigen Jahre hinweg Ihren Glauben bewahrt – oder ihn wiedergefunden haben.«

Ohne es selber gewahr zu werden, sprang ich auf.

»Ich habe doch meinen Glauben abgelegt!« rief ich. »Dank Ihrer Hilfe habe ich mich befreit.«

Er wurde sehr blaß.

»Deshalb stehe ich heute abend vor Ihnen, Karin. Durch mich haben Sie Ihren Glauben verloren.«

»Wenn ich Ihnen irgend etwas verdanke, dann ist es in erster Linie dies, dies und das übrige.«

»Das übrige ...«

Dieses vage Wort, das mir entschlüpft war, meinte die Liebe, unsere Liebe. Ich wollte, was ich dachte, näher umschreiben. Dazu ließ er mir aber nicht die Zeit. Zum erstenmal an diesem Abend sah er mir in die Augen und lächelte wehmütig.

»Ich leugne nicht, was gewesen ist«, fuhr er fort. »Darf ich Sie bitten, mir einen Augenblick zuzuhören?«

Mein Herz schlug so ungestüm, daß ich mich setzen mußte. Alles, was ich am Abend zuvor gefürchtet, geahnt, gewittert hatte, wurde jetzt Wirklichkeit. Ich blieb stumm. Auch er setzte sich und ließ einige Sekunden verstreichen.

»Damals war ich ein überzeugter Atheist, aber ich wußte, daß Sie gläubig waren.«

»Welchen Beweis haben Sie dafür? Ich habe nie über Religion mit Ihnen gesprochen.«

»Ich habe Sie in der Heilands-Kirche gesehen.«

»Worauf wollen Sie hinaus, Roger? Das alles ist sehr peinigend.«

»Peinigend, ja.«

Er seufzte tief. Jetzt suchte sein Blick den meinen, jedoch nicht mit der früheren Zärtlichkeit, die mir so viel wert war. In seinen wundervollen Augen sah ich nichts als Angst.

»Weil Sie gläubig waren, oder weil ich meinte, Sie wären es, schien es mir unmöglich, von Ihnen das zu erlangen, was ich begehrte.«

In diesem Augenblick wich seine Blässe einer jähen Röte.

»Es ist eine Art Beichte, die ich vor Ihnen ablege«, flüsterte er.

»Wahrhaftig.«

»Dieser Glaube, der zwischen Ihnen und mir stand, Karin, den wollte ich töten.«

»Das ist Ihnen voll und ganz gelungen. Ist das alles? Machen wir es kurz, ja?«

»Kurz? Aber ich muß mit Ihnen sprechen, ich …«

»Sie wollen mich doch nicht um Verzeihung dafür bitten, daß Sie mich verführt haben!« rief ich aus und zwang mich zu einem Lachen.

»Seit ich die Schwelle dieses Hauses überschritten habe, tue ich nichts anderes.«

Ich war vor Verlegenheit wie erstarrt, ich konnte diesen Mann nur lächerlich finden, diesen Mann, der so empörend demütig geworden war, wohingegen in mir die Erinnerung an einen ungestümen jungen Liebhaber wachgeblieben war.

»Ihr Tee wird kalt«, sagte ich schließlich.

Er tat so, als höre er es nicht.

»Karin, wollen Sie wissen, wie und warum ich ein anderer Mensch geworden bin?«

»Sie wollen mir die Geschichte Ihrer Bekehrung erzählen? Daran liegt mir nichts. Jedenfalls nicht heute abend. Sie müssen mir Zeit lassen, mich daran zu gewöhnen.«

»An was gewöhnen?«

»Nun, an den Gedanken, daß Sie keineswegs mehr der sind, der Sie waren, und dann natürlich, ja, daß ich vergessen muß – denn ich kann nicht vergessen.«

»Ich auch nicht!«

Das war sein erster menschlicher Aufschrei, seit wir uns wiedergesehen hatten, doch dieser Aufschrei klang nach Verzweiflung.

»Die Erinnerung ist unerbittlich«, sagte er. »Das ist der Preis, den man zahlen muß.«

Nur mühsam konnte ich ein jubelndes Lächeln unterdrücken. Es war noch nicht alles verloren.

»Sie müssen begreifen, daß die Religion mir völlig fremd geworden ist«, sagte ich leise. »Ich sehe nicht ein, wozu sie im Leben nütze sein soll, jedenfalls in meinem.«

Er sah mich eine lange Weile an, sie schien mir unerträglich lang.

»Roger«, sagte ich impulsiv, »Sie müssen Schweres durchgemacht haben.«

»Vier Jahre Gefangenschaft in einem Offizierslager. Andere haben viel mehr durchgemacht.«

»Sind Sie schlecht behandelt worden?«

»Nein. Das schlimmste war der Entzug der Freiheit – und die Kälte. Ich habe mir Rheumatismus im rechten Arm zugezogen und kann daher die Hand kaum benutzen, zum Beispiel nicht zum Schreiben. Deshalb habe ich Ihnen einen maschinegeschriebenen Brief geschickt. Tippen kann ich.«

»Ihre Unterschrift ist nicht mehr die gleiche.«

»Das stimmt. Buchstaben aneinanderzureihen verursacht mir Mühe. Aber, erzählen Sie von sich, Karin, wenn Sie nicht hören wollen, welche Veränderung sich in mir vollzogen hat. Sind Sie zufrieden mit dem Leben, das Sie gegenwärtig führen?«

»Oh, ich kann mich nicht beklagen. Ich verdiene meinen Lebensunterhalt wie früher.«

Er sah mich an wie ein Kriminalbeamter.

»Fühlen Sie sich nicht einsam?«

»Warum sollte ich mich einsam fühlen? Ich habe Freunde.«

»Freunde ... Das meinte ich nicht. Sie sind anscheinend nicht glücklich, Karin.«

Er wußte etwas. Ott hatte mich verraten. Ich würde ihn verlieren. Um ihn zu halten, hätte ich mich auf die Knie geworfen, selbst wenn er an mein Gewissen gerührt hätte – und ich ahnte, daß er es tun würde.

»Daß ich glücklich bin, könnte ich allerdings nicht sagen«, antwortete ich einlenkend. »Das Leben kommt mir manchmal ziemlich freudlos vor.«

Schamhaft wandte er die Augen ab.

»Ich möchte Ihnen gern helfen, den Frieden wiederzufinden, Karin.«

Eine Predigt, dachte ich. Das ist es also. Er wird meine Seele zergliedern wollen, während ich Lust hätte, mir die Kleider vom Leib zu reißen und zu sehen, wie er die seinen herunterreißt. Ich stellte mir die Szene vor. Dort, hinter dem Wandschirm. Es wäre so einfach gewesen …

»Meinen Frieden habe ich«, sagte ich rasch. »Trotzdem bin ich froh, daß Sie hier sind, Roger. Und außerdem«, fügte ich hinzu und setzte eine neckische Miene auf, »freut es mich, daß ich wie früher Französisch mit Ihnen sprechen kann. Erinnern Sie sich an den abenteuerlichen Wald?«

Hatte ich den Kopf verloren? Er tadelte mich sofort in seiner Sucht, stets ganz genau zu sein.

»Karin, Sie sprachen Dänisch in dem Wald, den Sie den abenteuerlichen nennen.«

»Eine Zeitlang ja, das ist völlig richtig. Und wenn ich jetzt daran denke, was ich auf dänisch gesagt habe … Wie töricht war ich damals, stimmt das nicht?«

Ein Lächeln, das eher eine höfliche Grimasse war, verzog seinen Mund. Fast feierlich stand er auf.

»Wenn Sie gestatten, werde ich mich jetzt zurückziehen. Es ist spät.«

»Das Wort spät gibt es in Dänemark nicht. Wann sehen wir uns wieder?«

Ich hatte nicht Kraft genug, aufzustehen.

»Wiedersehen, Karin? Warum?«

»Ich kann einfach nicht glauben, daß Sie die lange Reise gemacht haben, nur um mich zu fragen, ob ich glücklich bin. Es war sicherlich noch etwas anderes.«

»Ja, ich habe es Ihnen schon gesagt. Ich wollte …«

»Mich um Verzeihung bitten, ich weiß. Nun, das ist geschehen. Ich frage mich übrigens, was es zu verzeihen gab. Ihnen ist doch klar, daß ich das nicht ernst nehmen kann.«

»Sie vergessen, was ich Ihnen über die Veränderung, die

sich in mir vollzogen hat, gesagt habe, Karin. Das wollte ich Ihnen sagen.«

»Ihre Bekehrung? Aber was geht mich das an? Bitte, lassen Sie Ihren Umhang liegen. Eine Bekehrung ist sicherlich sehr gut, sogar sehr schön. Setzen Sie sich, Roger, ich flehe Sie an. Erklären Sie mir alles.«

Er blieb stehen. Ein kalter Blick traf mich, seine Augen waren zusammengekniffen, als betrachte er aufmerksam ein Insekt.

»Möchten Sie wirklich, daß ich es Ihnen erkläre, wie Sie sagen? Würden Sie mir zuhören?«

»Oh, ich werde Ihnen zuhören, ich werde mir Mühe geben zu begreifen. Ich werde verständig sein. Vielleicht überzeugen Sie mich.«

Diese schändlichen Worte, mir war, als spie ich sie aus. In der schrecklichen Stille, die er über Gebühr hinauszog, sah mich Roger fest an. Mit einer stürmischen Handbewegung strich ich mir eine Haarsträhne aus der Stirn.

»Meinen Sie es ernst, Karin?« fragte er mich. »Sind Sie ... Ja, sind Sie ehrlich?«

Ich blickte ihm ins Gesicht, bemühte mich, würdig und aufrichtig auszusehen.

»Roger, ich schwöre es Ihnen.«

»Gut, dann komme ich wieder.«

Weiter sagte er nichts. Dann ging er hinaus. Seine Schritte verhallten auf der Straße.

In dieser Nacht hörte ich, im Bett liegend, stundenlang das Ticktack der Wanduhr, sie sagte mir, ich solle Geduld haben. Daß ein Mann einmal zu einer Frau zurückkommt, überlegte ich, bedeutet nicht viel, daß er aber zweimal zurückkommt, das heißt, es hat ihn gepackt. Die Frage war nur, warum er zurückkommen wollte. Da er mich damals, 1939, die Ungläubigkeit gelehrt hatte, wollte er jetzt wahrscheinlich den umgekehrten Vorgang durchsetzen, mich im entgegengesetzten Sinn wieder bekehren, um einen geistigen Sieg zu erringen, der der männlichen Eitelkeit ebenso schmeichelt wie andere Siege. Unter meiner Bettdecke mußte ich laut lachen. In jedem Mann steckt ein mutiger Dummkopf. Es handelt sich nur darum, das zu erkennen.

Ich hatte in den Augen meines Franzosen die Hoffnung auf eine Veränderung, wie er es nannte, aufblitzen lassen. Fürs erste zumindest genügte das. Wenn der arme Roger gewußt hätte, wie weit entfernt von dem würdelosen Katholizismus, in dem Götzendienst und Einfalt miteinander wetteiferten, ich war! Er, der einst so stolz und trotzig war, bog das Knie vor den Gipsstatuen... Trotzdem wollte ich ihm zuhören, meinem kleinen Apostel. Wichtig allein war, die Dinge hinzuziehen, damit der mich möglichst oft besuchte. Wann würde er das nächstemal kommen?

Auch ich hatte ihn vor zehn Jahren schmachten lassen, aber er hatte seine Belohnung bekommen. Einzelne Dinge kamen mir wieder in den Sinn: seine Liebesglut, seine Art zu sprechen, sein völliges Sich-Hinwegsetzen über jede Art von Scham... Und die Zärtlichkeit, die Zärtlichkeit, die ich nötiger brauchte als alles andere, die große milde, sanfte Woge, danach...

Ob ich endlich einschlafen würde? Fast bedauernd schluckte ich ein Schlafmittel. Zwar löschte ich damit angenehme Träumereien aus, aber ich mußte mich ausruhen, ich durfte durch Schlaflosigkeit nicht welk werden.

Weder am nächsten noch am übernächsten Tag kam er. Ich war nicht übermäßig erstaunt. »Warte«, riet mir die Wanduhr. Offensichtlich erachtete man die demütigende Methode als die wirksamste. Die Schuldige sollte genügend Zeit haben, um über ihren Seelenzustand nachzudenken, um sich darauf vorzubereiten, die Gnade eines himmlischen Tadels zu empfangen, denn er würde mich ganz gewiß nicht schonen, der Bekehrte – aber wiederkommen würde er bestimmt.

Statt seiner kam ein Brief. Ich las ihn im Stehen, dann setzte ich mich, um ihn noch einmal zu lesen.

»Karin, seit zwei Tagen liege ich im Bett mit einer scheußlichen Grippe, die mich an der Kehle gepackt hat, als ich neulich von Ihnen fortging. Ich bin nicht zu unglücklich darüber. So bin ich in der Lage, eine eingehende Gewissensprüfung vorzunehmen. Möglicherweise ist Ihnen die Tragweite einer weiteren Begegnung nicht bewußt, der Begegnung, die die damalige, vor zehn Jahren, auslöschen soll. Wenn Sie für mich als den wahren Schuldigen beten, werden Sie mir helfen, den Frieden wiederzufinden. Ich bitte Sie nicht darum, weil Sie es noch nicht können, aber ich habe Hoffnung, kleine Karin, und ich umarme Sie brüderlich.

Ihr Roger.

P. S. Rufen Sie mich nicht an. Es wäre vergebens.«

Ich ließ den Brief auf meine Knie sinken. Wie er, fühlte ich mich an der Kehle gepackt, nicht von unserer guten dänischen Grippe, die ich zur Genüge kannte, sondern von Ärger und Empörung. Was enthielten diese zehn oder zwölf Zeilen an Überheblichkeit und Egoismus! Daran erkannte ich den bekehrten Lebemann, der sich in den Wonnen seiner Schuldhaftigkeit wälzt und mit einer geradezu ungeheuerlichen Unbekümmertheit von seiner ehemaligen Komplizin verlangt, sie solle ihm helfen, den Frieden wiederzufinden, diesen kostbaren inneren Frieden, der die Erinnerung an seine Jugendstreiche auslöscht. Von unserer zerstörten Liebe blieb ihm nur eine Spur von Zärtlichkeit, was ihm gestattete, sich als mein Roger zu sehen, während er bereits der Roger eines anderen war.

Plötzlich kam mir ein Gedanke: Gott nimmt den Frauen die Männer... Ich lachte laut, und wenn es ein Lachen aus Wut gibt, dann war es das, ja, ich lachte vor Erregung und Zorn. Dazu diese glattzüngige Grußformel, diese brüderliche Umarmung... Brüderlich wollte ich nicht umarmt werden. Ich wollte auf ein Bett geworfen, gequält, mit Gewalt genommen werden, wenn das möglich war, kurzum, ich sehnte mich nach Wildheit und nicht nach frommen Seufzern, niedergeschlagenen Augen, einer kalten Nasenspitze, die statt eines Kusses über die Wange streift. Und das war tatsächlich alles, was dieser Brief mir anbot, dieser scheußliche Brief!

Es gab jedoch noch ein anderes Problem. Roger war krank. Ich sah ihn in seinem Bett liegen, allein in dem Hotelzimmer, sein hübscher Kopf auf dem Kissen, und plötzlich erwachte die sentimentale Törin, die in mir schlummerte, mein Herz war voller Mitleid. Wie gern hätte ich ihn gepflegt, den dummen Jungen! Ich hätte ihm Geschichten vorgelesen, ihm wundertätigen Kamillentee gekocht, ihm die Stirn mit Kölnisch Wasser abgerieben. Brüderlich wollte er mit mir sein. Ich wäre seine Mutter gewesen. Alles in allem liebte ich ihn als Kranken, als wäre er mir ausgeliefert. Selbstverständlich hätte ich mir den Umstand nicht zunutze gemacht, aber er hätte erlebt, wie gutmütig ich sein konnte. Unendlich viel Nächstenliebe war in meinem Herzen ... Zuerst hätte ich ihn innerlich aufgerichtet und gestärkt und ihn dann verführt.

Einer plötzlichen Eingebung folgend, stürzte ich zum Telefon, das ich fast umgerissen hätte. »Rufen Sie mich nicht an«, hatte er geschrieben. Natürlich sollte das heißen: »Rufen Sie mich an.« Ich wählte die Nummer, die am Briefkopf vermerkt war, und gleich darauf hörte ich seine Stimme, eine gepreßte Stimme, fast die Stimme eines Kindes.

»Ich hatte Ihnen verboten, mich anzurufen, Karin.«

»Es wäre unmenschlich von mir gewesen, es nicht trotzdem zu tun. Wie fühlen Sie sich? Es klingt, als sprächen Sie aus der Tiefe eines Brunnens.«

»Es geht schon besser. Es ist bald vorüber, aber ich hatte Ihnen verboten ...«

Wenn er gewußt hätte, welche Freude es mir machte, daß er dieses Wort wiederholte! Das war beinah der Roger von damals, der mit mir sprach, der tyrannische, unausstehliche Roger. Ich trotzte ihm.

»Verbieten Sie mir alles, was Sie wollen. Ich komme zu Ihnen, um Sie zu pflegen.«

»Das können Sie nicht. Ich habe Anweisung gegeben, niemanden zu mir zu lassen.«

Das wäre nicht einmal nötig gewesen. Ich hatte einen Augenblick lang vergessen, wie bekannt ich überall war. Man hätte die Deutsche abgewiesen.

»Haben Sie meinen Brief richtig gelesen?« fragte das kranke Kind.

»Gelesen und noch einmal gelesen.«

»Wollen Sie mir einen Gefallen tun?«

Ich witterte irgendeine fromme Erpressung, spielte aber die Dumme.

»Soll ich in die Apotheke gehen?«

»Keineswegs. Ich habe alles, was ich brauche. Es handelt sich um etwas anderes. Werden Sie auch nicht über mich lachen, Karin?«

»Natürlich nicht. Aber drücken Sie sich deutlich aus.«

»Wenn Sie den Hörer aufgelegt haben, sprechen Sie ein Gebet für mich.«

Der Ärger trieb mir die Röte ins Gesicht.

»Roger, wenn Sie nicht krank wären, würden Sie von solchen peinlichen Dingen nicht am Telefon sprechen. Ich bin nicht fromm. Demzufolge ist es mir unmöglich zu beten.«

»Ich habe gesagt: ein Gebet sprechen. Das ist ganz einfach.« Wie konnte dieser Mund, aus dem früher Sinnlichkeit floß wie ein Strom, einen solchen Satz hervorbringen ...

»Niemals könnte ich etwas so Scheinheiliges tun, Roger!«

»Ein Gebet sprechen ist nicht unbedingt scheinheilig. Ich habe einen Atheisten ein Gebet sprechen hören, in einem Stück, in dem er die Rolle eines Gläubigen spielte.«

»Das ist nicht das gleiche. Der Schauspieler tut so, als ob.«

»Ein Schauspieler tut nie, als ob. Er ist die Person, solange er auf der Bühne steht.«

»Ich will nicht. Ich bin keine Schauspielerin. Versuchen Sie, mich zu verstehen, Roger. Sehen Sie, ich bin der Schauspieler, der seine Rolle ablehnt, weil er nicht an sie glaubt. Es ist einfach eine Frage der Ehrlichkeit.«

»Ich verstehe sehr gut. Lassen wir es dabei bewenden.«

»Verlangen Sie etwas anderes, mein kleiner Roger...
Ich...«

Zum erstenmal seit 1939 nannte ich ihn mein kleiner Roger. Die Antwort kam sofort, eiskalt.

»Ich habe nichts anderes zu verlangen, und ich will auch nichts anderes. Außerdem strengt mich diese Unterhaltung an. Wenn es Ihnen recht ist, sagen wir uns jetzt auf Wiedersehen.«

Und sacht legte er auf.

Ich war wie gelähmt, wütend, wie jemand, dem man plötzlich einen Knebel in den Mund steckt. »Idiotin«, sagte ich ganz laut, »du hast ihn verloren. Ja hättest du sagen müssen, hunderttausendmal ja!« Doch ich hatte recht getan, nein zu sagen. Meinte er, mich durch solche kleinen Schliche bekehren zu können? An welchen Gott glaubte er? An einen Gott, den man beschwindeln kann? Denn was er von mir verlangte, war eine Schwindelei, ein Trick. Eine innere Stimme schrie mir zu: Diesem gleisnerischen Fanatiker hast du die einzige Antwort gegeben, die ihm zukam. Unglücklicherweise war ich in den Fanatiker verliebt, und deshalb griff ich, nachdem ich zehn Minuten lang im Zimmer umhergewandert war, grimmig nach dem Telefon und wählte Rogers Nummer.

»Roger.«

»Ja. Sind Sie es, Karin?«

»Ja. Ich habe nachgedacht. Ich werde es versuchen, ich verspreche es Ihnen.«

»Danke, Karin.«

»Wann sehe ich Sie wieder?«

»Ich weiß nicht.«

»Aber wir werden uns wiedersehen, nicht wahr?«

Meine Stimme kam mir vor wie das Miauen einer Katze. Mein ganzes Benehmen fand ich unwürdig.

»Uns wiedersehen?« fragte mein Tyrann. »Vielleicht, wenn ich glaube, daß ich Ihnen wirklich helfen kann.«

»Oh, das können Sie, das können Sie!«

»Ich bin nicht so sicher wie Sie.«

»Aber ich werde tun, was Sie verlangen.«

»Wir werden dieses Gespräch nicht noch einmal von vorn anfangen, hoffe ich. Ich habe nicht die Kraft dazu.«

»Versprechen Sie mir, daß wir uns wiedersehen, sobald Sie gesund sind.«

»Ich verspreche Ihnen, darüber nachzudenken. Entschuldigen Sie, Karin, ich bin erschöpft.«

Diesmal legte er mit festerer Hand den Hörer auf.

Ich war so außer mir, daß ich begann ihn zu beschimpfen, wie es mein Vater getan hatte, wenn er meinte, er sei von jemandem übervorteilt worden. »Du bist ein Schuft, Roger! Du magst noch so viele Kreuzeszeichen über deiner Brust machen, du wirst es immer nur über der Brust eines Schuftes tun. Wenn ich das vor zehn Jahren geahnt hätte, als du dich auf mich stürztest! Wenn du mir eines Tages wieder in die Hände fällst, kannst du etwas erleben, mein kleiner Roger!«

Vor dem Krieg hätte ich nie so gesprochen, aber während der Besatzungszeit war ich eine andere geworden. In diesem Augenblick spürte ich es deutlich und schwieg. Die jungen Offiziere in Feldgrau hatten mich nicht Sanftheit gelehrt, und die Verfemung, unter der ich seit ihrem Abmarsch litt, hatte meinen Charakter auch nicht gebessert. Ich war verwildert. Daß ich mich für einen Mann so ereiferte ... Es war lächerlich. Sorgfältig strich ich mir die große Locke, die mir über das Gesicht fiel, mit einem Kamm zurück. Dem Himmel sei Dank, ich hatte noch immer volles Haar, das er einst so bewunderte, in das er sein Gesicht getaucht hatte, es war kupferfarben und hatte diesen merkwürdig dunklen Glanz – auch meine Haut hatte sich nicht verändert. Einzig die Wangen hatten ihre Schulmädchenrundung verloren. Tot war das Schulmädchen. An deren Stelle: ein rasendes Weib.

Dieser Tag ging dahin, auch der nächste. Da ich Roger nicht sah, gewann ich etwas Abstand von ihm, und die Versuchung, ihn anzurufen, war nicht mehr so stark. Doch eines Abends, in der Dämmerung wurde ich plötzlich von dem heftigen Wunsch gepackt, seine Stimme zu hören. Ich wählte seine Nummer, bekam Rogers Zimmer, es läutete einmal, dreimal, zehnmal. Ich wartete, der Hals wurde mir trocken, dann rief ich den Portier noch einmal an.

»Ja, ich sehe, er ist ausgegangen, der Schlüssel hängt hier.« Also war er gesund, ich würde ihn wiedersehen. Mein Herz schlug wie verrückt vor Freude, als sollte alles Glück noch einmal möglich werden. Es fehlte nicht viel, und ich hätte ganz allein getanzt. Er würde wiederkommen! Er würde wiederkommen, um meine Seele zu retten. Denn die Seele übte auf ihn die gleiche Anziehungskraft aus wie auf einen anderen der Körper. Ich wollte ernst sein, wollte keine Kindereien machen, wollte gehorsam sein.

Auf einmal erinnerte ich mich an das absurde Versprechen, das ich ihm gegeben hatte, an das Gebet, das ich hersagen sollte. Wenn er plötzlich käme, wollte ich ihm verkünden können, daß ich Wort gehalten hatte. Lügen kam nicht in Frage – wenigstens nicht in diesem Fall. Zwar hatte ich den Glauben verloren ... Aber das war schwierig zu erklären. Ich hätte bis in die Kindheit zurückgehen müssen, aber an die Kindheit durfte ich nicht rühren. Gewisse Dinge verlangen Redlichkeit.

Ein Gebet. Ehrlich gesagt, kannte ich nur eins, das, welches Christus selbst gelehrt hat. Trotz der starken Widersprüche, die in mir wohnten, war mir dies aus früheren Tagen geblieben: ich liebte die Gestalt Christi. Aber alle Frauen lieben Christus. Ich redete mir ein, daß er mich verstanden hätte, als einziger unter allen Menschen, und daß er mit mir nicht böse gewesen wäre wie die anderen. Auf seine Art hätte er mich sogar geliebt. Daher wollte ich sein Gebet sprechen, ich würde es zum Gedächtnis an ihn sprechen, so als könnte er mich hören, als wäre es möglich, daß er über neunzehn Jahrhunderte hinweg dänische, von einer Ungläubigen gesprochene Worte vernehmen könnte.

Trotz allem war mir bei dem, was ich tun wollte, nicht ganz

wohl. Es hatte den Anstrich von etwas Erbaulichem. Draußen war es dunkel geworden, und ich hatte noch kein Licht gemacht. Es war besser, daß es dunkel blieb. Um mich den Umständen anzupassen, stand ich auf und murmelte halblaut: »Vater unser...«

Aber das war auch alles, was ich sagen konnte. Mein Mund war halb offen, meine Zunge bereit, die Worte zu bilden, die ich im Kopf hatte, aber es kam nichts heraus. Ich war völlig verblüfft. So etwas war mir noch nie geschehen. Aus Nervosität begann ich zu lachen, aber das Lachen klang unecht in der Stille. Bestimmt war es nicht das Lachen eines glücklichen Menschen.

Ich zuckte die Schultern, machte Licht, setzte mich dann an den langen Tisch und begann zu arbeiten. Im Schein der mit einem großen Schirm versehenen Lampe tauchte ich wieder in eine Welt der Phantasie, die mich die andere vergessen ließ, jene, die man so leichthin die wirkliche nennt. Mit Hilfe meiner Zeichenstifte und Pinsel gelang es mir zu entfliehen. Meine behende Hand war beseelt von einer Lebenskraft, die unabhängig war von der meinen, und doch schien nicht meine Hand den Stift zu führen, sondern ihm zu folgen, als wäre er ein guter Geist. In Wahrheit hatte ich eine solche Fertigkeit bei diesen Zeichnungen erworben, daß sie sich fast von allein formten. In breiter Mannigfaltigkeit erschienen unaufhörlich die gleichen Blumen, die gleichen Gesichter, manche naiv und unschuldig, andere nicht, die Unschuld diente nur dazu, einen Kontrast zu schaffen.

An diesem Abend legte ich nach einer halben Stunde meine Stifte hin, so erschöpft war ich. Meistens war ich viel tapferer, aber auf einmal überkam mich ein Abscheu vor meinem ganzen Leben, und ich bereute es, daß ich nicht vor zehn Jahren gestorben war, vor dem Krieg, vor dem Tag, an dem ich Roger begegnet war, auf dem Rathausplatz, wo er mich nach dem Weg gefragt hatte. Hätte ich ihn nicht getroffen, wäre ich trotz aller Keckheit vielleicht das leicht naive Mädchen geblieben, das manchmal auch fromm war, und die deutsche

Besatzung hätte mich unversehrt gelassen, anstatt aus mir eine Frau zu machen, welche die jungen Männer der Wehrmacht hingerissen bewunderte. Roger hatte mich ihnen ausgeliefert. Daß er mich um Verzeihung bat, vermochte nichts zu ändern, dadurch bekam ich keinen Ehemann, zum Beispiel.

»Einen Ehemann!« sagte ich laut mit einem erstaunten Lachen. »Ich, verheiratet mit einem blonden und blauäugigen Mann ...«

Dieser Gedanke kam mir hin und wieder. Im Augenblick schien er mir besonders abwegig. Ich war für die Ehe nicht geschaffen, vielmehr war ich geschaffen für eine gemäßigte Form des galanten Gewerbes.

Die Nacht war eiskalt. Trotzdem beschloß ich auszugehen, irgendwo hinzugehen, nur um meinem Zimmer zu entfliehen. Ich zog meinen dicksten Mantel an und lief die Allee hinunter bis zu einer Querstraße, in der ich bestimmt niemanden treffen würde. Am dunklen Himmel funkelten die Sterne wie Glassplitter, jeder umgeben von einer Einsamkeit, die mir nicht geheimnisvoller schien als die meine.

Ich ging an den Häusern mit den geschlossenen Fensterläden entlang, hinter denen ich mir Männer und Frauen vorstellte, mit denen ich vielleicht gern zusammen gewesen wäre. Hätte ich jedoch an einer der Türen zu klingeln gewagt, hätte ich wahrscheinlich erlebt, daß die freundlichsten Gesichter sich bei meinem Anblick vor Verachtung verhärteten, denn ich war die, die sich dem Feind hingegeben hatte (ich war gewiß nicht die einzige, nur die bekannteste, und zahlte für die anderen, unauffälligeren, vorsichtigeren). Ich hatte meinen Vorteil und die schönen Deutschen gesucht, während in unserem Dänemark die nettesten Burschen der Welt lebten, die mir allerdings außer ihrer Jugend und einem Glas Bier in einem Lokal nichts hätten bieten können.

So etwas Ähnliches las ich in den Augen der Menschen, deren Blick ich manchmal auffing. Ich war an Demütigungen gewöhnt, ich trank sie sozusagen jeden Tag mit vollen Zügen. Freudig hätte ich es hingenommen, einen ganzen Tag lang geschlagen zu werden, um alle Rechnungen damit zu bezahlen, wenn man mir danach erlaubt hätte, ins normale Leben zurückzukehren und die Leute zu umarmen. Es war ausgeklügelt grausam, mir nicht ein Haar zu krümmen.

Nur die Gymnasiasten, die zu jung waren, um den Krieg richtig erlebt zu haben, warfen mir manchmal einen verstohlenen Blick zu, und mir kamen dabei merkwürdige Gedanken. Indes verlockte mich so leichte Beute nicht, auch fürchtete ich einen Skandal, denn junge Leute reden und rühmen sich. In zwei oder drei Jahren wäre vielleicht etwas mit ihnen möglich, allerdings wurden sie mit der Zeit schöner, während ich mich nicht verjüngte.

Es tat mir gut, mir diese Dinge in der frischen Luft durch den Kopf gehen zu lassen, anstatt sie in der muffigen Wärme meines Zimmers, zwischen dem Buffet, der Wanduhr und dem Bett hin und her zu wälzen. Ich irrte durch die Straßen, ich brauchte keine Begegnung zu fürchten. Dann und wann schwankte ein Betrunkener auf mich zu, und ich wechselte auf die andere Straßenseite hinüber. Mir kam plötzlich der Gedanke, ich sei in einem Gefängnis, in meinem Gefängnis draußen und allüberall in dieser Stadt, während die Freiheit hinter Mauern und wohlverschlossenen Türen lebte, trank und plauderte. Eine gute halbe Stunde ging ich so durch die Einsamkeit, wie betäubt von einer Müdigkeit, die nicht nur körperlich war, und schließlich, wie man aus einem Labyrinth herauskommt, befand ich mich in der Allee, in der ich hinten mein kleines Haus erblickte.

Es war niedrig und viereckig, eher grau als weiß, gedeckt mit einem dunklen Dach, das im grellen und wachsamen Licht einer Laterne glänzte. Eigentlich war diese Wohnstätte, die man mir zugewiesen hatte, ein Häuschen, deutlich von den benachbarten Häusern abgegrenzt, auch das sozusagen in Quarantäne. Mit einer Mischung von Abscheu und Zuneigung betrachtete ich das geduckte Haus von ferne, denn trotz allem war es meine Zuflucht, und wenn ich hineinging, entfloh ich der Welt. Ich war noch ungefähr zehn Meter von meiner Haustür entfernt, als ich plötzlich auf der gegenüberliegenden Seite der Straße, die ich gerade überschreiten wollte, stehenblieb.

Irgend jemand lauerte vor meiner Haustür, kam und ging ... Die Gestalt war zu schlank, meine garstige Feindin Ott konnte es nicht sein, und doch wäre es mir in gewisser Hinsicht lieb gewesen, denn sie kannte ich wenigstens. Hatte sich eine unbekannte Aufpasserin an meine Fersen geheftet?

Wütend und rasch überquerte ich die Allee und sah, daß die fragliche Person zur Seite wich, als ich geradewegs auf sie zulief.

»Wer sind Sie und was wollen Sie?« rief ich.

Das Gesicht, das sich mir zuwandte, gehörte einem ganz jungen Mädchen, dessen Wangen von der Kälte gerötet waren. Es trug ein rotes Tuch um den Kopf, es sah aus wie eine Bäuerin.

»Ich bin nur hier, um Ihnen zu sagen, Sie sollen sich vorsehen«, sagte sie in einem Atemzug.

Die Stimme klang jung, fast kindlich.

»Mich vorsehen, vor was, vor wem?«

Herausfordernd hatte ich die Fäuste in die Hüften gestemmt, ich jagte ihr wohl Furcht ein, denn sie antwortete nicht sofort.

»Sie haben«, sagte sie endlich, »Besuch von jemand gehabt.«

»Wer soll das sein, jemand? Ein Mann? Eine Frau?«

»Ein Mann.«

»Spionieren Sie mir nach?«

»Ich spioniere überhaupt nicht. Mich schickt meine Tante, Frau Jensen.«

»Was soll das? Was hat Frau Jensen denn gesehen?«

»Sie hat fast jeden Abend jemand hier herumstreunen sehen.«

»Einen Mann?«

»Nein, eine Frau.«

Ich dachte sofort an Ott.

»Eine dicke, untersetzte Frau?«

»Das weiß ich nicht.«

»Was hat Frau Jensen denn hier gewollt?«

»Sie ist hergekommen, weil sie Angst hatte, Sie könnten Schwierigkeiten bekommen.«

»Warum ist sie heute abend nicht selber hier?«

»Sie hat seit heute morgen die Grippe. Alle haben die Grippe.«

»Sie hätte mich anrufen können.«

»Das will sie nicht.«

»Vielleicht wagt sie es nicht.«

Das Mädchen zuckte die Schultern.

»Wie hat sie erfahren, daß jemand zu mir kommt?«

»Alle Welt weiß es.«

»Sag deiner Tante, sie soll sich keine Sorgen machen. Guten Abend, Kleine.«

Ich streckte ihr die Hand hin.

»Guten Abend, Fräulein«, sagte sie und tat, als habe sie meine Hand nicht gesehen.

Und dann ging sie fort. Ich rief sie zurück, und sie drehte sich um.

»Einen Augenblick«, sagte ich mit sanfterer Stimme. »Komm her. Hast du nicht gesehen, daß ich dir die Hand gereicht habe?«

Schweigen. Sie sah mich ernst an. Blitzartig verstand ich alles: Die Kleine kam zwar von der Bäckersfrau, die mich gern hatte, aber ihr war beigebracht worden, mich zu hassen. Ich versuchte zu lächeln, sie für mich einzunehmen.

»Wie heißt du, kleines Mädchen?«

»Johanna.«

»Warum willst du mir nicht die Hand geben, Johanna?« Ich faßte sie sacht am Arm.

»Bitte, lassen Sie mich.«

»Sag, Johanna, warum willst du mir nicht die Hand geben?«

Im blendenden Licht der Straßenlaterne sah ich ihre zarten Gesichtszüge, das kurze Näschen, den vollen, unschuldigen Mund und auf den Wangen den feinen Flaum der frühen Jugend. Wieder trat Schweigen ein, mein Blick kämpfte mit dem Blick des störrischen Kindes. Weder sie noch ich senkten die Augen, wir gaben nicht nach. Ich nahm als erste das Wort.

»Wie alt bist du?«

»Vierzehn Jahre.«

»Wenn du freundlich bist, Johanna, wird man dir auch freundlich entgegenkommen. Wenn du böse bist, wirst du unglücklich werden. Bist du böse, Johanna?«

»Nein.«

»Worauf wartest du dann, um mir die Hand zu geben?«

Sie sah mich noch einmal an, drehte sich dann brüsk um und rannte fort. Mit zitternden Händen steckte ich den Schlüssel ins Schloß und ging in meine Wohnung. Drinnen verlor ich die Nerven. Etwas in mir zerbrach. Jahrelang hatte ich gut durchgehalten, doch auf einmal fühlte ich mich zerschmettert, am Boden liegen. Eine heisere Stimme, die mir unbekannt war, die indes meine war, schrie in die Stille hinein:

»Gib mir die Hand, Johanna! Gib mir die Hand, Johanna!«

Wie lange das anhielt, weiß ich nicht. Vor Erschöpfung brach ich zusammen, und ich merkte nicht einmal, daß ich einschlief.

Zehn Uhr zwanzig zeigte die Wanduhr an, als ich aufwachte. Ich hatte zwei Stunden geschlafen. Die Schultern und die Rippen taten mir weh, als wäre ich geschlagen worden, und ich mußte mich, um aufzustehen, zuerst auf Hände und Knie stützen, die Haare hingen mir übers Gesicht wie ein Vorhang. Ich erinnerte mich an das, was auf der Straße geschehen war, ich sah Johannas hübsches junges Gesicht, ihre eisigblauen, ausdruckslosen Augen und hörte ihre helle, unerbittliche

Stimme. Dieses Kind, das mich zerbrochen hatte, war hart wie die Unschuld. Jetzt empfand ich es schmerzlich, daß ich mich nicht vor jemandem auf die Knie werfen und ihn um Beistand anflehen konnte, es war niemand da. Ich gehörte nicht mehr zu denen, die sich etwas vormachen und sich einbilden, daß Gott in ihrem Zimmer sei und ihnen zuhöre. Sie glauben, er sei wirklich da, die armen Ahnungslosen. Leider ist das falsch.

Ich weiß nicht mehr, wie die Nacht verlief. Ich weiß nur noch, daß ich mir Tee machte, daß ich den Rundfunkapparat anstellte, aber so leise, daß ich nur ein Murmeln hörte, damit ich nicht gänzlich allein wäre. Sentimentale und alberne Lieder schwirrten um mich herum.

Der nächste Tag war schwierig zu überstehen, aber welcher Tag war das nicht? Ich machte meine Einkäufe wie sonst, suchte aus, was ich brauchte, und zahlte, ohne daß ein Wort an mich gerichtet wurde, außer dem Preis dessen, was ich kaufte. Wäre es mir eingefallen zu lächeln, es wäre unnütz gewesen. Kalte und strenge Gesichter sahen mich an, und ich ging so schnell wie möglich weiter. Bei mir zu Hause arbeitete ich.

Das Wetter an dem Tag war unfreundlich. Manchmal hörte ich die Schiffe traurig durch den Nebel tuten, und durch die Fenster hinter den Musselinvorhängen sah ich im grauen Licht kaum die Gestalten der Vorübergehenden. Allmählich setzte sich der Gedanke in mir fest, Roger würde nicht wiederkommen. Es war vergeblich zu hoffen. Die Hoffnung gab nur dem Schmerz Nahrung. Sicherlich hätten Tränen mich erleichtert, aber man weint nicht, wann man möchte. Frau Jensen hatte bestimmt recht: ich wurde beobachtet, zweifellos wollte man verhindern, daß der Mann, den ich liebte, zu mir käme. Was sollte ich tun? Nachdem ich eine Stunde lang mit mir gezaudert und gekämpft hatte, tat ich, was ich früher oder später sowieso getan hätte: Ich nahm den Telefonhörer in die Hand und wählte die Nummer, die ich auswendig wußte.

Die Antwort, die ich erhielt, hätte ich mir selbst geben können. Schon seit gestern abend kannte ich sie, ich hatte sie erahnt: er war fort. Hatte er eine Adresse hinterlassen? Nein. Eine Nachricht für mich? Für wen? Es war unumgänglich, daß ich meinen Namen sagte, gleich darauf wurde aufgelegt.

Ich setzte mich wieder an meinen Tisch. Die Gewißheit löschte auch den letzten Funken Hoffnung aus. Ohne den Anruf hätte ich noch eine Weile hoffen können.

Kurz darauf läutete das Telefon, mir fiel der Zeichenstift aus der Hand, und ich stieß einen Schrei aus. Indes gab es keinen Grund zur Aufregung. Es war nur das Kaufhaus. Man teilte mir mit, daß der Bote etwas früher kommen würde, um meine Zeichnung abzuholen. Die Arbeit war fertig, sie konnte jederzeit abgeholt werden. Ich legte mich auf mein Bett.

Es war fünf Uhr nachmittags, und der Tag ging schon zur Neige. Ein leichter Schatten legte sich allmählich über die helle Zimmerdecke, auf die ich meine Augen geheftet hielt. Ich hatte nicht zu Mittag gegessen, aber ich verspürte auch keinen Hunger. Ich machte kein Licht. »Wenn du mehr Mut hättest«, sagte ich zu mir, »würdest du dich umbringen.« Aber ich hatte Angst vor dem Tod.

Obwohl das Zimmer gut geheizt war, fror ich und kroch unter mein Federbett.

Wieder läutete es, diesmal an der Tür. Ich sprang auf. Sicher war es der Bote. Ich mußte geschlafen haben, denn es war jetzt ganz dunkel. Nur die Laternen draußen brannten, aber der Schein, den sie in den Raum warfen, war trübe. In meiner Aufregung – warum war ich eigentlich aufgeregt? – stieß ich mich an den Möbeln, als ich nach der Lampe tastete. Es läutete noch einmal.

Nicht der Bote war es, sondern Johanna. Eingewickelt in durchsichtiges Papier hielt sie, wie man eine Kerze in der Hand hält, einen Blumenstrauß. Einen weißen Strauß, besser gesagt eine Blume. Ich sah das Mädchen an, dessen Gesicht mir vorkam wie das eines Engels auf einem alten Gemälde.

»Johanna!« rief ich aus.

Ohne ein Wort zu sagen überreichte sie mir die Blume.

»Schickt mir das deine Tante?«

Sie schüttelte verneinend den Kopf und lächelte. Nie hatte ich auf einem menschlichen Gesicht ein schöneres Lächeln gesehen.

»Schenkst du es mir?«

Keine Antwort.

»Johanna ...«

Ich wollte irgend etwas sagen, aber sie wartete es nicht ab und sprang davon wie am Abend zuvor. Ich stand verblüfft da und hielt die Blume in der Hand.

Es war ein Fliederzweig. Flieder im März, in Kopenhagen, in welcher Blumenhandlung und zu welchem Preis hatte sie ihn bekommen? Schöner Flieder aus dem Treibhaus, schwer, schneeig, wie ein Frühlingshauch, der sich in unsere winterliche Nacht verirrt hatte. Ich stellte den Zweig in eine gelbe Tonvase, füllte Wasser hinein und trug ihn eine ganze Weile unentschlossen durch mein Zimmer, ich suchte einen Platz, wo ich ihn ständig vor Augen hatte. Endlich stellte ich ihn auf den Kamin. Ich drückte mein Gesicht gegen diese Traube winziger Blüten, ich sog ihren köstlichen Duft ein, das ganze Glück der Kinderzeit. Mir war, als würde ich neu geboren. Die Menschheit war weniger bösartig, als ich geglaubt hatte. Zumindest war Johanna da, der es leid tat ...

Zwei Tage darauf brachte der Postbote einen maschinegeschriebenen Brief, den ich herzklopfend aufriß. Zunächst las ich, ohne etwas zu begreifen, die Worte tanzten vor meinen Augen. Ich mußte durch den Raum gehen, mich hinsetzen, wieder zu mir kommen.

»Liebe Karin, ich war doch schwerer erkrankt, als ich anfänglich glaubte. Sie müssen wissen, daß die lange Zeit im Kriegsgefangenenlager mich angegriffen hat und daß ich schwache Lungen habe. Da es mir jetzt besser geht, werde ich bald einmal zu Ihnen kommen, gegen Abend. Ich habe an Sie gedacht. Roger.«

»Liebe Karin . . .« Ich blickte hinüber zu dem weißen Flieder. Roger sagte »liebe Karin« zu mir. Von ihm aus gesehen war dieser Brief fast ein Liebesbrief. Mein Leben war verändert, die Welt war verändert. Die Stelle über die schwachen Lungen jagte mir einen Schreck ein und rührte mich. Dann verging eine Weile, und ich begann zu singen. Ich bin musikalisch und habe eine ganz nette Stimme, doch ich kenne nur Lieder, die ich lernte, als ich ein kleines Mädchen war. Es machte mich froh, sie an diesem Morgen zu singen, als ich mich in der Badewanne einseifte.

Mein Gesicht, vor allem meine Augen, zeigten die Spuren der schweren Jahre, meine Brust aber, meine Arme und meine langen Beine hatten unversehrt die Schönheit bewahrt, an der sich mein Franzose einst berauscht hatte. Ich versuchte aus meiner Erinnerung zu verdrängen, daß andere Hände, nicht nur die seinen, brutalere, mich gestreichelt hatten. Ich dachte nur an ihn.

Er kam am übernächsten Abend, eine Stunde nach dem Abendessen. Da ich fürchtete, daß er mein blaues Kleid nicht mochte, hatte ich ein weißes mit feinen grünen Streifen angezogen, das jünger, heiterer wirkte, ohne auffallend zu sein, meine Haare bauschten sich über der Stirn. Aber was sah Roger von dem allem? Er sah mich nur flüchtig an, mit einem unerklärlich mißvergnügten Ausdruck. Aus seinem abgemagerten Gesicht war jede Spur von Farbe verschwunden. Ohne seinen Mantel auszuziehen, legte er die Hände auf die Heizung.

»Guten Abend, Karin«, sagte er. »Ich rede mit Ihnen, wenn ich mich ein bißchen aufgewärmt habe. Würden Sie wohl Tee machen?«

Ich ging in die Küche, ließ aber die Tür offen und konnte ihn von dort, wo ich stand, in einem Spiegel sehen, der an der Wand rechts neben dem Buffet hing. Unbeweglich, mit geneigtem Kopf stand er da, er sah alt aus, aber es war immer das gleiche: zunächst war ich enttäuscht, die Ursache dafür war die Magie der Erinnerung, die mir in meiner Einsamkeit den Vierundzwanzigjährigen wieder lebendig machte. Dann, nach einigen Minuten, verliebte ich mich in den neuen Roger. Der junge Mann war tot, und ich war vernarrt in jemand anderen, der denselben Namen trug.

»Nun, Karin, was ist?« sagte er plötzlich, es klang ungeduldig.

Oh, der junge Mann war nicht ganz und gar tot!

»Ich sehe, Sie sind immer noch derselbe«, antwortete ich. »Das Wasser kocht erst bei hundert Grad, wie Sie wissen. Übrigens ist es jetzt soweit.«

Wir setzten uns an das Tischchen, der Tee dampfte in den blauen Tassen.

»Fühlen Sie sich wirklich besser, Roger?«

»Ja, aber der dänische Winter bringt mich um. Ich weiß nicht, wie Sie das aushalten.«

»Der Frühling ist nicht mehr fern. Schauen Sie den herrlichen Flieder an.«

»Sie machen sich lustig über mich, Karin. Dieser Zweig kommt aus einem Treibhaus. Sie bekommen hübsche Geschenke.«

Was meinte er damit? Ja, ich begriff die Anspielung, die mich in die Zeit von vor neun Jahren zurückversetzte. Ich mußte lachen.

»Ein ganz bezauberndes Mädchen hat mir den Flieder geschenkt.«

»Wirklich?«

»Ja, wirklich. Die Nichte der Bäckersfrau, wenn Sie es genau wissen wollen.«

Er hob den Kopf und warf mir einen scharfen Blick zu, dann lächelte er und wandte sich wieder ab. Von dem, was ich sagte, glaubte er wie früher nicht ein Wort. »Nur dein Körper sagt die Wahrheit«, hatte er damals öfter gesagt. Glaubte er mir aber doch einmal, war es stets dann, wenn ich ihn belogen hatte.

»Da Ihnen meine Scherze nicht gefallen«, sagte ich, »will

ich Ihnen sagen, daß mir ein Mann den Zweig geschenkt hat.«

Er sah mich schweigend an.

»Danke, Karin. Es ist mir lieber, wenn Sie die Wahrheit sagen.«

»Auch wenn die Wahrheit Ihnen mißfällt?«

Unmerklich zuckte er die Schultern.

»Ein junger Norweger«, redete ich in törichtem Wahn weiter, denn ich fühlte mich allzu glücklich. »Ein anständiger Junge, gut gewachsen, groß, mit blauen, dunkelblauen Augen.«

»Hören Sie auf. Diese Dinge gehen mich nichts an.« Er schwieg eine Weile, dann fuhr er fort:

»Hören Sie, Karin, ich wäre gern schon früher gekommen, aber ich war unschlüssig. Ich habe mich gefragt, ob es richtig ist.«

»Richtig?«

»Es kann sein, daß Sie noch zu starke Zuneigung für mich empfinden, ein Wiederaufleben alter Gefühle ...«

Die Demut in Stimme und Blick konnte die männliche Anmaßung, die in diesen Worten lag, nicht verschleiern.

»Zu starke Zuneigung, Roger? Bitte, wir wollen nicht übertreiben.«

Schade, daß ich keine Zigarette hatte, um bei diesen Worten Rauch in die Luft zu blasen – da er den Tabak verabscheute, mußte ich mir dieses Vergnügen versagen.

»Vielleicht habe ich mich getäuscht. Mir ist es übrigens auch lieber so. Sie machen mir die Sache leichter. Ja. Ich gehe fort.«

»Sie wollen fort?«

»In acht oder zehn Tagen. Ich habe die Absicht, zu Exerzitien in ein Kloster in der Provence zu gehen.«

Ich stand auf und zerbiß mir die Lippen, ich war überrascht und empört. War ich verliebt in einen Mönch?

»In ein Kloster!« sagte ich schließlich.

»Dieses Wort scheint Sie zu schockieren.«

»Machen Sie doch, was Sie wollen.«

»Als der Krieg zu Ende war«, sagte er, ohne mich anzusehen, »erging es mir wie Ihnen, ich hatte den Glauben verloren, völlig verloren. Ich nahm das Leben wieder auf, wie ich es hatte abbrechen müssen: Arbeit und Vergnügen. Sie verstehen. Ich liebte meine Arbeit, aber auf das Vergnügen konnte ich nicht verzichten. Es beanspruchte viel Platz in meinem Leben.«

»Wenn Sie Vergnügen sagen, meinen Sie Wollust, Frauen, nicht wahr?«

Meine Stimme klang härter, als ich wollte, ich verlor die Gewalt über meine Worte.

»Natürlich, Karin.«

»Sprechen Sie ganz offen. Haben Sie mit vielen Frauen geschlafen?«

Er blickte mir mit größter Eindringlichkeit ins Gesicht.

»Sie sagen es, Karin. Ich schlief mit vielen. Nach vier Jahren Enthaltsamkeit hatte ich nur das im Sinn, ich suchte die leichtesten Frauen auf. Ist das deutlich?«

»Sehr deutlich.«

»Eines Tages, auf einer Reise durch die Provinz, führte mich der Zufall in eine kleine romanische Kirche, von denen es viele bei uns gibt.«

Ich setzte mich.

»Sie wollen mir die Geschichte Ihrer Bekehrung erzählen, ich weiß nicht, ob mich das sehr interessiert.«

»Anfänglich konnte ich nichts sehen. Es war an einem Sommertag, und draußen schien blendend die Sonne. In der Kirche fühlte man sich wie in dunkler Nacht, und es war köstlich kühl. Allmählich tauchten die Pfeiler vor mir auf, dann die Gewölbebogen, schließlich der Altar. Ich hatte geglaubt, allein zu sein, aber ich irrte mich. Hinter mir, einige Meter entfernt, waren zwei Frauen.«

»Ach, zwei Frauen.«

»Zwei ganz alte Frauen, wie Bäuerinnen in Schwarz gekleidet, unbeweglich, knienden Felsblöcken gleich, den Blick starr geradeaus gerichtet. Ich sah sie nur kurz an und dachte nicht mehr an sie. Mich interessierten die Gewölbe, die mit Laub und Sirenen geschmückten Kapitelle, so einfach und stark, schön, wie es nur in romanischen Kirchen sein kann. Als ich alles gesehen hatte, verließ ich die Kirche. Als die volle Sonne mich traf, geschah etwas in mir. Ich wollte in meinen Wagen steigen, als ich im Geiste die beiden Frauen wieder vor mir sah. Ich mußte mehrere Minuten darüber nachdenken.«

Er hielt inne. Ob ich wollte oder nicht, meine Aufmerksamkeit war geweckt.

»Ich wandte mich um und betrat wieder die Kirche. Von neuem dauerte es eine Weile, bis die Dunkelheit sich für mich allmählich aufhellte. Warum war ich wieder da? Aus Wißbegier. Die beiden Frauen beschäftigten mich. Sie knieten noch immer in derselben Bank, in derselben Haltung, und sie sahen starr vor sich hin.«

»Was sahen sie an?«

»Ich sagte mir, was auch Sie, Karin, sich gesagt hätten, daß sie nämlich gar nichts sahen. Das war es, was mich erstaunt hatte. Ich dachte, daß sie durch die Religion stumpfsinnig geworden waren. Der Vergleich mit Tieren auf der Weide drängte sich mir auf, und ich mußte lächeln. Um zu erproben, bis zu welchem Punkt diese Ähnlichkeit reichte, ging ich dicht an ihnen vorüber, nicht einmal, sondern dreimal, aber ihre Gesichter, ihre Augen vor allem, bewegten sich nicht. Ich hätte glauben können, und schließlich war ich sicher, daß sie mich überhaupt nicht sahen. Nichts war in ihren vom Alter gegerbten Gesichtszügen zu lesen, mir kam aber plötzlich der Gedanke, daß sie irgend etwas erblickten – oder irgend jemanden. Es war, als zerrisse ein Blitz die Nacht. Lange Zeit blieb ich in einem Winkel der Kirche stehen, ich wußte nicht mehr genau, wo ich war. Aber eins wurde mir zur Gewißheit: in diesen Mauern, unter diesen Bogen war etwas gegenwärtig, das meinem Blick nicht zugänglich war. Das ist alles. Ich verließ die Kirche.«

Nach einer kurzen Stille hörte ich mich selber sprechen, ganz automatisch wiederholte ich Worte, die er mir Jahre zuvor selber gesagt hatte.

»Das alles war nur in Ihrem Kopf gegenwärtig, Roger.«

»In meinem Kopf, gewiß, in mir, Karin, aber auch anderswo, überall, diese Gegenwart war überall.«

Der Beweis dafür? Ich nahm mir vor, nichts mehr zu sagen. Der Gedanke, eine theologische Diskussion mit Roger zu führen, stieß mich ab. Ich hörte ihm in entsagungsvoller Verzweiflung zu. Ich fühlte, daß er mir entglitt.

»Das haben Sie mir 1939 nicht gesagt«, sagte ich dann leise.

»Nein. Zu jener Zeit wußte ich nichts, verstand nichts.«

Wiederum stand ich auf.

»1939 haben Sie mich überzeugt.«

Auch er stand auf, kam auf mich zu und ergriff meine Hände.

»Karin, vergessen Sie, was ich damals zu Ihnen gesagt habe.« Seine Stimme klang erregt. »Ich irrte mich, ich wollte Sie allein für mich haben, das war nur das Begehren.«

Sein Gesicht war dem meinen so nah, daß ich seinen warmen Atem auf meiner Wange spürte.

»Das Begehren, Roger? Damals sagten Sie Liebe.«

»Ja«, entgegnete er mit schuldbeladenem Gesicht, das meine Empörung wieder anfachte. »Sie müssen versuchen, mich zu verstehen. Ich war ein anderer Mensch.«

»Und jetzt?«

Langsam ließ er meine Hände los.

»Ich weiß nicht, was ich darum geben würde, könnte ich das Böse, das ich Ihnen angetan habe, ungeschehen machen.«

»Was würden Sie darum geben, mich zu bekehren? Mich wiederzubekehren? Wollen Sie das erreichen?«

»Ja, Karin.«

Eine Stimme flüsterte mir zu: »Das ist deine Chance.«

Ich machte ein trauriges Gesicht und sagte nur:

»Aber es ist unmöglich. Sie gehen fort.«

Wir standen uns wie einst Aug in Auge gegenüber. Ich mochte mir noch so oft sagen, daß wir uns verändert hatten, es war wahr, und es war nicht wahr. Ich war Karin, er Roger. Weshalb stürzte er sich nicht auf mich? Er schwieg. Noch einmal stellte ich ihm die Frage, die er nicht hören wollte:

»Roger, warum sind Sie zurückgekommen?«

Ungeduldig seufzend wandte er den Kopf ab und stieß ein Buch zur Seite, das auf dem Tisch lag.

»Wollen wir uns nicht auf das Sofa setzen?« fragte ich. »Sie können über sich sprechen und, wenn Sie wollen, auch über meine Seele. Vielleicht wird es mir guttun. Doch, Roger. Hier, setzen Sie sich hier hin. Sie brauchen keine Angst vor mir zu haben, ich versichere es Ihnen. Und ich auch nicht vor Ihnen, nicht wahr? Wir sind nicht mehr im Jahr 1939.«

Das Sofa, auf das wir uns setzten, war so breit, daß zwischen uns beiden ein angemessener Abstand blieb. Ich war klarsichtig genug, um zu begreifen, daß seit 1939 zwar viel Zeit vergangen war, daß ich das Jahr 1939 aber wiederaufleben lassen wollte. Roger saß befangen da mit dem undefinierbaren Gesicht von Leuten, die zu Besuch kommen und die Sessel um Entschuldigung zu bitten scheinen für die Freiheit, die sie sich herausnehmen, indem sie sich auf sie setzen. Er wartete einige Sekunden und sagte dann mit halber Stimme:

»Als ich die Kirche verließ, war ich bekehrt, ohne mir dessen bewußt zu sein. Das übrige ergab sich ganz natürlich.«

»Das übrige?« fragte ich leise.

»Das übrige soll heißen die Entdeckung des Evangeliums und die Rückkehr zur Kirche. Aber das interessiert Sie ja nicht, Karin.«

»Alles, was Sie angeht, interessiert mich!« schrie die Heuchlerin in mir.

Er lächelte verschämt.

»Ein andermal erzähle ich Ihnen ausführlicher über diese Dinge, wenn Sie wollen.«

»Ja, aber Sie gehen fort.«

»Karin«, sagte er mit einer Handbewegung zu mir hin,

»ich werde bleiben. Ich werde so lange bleiben, wie es nötig ist.«

Ich senkte den Kopf, um meine Freude zu verbergen, ich seufzte tief.

»Ich bin gläubig gewesen«, sagte ich dann. Ich war ganz rot vor Verlegenheit, denn meine Doppelzüngigkeit verursachte mir Unbehagen.

Das darauffolgende Schweigen unterstrich das Erbauliche der Szene.

»Meine kleine Karin«, murmelte Roger.

Unbewußt zuckte ich zusammen. Die Stimme, der Tonfall, die Zärtlichkeit, das war wie damals. Ich fand es beinah abscheulich, daß ich so schnell Erfolg hatte und durch solche Mittel.

»Sehen Sie«, fuhr er freudig und fast begeistert fort, »man kann sich einbilden, den Glauben verloren zu haben und ihn dennoch auf dem Grund des Herzens bewahren.«

Ich hob den Kopf.

»Glauben Sie das, Roger? Glauben Sie das wirklich?«

»Ja, ich glaube es«, sagte er nachdrücklich. Er beugte sich vor und forschte mit seinem fanatischen Blick in meinen Augen. »Selbst als ich damals gegen den Glauben redete, war in mir etwas, das darum kämpfte, meine Argumente zu widerlegen.«

»Gesiegt haben Sie allerdings. Sie erlangten endlich, was Sie sehnlichst wünschten.«

»Wir wollen daran nicht mehr denken.«

Nicht mehr daran denken! Ich dachte nur daran, ich sah alles wieder vor mir, das Zimmer, die zerwühlten Bettücher, die Leidenschaft im Morgengrauen.

»Das ist leicht gesagt, Roger.«

»Sie werden vergessen«, sagte er mit einem seligen Lächeln.

Ich glaubte einen berauschten Augenblick lang, er würde mich mit einem brüderlichen Kuß bedenken, denn er neigte sich ganz zu mir herüber. Daß ich das Sofa gewählt hatte, war psychologisch richtig gewesen, wenn ich das so sagen kann. Es zeitigte Erfolge. Ja ... Nein ... Ob er mich küssen würde? Er küßte mich nicht. Ich konnte einen jähen Aufschrei nicht unterdrücken:

»Man vergißt seine erste Liebe nicht!«

Er lehnte sich zurück.

»Karin, man muß vergessen.«

Vielleicht hatte er im geheimen gehofft, ich würde sagen, das sei unmöglich. Der männlichen Eitelkeit muß man stets irgendwie Vorschub leisten. Ich begnügte mich damit, fast unmerklich die Schultern zu zucken. Ein leicht weltmännischer Ton lag in seiner Stimme, als er fortfuhr.

»Ich kann doch nicht annehmen, daß meine Gegenwart ...«

Der Satz blieb in der Luft hängen, beladen mit allen möglichen Bedeutungen. Du bist ein abscheulicher, widerlicher Kerl, dachte ich bei mir. Deine Gegenwart bringt mein Blut in Wallung, und du ahnst es allmählich. Warte ab.

»Mein lieber Roger, Ihre Gegenwart heute verschafft mir ein Vergnügen ohne jegliche Gefahr. Seien wir ehrlich, der Mann, der jetzt vor mir steht, ist nicht mehr der junge Mann, der Sie damals waren.«

Dieses *waren* auszusprechen, bereitete mir ungeheuren Spaß. Am liebsten hätte ich den Satz wiederholt.

»Allerdings!« sagte er und lachte gezwungen. Ich hatte ihn zutiefst getroffen.

»... Aber der junge Mann«, fügte ich hinzu, »läßt sich einfach nicht vergessen, selbst nach so langer Zeit nicht.«

Das war Balsam auf die Wunde, und zugleich entstand eine beinah erotische Atmosphäre. Roger schloß die Augen.

»Der junge Mann ist tot«, sagte er.

»Ah!«

Schweigen. Es war, als trügen wir in Gedanken den jungen Mann zu Grabe. Es bedurfte einiger Zeit, um auf ein anderes Thema zu kommen, in Wirklichkeit aber war der junge Mann da, lebendig, herrisch, sinnlich. Ich wußte es genauso wie Roger. Es ist unmöglich, die Erinnerung zu töten. Ich bemühte mich, den richtigen Ton zu finden, und sagte:

»Das heißt also, daß Sie seit Ihrer Bekehrung sehr, sehr sittsam gewesen sind.«

Er wurde rot. Ich fuhr fort:

»Entschuldigen Sie. Ich bin fürchterlich indiskret . . . Aber finden Sie das nicht recht schwierig?«

»Was meinen Sie?«

Seine Stimme war eisig. Ich tat verwirrt, senkte beschämt den Kopf und sah ihn verstohlen an.

»Die Keuschheit.«

Er stand auf und ging im Zimmer auf und ab.

»Stellen Sie sich vor: nein! Vielleicht zu Anfang. Zu Anfang ja, ich muß es gestehen. Es findet eine innere Auseinandersetzung statt. Aber der Anfang liegt schon weit zurück.«

»Ah? Was nennen Sie weit, Roger? Das interessiert mich.«

Er stieß ein kurzes Lachen aus und starrte auf seine Fußspitzen, als könne er dort die Antwort finden.

»Drei Jahre.«

Drei Jahre. Fast so lange wie bei mir, jedoch aus völlig unterschiedlichen Gründen. Wahrscheinlich ahnte er, daß die Unterhaltung eine gefährliche Wendung nehmen könne, er streckte die Hand nach seinem Mantel aus. Ich tat, als sähe ich es nicht.

»Drei Jahre, Roger! Sie . . . Das ist unmöglich. Ich will nicht sagen, daß ich Ihnen nicht glaube, aber es kommt mir derart erstaunlich vor . . .«

»Ja und nein, Karin. Wir vollbringen manchmal Dinge, die unsere Kräfte zu übersteigen scheinen, aber es wird uns dabei geholfen, verstehen Sie?«

Er hatte jetzt das Kleidungsstück angezogen, das ich nicht mochte, weil der schwere Stoff ein weiteres Hindernis war, das uns voneinander trennte.

»Warum gehen Sie? Sie lassen mich allein in dem Augenblick, da ich Ihre Gegenwart brauche.«

»Ich komme wieder. Für heute abend fühle ich mich erschöpft. Es sind die Nachwehen der scheußlichen Grippe.«

»Wann kommen Sie wieder? Bald?«

»Ja.«

»Ich brauche Sie. Verstehen Sie mich?«

Er stand vor mir in seinem Kapuzenmantel wie in einem Schilderhaus, unschlüssig, so schien es, und ohne ein Wort zu sagen. Ich fühlte, daß jetzt ein deutliches Kompliment am Platze war.

»Darf ich Ihnen ein Geständnis machen, Roger? Ich bewundere Sie, daß Sie den Mut und die Kraft aufgebracht haben, drei Jahre lang keusch zu leben. Ich wäre nicht fähig dazu. Ich glaube, ich würde sterben ... wenn ich kein normales Leben führen könnte.«

An dem Blick, den er mir zuwarf, ermaß ich, wie sehr ich mich geirrt hatte. Eine Sache durfte ich nicht aussprechen, aber ich hatte sie ausgesprochen. Unter den Augen, die in die meinen starrten, spürte ich, wie ich wankte und schwankte.

»Warum lügen Sie, Karin?« fragte er.

Er wußte, was war. Ganz sicher. Ohne Zweifel war ich die einzige Frau in der ganzen Stadt, die kein normales Leben führte. Wer hatte es ihm gesagt? Sofort kam mir der Name Ott in den Sinn. Möglich war auch, daß er einen anonymen Brief bekommen hatte, in dem ihm über mein Leben während der Besatzungszeit berichtet worden war. Man beobachtete mich. Die Bäckersfrau hatte mir sagen lassen, ich solle mich vorsehen. Was sollte ich jetzt tun? Aus dem Haus gehen? Aber wohin? Ein Schlafmittel zu nehmen und mich ins Bett zu legen schien mir vernünftiger, aber dann lief ich Gefahr, das Telefon nicht zu hören, wenn Roger anrufen sollte. Doch warum sollte er mich anrufen? Ich wußte nichts darauf zu antworten. Alles war möglich. Wie hatte ich nur vergessen können, ihn nach seiner neuen Anschrift zu fragen! Den Gedanken, ihm auf der Straße nachzulaufen, ließ ich sofort wieder fallen. Auf diese Art und Weise fing man keinen Mann wieder ein.

»Er kommt wieder«, sagte ich ganz laut. »Er kommt wieder, weil er mich bekehren will.«

Ich sah eine unmögliche Szene vor meinen Augen. Wie ich vor ihm auf die Knie fiel und ihm eine umfassende schmerzliche Beichte über meine Schandtaten (dieses Wort paßte am besten) ablegte, über meine Schandtaten und meine Verworfenheit (auch dieses Wort war wieder das passendste). In diesem Augenblick spürte ich wirklich Reue, ich wollte über mein Seelenheil sprechen. Jedenfalls würde die große dramatische Szene alles wieder einrenken. Ich würde die Sünderinnen des Neuen Testaments heraufbeschwören, ich würde alles aufbieten. Die Worte würden von selbst kommen, sich auf meine Lippen drängen. Ich mußte sprechen, unverzüglich sprechen ...

Ich saß in meinem Sessel, sprang auf und holte meinen Mantel. Nur eines war jetzt zu tun: um jeden Preis versuchen, Roger zu erreichen. Wenn nötig, würde ich die Szene auf der Straße aufführen.

Auf der Straße ... Ich ging schneller und schneller, bis ich lief, um auf einmal wieder langsamer zu werden. Diese Nacht war weniger kalt als die vorige, aber es war neblig, und die Straßenlaternen waren in weißen Rauch eingewickelt. Ich konnte nur fünf Meter weit sehen. Dunkle Gestalten tauchten plötzlich auf, blieben stehen oder verlangsamten den Schritt, wenn ich vorüberkam, Männer und Frauen, denen meine Eile wahrscheinlich sonderbar vorkam. Ein junger Bursche rief mir etwas Unverschämtes zu. Vielleicht erkannten mich die Leute, aber es war mir gleichgültig. Plötzlich sah ich eine Telefonzelle, ich lief auf sie zu und schloß mich keuchend ein.

Das merkwürdigste an dieser nächtlichen Hetze und das traurigste war, daß ich im Grunde genau wußte, daß ich Roger so nie finden würde. Er war zu lange vor mir aufgebrochen, und ich wußte nicht einmal, in welche Richtung er gegangen war, aber das Umherirren erleichterte mich. Man glaubt schließlich das, was man glauben will, doch in der gläsernen Zelle, in die ich mich geflüchtet hatte, glaubte ich an dieses kindliche Spiel nicht mehr.

Einer plötzlichen Eingebung folgend rief ich Ott an. Mein Finger drehte die Nummer, als gehöre er zur Hand eines anderen. Eine leicht ungeduldige Stimme fragte, wer am Apparat sei. Es machte mir Spaß, diese Frau zu ärgern, ihr möglicherweise Angst einzujagen, deshalb ließ ich ein paar Sekunden verstreichen und legte dann ohne ein Wort zu sagen sacht den Hörer auf. Sie war zu Hause. Das genügte mir für den Augenblick.

Ich mußte eine ganze Weile im Nebel auf die Straßenbahn warten. Wie eine Gnade des Himmels überkam mich endlich Ruhe. Ich fühlte mich weniger angespannt, fast heiter. Nur eines störte meinen inneren Frieden: ich bedauerte, meinen kleinen Revolver nicht in der Tasche zu haben, nicht daß ich die Absicht gehabt hätte, Ott umzubringen, aber ich wollte ihr einen heilsamen Schrecken einjagen. Ich mußte etwas anderes unternehmen. Während ich vor der Haltestelle auf und ab ging, überlegte ich mir, wie ich mich verhalten sollte.

Die Straßenbahn kam, sie war fast leer. Auf einer Bank döste ein Mann, der sichtlich zuviel getrunken hatte. Zwei ältliche Fräulein hatten sich so weit wie möglich von ihm entfernt hingesetzt, sie waren vermummt gegen die Kälte und plauderten halblaut miteinander. Sie sahen mich an, aber ich konnte beruhigt sein: sie kannten mich nicht. Außerdem hatte ich den Mantelkragen hochgeschlagen und hielt den Kopf gesenkt, wie jemand, der müde ist.

Eine Viertelstunde später stieg ich die steile, schlecht beleuchtete Treppe hinauf, seit zehn Jahren war ich nicht dort gewesen. Eine nackte elektrische Birne hing an der Decke eines jeden Treppenabsatzes und verbreitete spärliches Licht, und ich stellte fest, daß der rote Teppich aus der Vorkriegszeit durch holzfarbenes Linoleum ersetzt worden war. Was ich wiedererkannte, war der Küchengeruch, der zu jeder Tages- und Nachtstunde zwischen den Mauern hing, frische Luft kam hier nur selten herein.

Im zweiten Stock blieb ich eine Weile auf der Fußmatte vor einer Tür stehen. Froken Otts Visitenkarte in dem winzigen Messingrahmen war ein wenig vergilbt. Für mich war es merkwürdig, hier zu stehen. Mir war, als sei die Zeit aufgeho- ben und ich wäre wieder die reizende, leichtsinnige Kleine von 1939. Energisch drückte ich auf den Knopf und hörte die altersschwache Klingel hinter dicken Vorhängen verhalten anschlagen. Kurze Stille, dann der rasche Schritt dieser Frau, die aus Neugier bis ans Ende der Welt getrabt wäre. Da ich wußte, daß sie durch das Guckloch schauen würde, hielt ich mir das Taschentuch vors Gesicht, als wollte ich die Nase put- zen, und beugte den Kopf.

»Wer ist da?« fragte sie.

»Oh, Miss Ott«, erwiderte ich auf englisch und verstellte meine Stimme, »ich bin Ihnen unbekannt. Mich schicken Ihre Freunde aus Croydon: Mr. und Mrs. Picken, Baddington Lane.«

»Sie befinden sich in einem Irrtum, Miss«, antwortete sie ebenfalls auf englisch. »Dieser Name sagt mir nichts.«

»Oh dear! Jetzt stehe ich allein in Kopenhagen mit diesem Empfehlungsschreiben. Kann ich es Ihnen nicht wenigstens zeigen? Vielleicht gibt es noch eine andere Miss Ott in der Nachbarschaft.«

»Nicht daß ich wüßte.«

»Dann gehe ich wieder, Miss Ott, aber es steht Fasanvej auf dem Umschlag und Sie wohnen doch Fasanvej. Ich begreife das nicht.«

»Lassen Sie den Brief sehen.«

Die Tür ging nur einen winzigen Spalt auf, aber es gelang mir, den Fuß dazwischenzuschieben und sie dann mit einem kräftigen Druck in ihren Angeln zu drehen.

»Entschuldigen Sie«, sagte ich weiterhin auf englisch,

»aber ich komme um vor Müdigkeit. Ich bin vorhin mit dem Flugzeug angekommen.«

Ott erkannte mich nicht sofort, der Vorraum bekam nur Licht von einem benachbarten Zimmer. Keineswegs heftig, aber mit starkem Arm schob ich die kleine, dicke Frau zur Seite und schloß die Tür hinter mir.

»Oh, Karin, Sie sind es!«

»Ja, natürlich. Lassen Sie uns in den Salon gehen. Ich habe Ihnen einiges zu sagen.«

»Verlassen Sie sofort meine Wohnung. Wenn Sie bleiben, rufe ich um Hilfe.«

»So etwas Dummes werden Sie nicht tun. Liegt Ihnen daran, Ihre Tage in Frieden zu beenden?«

»Sie Scheusal!«

Ich sah, daß sie an allen Gliedern zitterte, und legte ihr die Hand auf den Arm.

»Beruhigen Sie sich, Ott. Ich krümme Ihnen kein Haar, aber eine kurze Unterhaltung ist unbedingt notwendig. Gehen wir in den Salon? Pardon.«

Ich schob sie vor mir her, den Korridor entlang und stand mit ihr in dem kleinen Salon, den ich viele Male im Traum wiedergesehen hatte, doch nicht als einen Ort der Wonnen, sondern als Bühne, auf der sich ein Teil meines Geschicks abgespielt hatte.

Der Raum sah noch viel häßlicher aus, als er mir in Erinnerung geblieben war. Er war auch kleiner, aber davon abgesehen, erkannte ich die roten Plüschsessel wieder mit den geflochtenen Schonern auf den Armlehnen. Ebenso den Stich über dem Klavier und die grauenvolle Spitzendecke, die auf dem Tischchen lag – dazu die Fotografie einer hübschen Frau, einer bezaubernden, vor dem Krieg verstorbenen Kusine, wie mir Ott gesagt hatte. In einer Ecke links vom Klavier bemerkte ich zwei weitere ähnliche Fotografien, wahrscheinlich ebenfalls Kusinen!

»Ott«, sagte ich lächelnd und legte meinen Mantel ab, »es ist Jahre her, daß wir uns hier gesehen haben. Das letztemal an jenem schönen Maiabend im Jahre 1939, nicht wahr?«

»Darüber möchte ich nicht sprechen. Weshalb sind Sie hierhergekommen?«

»Wollen wir uns nicht setzen?« fragte ich und ließ mich in einen Sessel neben der Tür fallen.

Nach kurzem Zaudern setzte sie sich auf das Kanapee. Ich sah, daß sie mehrmals schlucken mußte.

»Wollen Sie mir endlich sagen, weshalb Sie hierhergekommen sind?« wiederholte sie mit heiserer Stimme.

»Ott«, begann ich und schlug die Beine übereinander, »ich könnte Ihnen eine Menge peinlicher Dinge sagen – Sie übrigens mir auch, ganz sicher. Aber wir wollen uns nicht streiten, denn das wäre sehr unangenehm für Sie. Ihr Gesicht ist noch etwas roter als früher geworden, und mir scheint, Sie sind dicker geworden, nicht? Ich bin wirklich indiskret. Sagen Sie, Ott« (mit welcher Verachtung ich ihr diesen Namen ins Gesicht schleuderte!), »lassen Sie mich beobachten?«

»Beobachten? Ich verstehe nicht.«

»Vorgestern hat mich jemand gewarnt und gesagt, ich würde überwacht. Stimmt das?«

»Ich weiß es nicht. Ich weiß überhaupt nichts.«

Sie schnaufte wie ein Tier, und das Geräusch, das sie verursachte, klang in meinen Ohren angenehmer als die zarteste Musik.

Ich beugte mich ein wenig zur Seite, streckte den Arm nach meinem Mantel aus, den ich auf einen Stuhl gelegt hatte, und versenkte die Hand in eine Tasche. Jetzt wich alle Farbe aus Otts Gesicht, sie wurde bleich. Ich hatte eine Tote vor Augen. Diese plötzliche Verwandlung stimmte mich mitleidig.

»Ott«, sagte ich lachend, »was denken Sie? Ich suche mein Taschentuch. Glauben Sie etwa, ich hätte einen Revolver?«

Sie schüttelte den Kopf.

»Allerdings«, sagte ich, als ich das Taschentuch benutzt hatte, »könnte ich sehr wohl einen bei mir haben. Seit dem Krieg sind die Straßen voller Gangster. Wollen Sie meine

Frage beantworten? Ich werde beobachtet. Ich will wissen, von wem. Sie sagen nichts?«

Schweigen. Sie faltete die Hände über dem Bauch.

»Sind Sie es?« fragte ich leise.

»Nein«, flüsterte sie.

»Es tut mir leid, Sie in diesem Zustand zu sehen. Fassen Sie sich! Noch einmal, Sie haben absolut nichts zu befürchten. Beantworten Sie nur folgende Frage: Haben Sie meinem französischen Freund von der Lage, in der ich mich augenblicklich befinde, erzählt?«

»Lage?« fragte sie zurück.

»Um es einfacher zu machen: Haben Sie ihn aufgeklärt über mein Verhalten während der Besatzungszeit?«

»Nein.«

»Er weiß nichts?«

Sie zuckte die Schultern. »Ott, Sie lügen.«

Wiederum Schweigen. Mit einemmal stand ich auf, ich wollte mir die Porträts der jungen Schönheiten neben dem Klavier näher anschauen und sah aus dem Augenwinkel, daß sie mir mit den Blicken folgte. Ich hielt mich so, daß ich ihr den Zugang zur Tür versperrte. Nach einer Weile wendete ich mich zu ihr um und zwinkerte ihr ironisch zu. Diese hübschen Frauen ... Sie verstand mich genau. Sie war zwar leicht einzuschüchtern, aber an Scharfsinn mangelte es ihr nicht. Im übrigen gingen mich ihre intimen Eigenarten nichts an, es machte mir nur Spaß, sie ein bißchen zu necken.

»Ott«, sagte ich und setzte mich wieder, »wir wollen freundlich miteinander reden. Sie haben mich verraten. Sie haben dem Franzosen alles gesagt. Regen Sie sich nicht auf. Mir ist das alles völlig gleich. Er weiß Bescheid, und überdies weiß er jetzt, daß ich weiß, daß er es weiß. Einerlei. Gehen wir zu ernsteren Dingen über. Wenn ich nachher von hier weggehe, werden Sie zum Telefon stürzen und den Behörden einen Bericht geben. Das wäre ein Fehler, liebe Ott, denn sollte mir das bißchen Freiheit, das mir verblieben ist, noch weiter beschnitten werden, sollte man mir zum Beispiel verbieten, den Franzosen bei mir zu empfangen – können Sie sich vorstellen, was dann geschehen wird?«

Sie gab keine Antwort.

»Antworten Sie, Ott. Wissen Sie, was dann geschehen wird, was Ihnen geschehen wird?«

Sie schüttelte den Kopf.

»Dann will ich es Ihnen sagen. Ich habe Freunde in der Stadt, von deren Existenz Sie keine Ahnung haben.« (Ich erfand einen Roman.) »Sehr resolute Freunde, Verehrer, wenn Sie so wollen, denn Sie können sich wohl denken, daß ich nicht wie eine Nonne im Kloster lebe. Und ich sage es noch einmal: Wenn man sich je in mein Privatleben einmischt, insbesondere was die Besuche meines Franzosen angeht, werde ich Sie dafür verantwortlich machen, und dann . . .«

Ich hielt einen Augenblick inne, um die Wirkung meiner Worte abzuschätzen. Ott rührte sich nicht. Sie glich sonderbarerweise nicht mehr einer Toten, sondern einer großen Puppe. Ihre starren Augen blinzelten nicht, und aus ihren Mundwinkeln troff Speichel.

»Dann«, fuhr ich fort, »nichts weiter. Das soll heißen, daß Ihnen eine Zeitlang nichts geschehen wird. Sie werden die Sache vergessen. Doch eines schönen Abends wird sich auf der Straße oder anderswo, vielleicht hier, da, wo Sie jetzt gerade sitzen, Ihnen jemand nähern, von hinten, denke ich, und Ihnen mit einem Revolverschuß den Schädel zertrümmern, so wie man mit einem Löffel die Schale eines Eis zertrümmert!«

Ich blieb einen Augenblick still, dann brach ich in Lachen aus.

»Mit einem Löffel, Ott!«

Die Augen traten ihr vor Angst aus den Höhlen, und ihre Lippen begannen zu zittern. Mir kam der Gedanke, sie sage vielleicht Gebete auf.

»Tragen Sie es mir nicht nach, wenn ich Ihnen Angst gemacht habe, aber warnen muß ich Sie. Versuchen Sie, mich zu verstehen. Mir liegt an meinem Franzosen. Wollen wir Frieden miteinander schließen?«

Sie schwieg. Ich wußte nicht, würde sie ohnmächtig werden oder einen Schlaganfall bekommen? Gewiß, die Lampe mit dem rosa Schirm hatte schon neckischere Szenen beschienen.

»Fühlen Sie sich unwohl? Wollen Sie ein Glas Wasser? Antworten Sie !«

Ich stand auf.

»Ah . . . ah . . .« brachte sie hervor.

»Sie sehen so merkwürdig aus. Soll ich weggehen?«

Ihr Gesicht verkrampfte sich wie ein Stück Papier, das man zerknüllt. Mit sichtlich ungeheurer Mühe vermochte sie zu flüstern:

»Ja.«

»Das ist nicht sehr freundlich, liebe Ott. Erinnern Sie sich nicht mehr an den Tag, an dem Sie mich einluden, Sie zu besuchen? Ich war achtzehn Jahre alt. Sie waren sehr nett zu mir an jenem Nachmittag. Ich wußte nicht, wie mir geschah. Ich war so dumm . . . Und Sie schrieben mir so reizende Briefe. Doch, was haben Sie nur, Ott?«

Jetzt weinte sie. Tränen der Angst und des Schreckens rannen über ihre runden Wangen. Ich setzte mich neben sie auf das Kanapee.

»Ott«, sagte ich, »ich wollte Ihnen nicht weh tun, aber Sie wissen, daß ich brutal offen bin, und ich muß mich wehren. Dabei werde ich bösartig. Ich gebe es zu. Wischen Sie sich die Augen ab. Haben Sie ein Taschentuch?«

Eine Träne, deren Bahn ich neugierig verfolgte, fiel schließlich auf ihren von parallelen Falten gefurchten Hals. Das zu sehen war nicht erhebend.

»Kein Taschentuch, Ott? Meines wage ich Ihnen nicht anzubieten. Aber sagen Sie doch etwas!«

Langsam nahm sie die gefalteten Hände auseinander und legte die eine wie eine Klaue auf die Lehne des Kanapees. Ich sah, daß sie sprechen wollte, denn sie öffnete den Mund so weit, daß ihre Zunge zu sehen war, aber sie brachte keinen Ton heraus. Ich stand auf und sagte lächelnd:

»Wissen Sie, was Sie brauchen? Ein Stärkungsmittel. Ich hole etwas aus dem Eßzimmer. Ich sehe von hier aus die Flaschen auf der Anrichte.«

Das war von mir nur als List gemeint. In Wirklichkeit wollte ich sehen, was sie tun würde, ich konnte sie vom Eßzimmer aus gut beobachten. Mehrere Likörflaschen standen da auf der Anrichte, über der ein ovaler Spiegel hing. Ohne den Kopf zu wenden, konnte ich sehen, wie Ott sich bemühte, aufzustehen und sich auf den Füßen zu halten. Schließlich gelang es ihr, mit tappenden Schritten, wie eine Frau, die zuviel getrunken hat, den Korridor zu erreichen, der zum Vorraum führte. Als sie dort war, lief ich zu ihr, und als ich ihr mit einem Finger auf die Schulter tippte, zuckte sie wie im Krampf zusammen.

»Ott«, sagte ich lachend, »mein guter alter Troll, Sie wollen bestimmt die Tür aufmachen und rufen. Ich werde Ihnen dabei helfen.«

Tatsächlich öffnete ich die Tür und stellte mich mit in die Hüfte gestemmten Fäusten und angewinkelten Armen davor.

»Nun«, sagte ich, »ich warte.«

Wie ich angenommen hatte, sperrte sie den Mund weit auf, ohne den befreienden Schrei ausstoßen zu können. Der Schrecken verschloß ihr die Kehle. Ich sah, wie in ihrem durch die Wut entstellten Gesicht die Augen rot wurden, dann fiel sie mir in die Arme. Ich konnte sie kaum halten, sie glitt auf den Teppich. Ich zog sie mehr durch den Korridor, als ich sie trug, und legte sie auf das rotsamtene Kanapee. Sie war ohnmächtig, weshalb ich ihr ein paar Ohrfeigen verabreichen konnte; ich bemaß sie so, daß sie sogar einer Toten wieder Farbe ins Gesicht gebracht hätten. Das kann ich wohl behaupten. Ehrlich gesagt, verschafften mir die Schläge nur ein mittelmäßiges Vergnügen. Gewiß, ich genoß die Rache, doch einerseits spürte mein Opfer nichts davon, und andererseits flößten mir ihre schlaffen Wangen Abscheu ein. In der Bewußtlosigkeit sah die ältliche Person wirklich furchtbar aus. Ihr Mund stand offen, die Augen waren verdreht, wie bei einem verendenden Tier. Auf einmal zitterte sie und sah mich an, was ihr eine zusätzliche, schallende Ohrfeige eintrug.

»Hören Sie auf«, hauchte sie.

»Ich habe Ihnen das Leben gerettet, indem ich Ihren Kreislauf wieder in Bewegung gesetzt habe. Es hätte nicht viel gefehlt, und sie wären verblichen, meine Gute.«

»Oh«, wimmerte sie.

»Wollen wir Frieden schließen? Uns die Hand reichen, Ott?«

Sie rührte sich nicht.

»Wollen wir uns die Hand reichen?« schrie ich.

Wiederum fing sie an, mit dem Kopf zu wackeln und ihren Speichel zu schlucken; es war so leicht, diese Frau in Schrecken zu versetzen, daß es nicht viel amüsanter war, als beim Spiel mit einem Kind zu mogeln. Ihr Atem ging kurz und hastig. Mit haßerfülltem Blick hob sie die rechte Hand, ich fühlte sie schwer und kalt in der meinen. Ich hatte das unangenehme Gefühl, eine Kartoffel in der Hand zu halten, trotzdem tat ich so, als sei ich höchst zufrieden.

»Das ist das erstemal seit zehn Jahren, Ott. Wir haben uns versöhnt, nicht wahr? Und Sie lassen meinen Franzosen in Frieden. Sagen Sie ja.«

Sie schwieg.

»Sagen Sie ja«, schrie ich, »oder ich werde wirklich böse.«

»Ja«, flüsterte sie und seufzte wütend.

Mir entrang sich ein freudiges »Ah!« Sacht ließ ich die Hand der Frau los, oder vielmehr legte ich sie wie einen wertvollen Gegenstand auf ihren Leib.

»Und nun«, sagte ich mit einem Lächeln, dem Festtagslächeln, das Roger damals so aufregend fand, »und nun, Ott, werde ich gehen.«

Ohne sie aus den Augen zu lassen, zog ich mir den Mantel an. Mit aller Gewalt versuchte sie aufzustehen.

»Bemühen Sie sich nicht«, sagte ich, »ich kenne den Weg. Auf Wiedersehen. Vielleicht komme ich noch einmal wieder.«

An der Tür, die Hand schon auf der Klinke, drehte ich mich zu ihr um, sie lag noch halb ausgestreckt da, bewegte aber, wie ein Kind, ihren linken Arm.

»Sie haben mir versprochen, keine Dummheit zu machen«, sagte ich mit erhobenem Finger. »Keine Unklugheit am Telefon, sonst ... Denken Sie an das, was ich von dem Ei und dem Löffel gesagt habe. Also, seien Sie brav, liebe Ott, und schlafen Sie gut.«

Kurz darauf stand ich auf der Fasanvej, ich konnte mich vor Lachen nicht halten. Mit einem Gefühl innerer Sicherheit und Ausgeglichenheit ging ich nach Hause. War es nicht richtig gewesen, daß ich einer Eingebung gefolgt war und meiner größten Feindin diesen nächtlichen Besuch gemacht hatte? Eigentlich war ich einzig und allein deswegen fortgegangen, das wurde mir jetzt klar, nicht um Roger nachzulaufen, denn es wäre aussichtslos gewesen, ihn einholen zu wollen. Jetzt war ich ruhig: Ott würde mein Zusammensein mit dem Franzosen nicht mehr stören. Das hatte ich gut gemacht. Sie kam um vor Furcht.

Es war spät geworden, und der Nebel hatte sich verdichtet. Die Straßenlaternen schimmerten schwach wie gelbe Punkte durch den fahlen Schleier, und einige Male wäre ich fast mit Betrunkenen zusammengestoßen, die plötzlich vor mir auftauchten wie schwankende Türme, sie allein waren heiter in der bleichen Düsternis. Keine Straßenbahn mehr. Ich machte den Weg zu Fuß, in zwanzig Minuten.

Zu Hause in meinem Zimmer zündete ich, sobald ich die Tür hinter mir geschlossen hatte, alle Lampen an, wie für ein Fest, und beim Ausziehen sang ich vor mich hin. Ich mußte lachen, als ich mir vorstellte, in welchem Zustand Ott jetzt wohl war. Hatte sie sich von ihrem Schrecken erholt, trank sie wahrscheinlich ein Gläschen Aquavit, oder aber ... Das Lachen verging mir. Mir kam ein Gedanke, der mich mit Scham und Schande erfüllte. Mehrmals hatte ich in den Augen dieser Frau, trotz Zorn und Angst, das alte Funkeln bemerkt, wie damals, als sie so überfreundlich und schmeichelnd mit mir sprach und ich so tat, als verstünde ich nicht. Vorhin hatte ich sie angelächelt, wie ich Roger anlächelte, ich hatte gesagt, daß ich wiederkommen würde. Hatte ich ihre Einsamkeit mit einem Hoffnungsstrahl erhellt? Aber wahrscheinlich zitterte sie. Das Bild von der Eierschale war nicht so leicht zu vergessen. Wieso kam es mir plötzlich gar nicht mehr so witzig vor?

In meiner Jugend hätte ich nicht so gehandelt wie in dieser Nacht. Ich war böse geworden. Nein, die anderen hatten mich böse gemacht: die Menschen, die Umstände. Eine so verletzliche Person wie diese lächerliche Alte in Entsetzen zu stürzen, das hätte die Karin von 1939 abscheulich und gemein gefunden. Aber man muß sich wehren, dachte ich und zog die Bettdecke über mich.

Ich löschte das Licht. Der Schlaf wollte nicht kommen. Nach einer Weile machte ich das Licht wieder an und tat etwas ganz Merkwürdiges. Ich rief Ott an. Was wollte ich ihr sagen? Ich hatte keine Ahnung. Wiederholen, was ich von dem Ei und dem Löffel gesagt hatte? Es wäre vielleicht unklug gewesen, diese Worte, die ganz nützlich sein konnten, noch einmal auszusprechen, aber dieser Worte wegen konnte ich nicht schlafen. Die Leitung war nicht frei. Sie telefonierte, die schreckliche Person. Um halb zwölf nachts telefonierte sie. Mit wem? Mit der Polizei? Das war unwahrscheinlich. Vermutlich mit einer Freundin, weil sie Angst hatte, so allein zu sein, doch verraten würde sie mich nicht, dessen war ich sicher. Sie war zu feige, das Risiko eines gewaltsamen Endes heraufzubeschwören, das ich ihr angedroht hatte, falls sie reden sollte. Ich konnte schlafen, ganz ruhig schlafen.

Wieder löschte ich das Licht, schloß die Augen und zählte die Sekunden nach dem Ticken der Wanduhr. Warum? Wußte ich es? Ich wartete zehn Minuten, dann machte ich Licht und rief noch einmal an. Besetzt ... Sie sprach noch immer, was konnte sie nur sagen? Mir kam es sonderbar vor, aber nicht beunruhigend. Unruhe, die so leicht in Angst umschlägt, wollte ich nicht aufkommen lassen. Wenn die arme Alte die Nacht damit verbringen wollte, in ihr Telefon hineinzureden, sollte sie es ruhig tun. Ich jedenfalls wollte schlafen. Um das zu bewirken, nahm ich das stärkste Schlafmittel, das ich besaß, und nach kaum einer Viertelstunde fiel ich in tiefen Schlaf.

Mir träumte, ich befände mich auf dem Meeresgrund und kämpfte mit aller Kraft, um an die Oberfläche zu gelangen. Ich unternahm so fürchterliche Anstrengungen, daß ich schließlich aufwachte. In der Dunkelheit sah ich die Vierecke, die von den Fenstern gebildet wurden, und den schwachen Lichtstreifen um die geschlossenen Vorhänge; dann traten undeutlich die Möbel hervor: das Buffet, der niedrige Sessel neben dem Tischchen. Roger hatte dort gesessen und mich mit dem unergründlichen Blick, den er jetzt hatte, angesehen. Wie konnte er meinen, ich hätte all das vergessen, was er mir damals gesagt hatte, als wir nackt nebeneinander lagen!

Ich stand auf, ich machte Licht, um nach der Uhr zu sehen. Zwei Uhr fünfunddreißig. Im Badezimmer, wo ich ein weiteres Schlafmittel nehmen wollte, erblickte ich mich im Spiegel über dem Waschbecken: die Haare zerzaust, die Augen wild, verstört. Ich wurde an meine Mutter erinnert, an die Besuche in der Anstalt, die durch ihren Tod brüsk ein Ende nahmen. Sie hatte mich mit verlöschendem Blick angesehen und mich höflich gefragt, wer ich sei. Ich wollte nicht werden wie sie. Ich wollte nicht Dinge tun oder sagen, die ich nicht zu steuern vermochte. Vorhin, mit Ott, hatte ich mich wie eine Wahnsinnige aufgeführt. Ich nahm mir vor, mit Roger vernünftig zu sein. Er wußte, daß ich mit den Deutschen geschlafen hatte. Ott hatte es ihm gesagt. Es war besser so, er konnte sich großmütig zeigen. Im Notfall würde ich auf die Knie sinken und das Gesicht verdecken, ich würde beten ... Nein. Das nicht.

»Das nicht«, sagte ich laut, als ich das Glas Wasser in der Hand hielt.

Es gab eine Grenze, und das war die Grenze. Zunächst, ich konnte nicht beten. Ich wollte nicht an die Dinge der Kindheit rühren: die Frömmigkeit, die Bibel. Ich hatte sie aufgegeben, aber für sich blieben sie schöne Dinge. Neulich war ich nicht einmal imstande gewesen, so zu tun, als bete ich, zu einem so niedrigen Betrug war ich nicht fähig – und dennoch . . .

Hinter den geschlossenen Lidern sah ich ihn, sah das Gesicht meiner ersten Liebe. Die Stimme war dieselbe, und die Stimme hat magische Kräfte. Wenn ich ihn nur dazu bringen könnte, mich in der Dunkelheit zu küssen, wenn wir uns im Dunkeln lieben könnten, was kümmerten mich dann alle Lügen der ganzen Welt? Ich würde lügen und lügen und nochmals lügen.

Jetzt war ich wieder im Zimmer, hielt das Glas in der Hand, aus dem ich nicht getrunken hatte. Ich redete laut vor mich hin, legte Roger eine unzusammenhängende Beichte ab, gestand die sinnverwirrendsten Sünden ein und tat so, als bereute ich sie. Aus Schamhaftigkeit würde ich darauf bestehen, zuerst die Lampe zu löschen. Im Dunkeln wüßte ich besser, was ich zu sagen hätte.

Mein sonderbares Selbstgespräch fiel in die erdrückende Stille des Zimmers, das ich aus seinem Schlaf gerissen hatte. Alles war ungewöhnlich und fast beunruhigend um mich herum, allein dieses Lichts wegen mitten in der Nacht, und inmitten dieser Möbel die unbeweglich dastehende Frau, die ich im Spiegel sah und die mich bannte, es war, als mache sie mich dadurch, daß sie sich nicht rührte, unfähig zu irgendeiner Bewegung.

Unvermittelt setzte ich das Glas an den Mund und schluckte gierig den Inhalt hinunter trotz des bitteren Geschmacks der Tablette, die ich aufgelöst hatte. Jetzt konnte ich sicher sein, in tiefen Schlaf zu fallen, ich würde keine schmerzlichen Gedanken mehr zu wälzen brauchen. Ich machte das Licht aus und warf mich ins Bett. Ich kuschelte mich in die noch lauwarme Höhlung, mich schauderte, denn mein Zimmer war kalt, ich brauchte nur noch auf die selige Betäubung zu warten. Die Glieder wurden mir schon schwer, als ein Schrei ertönte und ich zusammenzuckte.

Er kam von draußen, und ich glaubte zunächst zu träumen: deutlich hatte ich meinen Namen gehört. Irgend jemand rief nach mir in der Nähe des Hauses, mit einer schleppenden Stimme, die ich nicht kannte. Das konnte kein Traum sein. Mit einem Satz war ich aus dem Bett und lief ans halbgeöffnete Fenster. Der Wind zerteilte den Nebel, und ich sah die Lichter am Kai und die Masten der Schiffe, die vor dem dunklen Himmel schwankten. Aber auch wenn ich das schwermütige Bild mit meinen Augen noch so sehr durchforschte, ich konnte niemanden entdecken. Ich legte mich wieder hin.

Ich bin ja nicht die einzige Karin in der Gegend, dachte ich. Wenn ein Betrunkener seine Karin verloren hat, soll er sie suchen! Ich brauchte nicht lange zu grübeln, ob das Schlafmittel das unterbrochene Werk zu Ende führen würde, denn ich spürte, wie ich langsam, aber unaufhaltsam ins Nichts sank. Noch einmal hörte ich den Schrei, jetzt etwas schwächer und fast vor meinem Fenster, doch diesmal stand ich nicht auf.

Ich träumte, ein Gesicht und zwei große Hände preßten sich an die Fensterscheibe, wie wenn die Läden nicht geschlossen wären. Das Gesicht war nacheinander das meines Vaters, der aus den Tiefen des Wassers heraufkam, dann das eines in Rußland gefallenen Soldaten, den ich geliebt hatte, endlich das von Roger, aber eines verstörten und tragischen Roger. Dieses Traumbild war nur von kurzer Dauer. Einige Stunden später wachte ich auf, ich fühlte mich ausgeruht und, wer weiß warum, voller vager, aber starker Hoffnung.

Vier Tage vergingen, dann gebot ein Brief, der mit der Post kam, meiner zuversichtlichen Stimmung Einhalt. Mit vor Freude zitternder Hand riß ich den Brief auf und las folgende Nachricht:

»Karin, übermorgen nachmittag werde ich zu Ihnen kommen, um Abschied von Ihnen zu nehmen. Ich habe mich entschlossen, in acht Tagen nach Frankreich zurückzukehren und den Plan, von dem ich Ihnen erzählt habe, auszuführen.

Sollte es Ihnen möglich sein, mir ein paar Stunden zu widmen, könnten wir uns über einige wichtige Dinge unterhalten. Ich brauche wohl nicht zu sagen, woran ich denke. Der Mann, der Donnerstag abend an Ihrer Tür läuten wird, kommt nur, Ihnen zu helfen, das verlorene Land wiederzufinden. Ich will Ihr Glück, das Glück, das die Welt nicht zu geben vermag. Ich möchte, daß sich Ihre Seele der Freude öffnet, der Freude, die ich im Herzen habe, jetzt, da ich Ihnen diese Worte schreibe. Roger.

P. S. Ich füge meinem Brief noch eine Nachricht bei, die Sie, wie ich glaube, sehr erschüttern wird, obwohl Sie den Menschen, um den es sich handelt, nicht sehr geschätzt haben. Fräulein Ott ist vor fünf Tagen plötzlich gestorben. Sie befand sich in dem kleinen Salon, in dem ich sie eine Woche zuvor besucht hatte. Ich war auf dem Wege zu ihr, um sie zu besuchen. Von Nachbarn erfuhr ich, was geschehen war. Sie wurde auf ihrem Kanapee liegend aufgefunden, neben dem Telefon, von dem sie den Hörer abgenommen hatte. Vermutlich hatte sie ein schwaches Herz, was man nicht wußte. Sie ist in Einsamkeit hingeschieden, aber nicht, dessen bin ich sicher, in Hoffnungslosigkeit. Wie ich, wissen Sie, daß sie wirklich gläubig war. R.«

Der Brief glitt mir aus den Fingern. Vor fünf Tagen . . .

»Ich habe sie umgebracht«, sagte ich laut.

In meinen Ohren brauste es, und mich überfiel eisige Kälte. Das Blut wich aus meinen Händen und aus meinem Gesicht, einige Minuten lang war ich unfähig, mich zu bewegen, ich war versteinert vor Entsetzen. Ich sah die Frau vor mir, hingestreckt auf dem roten Kanapee, die Hände auf der Brust, mit offenem Mund, und auf dem Boden der Telefonhörer. Sie hatte um Hilfe rufen wollen und es nicht mehr gekonnt.

Ich mußte mich zusammenreißen, um mich zu bücken und den Brief aufzuheben. Ich ging in die Küche, ich mußte zu mir kommen, mich beruhigen, vor allem vernünftig nachdenken. Die Frau war eines natürlichen Todes gestorben. Sie war herzkrank gewesen. Davon hatte ich nichts gewußt. Die Aufregung hatte sie getötet, die Gefahr eines solchen Unglücksfalls schwebte über ihr. Wir hatten uns gestritten, waren aber in Frieden auseinandergegangen. Mir hatte doch daran gelegen, Frieden mit ihr zu schließen.

Ich stellte Wasser auf, um mir Tee zu machen, und dachte: jetzt ist alles gut. Die arme Frau litt sehr unter dem Alleinsein und dem Alter. Außerdem litt sie wohl unter ihrer Veranlagung, die mit der Zeit peinlich wurde, doch ich bereue, daß ich sie damit gehänselt habe. Sie hatte mir verziehen. Wir hatten Frieden geschlossen.

Durch das Fenster über dem Herd sah ich, wie jeden Tag zu dieser Stunde, Männer auf dem Kai kommen und gehen, die Takelagen der Schiffe neigten sich im Wehen des Windes vor dem trüben grauen Himmel eines nicht enden wollenden Winters. Niemand auf der ganzen Welt wußte, daß ich bei Ott gewesen war. Diese Gewißheit grub sich mir ein und gab mir meine Gelassenheit wieder. Ich setzte mich an das Tischchen und frühstückte. Roger würde kommen. Im Augenblick war das das wichtigste. Was er vom Abschiednehmen geschrieben hatte, in dem überzeugten Ton, den er jetzt an sich hatte, machte mir keine Sorgen, davon würde ich ihn schon abbringen. Da er Frömmigkeit wollte, sollte er sie haben. Das Rezept war mir vertraut. Ich wollte das musterhafte Beispiel einer Seele sein, die um Hilfe ruft und die man unmöglich sich selbst überlassen kann.

Ich las seinen Brief noch einmal, fand ihn schwach und etwas verdächtig. Er wollte mich sehen. Welche Frau hätte nicht etwas gewittert?

Ich stand in der Küche und spülte mein Geschirr, ich dachte an das alles, da kam mir deutlich immer wieder ein Name in den Sinn, wie wenn ihn mir jemand ins Ohr flüsterte: »Ott.« Ich zuckte die Schultern. Auch wenn ich der Anlaß zum Tod dieser Frau gewesen war, mein Gewissen war weniger belastet als das ihre, auf dem das Gewicht des Hasses lag, mit dem die alte Schurkin mich verfolgt hatte. Sie hatte meine Jugend gemordet.

Während der Nacht änderte sich das Wetter, es wurde milder. Es kam einem vor, als verjagte der Hauch des Frühlings die Kälte aus unserem Himmel, ich glaubte, eine Verheißung von Glück darin zu erblicken. In mir war eine Bereitschaft zur Hoffnung, die mich stets vor dem Untergang bewahrte.

Am folgenden Tag, um fünf Uhr nachmittags, läutete Roger an der Tür. Mein launenhafter, ein bißchen boshafter Charakter brachte mich dazu, ihn warten zu lassen. Mit dem Auge am Guckloch beobachtete ich ihn, wie er unbeweglich und geduldig draußen stand. In seinen Augen lag eine Traurigkeit, die mir zu Herzen ging. Doch als ich die Tür aufmachte, war sein Gesicht heiter, und lächelnd streckte er mir beide Hände entgegen.

»Karin«, sagte er, »ich möchte, daß dieser Besuch uns beiden in guter Erinnerung bleibt, denn es ist der letzte.«

»Kommen Sie herein«, sagte ich, ebenfalls lächelnd.

Er trat ins Zimmer, zog seinen Mantel aus und legte ihn gedankenverloren, aber mit behutsamen Griffen zusammen. An diesem Abend fand ich ihn nicht schön. Es würde mir leichtfallen, ihm Widerpart zu bieten.

»Liebe Karin«, begann er, als er sich in seinen Sessel setzte (wir hatten schon feste Gewohnheiten), »mir ist klargeworden, daß ich neulich nicht so mit Ihnen gesprochen habe, wie ich es hätte tun müssen. Zweifellos bin ich zu ernsthaft gewesen – sogar streng, nicht wahr?«

Wie freundlich er die Frage stellte! Ich ließ sie in die Stille sinken. Er faltete seine schönen Hände und blickte starr vor sich hin.

»Heute«, fuhr er fort, »möchte ich Ihnen Freude bringen, verstehen Sie? Ich habe es Ihnen in meinem Brief versprochen . . . Aber warum bleiben Sie stehen?«

Bei den letzten Worten blickte er verstohlen zu mir hin. Ich setzte mich auf einen niedrigen Stuhl, fast ihm zu Füßen, und blickte ihm ins Gesicht wie eine gelehrige Schülerin. Die Demut in meinem Verhalten schien ihn freudig zu überraschen, denn er neigte sich zu mir herunter mit diesem Lächeln, das wie eine Maske über seinem Gesicht lag, doch mein Schweigen machte ihn verlegen. Der Tag ging zur Neige. Das war das günstigste Licht, die beste Stunde für die Sprache der Liebe. Wahrscheinlich ahnte Roger, daß etwas Gefährliches in der Luft lag.

»Sie sagen gar nichts«, murmelte er.

»Ich warte.«

»Ich weiß nicht, ob Sie wirklich glücklich sind. Ich möchte aber mit der Gewißheit fortgehen, daß Sie glücklich sind.«

Er sagte es mit einer reizenden, linkischen Geste, als wolle er mir einen Blumenstrauß überreichen. Ganz gegen meinen Willen wurde ich wieder von seinem Charme eingefangen, vom Charme seiner Stimme und sogar von seiner Ungeschicklichkeit. Gleichwohl wehrte ich mich. Der Bekehrte irritierte mich, und leider sprach der Bekehrte weiter im ungewissen Licht der Dämmerung.

»Fürchten Sie nicht, daß ich Ihnen eine Predigt halte. Dazu habe ich weder das Recht noch die Neigung. Ich möchte über Sie mit Ihnen sprechen, ja, Karin, mit Ihnen sprechen über... über Ihre Seele.«

Von jetzt an hörte ich nicht mehr zu. In mir empörte sich etwas gegen den Gebrauch bestimmter Worte. Mit aufmerksamem und gelehrigem Gesicht blickte ich weiterhin den an, der mein Geliebter gewesen war, doch in Gedanken sah ich die ungehobelten jungen Offiziere vor mir, die vor Jahren pfeifend durch mein unordentliches Zimmer spaziert waren. Das war das Laster, das wußte ich wohl, doch was ich wollte, war Zärtlichkeit. Eine unendliche Sehnsucht hatte mich gepackt. Wenn man mich nicht liebte, konnte ich nur noch sterben. Der Mann vor mir hatte mich geliebt. Ich hätte schreien mögen, aber ich bezwang mich.

»Karin, hören Sie mir zu?«

Ich zuckte zusammen. Diese warme Stimme, die aus dem Halbdunkel kam, überwältigte mich, genauso wie früher.

»Warum sehen Sie mich nicht an, Roger?« fragte ich ihn statt einer Antwort. »Haben Sie Angst vor mir?«

»Was denken Sie nur, Karin! Wäre ich hier, wenn ich Angst vor Ihnen hätte?«

Er blickte mir jetzt fest in die Augen, als wolle er mich herausfordern, doch auf dem Grunde seiner wundervollen Augen war nichts anderes zu lesen als der Wille, mich nicht zu sehen. Der Blick war leer. Schließlich wandte ich den Kopf ab, mein Gesicht brannte. Ohne recht zu wissen, was ich tat, stand ich auf, und auch er erhob sich. Wir standen einander gegenüber, ich wußte nicht, was folgen würde. Ich sprach als erste, und die Worte kamen wie von selbst aus meinem Mund.

»Ich habe Ihnen etwas zu sagen, Roger. Sie haben Ott vor ihrem Tod gesehen. Hat Sie über mich gesprochen?«

»Ja.«

»Lange?«

»Ja, lange. Sie hat Sie nicht gehaßt, wie Sie annahmen.«

»Wahrscheinlich hat sie Ihnen viele Dinge über mich erzählt.«

»Sie hat mir das gesagt, was alle Welt weiß, Karin.«

»Was Sie aber nicht wußten, ehe Sie nach Dänemark kamen?«

»Doch, ich wußte es! Sie hatte es mir geschrieben – mit dem Ausdruck größter Betrübnis. Jetzt, da sie tot ist, kann ich darüber sprechen. Ihr Brief hat eine entscheidende Wirkung auf mich ausgeübt.«

Ich begann zu zittern und mußte mich auf den kleinen Tisch stützen.

»Eine entscheidende Wirkung«, wiederholte ich tonlos. »Was wollen Sie damit sagen?«

»Ich will sagen, daß ich über mich selber zu Gericht gesessen und mich Ihnen gegenüber als schuldig bekannt habe. Ich war es, der Sie auf den Weg geführt hat, den Sie gegangen sind. Ich habe die in Ihnen schlummernde Sinnlichkeit geweckt. Sie hätten nicht getan, was Sie getan haben, wenn ich Ihnen nicht begegnet wäre.«

»Roger, du hast mich gerichtet, auch du!«

Er war anscheinend verstört, denn er bemerkte nicht, daß ich ihn duzte.

»Ich richte niemanden. Meiner Überzeugung nach sind Sie nicht schuldiger als ich.«

»Aber ich bin bestraft worden!« rief ich. »Die Menschen haben mich vier Jahre lang gestraft, und sie strafen mich noch immer. Sie haben mir meine Jugend geraubt, sie haben die Liebe aus mir herausgerissen. Ist dir klar, was das heißt? Denk an das, was du einmal warst.«

»Wir müssen beten«, sagte er und streckte die Hände aus, wie um mich zurückzustoßen. »Auch ich habe gelitten. In einem solchen Fall ist Gott die einzige Zuflucht.«

»Nicht für mich. Ich glaube nicht an Gott.«

Er warf mir einen irren Blick zu.

»Meinetwegen glauben Sie nicht an Gott. Wir sind verloren, Karin.«

Ich sagte nichts. Er ging an ein Fenster und wandte mir den Rücken zu. Die Lichter vom Hafen blitzten durch die Scheiben, aber im Zimmer war es dunkel. Als spräche er zu sich selbst, murmelte er:

»Ihre Bekehrung sollte das Zeichen sein, das ich erhoffte, das Zeichen der Vergebung und des Heils. Ich werde mir nie verzeihen können.«

»Genügt es dir nicht, daß dein Gott dir vergibt?«

»Sie können es nicht verstehen. Ich bin seiner Vergebung nicht sicher. Ich bin keiner Sache mehr sicher.«

In der Dunkelheit klangen unsere Stimmen völlig anders als bei Licht: es kam mir vor, als suchten Blinde zueinander zu kommen. Unbewußt verhielt ich mich reglos, meine Augen waren auf die Umrisse von Rogers Gestalt geheftet.

»Neulich«, fuhr er ruhiger geworden fort, »haben Sie versprochen, gehorsam zu sein.«

»Ja.«

»Tun Sie bitte, was ich Ihnen sage. Wir wollen niederknien, ich hier und Sie dort, wo Sie sind, und Sie werden das Gebet nachsprechen, das ich sage.«

»Roger, ich kann nicht beten.«

»Dann bete ich allein.«

Ich sah, wie er niederkniete, wie er betete, lautlos. Sein Kopf zeichnete sich vor dem schwach leuchtenden Hintergrund des Fensters ab. Nach einigen Minuten, die mir unendlich lang – und furchtbar peinlich – vorkamen, stand er wieder auf und ging tastend zu dem Stuhl, auf den er seinen Mantel gelegt hatte.

»Ich gehe, Karin. Ich glaube, Gott wird Mitleid mit Ihnen und mir haben.«

Er suchte die Tür. Ich stellte mich davor.

»Du kommst wieder, Roger.«

»Nein.«

Er schob mich sanft zur Seite und öffnete die Tür.

»Roger«, sagte ich, »wenn du nicht wiederkommst, bringe ich mich um.«

Ohne ein Wort zu sagen wandte er mir den Kopf zu. Nie zuvor hatte ich solchen Schmerz in den Augen eines Mannes gesehen. Sein Blick sagte so viel, wie ein menschlicher Mund es nicht hätte tun können, und ich blieb stumm. Im Licht der Straßenlaterne, das ihn seitlich traf, schien es mir, als wolle dieses vom Leid ausgehöhlte Gesicht sich für ewig in mein Gedächtnis graben.

»Ich werde mich umbringen«, sagte ich leise.

Seine Lippen bewegten sich, aber ich hörte nicht, was er sagte, nur das Wort Kreuz. Das Blut hämmerte in meinen Schläfen, es war nur, als verlöschten die Lichter der Straße. Auf einmal war er nicht mehr da, ich stand in meinem Zimmer, vor der geschlossenen Tür.

Im Grunde hatte ich nicht die Absicht, mich umzubringen, aber ich wollte tot sein, ich rief den Tod herbei. Plötzlich knickten meine Knie ein, und ich fiel auf den Fußboden. Ich lag dort, ohne mich zu rühren, ich begriff, was es heißt, daß einem das Herz bricht. Die Jahre der Demütigung waren nichts im Vergleich zu dieser Not. Trotzdem, ich wollte leben.

Ich vermochte nicht mehr folgerichtig zu denken, nur einen Gedanken hatte ich: nicht mehr leiden müssen. Nachdem ich lange so gelegen hatte, ging ich ins Badezimmer, um ein Schlafmittel zu nehmen, eine in Silberpapier eingewickelte Tablette, die ich nur schlecht hinunterschlucken konnte. So nahm ich, wie auch sonst, einen Hammer und zerbröckelte sie mit einem leichten Schlag zu Pulver, ohne das Silberpapier zu beschädigen.

Dann ging ich ins Bett, aber der Schlaf wollte nicht kommen. Vergeblich probierte ich sämtliche Ruhestellungen aus, zusammengerollt auf der Seite liegend oder flach auf dem Rücken, die Arme neben dem Körper. Mein Kopf wollte nicht schlafen. Mit aufgerissenen Augen starrte ich in die Dunkelheit, ich sah das unglückliche Kindergesicht mit den vor Verzweiflung geweiteten Pupillen, das mir zuschrie, es sei unmöglich, es sei zu Ende. Mein Herz zog sich zusammen, und ich hatte das Gefühl, als läge ein Balken in mir, mitten in der Brust. Nein und nochmals nein! dachte ich und stand auf. Ich ging wieder ins Badezimmer und unternahm mit Hammer und Tablette das gleiche wie nicht lange zuvor, selbst in diesem Augenblick entging mir die Komik der Situation nicht. Die zweite Tablette verdoppelte die Wirkung der ersten, und diesmal betäubte mich das Schlafmittel.

Ein Traum riß mich aus tiefem Schlaf. Ich lag auf dem Rücken, gänzlich starr und passiv. Über mir hing eine schwarze Masse, die sich langsam bewegte. Ich brauchte einige Zeit, um zu begreifen, daß sich der Klumpen schwankend und langsam senkte und, mir immer näher kommend, eine deutlichere Form annahm. Auf einmal sah ich, daß es ein Kreuz war, ein gewaltiges Kreuz, genauso groß wie ich. Einige Zentimeter über meinem Körper hielt es ein, als wolle es ihn ausmessen. Ich begann vor Entsetzen zu schreien, doch was ich für einen Schrei hielt, war nur ein schwacher Laut, wie ein in der Falle sitzendes Tier ihn ausstößt. Ich warf die Bettdecke zurück, ich war schweißgebadet. Ein fürchterlicher Alptraum, dachte ich. Bestimmt ist es die Erinnerung an das Wort, das

Roger sagte, als er fortging, denn ich gehöre wahrhaftig nicht zu denen, die von Kreuzen träumen.

Wie eine Wüste, die, koste es, was es wolle, durchquert werden muß, dehnte sich der Tag vor mir. Ich wusch mich und zog mich an. »Es ist zu Ende«, sagte ich von Zeit zu Zeit vor mich hin, als gäbe ich jemandem Antwort. Schließlich griff ich zum Telefon und rief aufs Geratewohl, ohne jede Hoffnung, die einzige Nummer an, die Roger mir hatte geben wollen. Natürlich teilte man mir mit, er sei fort. Seit wann? Seit fünf Tagen. »Wissen Sie es genau?« Man legte auf.

Ich ging zum Hafen und sah ins Wasser. Es war von grünlicher Farbe, fast schwarz und schlug plätschernd an den Rumpf der Schiffe. Es nahm sich aus wie ein Streicheln, wie man ein Tier streichelt. Dort hinten, unter den Bäumen, hatte sich mein Vater hineingestürzt. Um nichts in der Welt wäre ich wie er ins Wasser gegangen. Wie schon oft fragte ich mich, woher er den Mut genommen hatte, diesen Schritt ins Leere zu tun. Ein Schritt, und das Wasser schlägt über einem zusammen. Unbewußte Vorsicht riß mich zurück, als müsse ich mich vor dem bewahren, was ich einer plötzlichen Eingebung folgend tun könne, ich ging nach Hause, wo die Arbeit auf mich wartete.

Denn ich hatte ja Arbeit, mit Hunderten von kleinen Zeichenstrichen mußte meine Hand das dicke Blatt Papier bedecken, selbst wenn das Herz mir brach. Der Bote würde auf jeden Fall am Abend kommen, um halb sechs. Der Aufregungen wegen war ich in Rückstand. Noch einmal hatte man mir einen Aufschub gewährt, als ich telefonisch darum gebeten hatte, aber der Abteilungsleiter hatte mir mit höflich kühler Stimme eine Warnung erteilt. An diesem Morgen zeichnete ich wie in einem schweren Traum. Manchmal verschwamm mir alles vor den Augen, und ich mußte mich erst wieder besinnen.

Ich hatte mein Fenster offen gelassen. Über den schwarzen Schornsteinen lag ein blaßblauer Himmel, die milde, berauschende Luft war mit Erinnerungen beladen, als wolle sich die Kindheit durch die Scheußlichkeiten der Welt einen Weg bis zu mir bahnen. Ich mußte meinen Stift hinlegen. Ich war nicht mehr imstande zu zeichnen. Das kleine Mädchen war tot, die Frau, die ich heute war, mußte arbeiten, auf dieser Erde. Ein absurder Gedanke. Aber ich glaubte, vor Kummer zu sterben. Ich hatte Roger gehen lassen. Ich hätte ihn halten sollen, ich hätte es gekonnt. Jetzt war ich sicher, daß er mich neulich nacht gerufen hatte. »Unmöglich«, sagte mir mein Verstand. Ich zuckte die Schultern, stemmte die Ellbogen auf den Tisch, nahm den Kopf zwischen beide Fäuste und stöhnte so laut, daß mich selbst Entsetzen packte. Ich wimmerte wie eine Frau, die zur Folter geschleppt wird. Wenn mich jemand hörte …

Ich stand rasch auf, schloß das Fenster, zog die Vorhänge zu, nicht nur bei diesem einen Fenster, sondern auch bei den beiden anderen. Warum? Man zieht die Vorhänge zu, wenn jemand stirbt. In dieser Handlung lag eine unsinnige Folgerichtigkeit. In gewisser Weise war ich tot, ich war in einer anderen Welt. Der Schmerz hatte mich über die Schwelle geführt.

Endlich brach sich der Gedanke, der schon seit Stunden in mir rumorte, Bahn bis in mein Bewußtsein. Ich ging zu dem Fenster, vor dem ich Roger auf den Knien gesehen hatte. Nicht daß ich selber den Drang verspürte, ebenfalls auf die Knie zu sinken, ich begann nur laut vor mich hinzusprechen: »Erhöre mich. Mach, daß der Mann hierher zurückkommt …«

Der Klang meiner Stimme wirkte seltsam auf mich. Es war auch seltsam, ich sprach ganz allein. Millionen von Männern und Frauen sprechen jedesmal, wenn sie beten, allein, aber ich betete gar nicht wirklich. Die Gebete beginnen mit *Herr* und enden mit *Amen*. Ich redete weiter, weil es mir guttat, wenigstens diese Stimme, die meine, die mir Gesellschaft leistete in meiner Einsamkeit, zu hören. Es schadete nicht, daß ich zu jemand sprach, der nicht existierte. Die Wahrheit, die jammervolle Wahrheit zwang mich zuzugeben, daß ich ein Rezept ausprobierte, daß ich mir eine abergläubische Übung zunutze machte, um auf das Schicksal einzuwirken, weil alles andere fehlgeschlagen war. Theater war es nicht. Eher Magie. Meine Stimme sprach weiter, ungeduldig diesmal.

»Ich bitte dich, den Mann, der gestern abend von mir gegangen ist, hierher zurückzubringen. Um nichts anderes bitte ich dich, weder um Freiheit noch um Geld. Nur um die Gegenwart des Mannes, den ich liebe. Ich bin unglücklich.«

Das genügt, dachte ich. Doch nein, ich mußte fortfahren, mit der Leere zu diskutieren. Ich schloß die Augen, ich zwang mich zu glauben, daß eine unsichtbare und allmächtige Gestalt mir gegenüberstand, in der Nacht, hinter meinen geschlossenen Lidern.

»Hilf mir«, sagte ich, ruhiger geworden. »Verlange nicht von mir, was ich zu tun nicht imstande bin, zu knien, zu glauben wie eine wahrhaft Gläubige. Es ist schon hart, daß du nie Antwort gibst, denn man hat noch nie sagen hören, daß du antwortest. Wenn du nicht existiertest, wäre das gleiche Schweigen da. Dein Schweigen ist unannehmbar. Es ist die Ursache dafür, daß man dir nicht glaubt. Ich bitte dich, mir zu antworten, indem du mir Roger wiedergibst. Das ist alles. Willst du, daß ich auf die Knie falle? Wenn ich Roger dadurch wiederbekomme, will ich es tun. Da ich schon so weit bin, daß ich mich laut und allein in diesem Zimmer an dich wende ...«

Ich wurde vor Scham rot, ich kniete nieder.

»Wenn mich jemand so sähe!« murmelte ich.

Die Antwort kam unverzüglich, unmittelbar, aus meinem eigenen Inneren: »Jemand sieht dich und schaut dich an.« – Nein, dachte ich, das ist das kleine Mädchen, das aus mir spricht, die Karin mit den langen Haaren auf dem Rücken. Ich lasse mich nicht irreführen. Gott spricht anders.

Dann verlor ich die Geduld, ich trommelte mit den Fäusten auf den Fußboden und schrie: »Tu etwas! Herr, ich fordere dich auf, etwas zu tun!«

Wie der Tag vorüberging, weiß ich nicht. Gegen halb sechs läutete der Bote an der Tür, um meine Arbeit abzuholen, aber statt vier Blättern konnte ich ihm nur zwei geben. Der Bote war ein kleiner, grauhaariger, häßlicher Mann. (Das Wagnis, mir einen Adonis zu schicken, ging man nicht ein – es gab nämlich durchaus welche.) Ich kannte ihn seit mehr als einem Jahr. Gewöhnlich redete er nicht mit mir, er richtete sich nach der grausamen Vorschrift, doch an diesem Tag sah er mich unter dem Schirm seiner Mütze mit seinen blassen, rotgeränderten Augen an und fragte mich, ob ich krank sei. Sein borstiger Schnurrbart, seine eingefallenen Wangen waren mir so unangenehm, daß ich ihn nicht einmal anblicken mochte. Doch lag in seiner Stimme etwas für mich überraschend Herzliches, und ich fragte mich, welche Absichten er wohl hege.

»Warum sind Sie um meine Gesundheit besorgt?« fragte ich.

»Sie sehen krank aus, Fräulein. Wenn Sie die Direktion anrufen und sagen, es gehe Ihnen nicht gut, dann werde ich meinerseits bezeugen, daß Sie krank aussehen.«

»Vielen Dank.«

Er hängte sich seine große schwarze Tasche um, die fast bis zu den Knien reichte, und verharrte einen Augenblick an der Tür. Ich glaubte, er erwarte als Belohnung für seinen guten Rat ein Trinkgeld und holte mein Portemonnaie aus der Schublade des großen Tischs. Er ahnte, was ich vorhatte und schüttelte verneinend den Kopf.

»Sie haben sich vielleicht erkältet«, sagte er, »aber das Wetter wird milder. Machen Sie sich keine Sorgen, Sie werden sehen, es wird besser werden.«

»Woraus schließen Sie, daß es besser wird? Für mich wird nichts besser werden.«

»Doch, ganz gewiß.«

Ich zuckte die Schultern, nickte ihm zu und schloß hinter ihm die Tür. Dieser arme verhutzelte Mann verursachte mir ein fast körperliches Unbehagen. Ich konnte es nicht verwinden, daß er so häßlich war. Trotzdem tat es mir leid, daß ich so ablehnend gewesen war. Er hatte sich solche Mühe gegeben, freundlich zu sein, was doch ganz ungewöhnlich war. Beim nächstenmal, in acht Tagen, wollte ich mit ihm sprechen.

Ich acht Tagen würde Roger schon weit fort sein. Warum war er nach Dänemark zurückgekommen? Ich hatte gar nicht mehr an ihn gedacht. In meinem Kopf fing alles wieder von vorn an: die Fragen ohne Antwort, die guten Vorsätze, die immer zu spät kommen, die verpaßten Gelegenheiten, weil ich nie rechtzeitig begreife, was mir geboten wird. Ich hätte Roger umarmen müssen. Ich muß verrückt gewesen sein, daß ich ihn nicht wie damals an mich gepreßt hatte, als ich seinen Atem auf meinem Gesicht spürte.

Ich rief die Direktion an und versuchte, der Stimme am anderen Ende Erklärungen zu geben. Der Mann ließ mich sprechen und antwortete dann kurzangebunden: »Wenn Sie zeitweilig untauglich zur Arbeit sind, werden wir Überlegungen anstellen müssen und danach entscheiden.«

In dieser Nacht ging ich erst bei Morgengrauen ins Bett. Ich hatte an meinem langen Tisch gesessen und die noch fehlenden Zeichnungen angefertigt. Sie waren nicht besser, aber auch nicht schlechter als die vorhergehenden, fand ich. Meine Hand wußte, was zu tun war. Als der Tag anbrach, fiel ich in Schlaf.

Nach sechs Stunden wachte ich wieder auf. Ich schaute meine Arbeit an und stellte fest, daß alle Jungen die Augen Rogers hatten und ein kleines Mädchen, zur Hälfte verdeckt durch die Schulter einer Gefährtin, Otts Gesicht. Hatte ich es beim Zeichnen nicht bemerkt? Der neugierige und haßerfüllte Gesichtsausdruck, der kleine Kirschenmund, das alles sah ich mit Schrecken, aber auch mit ein bißchen Bewunderung wegen der frappanten Ähnlichkeit. Ohne zu zaudern rollte ich die Blätter zusammen und ging in die Stadt.

Ein Hauch von Glück lag an diesem Vormittag in der Luft. Unser skandinavischer Frühling bricht mit Gewalt aus, es ist wie eine Explosion. Das ist der Sieg über die eisige Hölle, in der wir lange, trübe Monate verbringen müssen. Die Sonne rieselte über die Dächer und streichelte die Gesichter, die mir vielleicht als die reinsten auf der ganzen Welt vorgekommen wären, hätte in den Augen nicht das spöttische Funkeln gelegen, das uns von den Menschen anderer Völker unterscheidet. Nicht bei uns darf man die Engel suchen: die Engel wohnen höher im Norden, in Norwegen, aber wir sind amüsanter.

Mit diesen Überlegungen ging ich die lange Straße hinunter, die vom Rathaus zum Markt führt, den man den Neuen Markt nennt, obwohl er sehr alt ist. Ich dachte bei mir: An einem märchenhaften Morgen wie diesem gibt es bei uns keinen Raum für Schmerz. Die Frauen standen auf den Gehwegen und schwatzten miteinander, und die Jungen lachten und schnitten im Licht der zurückgekehrten Sonne fröhliche Grimassen. Nur noch ein paar Wochen, und alle würden nach Klampenborg fahren und sich in den Sand legen, dort, wo ich mit Roger herumgelaufen war.

Welch ein Gegensatz zwischen den Erinnerungen an die Vergangenheit und dem Mann, dem ich kurz darauf gegenüberstand. In einem abschreckend kahlen Büro breitete ich meine Zeichnungen auf einem Tisch aus, und der schwarzgekleidete Abteilungsleiter blickte oberflächlich über sie hin. Ob er jemals ein Sonnenbad genommen hat? Und wie mochte er nackt aussehen? Er war steif wie eine Bohnenstange, schlank und dürr, er hatte ein regelmäßiges Gesicht, umrahmt von einem dünnen Kranz blonder Haare, die er wie alle Männer, die mit vollständiger Kahlköpfigkeit rechnen müssen, fanatisch sorgsam kämmte. Voller Herablassung machte er mit dem Finger ein Zeichen, ich sollte die Zeichnungen, die er angesehen hatte, nacheinander wieder zusammenrollen. Er war unausstehlich mit seinem Dünkel. Ich fragte mich, ob je eine Frau diesen schmalen Mund geküßt hatte. Aber, vielleicht wurde er sogar angebetet. Ungewollt musterte ich ihn, wie ich alle Männer musterte. Die Haut seines Gesichts war glatt, es hatte die Farbe von Elfenbein oder, prosaischer ausgedrückt, von kaltem Hühnerfleisch. Seine Augen waren porzellanblau, was gemeinhin bewundert wird. Mit achtzehn Jahren hätte ich ihn wahrscheinlich ansprechend gefunden, aber heute betrachtete ich ihn mit Abscheu. Doch dann ereignete sich etwas, wodurch meine Meinung ein bißchen geändert wurde.

Nachdem er festgestellt hatte, daß die vier Zeichnungen zusammengerollt nebeneinander auf dem Tisch lagen, verschränkte er die Hände hinter dem Rücken und hielt mir eine Ansprache, von der mir jedes Wort gegenwärtig geblieben ist.

»Wir werden die verspätete Ablieferung übersehen, da Sie alles wiedergutgemacht haben. Ich möchte hinzufügen, daß die Korrektheit, mit der Sie seit vier Jahren Ihre Arbeit erledigen, eine gewisse Erhöhung Ihrer Bezüge rechtfertigt. Zu gegebener Zeit werden Sie von der Buchhaltung benachrichtigt werden.«

Ich sah ihn verblüfft an, weniger der Worte wegen, die aus seinem Munde kamen, als des Lächelns wegen, mit dem er sie begleitete. Nie hatte ich ihn lächeln sehen, nie hatte ich seit dem Krieg in diesem Haus jemanden mir zulächeln sehen. Weiter sagte er:

»Ich zweifle nicht daran, daß Ihre Lebenshaltung sich in Kürze verbessern wird. Zuvor wird der Form halber eine kleine Untersuchung vorgenommen, doch nichts, was Ihnen unangenehm sein könnte.«

Ohne mir Zeit zu einer Antwort zu lassen, entließ er mich mit einem Kopfnicken, und ich schloß die Tür hinter mir. Draußen ging ich richtungslos durch die Straßen, wie eine Frau, die sich verlaufen hat, und wirklich kam es mir plötzlich so vor, als befände ich mich in einer fremden Stadt. Dann war ich auf dem Neuen Markt und setzte mich auf eine Bank, um zu versuchen, meine Gedanken zu ordnen. Ganz ohne Zweifel ging irgend etwas vor um mich herum. Schon seit einigen Tagen spürte ich es undeutlich: ein vages, sonderbares Gefühl der Hoffnung. Es war nicht normal, daß ich eine Zulage bekommen sollte und der Abteilungsleiter mir ein Lächeln schenkte, doch was konnte mir das ausmachen? Was konnte es mir ausmachen, daß die Sonne mich beschien und ein Vogel fast genau über mir im Baum zu zwitschern begann, in einem Baum, an dem bleiche grüne Knospen saßen? Bald kam der Tag, an dem Roger nicht mehr im Lande war. Für wen also dieses Fest, dieser jungfräulich blaue Himmel und dieses unbändige Licht? Nicht ohne Unbehagen erinnerte ich an mein formloses Gebet vom Abend zuvor und an dieses anmaßende Trommeln mit der Hand auf den Fußboden, diese lächerliche Forderung... Mein ungereimtes Gebet konnte nicht erhört worden sein. Unbewußt entrang sich mir ein fassungsloser Seufzer, ich merkte, daß Vorübergehende mich anblickten. Ich setzte mich an eine andere Ecke des Platzes, dorthin, wo Kinder spielten.

Ich weiß noch, daß ein ganz kleines Kind dabei war, ein Junge, der wie betrunken herumtappte. Sein blonder rosiger Kopf schien zu schwer zu sein für den kleinen Körper, er stellte sich vor mich hin, mit offenem Mund, und sah mich mit seinen blauen Augen an, in denen sich nichts als Unschuld spiegelte. Ich lächelte und streckte ihm eine Hand hin; er nahm sie und bedachte mich seinerseits mit einem breiten zahnlosen Lächeln. In diesem Augenblick kam eine grauhaarige Dame, wahrscheinlich seine Großmutter, und nahm ihn bei der Hand, mir warf sie einen vorwurfsvollen Blick zu, als sie ihn zu einer Bank führte, auf der mehrere Personen saßen. Offensichtlich war ich jetzt der Gegenstand abfälliger Bemerkungen, denn sie waren von einem Stirnrunzeln begleitet, das ich nur zu gut kannte. Wiederum stand ich auf, verließ den Platz und ging zum Hafen.

Ich versuchte das Bild mit den Augen eines Touristen zu sehen, als entdeckte ich es erst jetzt. Die schwarzen, blauen, roten und grünen Häuserfronten lagen nebeneinander im hellen Licht. Zu meinen Füßen zeichnete die Sonne dicke Striche um die Pflastersteine. Vom Wasser stieg herber Geruch auf, und der Lärm der Stadt wehte mit Windstößen herüber, die mein Haar lustig und neckend durcheinanderbrachten. Zwei Burschen mit weit geöffneten Hemdkragen kamen auf mich zu und boten mir mit einem Augenzwinkern an, mir die Sehenswürdigkeiten der Stadt zu zeigen. Ich drehte mich wortlos um. Der eine mit seinem strohblonden Haar, seiner rosigen Haut und seinem hellblauen Hemd kam mir unwahrscheinlich hübsch vor, wie viele Jungen bei uns. Er hatte den Krieg nicht bewußt miterlebt, und er hatte keine Ahnung, wer ich war.

Ich lehnte mich an einen der Granitsockel, die dort stehen, wo der Kanal in den Hafen mündet. Wenn Roger zurückkäme, und wäre es auch nur für eine Stunde, brauchte ich nicht mehr zu leiden. Wohin sollte ich gehen, um es nicht so schmerzlich zu spüren? Ich erinnerte mich an ein kleines Café, nur zwei Minuten entfernt, neben dem Königlichen Theater. Vielleicht könnte ich mich dort einen Moment hinsetzen, falls man mich nicht bat, woanders hinzugehen, wie es eines Tages geschehen war, als man erkannt hatte, wer ich war.

Mit selbstsicherer Miene betrat ich den glücklicherweise leeren Raum und setzte mich so, daß ich der Straße den Rücken zukehrte. Ich fühlte mich geschützt zwischen diesen Wänden. Hohe Spiegel warfen sich gegenseitig das Bild von Türen und Grünpflanzen zu, und in einer Ecke entdeckte ich meinen zerzausten Kopf. Ich ordnete mein Haar und sah, wie meine dreifach vervielfältigte Hand die glättende Bewegung machte, mit der ich die Strähnen zurückschob. Auf einmal kamen drei Kellner aus den Spiegeln heraus und schmolzen zu einem einzigen zusammen, der auf mich zukam und mich fragte, was ich wünschte.

»Mineralwasser.«

Sein Gesicht fand ich nicht sehr schön, aber er hatte eine bemerkenswert gute Figur in dem Anzug, der seinen Körper fast indiskret umspannte. Ich war erleichtert, als er ging und mit einer kleinen Flasche wiederkam: er jedenfalls hatte mich nicht erkannt. Es drängte mich, mit ihm zu sprechen, irgend etwas zu sagen, um nicht so allein zu sein, deshalb getraute ich mich, ein paar Worte über den schönen frühlingshaften Vormittag zu sagen. Er stimmte mir zu, nichts weiter. Schade, daß er eine so aufgestülpte Nase hatte und wie ein Clown aussah, aber er hatte ein nettes Lächeln, als er mir das Wasser eingoß, das etwas süffisante Lächeln der an gewisse Annäherungsversuche gewöhnten Kellner. Ich wurde rot. Wie konnte ich mich nur so leichtfertig aufführen, da ich mich so unglücklich fühlte und nicht mehr weiterleben wollte! Was bedeutete es für mich, daß dieser Kellner so gut gebaut war? Vielleicht würde ich heute noch den Schritt ins Leere tun, wenn ich die Kraft dazu fand. Ich hatte doch zu Roger gesagt, daß ich mich umbringen würde. Ich nahm einige Geldstücke aus meiner Handtasche und sagte dem Kellner, er könne das Wechselgeld behalten. Wieder lächelte er, diesmal etwas nachdrücklicher, und seine Hand streifte kühn die meine, als er die Münzen einstrich. Ich zog meine Finger zurück, als habe er sie mir verbrannt. Er verschwand.

Jetzt kam ein beleibter Herr herein, nahm ziemlich weit entfernt von mir Platz und bestellte sich ein Bier; dann erschien ein noch dickerer und trug dazu bei, der gegenüberliegenden Wand ein häßliches Aussehen zu geben. Alle beide warfen mir anerkennende Blicke zu. Ich malte mir nicht ohne Abscheu aus, wie sie sich in der Liebe verhalten mochten, und fragte mich, ob ihr Bauch sie dabei nicht störte. Mit zwanzig Jahren waren sie vielleicht schlank und behende gewesen, wie der hübsche Bursche am Hafen. Was für eine garstige Posse ist doch das Leben! Ich trank einen Schluck Wasser und ging.

Zu Hause nahm ich ein Aspirin und versuchte Ordnung in meine Gedanken zu bringen. »Eine kleine Untersuchung…«, diese Worte des Abteilungsleiters kamen mir in den Sinn. Anfänglich hatte ich nicht darauf geachtet. Ich hatte andere Sorgen im Kopf, denn Roger wollte abreisen. Ich aber blieb, und der Abteilungsleiter ebenfalls. Das Wort Untersuchung roch nach Polizei. Mit einemmal überkam mich Panik. Ich griff nach dem Telefon, rief im Kaufhaus an und verlangte den Abteilungsleiter zu sprechen, aber eine solche Gunst erlangte man nicht so leicht. Ich bekam den Bescheid, daß ihm mein Ersuchen übermittelt werden und daß ich zu gegebener Zeit ganz sicher einen Telefonanruf bekommen würde. Ich drängte ein bißchen: ich hätte den Herrn Abteilungsleiter vor einer Stunde gesehen. Ich wurde gebeten aufzulegen. Das heißt, auf der anderen Seite wurde aufgelegt, ohne meine Entgegnung abzuwarten. Und was hätte ich dem Abteilungsleiter eigentlich gesagt? Ich wußte es nicht, ich wußte nie, was ich tun sollte. Zuerst handelte ich, die Begründungen erfolgten später. Jetzt mußte ich warten.

»Warten!« schrie ich und starrte auf das Buffet. »Seit vier Jahren tue ich nichts anderes. Ich will nicht mehr. Ich habe genug. Warum tust du nicht etwas? Schläfst du?«

Ich redete nicht das Möbelstück an. Ich wußte wahrhaftig nicht, wen ich meinte: die Dinge, Gott, den Tod, alles? Jedenfalls brauchte ich nicht lange zu warten. Eine Viertelstunde später läutete das Telefon, und ich griff so ungeschickt zum Hörer, daß er herunterfiel und ich ihn erst wieder aufheben mußte. Ich war deshalb auf allen vieren, als ich Antwort gab. Ich war da, ja. Ich war es selbst. Wer war dort? Ah, Herr Abteilungsleiter...

Die kühle Stimme fragte, was ich gewollt hätte.

»Es ist wegen... der Untersuchung, von der Sie gesprochen haben. Dürfte ich wissen...«

»Sie brauchen sich nicht zu beunruhigen. Die Untersuchung wird den Vorschriften gemäß durchgeführt.«

»Aber könnte ich nicht erfahren, worum es sich handelt? Sollte es eine Befragung sein, wäre ich der Direktion dankbar, sie sobald wie möglich vorzunehmen.«

»Haben Sie es so eilig? Bleiben Sie bitte am Apparat.«

Natürlich blieb ich am Apparat, ich dachte nicht daran aufzulegen, ich zitterte schmählicherweise. Was hatte ich nur wieder in die Wege geleitet, indem ich angerufen hatte! Zwei qualvolle Minuten verstrichen, dann war die Stimme wieder da, aber nicht die des Abteilungsleiters, sondern eine andere, die ich früher schon einmal gehört hatte und die ich nicht vergessen konnte: die Stimme des Direktors selbst: kurzangebunden, tief, ruhig – furchterregend.

»Wollen Sie bitte um dreiviertel fünf in mein Büro kommen.«

»Ja, ja, Herr Direktor.«

Ich sank in meinen Sessel und schloß die Augen.

Schon um vier Uhr stand ich vor dem Kaufhaus und ging auf dem Gehsteig auf und ab. Was würde man mich fragen und was würde ich antworten? Im Geiste redete ich mit einer Phantasiegestalt, die alles verstand, ich legte ihr meinen Fall dar, ich flehte sie an, mir beizustehen, und allmählich wurde aus der Phantasiegestalt Roger – und zuweilen Gott. »Wenn man mit ihm spricht, existiert er«, sagte ich zu mir.

Um vier Uhr vierundvierzig stand ich vor der Tür mit dem Namensschild des Direktors. Ich klopfte und ging hinein. Ich hatte mein dunkelblaues, mit kleinen weißen Blumen gemustertes Kleid angezogen, eine untadelige Aufmachung.

Zuerst sah ich in meiner Verwirrung den Direktor nur als einen dunklen Block, im Gegenlicht vor einem Schreibtisch, auf dem nichts weiter als ein Telefon stand. Aber ich vernahm die Stimme, die mich zum Platznehmen aufforderte. Meine Hand fand tastend den Sessel. Wortlos setzte ich mich.

»Da Ihnen daran liegt, daß diese Untersuchung unverzüglich durchgeführt wird, wollen wir gleich mit Frage und Antwort beginnen. Sind Sie einverstanden?«

Die Stimme klang freundlich, fast beruhigend. Ich sagte, ich sei natürlich einverstanden, und nun sah ich auf einmal den Mann, der mit mir sprach. Sein Gesicht wirkte nicht böse, im Gegenteil; es war großflächig, ein wenig zu rosig, es zeugte von Gutmütigkeit. Die Augen lächelten, helle Augen, umspannt von einem Netz kleiner Falten. Der Mund voll und genüßlich, und die Nase, eine richtige dänische Nase, ausgesprochen lustig. Das alles stand im Gegensatz zu dem, was folgte.

»Sie wissen selbstverständlich, was Fräulein Ott zugestoßen ist?«

Als dieser Name fiel, spürte ich, daß mir das Blut aus den Wangen und Händen wich, mir wurde ganz kalt. Wahrscheinlich war ich totenblaß.

»Sie ist...«

»Ja, sie ist gestorben. Kannten Sie sie gut?«

»Etwas. Seit längerer Zeit sahen wir uns nicht mehr.«

»Die Behörden haben bei ihr ein Anzahl Briefe gefunden.«

»Die Behörden?«

»Das scheint Sie zu überraschen. Sie war eine Informantin der Behörden. Wußten Sie das nicht?«

»Doch, jeder wußte es.«

»Sehen Sie. Es steht außer Zweifel, daß ihr Tod auf natürliche Weise eingetreten ist. Fräulein Ott lebte allein. Von einem Unwohlsein befallen, hat sie versucht, jemanden anzurufen, wahrscheinlich ihren Arzt. Können Sie mir folgen?«

»Gewiß, Herr Direktor.«

»Das alles ist nicht beunruhigend, aber Sie müssen wissen, daß ich eine Untersuchung durchführe, eine kleine völlig private Untersuchung, eine völlig private, trotzdem ernste Untersuchung. Sind Sie geneigt, alle meine Fragen zu beantworten?«

»Ich bin bereit.«

Mit einemmal merkte ich, daß ein Strom von Energie durch mich hindurchging, wie es mir angesichts einer Gefahr früher schon passiert war. Mir ganz ruhiger Stimme setzte ich hinzu:

»Diese Frau haßte mich.«

»Ja und nein, aber darüber habe ich Sie nicht befragt. In einem Schubfach ihres Sekretärs hatte sie eine Reihe von Briefen aufgestapelt, in französischer Sprache, maschinegeschrieben und in Paris aufgegeben.«

Er ließ ein paar Sekunden verstreichen, wahrscheinlich um die Wirkung seiner Worte abzuschätzen. Doch ich hatte mich völlig in der Gewalt.

»Ja, und was noch, Herr Direktor?«

»Diese Briefe waren Antworten auf andere Briefe, die sich natürlich nicht bei Fräulein Ott befanden, aber es war nicht schwer, sie im richtigen Zusammenhang zu sehen. Sie hat ihren Briefpartner genauestens über Ihr Verhalten während der Besatzungszeit unterrichtet.«

»Ich glaube, ich sagte Ihnen schon, daß sie mich haßte.«

»Haßte scheint mir übertrieben, aber lassen wir das. Sie war eine Patriotin und fühlte sich berufen, bestimmte Anzeigen zu erstatten. Doch war sie nicht unmenschlich. Das ist der Hauptpunkt nicht. Wissen Sie, wer der französische Herr war, an den sie schrieb?«

»Ich ahne es, Herr Direktor.«

»Es wird Ihnen vielleicht eine Genugtuung sein zu erfahren, daß er Sie mit äußerster Großmütigkeit verteidigt hat.«

»Das freut mich, überrascht mich aber nicht.«

»Er war der Auffassung, daß Sie zum größten Teil nicht verantwortlich zu machen seien, und das aus Gründen, die er nicht näher darlegen wollte. Was sind das Ihrer Ansicht nach für Gründe?«

»Ich habe keine Ahnung.«

»Der Stil seiner Briefe ist übrigens sehr gehoben. Zudem geht aus ihnen klar hervor, daß dieser Herr eine sehr günstige Meinung von Ihnen hat. Kann ich weiterhin hoffen, daß Sie alle meine Fragen beantworten werden?«

»Ich werde im Rahmen des Möglichen antworten. Es gibt gewisse Grenzen.«

»Es gibt wirklich Grenzen. Ich sage Ihnen gewiß nichts Neues, wenn ich Ihnen mitteile, daß sich dieser Herr seit einiger Zeit in Kopenhagen aufhält, denn er besucht Sie gewöhnlich gegen Abend.«

»Zu meinem Bedauern muß ich feststellen, daß mir nachspioniert wird, Herr Direktor.«

»Überwacht ... sagen wir, Sie werden überwacht. Im vorliegenden Fall zeitigt die Überwachung keine unangenehmen Ergebnisse – im Gegenteil.«

»Das verstehe ich nicht.«

»Ich gehe wohl nicht fehl in der Annahme, daß zwischen Ihnen und dem französischen Herrn ein Liebesverhältnis besteht?«

Nachdem ich anfänglich blaß geworden war, schoß mir jetzt das Blut ins Gesicht, was mir nicht peinlich war, denn die Röte der Überraschung konnte als Scham gedeutet werden.

»Herr Direktor, die Verantwortung für Ihre Mutmaßungen muß ich Ihnen überlassen.«

Diese Worte hatte ich gut herausgebracht. Es fehlte nicht an einer gewissen Würde. Die Komödie ging weiter, aber wie traurig war das im Grunde alles! Roger würde fortgehen ...

»Liebes Fräulein«, sagte der Direktor mit verständnisinnigem Lächeln, »wir Dänen verstehen solche Dinge doch sehr gut.«

Ich stand auf.

»Darf ich mich zurückziehen, Herr Direktor, wenn Sie mir nichts anderes mehr zu sagen haben?«

»Ich begleite Sie.«

Dieser Satz erstaunte mich mehr als alles übrige. Vom Direktor hinausgeleitet zu werden ... Er stand auf, ging durch den Raum und öffnete die Tür. Wir schritten durch den Korridor bis zum Aufzug, und er, nicht ich, drückte auf den Knopf, es war, als wolle er mir auch die geringste Mühe abnehmen. Wir mußten einige Zeit warten, und währenddessen schwieg der Direktor, aber er lächelte, er sah mich freundlich zustimmend an. Endlich hielt der schwere Käfig auf unserem Stockwerk, und er öffnete mir auch diese Tür.

»Auf Wiedersehen, Fräulein Karin«, sagte er und reichte mir die Hand.

Wie im Traum griff ich nach der riesigen Hand und lächelte, so gut ich es vermochte.

»Auf Wiedersehen, Herr Direktor.«

Wenn meine Rechnung richtig war, mußte dieser Tag Rogers letzter in unserer Stadt sein. Zu denken, daß er sich noch in Kopenhagen aufhielt, daß ich ihn noch erreichen könnte, verstärkte meine Traurigkeit, und ich wünschte fast, er wäre weit fort, damit die vergebliche Hoffnung auf ein zufälliges Zusammentreffen mich nicht mehr quälte.

Da ich gar keinen Hunger verspürte, ging ich in den großen Vergnügungspark, der so viele Erinnerungen an bessere Tage barg, und ich setzte mich auf eine Bank. Um diese Zeit waren nur wenige Menschen auf den Alleen unterwegs. In den knospenden Bäumen sangen die Vögel, und ihr fröhliches, herzzerreißendes Trillern klang mir wie Spott. Ich mußte den Lauf der Zeit wohl oder übel ertragen, nach und nach würden Schmerz und Leid vergehen. Was mich vor allem bekümmerte, war die Nutzlosigkeit dieser schweren Prüfung. Wäre Roger in Frankreich geblieben, anstatt hierherzukommen, hätte ich nie mehr an ihn gedacht. Was hatte er mir Gutes gebracht? Nichts. Er hatte sein Gewissen dadurch erleichtert, daß er mich um Verzeihung bat. Das war der Egoismus der Männer. Wenn er nur seinen Frieden fand; Karins Qual war furchtbar unwichtig, und mit frohem Herzen konnte mein armer Bekehrter sich auf den Weg in sein Kloster machen.

Am Spätnachmittag ging ich nach Hause und zog die Vorhänge vor die Fenster, um mich im Halbdunkel auf meinem Bett auszuruhen. Das war das Beste, was ich tun konnte, denn ich war wie zerschlagen und schlief sogleich ein.

Stimmengewirr am Hafen weckte mich. Der Schein der Straßenlaternen drang durch die Schlitze der Vorhänge und warf helle Streifen auf den Fußboden des Zimmers. Ich sprang aus dem Bett und lief an eines der Fenster, zum Kai hin. Zuerst sah ich nur Männer, die hin und her gingen und gestikulierten, dann, als einige sich entfernten, begriff ich gleich, was geschehen war. Auf dem Pflaster lag eine Frau, zur Hälfte bedeckt mit einer grünen Plane, ich konnte die Beine sehen in hellen Strümpfen, wie ich sie selber trug. Schuhe hatte sie nicht an. Sie schien ziemlich klein zu sein. Ein nicht ungewöhnliches Drama, wie ich es schon fünf- oder sechsmal erlebt hatte, ohne Zweifel ein Selbstmord. Der Frühling ist bei uns ein Fest, er ist aber auch die Jahreszeit der Verzweiflung. Getrieben von sogenannter krankhafter Neugier zog ich den Vorhang zurück, um möglichst alles von dem schrecklichen Schauspiel zu sehen. Da lag eine anscheinend junge Frau, ihre Beine glichen den meinen. Sie zumindest hatte den Mut gehabt, den Schritt ins Leere zu wagen, sie hatte ihn an meiner Stelle getan. Ich war diese Frau, ich hatte mich ertränkt. In diesem Augenblick traf mit Sirenengeheul der Krankenwagen ein. Jetzt hatten sich zu viele Menschen angesammelt, so daß ich nichts mehr sehen konnte. Ich zog den Vorhang zu und legte mich wieder auf mein Bett.

Eine seltsame Idee bemächtigte sich meiner. Ich gab ihr nach, wie man einem unabweisbaren Befehl gehorcht. Gleich darauf saß ich an meinem Tisch, zündete die Lampe an und schrieb einen Brief, der aller Wahrscheinlichkeit nach den Adressaten nie erreichen würde, da ich seine Anschrift nicht kannte: »Roger, mir ist, wenn ich Dir schreibe, als würde mir Deine Gegenwart geschenkt, ohne die ich kaum atmen kann. Ich liebe Dich und leide. Dich wiederzusehen könnte tödlich für mich sein, aber so würde ich gern sterben, vor Freude sterben.«

An dieser Stelle war es mir, als schriebe ich an den Roger von 1939, an den, der nicht mehr existierte. Ein bißchen zögernder fuhr ich fort: »Sage nicht, daß Du Dich geändert hast und daß nichts mehr möglich ist. Könnte ich Dich nur an mich pressen, dann würdest Du fühlen, daß die Zeit in der Liebe aufgehoben ist. Kehre zurück in die Welt der Lebenden. Die Religion kann Dir nur das Herz zerreißen. Ich werde Dir die menschliche Wärme schenken, die das Leid zum Schweigen bringt. Wir werden den verlorenen Garten wiederfinden ...«

Was sollte es nützen, solche Dinge zu schreiben, die er nie lesen würde?

Ich warf den Brief in den Papierkorb und fing an, mich auszuziehen. Auf einmal wurde an der Tür geläutet. Ich zuckte zusammen bei diesem schrillen Klang im Schweigen der Nacht, und ich gestehe, daß ich zunächst nichts tat. Es war fast zehn Uhr. Kurze Zeit verging, dann läutete es wieder. Schließlich wurde an die Tür geklopft, und dann erfolgte auf einmal ein Schrei, der mich erstarren ließ:

»Karin!«

Es war nicht möglich. Doch. Ich erkannte die Stimme und öffnete die Tür.

Er stand barhäuptig auf der Schwelle, es war, als sei er nicht fähig, sie zu überschreiten. In seinem Gesicht, aus dem jede Farbe gewichen war, starrten mich die Augen so unverwandt an, daß ich aufs äußerste erschrak. Ich vernahm eine Stimme, die einem anderen zu gehören schien und die gleichwohl die meine war:

»Roger, was ist geschehen?«

Er öffnete den Mund, konnte aber kein Wort herausbringen. Ich griff nach seiner Hand und zog ihn herein. Wie ein Kind ließ er alles mit sich geschehen. Mir ging der Gedanke durch den Kopf, er könne wahnsinnig geworden sein. Plötzlich nahm er mich in seine Arme und lehnte seine Wange an die meine. Er weinte. Seine Tränen netzten mein Gesicht.

»Ich glaubte, Sie seien tot«, sagte er in einem Atemzug. »Vorhin ist eine Frau ertrunken. Ich habe gemeint, Sie seien es.«

Er ließ mich los, seine Arme fielen herab, und er setzte sich auf das Sofa. Er fuhr mit der Hand über seine Augen, um die Tränen abzuwischen.

»Ich habe mich wie ein Irrer benommen«, sagte er dann. »Ich hatte nicht die Kraft abzureisen. Verdammen Sie mich nicht, liebe Karin.«

»Wie sollte ich Sie verdammen!« rief ich aus und setzte mich neben ihn. »Ich habe darum gefleht, daß Sie wiederkommen, und Sie sind wiedergekommen. Es ist wie ein Wunder.«

»Sie haben darum gefleht?« fragte er und sah mich an.

»Ja.«

»Es gibt kein Wunder, Karin. Ich war fast jeden Abend hier, draußen. Das Wunder besteht darin, daß Sie darum gefleht haben. Würden Sie mir etwas zu trinken geben? Mir ist kalt.«

Kalt! Es war so mild, daß ich ein Fenster offen gelassen hatte. Ich schloß es sofort und holte aus dem Buffet eine Karaffe Rotwein, ich hätte sie beinah fallen lassen, so zitterten meine Hände.

»Das ist alles, was ich habe«, sagte ich und stellte die Karaffe zusammen mit einem Glas auf das Tischchen. »Aber vielleicht wollen Sie lieber Tee oder Kaffee?«

Er sah mich ratlos an.

»Nein«, sagte er, »nichts. Ich will nichts. Ich möchte nichts.«

»Sie sind ganz durcheinander, Roger«, sagte ich und ging auf das Sofa zu. »Was ist denn?«

Er nahm meine Hände und sah mich flehentlich an.

»Ich hätte nicht nach Dänemark zurückkommen sollen, Karin. Es war ein Irrtum, daß ich an diese Frau, an Fräulein Ott, geschrieben habe, um mich nach Ihnen zu erkundigen, weil ich mir Vorwürfe machte ... Sie ahnen nicht, welche Gewissensbisse ein Bekehrter haben kann. Als ich mein Leben prüfend überblickte ... Wollen Sie sich nicht neben mich setzen, Karin?«

Ich nahm auf dem Sofa Platz. Er behielt meine Hände in den seinen.

»Ja, wie hätte ich Sie bei diesem prüfenden Blick auf beinah jede Stunde meiner Vergangenheit nicht sehen sollen, Karin, Sie waren es, Sie allein, die ich suchte.«

»Sie suchten mich?«

»Ich gestand es mir nicht ein. Ich befand mich in einer schweren religiösen Krise, hatte Sie jedoch nicht vergessen, ganz im Gegenteil, und ich hatte mir sehr viel vorzuwerfen: ich hatte Sie auf den Weg des Bösen gebracht.«

»So dürfen Sie nicht reden. Die Liebe ist nicht das Böse.«

»Ich war gebannt von der Liebe, von der fleischlichen Liebe, selbst in meiner größten Hingabe an Gott. Ich schrieb an Fräulein Ott, um zu erfahren, wie es Ihnen ginge. Zuerst fragte ich nur nach Ihrer Adresse, um Ihnen schreiben zu können, um Ihre Vergebung zu erbitten, doch letztlich war es nicht das, was ich wirklich wollte.«

»Sie dürfen auf diese Dinge nicht zurückkommen, Roger.«

Behutsam legte ich den Arm um seine Schultern. Jetzt gehörte er mir. Ich brauchte nur noch zu warten.

»Fräulein Otts Antwort traf mich mitten ins Herz«, fuhr er fort. »Was ich erfuhr, tat mir weh, aber ich sah darin auch die Veranlassung für diese Reise, die ich nun für eine Pflicht hielt. Ihnen zu schreiben hätte nicht genügt. Ich wollte Sie sehen, Karin, und versuchen, Ihnen den Glauben wiederzugeben, den Sie durch mich verloren hatten. Oh, ich war ganz aufrichtig, aber zugleich, ohne es wahrhaben zu wollen, war ich unehrlich, Karin, ich war unehrlich.«

Wieder standen Tränen in seinen Augen. War ein noch deutlicheres Geständnis nötig? Er war mir völlig ausgeliefert. Bebend vor unbeschreiblichem Glück nahm ich sein Märtyrergesicht in meine Hände und küßte ihn auf den Mund.

Nachdem die Lampen gelöscht waren, hatte ich das Gefühl, mit ihm zusammen in einen Abgrund zu gleiten. Es war nicht mehr der Roger von damals, den ich umschlang, sondern ein Wahnsinniger, dessen Raserei mir Angst machte. Zu dem Übermaß an Sinnlichkeit kam etwas anderes, dessen Bedeutung ich zuerst nicht begriff. Die Liebesworte, mit denen er mich überhäufte, vermochten mich nicht zu täuschen. Bald merkte ich, daß er, der vor Leidenschaft den Kopf verlor (während ich ganz klar blieb), sich dennoch gegen mich auflehnte. Daß er liebestoll war, bezweifelte ich nicht, aber er litt darunter wie unter einer Folterqual, bei der selbst die Wollust eine ausgesuchte Grausamkeit war. Er kannte keine Zärtlichkeit mehr, und ich hatte nichts anderes, das ich ihm schenken konnte, aber ich besaß sehr viel davon, und mit ihr bändigte ich ihn schließlich. Ich umhüllte den armen Kranken mit der ganzen Sanftheit und Milde, deren eine Frau fähig ist, wenn sie über sich selbst hinauswächst, aber ich begehrte diesen

Mann nicht mehr. Er hatte sich zu sehr gewandelt. Und ich konnte auch nicht mehr die Messalina spielen, wie ich es 1939 getan hatte. Damals war es einfach, ihn zu täuschen. Jetzt war ich es überdrüssig, ihn zu täuschen. Ich überließ mich meiner eigentlichen Natur.

Als der körperliche Rausch abgeklungen war, schliefen wir fast zur gleichen Zeit ein. Bei Morgengrauen wachte ich auf und streckte instinktiv den Arm aus. Ich war allein in meinem Bett. Ich brauchte eine Weile, um es zu begreifen, um es zu glauben, dann rief ich, ohne Antwort zu bekommen.

Ich nahm ein Geräusch wahr, und als meine Augen sich an das Dämmerlicht gewöhnt hatten, sah ich Roger, er saß vornübergebeugt auf einem Stuhl und schnürte sich die Schuhe zu. Er stand auf, von Kopf bis Fuß fertig angezogen, und stellte sich mitten ins Zimmer.

»Karin«, sagte er, »ich gehe jetzt. Ich bin seit einer halben Stunde auf, aber ich wollte nicht gehen, ohne dir adieu zu sagen. Ich will nicht, daß du leidest.«

»Ich werde leiden, und du ebenfalls.«

Wie er da reglos in dem ungewissen Licht stand, kam er mir wie ein Baum vor. Woran dachte er? Warum schwieg er jetzt? Er war im Begriff, mein Glück zu zerstören.

»Roger, beantworte mir bitte eine Frage. Glaubst du verloren zu sein, weil das heute nacht zwischen uns geschehen ist?«

»Nein.«

»Bin ich es, die verloren ist?«

»O nein, Karin.«

»Gehst du, weil ich für dein Seelenheil gefährlich bin?«

»Wie ich gefährlich bin für das deine, ja.«

»Was wirst du tun, damit ich gerettet werde?«

»Willst du wirklich gerettet werden, Karin?«

Ich antwortete auf seine Frage nicht. Es lag etwas Peinliches in diesem Wechselgespräch über religiöse Dinge nach den Ausschweifungen der vergangenen Nacht...

»Wenn du gehen willst«, sagte ich plötzlich, »gib mir vorher noch eine halbe Stunde, die Zeit, um mich anzuziehen und dir Kaffee zu bereiten.«

Ich merkte, daß er zögerte, ich machte mir sein Schweigen zunutze, schlüpfte in meinen Morgenrock und lief schnell ins Badezimmer. Es geschah so rasch, daß er mein Verschwinden gar nicht wahrnahm.

»Mach Licht, wenn du willst«, rief ich durch die Tür, durch das Rauschen des Wassers hindurch, das in die Wanne lief.

Ich hoffte, das elektrische Licht könne die andächtige Stimmung des Halbdunkels verscheuchen und die Alltäglichkeit im ganzen Umfang wiederherstellen.

»Karin«, antwortete er, »ich brauche wirklich nichts.«

Seine ganze Schwäche, seine Kindlichkeit war diesen Worten zu entnehmen. Ein entschlossener Mann wäre auf der Stelle gegangen.

»Mach Licht!« rief ich.

»Nein!« entgegnete er plötzlich energisch.

Ihm war die Düsternis lieber. Sie erlaubte ihm, sich das kleine Drama des reuigen Sünders besser vorzuspielen. Sicherlich hatte er die Hände vors Gesicht geschlagen. Ich lag im Wasser und überschlug meine Chancen. Auf sinnlichem Gebiet waren sie gegenwärtig gleich Null. In der Nacht hatte er alles, was er zu sagen hatte, gesagt, und jetzt, am frühen Morgen, hatte die Seele die Oberhand. Vielleicht gab ihm das Plätschern des Wassers verbotene Gedanken ein... Die Männer sind so primitiv! Nein, das war töricht, dieser beschämende Zustand war mir widerlich. Doch ich überwand den Abscheu. Ich mußte nur einige Stunden gewinnen. Dann würde der Hunger, das drängende Begehren wieder erwachen. Ich hatte ihm meinen Körper dargeboten, jetzt wollte ich ihm mit der gleichen Schamlosigkeit meine Seele darbieten. Was ich vorhatte war niederträchtig, aber ich war liebeshungrig.

Nach einer Viertelstunde kam ich aus dem Badezimmer,

ganz frisch, ohne mich mit Parfüm eingerieben zu haben. Der Duft von Parfüm wäre nicht richtig gewesen. So zurückhaltend wie möglich streifte ich mir das Hemd über und nahm aus dem Schrank einen dunkelblauen seidenen Morgenrock, dessen Farbe mir für diese Gelegenheit am besten geeignet schien. Mit Schulmädchenstimme sprach ich leise das Wort Roger aus.

»Ja, Karin.«

Rasch und geräuschlos klappte ich den Wandschirm auseinander und stellte ihn so auf, daß er das zerwühlte Bett verdeckte, dann zog ich den Vorhang eines Fensters auf. Der Tag drang in den Raum und streute goldenes glückliches Licht auf den Teppich. Ich wollte ein günstiges Vorzeichen darin erblicken, aber Rogers Gesicht warf mich in meine Besorgnis zurück. Seine Wangen waren krankhaft blaß, dunkle Schatten zeichneten sich unter den Backenknochen ab, da wo die Höhlungen beginnen. Bei dem Geräusch, das die Ringe auf der Gardinenstange verursachten, wandte er sich um und lächelte.

»Verzeih, daß du meinetwegen so früh aufstehen mußtest«, sagte er.

Ich ging in die Küche, stellte Wasser zum Kochen auf und kam zurück, um den Tisch zu decken. Er saß auf einem Stuhl und hüllte sich in Schweigen, er schien die Unruhe abgelegt zu haben, so daß ich wieder zu hoffen wagte. Worauf zu hoffen? Wie ein Blitz durchzuckte mich plötzlich der Gedanke: »Nimm ihm nicht sein Paradies.«

Ich war dabei, Tassen und Untertassen auf das Tischtuch zu stellen, blieb aber unvermittelt stehen, Löffel und Messer in der Hand. Er heftete fragend die Augen auf mich, und ich ging in die Küche zurück. Ich war völlig verwirrt, ich sah nicht, daß das Wasser angefangen hatte zu kochen. Ist es nicht, dachte ich, genau das gleiche, was er mir 1939 angetan hat, als er mir meinen Glauben nahm? Was sollte das alles bedeuten? Welchen Sinn hatte mein Leben? Und weshalb stellte ich mir so schwerwiegende Fragen beim Zubereiten des Frühstücks?

Als ich das Tablett in die Hand nahm, merkte ich, daß ich zitterte.

»Greif zu, Roger.«

Er gehorchte der Aufforderung mit jener Unbeholfenheit, die ihm eigen war und die ihn mir nur noch lieber machte. Wenn je ein Mann geliebt und beschützt werden mußte, so war er es. Es war unausbleiblich, daß er den Kaffee verschüttete und daß große Flecken auf dem Tischtuch entstanden. Er murmelte eine Entschuldigung. Seine Stimme klang so demütig, daß ich am liebsten geflohen wäre und mich irgendwo versteckt hätte. Sein Stolz mußte große Risse bekommen haben, ich fragte mich sogar, ob er überhaupt noch Stolz besaß. Ich für mein Teil besaß ein unbeugsames Selbstgefühl, aber er rührte mich ganz fürchterlich, wenn man das so sagen kann. Eine andere an meiner Stelle hätte Tränen vergossen und mit dieser unlauteren Waffe das Spiel gewonnen, ich aber konnte nicht weinen. Ich bemerkte, daß er die zu heiße Tasse an seine Lippen führte, und sah eine Katastrophe voraus.

»Roger, warte einen Augenblick.«

Er stellte die Tasse hin und fragte:

»Warum, Karin?«

»Ich weiß nicht. Ich wollte dir etwas sagen.«

Ihm etwas sagen ... Ich hatte ihm nichts zu sagen, ich war dieses Kampfes müde. Wozu sollte ich versuchen, einen Mann, der gehen wollte, zurückzuhalten? Er gehörte nicht mehr mir, er gehörte einem anderen. Verzagt versuchte ich ein letztesmal, die Karte der Religion auszuspielen. Wenn er es jetzt verlangt hätte, ich glaube, ich hätte mit der Zunge ein Kreuz auf den Fußboden geleckt.

»Ich meine, ich habe dir gesagt, daß ich gebetet habe.«

»Das hast du.«

»Ich bildete mir ein, es würde dich interessieren. Vielleicht täusche ich mich ...«

»Nein. Ich bin jetzt sicher, daß du den Glauben besitzt. Da er dir hinderlich war, hast du versucht, dich von ihm loszumachen, aber er ist noch immer da. Mein Fall ist nicht sehr viel anders.«

Alles fängt von neuem an, dachte ich. Ich war wütend und zuckte die Schultern.

»Trink den Kaffee«, sagte ich, »du siehst doch, er wird kalt.«

Er lächelte höflich, was mich fassungslos machte.

»Aber schließlich und endlich, Roger«, rief ich, »wir haben uns doch heute nacht geliebt, oder nicht?«

Nie war ich mir so gemein, so plump vorgekommen. Ohne Hast trank er einen Schluck und stellte die Tasse hin.

»Ja, Karin. Und was beweist das? Bei der ganzen Geschichte bin ich der Hauptschuldige. Ich dürfte gar nicht hier sein. Und deshalb gehe ich jetzt auch.«

»Wie einfach! Du läßt mich hier allein mit meinen Schwierigkeiten.«

»Ich lasse dich nicht allein.«

»Das ist reiner Mystizismus, wenn ich mich im Ausdruck nicht vergreife. Du kannst tun, was du willst, dein Gewissen wird dir immer Vorwürfe machen, weil du jemanden im Stich gelassen hast, den du hättest retten können.«

»An all das habe ich heute nacht gedacht – danach, verstehst du? Mein Seelenheil ist untrennbar mit dem deinen verbunden, liebe Karin. Doch vorhin, als ich hörte, wie du da badetest – es ist nicht einfach, es zu gestehen, da war ich in Versuchung, die Tür aufzumachen.«

»Ich hätte dich nicht abgewiesen.«

»Eben deswegen. Mir ist klargeworden, daß es so nicht weitergeht, daß ich so schnell wie möglich fort muß.«

»Du hast also heldenhaft widerstanden, wie ein Heiliger.«

»Spotte nicht. Ich kam mir äußerst lächerlich und kläglich vor.«

Er zögerte einen Moment, dann holte er ein Stück Papier aus der Tasche, das er mir mit einem zugleich verlegenen und flehenden Blick reichte.

»Während du im Wasser lagst, habe ich hier die Adresse eines katholischen Priesters in Kopenhagen aufgeschrieben.«

Diese Worte verwandelten mich in eine Furie. Ich nahm

ihm brüsk das Papier aus der Hand und zerriß es. Es trat eine Stille ein, während der wir uns gegenseitig ansahen. Meine Augen, dessen bin ich sicher, glitzerten vor Wut. Die seinen glitzerten auch, aber von Tränen, denn er war imstande zu weinen. Diese Gabe besaß er.

»Ich bin heftig gewesen«, sagte ich schließlich, »es tut mir leid. In mir steckt eine alte Protestantin. Bitte, versuche mich zu verstehen.«

Jetzt zog er ein Taschentuch hervor, über das ich fast in Lachen ausgebrochen wäre, es war ein großes blaukariertes Tuch, wie es Bauern benutzen. Das Leben – man könnte sagen, es ist ein verrückter Romanschriftsteller – bringt wohl gern solche komischen und unpassenden Zwischenspiele. Bedächtig putzte er sich die Nase.

»Ich bin die Tölpelhaftigkeit in Person«, sagte er. »Du mußt mich entschuldigen. Der in Frage stehende Priester ist der Pfarrer der einzigen katholischen Kirche in Kopenhagen. Ein sehr tüchtiger Mann. Ich sage es dir für alle Fälle.«

Das Tuch verschwand in seiner Tasche. Wo hatte er es aufgetrieben, dieses Bauerntaschentuch? Was sollte das bedeuten? Sollte ich darin ein Zeichen seiner Abwendung von der Welt, vom Satan und seiner Pracht sehen? Ich bedeckte mein Gesicht mit den Händen, damit er mein Lächeln nicht bemerkte. Wahrscheinlich glaubte er, ich sei ergriffen.

»Karin, ich möchte, daß du mich in guter Erinnerung behältst. Der wahre Roger ist nicht der von heute nacht. Der wahre ist der, der jetzt zu dir spricht.«

»Der andere gefiel mir sehr«, sagte ich halblaut. »Willst du nicht deinen Kaffee austrinken?«

Folgsam trank er und blickte mich mit traurigen Augen über den Rand der Tasse an.

»Wir hätten zusammen glücklich sein können.« Diese Worte murmelte ich wie ein Gebet.

»Jetzt nicht mehr, Karin. Es ist zu spät.«

»Man muß sich sehr stark fühlen, wenn man sich von der Welt zurückziehen will, und du bist nicht sehr stark, Roger.

Du bist hierher zurückgekommen, weil du dem Wunsch nicht widerstehen konntest.«

»Ich weiß, aber das ist vorüber.«

Plötzlich erhellte sich sein Gesicht, als hätte er eine innere Erleuchtung erfahren.

»Ich bin aus Schwäche zurückgekommen«, sagte er mit einer Stimme, die immer schwärmerischer wurde, »und Gott hat sich meiner Schwäche bedient. Gott hat mich geschickt, um dich zu retten, Karin. Das ist der Sinn meiner Reise.«

Er stand auf.

»Wenn du betest, spricht Gott zu dir. Du brauchst mich nicht mehr, Karin.«

Ich sprach etwas aus, das ich nicht mehr zurückhalten konnte:

»Ich brauche dich immer. Ich liebe dich.« Erstaunt sah er mich an.

»Aber ich dich auch, Karin. Ich habe nie aufgehört, dich zu lieben.«

»Einmal hast du mir das Gegenteil bewiesen.«

»Da mußte ich mich verteidigen.«

»Aber jetzt, jetzt . . .«

»Jetzt?«

»Geh nicht fort, Roger.«

»Wenn ich bliebe, würden wir uns zu sehr quälen müssen. Ich gehöre mir nicht mehr.«

Er seufzte wie in großer Bedrängnis, er wandte sich ab und sagte:

»Ich möchte dich bitten, mir einen kleinen Gefallen zu tun: würdest du mir ein Glas Wasser bringen? Du weißt, wie früher, wenn ich Kaffee getrunken hatte.«

Ein Glas Wasser? Natürlich, ich erinnerte mich, daß er diese Angewohnheit hatte. Ahnungslos ging ich in die Küche, machte den Schrank auf und stellte das Glas unter den Wasserhahn. Mit einemmal, aber zu spät, begriff ich.

»Roger!« schrie ich.

Keine Antwort. Ich ließ das Glas fallen und lief ins Zimmer.

Es war leer. Durch die offenstehende Tür sah ich ihn mit weit ausholenden Schritten die Straße hinuntergehen, in dem weiten Kapuzenmantel, über den ich mich so oft lustig gemacht hatte. Erst wollte ich hinter ihm herlaufen, aber ich tat es nicht, vermutlich aus Stolz. So oder so – es war zu Ende. Ich schloß die Tür. Du bist es, der das gemacht hat, dachte ich, als ich das Zimmer durchquerte. Nicht wissend warum, ging ich auf das Bett zu. Die zurückgeschlagenen Bettücher sahen aus wie Wogen. Plötzlich verfinsterte sich das Zimmer, und ich fiel auf das Bett, auf dem wir uns geliebt hatten.

Auch dieser Tag wurde strahlend, wie die vorhergehenden. Durch das Licht wurde ich aus meiner Ohnmacht erlöst, und ich blickte, ohne zu begreifen was geschehen war, eine ganze Weile im Zimmer umher. Dann stellte sich die Erinnerung mit einem Schlag ein und mit ihr der Balken in der Brust, doch diesmal war ich fest entschlossen, gegen den alten Schmerz zu kämpfen.

Er ist fort, dachte ich. Mehr nicht. Es war genauso, als wäre er nie gekommen. Und wirklich, was blieb mir von ihm? Eine Erinnerung, die von dem beredten Durcheinander des Betts verdeutlicht wurde. Ich nahm alle Kraft zusammen und riß die Decken und Laken herunter, ich bezog das Bett mit frischer Wäsche und warf die gebrauchte in den Korb, denn ich mißtraute meiner Natur, ich war im Grunde weniger sinnlich als sentimental. Das Herz war mir schwer, ich kniete mich auf den Teppich, um die Fetzen Papier, die ich unter den Tisch geworfen hatte, aufzusammeln: die Adresse, die Roger so sorgfältig auf eine Seite seines Notizbuchs geschrieben und die ich, wütend wie ich war, zerrissen hatte. Ich glättete die Schnitzel und klebte sie zusammen. Und jetzt, mit offenem Mund und brennenden Augen, und mit einem Rauschen im Kopf las ich und las immer wieder die beiden wie gestochen geschriebenen Zeilen, die allerletzten, die er, an mich denkend, geschrieben hatte, mithin ein Lebewohl.

Um aus diesem Zimmer herauszukommen, wo mich alles

an ihn erinnerte, ging ich in den Park, den schon die Mütter und die Kinder mit Beschlag belegt hatten. Ich suchte mir einen abgelegenen Winkel, doch auch bis dorthin drang das fröhliche und glückliche Geschrei. Es lenkte mich etwas von meinem Schmerz ab, und das tat mir gut. Wichtig war, daß einige Zeit verstrich, daß ich vom Tag in die Nacht gelangte, und von der Nacht in den Tag, bis der Kummer sich verzehrt hatte. Frauen gingen vorüber und sahen mich mit einer Eindringlichkeit an, die ich falsch auslegte, ich meinte, sie hätten die Deutsche in mir erkannt, aber es war etwas anderes. Ich saß unter einer breit ausladenden Linde, die ein leichtes Spitzenkleid aus winzigen Blättern bekam. Ich schaute bewundernd auf das flimmernde Schattenspiel, das die Zweige auf dem Erdboden vollführten, und bemerkte erst jetzt, daß ich meinen Morgenrock anbehalten hatte. In diesem Moment hörte ich auch, von einer leisen, sich entfernenden Stimme gesprochen, ein französisches Wort, das vor langer Zeit schon in unsere Sprache eingegangen war: *Toquée*. Völlig verdreht.

Wegen einer solchen Bagatelle verlor ich nicht den Kopf. Außerdem war meine Aufmachung nicht einmal anstößig. Man hätte sie als ungewöhnlich bezeichnen können, das war aber auch alles. Mit gespielter Ruhe stand ich auf (denn in meinem Innern herrschte nichts als Verwirrung und Aufruhr), machte mich gemessenen Schritts auf den Weg und war wenige Minuten später bei mir zu Hause.

Ich räumte auf, es herrschte wieder Ordnung im Zimmer. Von neuem war ich meinen Gedanken überlassen, ich machte die umwerfende Entdeckung, daß ich Roger viel stärker liebte, wenn er fern war. Wenn er bei mir war, und selbst in seinen Armen fühlte ich mich ruhiger und weniger verliebt. Nicht daß er mich enttäuschte, aber nur in seiner Abwesenheit fand ich den Roger von 1939 wieder. War ich in ein Schemen vernarrt? Nein und nochmals nein.

Abrupt änderte sich meine Meinung. Bekäme ich den Roger von vorhin zurück mit seinem Asketengesicht, wäre ich froh gewesen, ich hätte ihn beschützt, umsorgt, verteidigt, bedient... Ich hätte wie er kniend gebetet, um ihm zu gefallen. Ich versuchte mich zu erinnern, wie er die geheimnisvollen Handbewegungen vor dem Gebet und auch danach ausführte. Gewiß, ich hatte ihn beobachtet, aber es war mir einiges entgangen: zuerst die Hand an die Stirn, dann an eine Schulter, aber an welche? Ich stellte mich vor den Spiegel und versuchte im Dämmerlicht, wie Roger das Kreuzeszeichen zu machen. Die rechte Schulter oder die linke? Das Spiegelbild brachte mich durcheinander, die Seiten waren verwechselt. Aber wozu das alles?

Den Tag verbrachte ich in völliger Erschlaffung, oder besser gesagt in einer Art Abgestumpftheit. Der Gedanke, mir etwas zu essen zu machen, verursachte mir Ekel. Ich biß in ein Brötchen, ließ aber mehr als die Hälfte übrig. Das war mein Mittagessen. Fast unbewußt raffte ich mich auf, setzte mich an meinen Arbeitstisch und griff nach meinen Zeichenstiften. Meine beinah leblose Hand brachte doch eine Zeichnung zustande, in der ich das Gesicht dessen erkannte, den ich nie mehr wiedersehen würde, umkränzt von Blumen, die ich unsinnig fand. Der Radiergummi löschte alles aus. Oh, hätte ich weinen können, es wäre ein Strom, eine Sintflut geworden. Und welche Erlösung!

Es wurde eine merkwürdige Nacht. Ich lag auf dem Rücken in meinem Bett und sah an die Zimmerdecke, deren helles Weiß ich mehr erriet als sah. Die ständige Sorge, ich könnte mich wie eine Verrückte benehmen, hielt mich davon zurück, mit mir selbst zu sprechen oder mit dem abwesenden und doch gegenwärtigen Roger. Ich sah ihn vor mir, in Frankreich, bei seiner Andacht, auf den Knien natürlich, laut sprechend, weil er meinte, so spräche er mit jemandem. »Ich lasse dich nicht allein«, hatte er gesagt. O Roger, wie grausam! Du läßt mich zurück mit jemandem, den ich weder sehen noch hören kann und der nie antwortet... Und doch. Auf seine

Weise hatte er geantwortet, indem er mir diesen Mann schickte. Das glaubte ich, und zugleich glaubte ich es nicht, weil mir schien, die Religion grenze an Irresein.

Konnte es trotzdem sein, daß jemand in der Dunkelheit hier war und mir auf seine Weise Gesellschaft leistete? Immerhin konnte man zu ihm sprechen, wie die Gläubigen es tun. Und ich fragte ihn mit heiserer Stimme, warum er so böse mit mir sei. Es war kein Gebet, es war eine berechtigte Frage. Hatte ich verlangt, auf die Welt zu kommen? Warum also? Warum? Wärst du wirklich da, würdest du etwas für mich tun. Wenn du nichts tust, dann bist du auch nicht da, oder du bist ungerecht, und wenn du ungerecht bist, will ich dich nicht. Wie lange müssen wir leiden, damit du uns ein Zeichen gibst? Bist du die allmächtige Grausamkeit oder die allmächtige Güte? Was stellt die Liebe in deiner Ordnung dar?

Diese Gedanken nahmen mich eine Weile gefangen, dann überkam mich, obwohl ich nichts zum Schlafen genommen hatte, die Müdigkeit, und ich wachte erst im Morgengrauen auf. Durch das offene Fenster kam das Zwitschern eines Vogels zu mir herein, ich glaubte zuerst, in einem Garten zu sein, in einem Traum, der noch andauerte. Mit freudig klopfendem Herzen wandelte ich bei diesem lustigen Gesang wie unter Bäumen. Wer gibt einem die Worte, um so etwas zu schildern? Einfach gesagt, es gab kein Unheil mehr, ich war außer Gefahr, in einer unbeschreiblichen Sicherheit, aber ich mußte die Augen geschlossen lassen und den Atem anhalten. Sterben, dachte ich, jetzt sterben ... Es war, als sei in mir, wie um mich herum, alles reglos, als habe die Zeit ihren entsetzlichen Lauf eingestellt.

Dies alles wurde mir erst später klar, als ich wieder zu mir gekommen war und sah, daß ich mich in diesem unseligen Zimmer befand. Ich gab mir alle Mühe, wieder in die verzauberte Welt zurückzusinken, aber es gelang mir ebensowenig, wie es einem gelingt, einen Traum festzuhalten. Ich erinnerte mich an die Freude, aber ich besaß sie nicht mehr.

»Was ist geschehen?« fragte ich mich, als ich mich anzog. »Wo war ich?«

Jetzt lächelte ich nicht mehr über Rogers Gläubigkeit. Wie gern hätte auch ich sie besessen, die gleiche, ebenso einfach und ebenso stark, eine Gläubigkeit, die alles ins Lot brachte. Kaum war mir dieser Gedanke durch den Kopf gegangen, da folgte ihm ein anderer, bei dem mir der Kamm aus der Hand fiel: »Der wahre Glaube bringt alles aus dem Gleis.«

Ich hatte gesessen, ich stand auf. Mir war, als sei gesprochen worden, als sei dieser Satz gesagt worden. Ich fühlte mich wie ein Tier, dessen letzte Zuflucht umstellt ist. Plötzlich schien es mir widersinnig, daß die kleine Karin von so unwahrscheinlichen Gedanken bewegt wurde, weil ein aus der Fremde gekommener Luftikus mit ihr über Religion gesprochen hatte – vorher und nachher, nachher vor allem. Welche Hexerei war bei diesen Kreuzeszeichen und diesen Gebeten im Spiel?

»Ich will nicht«, sagte ich laut.

Deutlich empfand ich den Abscheu, den der Katholizismus vielen Skandinaviern einflößt, diese Auflehnung tat mir gut, aber ich benötigte einige Zeit, um wieder ruhig zu werden. Die Arbeit, die getan werden mußte, gab mir so etwas wie mein Gleichgewicht zurück. Ohne diese Notwendigkeit, die meine Gedanken zügelte, hätte ich mich meiner angeborenen Neigung überlassen und mich in grausame Liebesträumereien verirrt, denn eines stand fest: ich war verliebt.

Verliebt in Roger, natürlich, aber auch ganz einfach verliebt. Das war der wesentliche Punkt. Ich wollte lieben. Vier Jahre lang hatte ich es nicht gekonnt, und dieser aus einer Welt der Erinnerungen heraufgestiegene Franzose hatte mit einem Schlag die Wunde wieder aufgerissen. Die Sehnsucht nach Glück brachte mich allmählich um. Beim Zeichnen alberner Girlanden dachte ich an mein zerstörtes, verwüstetes Leben, bis mir die Erinnerung an die sonderbaren Augenblicke, die ich im Morgendämmer erlebt hatte, kam; wie ein inneres Flüstern wurde der Gedanke immer deutlicher, daß das ein Zeichen war, das Zeichen, um das ich in der Nacht zuvor gefleht hatte.

Der folgende Tag war mein Geburtstag: ich wurde achtundzwanzig Jahre alt. Ich nahm es ohne Freude, aber auch ohne Traurigkeit hin, weil es mir jetzt gleichgültig war – und wen sonst kümmerte es noch? Nach den morgendlichen Einkäufen kam das einsame Mittagessen, dann der mehr oder weniger arbeitsame Nachmittag und der übliche Spaziergang in den ruhigen Bereichen des Parks. Wie alle anderen Leute hatte ich oben auf dem Turm, neben dem Rathaus, die Dame mit ihrem Sonnenschirm erscheinen sehen, was gutes Wetter bedeutete, und die allgemein herrschende frohe Laune griff ungewollt auf mich über, denn ich wußte, daß ich nach Ansicht der anderen kein Recht darauf hatte. Auf der einen Seite standen sie, und ich auf der anderen. Man ließ mich in Ruhe, denn ich glaube, ihrer Ansicht nach war das schon mehr, als ich verdiente. Ich hatte mich damit abgefunden.

Ich setzte mich auf eine Bank, ich las einen Unterhaltungsroman, ohne auch nur ein Wort zu begreifen, denn meine Gedanken versuchten unentwegt die Schranken zu sprengen, sie richteten sich auf etwas, das ich nicht zu fassen vermochte. Schließlich legte ich das Buch aus der Hand. Mich interessierte nichts mehr, nichts auf dieser Welt vermochte mich noch zu interessieren. Das zumindest schien mir sicher, doch hinter diesem Gedanken lauerte ein anderer, der sich allmählich in meinem Kopf Bahn brach. Ich wollte Roger mitteilen, was in mir geschah. Er hatte sich geweigert, mir seine Anschrift zu geben, aber ein anderer hatte sie vielleicht: der Pfarrer der kleinen katholischen Kirche.

Ich mußte, um einen katholischen Priester aufzusuchen, die ganze Stadt durchqueren ... Die Ungeheuerlichkeit dieses Vorgangs lastete auf mir. Es war einfach unmöglich. Was sollte ich diesem Mann sagen? Wie ihm erklären, daß ich Roger kannte? Eine peinlichere Situation war kaum vorzustellen. Eine junge Frau geht zu einem Priester, um die Adresse ...

Ich wagte nicht, den Satz zu beenden. Die Adresse ihres Geliebten zu erfragen, denn um weiter nichts handelte es sich. Auf einmal mußte ich lachen, nicht vor Fröhlichkeit, sondern vor Entrüstung. Ich tat etwas, das ich eigentlich nicht tun wollte. Ich verließ den Park, ich stieg in die Straßenbahn und fuhr in die Nähe der kleinen Straße, in der sich die Kirche befand.

Die Kirche besaß nichts, was sehenswürdig gewesen wäre. Eine Fassade aus dunkelrotem Backstein, ein bescheidenes weißes Steinkreuz, ein völlig banaler Anblick. Man hätte meinen können, sie entschuldige sich dafür, daß sie dort stand, auf unserer protestantischen Erde, denn das Land duldete ihr Vorhandensein, das war alles. Befand ich mich nicht in der gleichen Lage? Dieser absurde Gedanke schoß mir, wie viele andere, durch den Kopf, er stellte mich blitzartig vor eine Wahrheit. Mein Dasein wurde geduldet. Ich zuckte die Schultern über meine eigene Einfalt: eine Dänin und eine Lutheranerin, das hatten meine Eltern aus mir gemacht.

Die Häuser in dieser von der Sonne überfluteten Straße waren alle höchst durchschnittlich: niedrig, ohne Schmuck, weder reich noch arm, nur langweilig. Dazwischen hatte sich die Kirche geschoben, wie jemand, der in der Menge untertauchen will, denn auch das kleine weiße Kreuz war nicht dazu angetan, die Aufmerksamkeit zu erregen. Eine Weile ging ich unschlüssig auf dem Gehsteig auf und ab. Vorübergehende sahen mich aufdringlich an. Dann lief ich auf die Eichentür zu und trat in die Kirche.

Die Gereiztheit, in der ich mich befand, wich sogleich einer leichten Überraschung. Im Hintergrund des langen weißen Raums standen Statuen von Heiligen aus bemaltem Gips, rechts und links neben einem Altar, auf dem ein seltsames Gebilde, ein kleines Haus mit einem weißen, goldumrandeten Vorhang, zu sehen war, alles Dinge, die ich einem Götzendienst zurechnete, und durch die bunten Glasfenster drang sanftes vielfarbiges Licht, das der Stätte eine eigenartige, etwas kindliche, geheimnisvolle Atmosphäre verlieh.

Das war die erste katholische Kirche, in die ich den Fuß setzte. Sie wirkte etwas armselig, verglichen mit der Heilandskirche, deren blaue, die Orgelempore stützende Elefanten ich im Geist vor mir sah, und die große goldene Holzkrone, die sieghaft in der Taufkapelle strahlte. Nichts dergleichen in diesen Mauern. Wahrscheinlich fehlte es an Mitteln dafür. Ich konnte mir einige ironische Bemerkungen nicht versagen, aber dennoch war ich weniger mißvergnügt, mich hier zu befinden, als ich geglaubt hatte. Vor allem tat mir die Stille wohl, und ich war allein – ich war erleichtert, keinen Priester zu sehen und niemand auf den dunklen Holzbänken ...

In einer Ecke, o Entsetzen!, ich blickte weg: das schreckliche Gehäuse, das mein Vater mir eines Tages lachend beschrieben hatte, das Schilderhäuschen mit seinem Gitter und den olivgrünen Köpervorhängen ... Mir wäre es lieber gewesen, es hätte nicht dort gestanden, denn ich hatte mich gesetzt und befreundete mich allmählich mit der etwas naiven Umgebung – ich sage nicht, daß sie mir gefiel –, ich war nur abgespannt und ruhte mich aus. Auch muß ich sagen, daß ich bald ein Gefühl des Friedens empfand, und zu dem Beichtstuhl sah ich nicht mehr hin. Eine Laune der Phantasie brachte mir mein Zimmer vor Augen, ich sah mich in der Hölle. Eine Hölle: die schmucken Vorhänge, der blaue Teppich, das Bett, die scheußliche kleine Küche, in der ich mein Essen kochte. In großer Verwirrung schloß ich die Augen und beugte mich nach vorn, bis ich mit der Stirn die Lehne der vor mir stehenden Bank berührte. Ich wollte nicht mehr leiden, ich wollte nicht mehr nach Hause zu mir. Nach und nach wurde es wieder ruhiger in meinem Kopf, und ich öffnete die Augen. Jetzt betrachtete ich diese stille Kirche mit einem Gefühl, das nicht weit von Dankbarkeit entfernt war.

Warum mußte gerade in diesem Augenblick die Tür aufgehen und zwei Menschen hereinlassen? Das Geräusch, das sie verursachten, störte mich. Es war ein Greis, in einem langen Mantel, der ihm bis zu den Knöcheln reichte, er hielt einen kleinen Jungen an der Hand. Die beiden gingen im Mittelgang an mir vorüber, knieten vor dem Altar nieder und verneigten sich. Der Junge verlor das Gleichgewicht und fiel auf die Seite. Als er sich aufrichtete, warf er mir über die Schulter einen Blick zu, er lachte so unschuldig, daß ich ihn am liebsten umarmt hätte, aber der alte Herr und er traten in eine Bankreihe und knieten von neuem nieder.

Eine lange Zeit verging. Der Junge betete nicht. Dann und wann warf er mir einen verstohlenen Blick zu und lächelte, ich freute mich an seinem Gesicht, auf das wie eine Liebkosung helles Licht fiel. Jetzt hätte ich gern jemanden neben mir gehabt, und da das Leben sich zuweilen in bitterer Ironie ergeht, war auch plötzlich jemand da, das heißt die Sakristeitür öffnete sich leise, und ein Mann in einer Soutane kam auf mich zu, als wolle er mich etwas fragen, aber ich wollte nicht mit einem Mann in einer Soutane sprechen. Dieses Kleidungsstück rief heftige Abneigung in mir hervor, auch kam mir das Gesicht des Priesters zu intelligent vor, um nicht auch verschlagen zu sein. Ich muß gestehen, daß ich ihn nur ganz kurz sah. Die Augen waren hell, die Wangen eingefallen, die Nase spitz und neugierig, eine richtige dänische Nase.

Still kniete der Priester zwei Bänke vor mir nieder. Ich sah ihn beten, er hatte den Kopf in die Hände gelegt, eine Haltung, die ich als berufsmäßig und konventionell empfand, während der alte Herr ganz einfach betete, mit zum Altar erhobenem Kopf, als wende er sich an eine dort stehende Person. Die Anwesenheit des Priesters mit der Soutane entzauberte die Kirche, sie kam mir, dieses schwarzen Gewandes wegen, ganz gewöhnlich vor. Und doch mußte ich mir nicht ohne Betrübnis eingestehen, daß dieser Mann in Schwarz fraglos der Priester war, von dem Roger mit mir gesprochen hatte. Als habe er meine Gedanken lesen können, erhob sich der Priester und ging nach einer raschen Kniebeuge zurück in die Sakristei, deren Tür er angelehnt ließ. Angesichts dieser taktvoll aufgestellten Falle fühlte ich mich ganz als Lutheranerin. Mir wurde ein Zeichen gegeben. Worauf wartete ich? Es war doch klar, daß dies die Art und Weise aller von Rom aus auf die Welt losgelassenen Füchse war, um Seelen zu fangen. Ich war wütend, ich zauderte. Wenn die Soutane in der Sakristei hoffte, mich bekehren zu können, täuschte sie sich gewaltig. Was ich wollte, war Rogers Adresse. Vor allem aber wollte ich über Roger sprechen. Durch die Magie der Sprache würde er mir nahe sein... Ich überwand meinen Abscheu, stand auf und ging in die Sakristei.

Der Mann saß auf einem strohgeflochtenen Stuhl vor blankpolierten Wandschränken. Das war zunächst alles, was ich sah. Er las in einem schwarzen Buch, das er zuklappte und auf einen kleinen Tisch legte, bevor er sich erhob. In allen Bewegungen lag eine Selbstsicherheit, die mich sofort gegen ihn einnahm, ganz offensichtlich wußte er, daß ich kommen würde. Aber dann schenkte er mir ein Lächeln, und ich fühlte, daß sich in mir alles veränderte. Der Teufel hole die Menschen und ihre Grimassen! Dieser Mann besaß das Lächeln, dem ich nicht widerstehen konnte, weil selbst in der Zurückhaltung Zärtlichkeit lag. Ich konnte den Gedanken daran nicht unterdrücken, daß der Mann wahrscheinlich viele Frauen mit dieser unlauteren Waffe eingefangen hatte. Ich fand auch, daß es angenehm war ihn anzusehen, obwohl er nicht mehr ganz jung war. Seine Schläfen waren grau, und die halbkreisförmigen Falten zu beiden Seiten des Mundes wirkten wie eine Klammer, seine Zähne waren weiß und unregelmäßig. Ich sagte ihm kurz und bündig, daß ich ihn zu sprechen wünschte.

Er antwortete leise: »Ich habe Sie erwartet.«

Er hatte mich erwartet! Die Röte stieg mir ins Gesicht. Leichten Schritts ging er hinter mir zur Tür und schloß sie, dann setzten wir uns beide, zwei Meter voneinander entfernt, in die Mitte des kleinen, nach Bohnerwachs riechenden Raums. Durch das vorhanglose Fenster blickte ich auf die Straße, von der aus man uns sicherlich sehen konnte. So hatte ich nichts zu befürchten, ich war doch mißtrauisch.

»Sie haben mich erwartet?«

»Gewiß«, sagte er, jetzt lauter, da die Tür geschlossen war und wir die Andächtigen in der Kirche nicht mehr stören konnten. (Oh, wie war das alles gut arrangiert!) »Durch einen ausländischen Besucher war ich auf Ihren Besuch vorbereitet.«

Das war Rogers Anmaßung: er war überzeugt, daß ich den Weg gehen würde! Die Anmaßung aller Männer!

»Ein Franzose?«

»Ja, ein Franzose.«

»Ich war allerdings ganz und gar nicht sicher, ob ich kommen würde.«

»Er hoffte darauf. Vorhin hat er es mir noch einmal gesagt.«

»Vorhin . . . Ist er nicht heute morgen abgereist?«

»Nein, erst um drei Uhr heute nachmittag. Vorher hat er mich noch aufgesucht.«

Er hat gebeichtet, dachte ich. Er hat dem schwarzen Mann alles erzählt.

»Vermutlich«, sagte ich nach kurzem Zögern, »hat er mit Ihnen über mich gesprochen.«

»Er hat sich darauf beschränkt zu sagen, daß ich wahrscheinlich den Besuch einer Frau, die er mir deutlich beschrieben hat, bekommen würde. Ich habe Sie gleich erkannt.«

Unbehagen überfiel mich angesichts dieses unbeweglich dasitzenden Mannes, der unaufhörlich lächelte, und ich rutschte auf meinem Stuhl hin und her. Ich nahm alle Kraft zusammen und sagte in einem Atemzug:

»Ich möchte diesem Herrn einen Brief schicken. Wohin kann ich ihn richten?«

»Vertrauen Sie mir diesen Brief an. Er wird ihn erhalten.«

»Kann ich nicht seine Anschrift bekommen?«

»Was ich Ihnen vorschlage, ist das einzige Mittel, das zu benutzen er mir gestattet.«

»Unter diesen Umständen will ich es mir überlegen.«

Diese Worte sagte ich so kühl wie möglich, und ich stand

auf. Auch er stand auf. Das war der peinlichste Augenblick unserer Unterhaltung, denn weil ich schon aufgestanden war, mußte ich auch gehen, obwohl ich bleiben wollte. Warum wollte ich bleiben? Das fragte ich mich. Durch mein Aufstehen hatte ich etwas getan, das ihn beeindruckte, jetzt mußte ich etwas tun, das ihn ebenfalls beeindruckte.

»Wissen Sie, wer ich bin?«

Er lächelte nicht mehr, als er mich wortlos ansah. Wie hätte er es nicht wissen sollen? Alle wußten es. Schroff antwortete ich selbst auf meine Frage:

»Ich bin Karin, Karin die Deutsche.«

»Für mich, aber insbesondere für den, der über uns richtet und der Sie liebt, sind Sie einfach nur Karin«, sagte er sanft.

»Ich habe Ihnen etwas zu sagen.«

Ich hatte ihm ganz und gar nichts zu sagen, aber seit einer Weile wußte ich nicht mehr, was ich tat. Und doch: trotz allem hatte ich ihm etwas zu sagen.

»Ich möchte mit Ihnen über jemanden sprechen.«

Er wies auf den Stuhl, von dem ich aufgestanden war. Wir setzten uns wieder.

»Über jemanden«, sagte ich. »Sie ahnen, an wen ich denke. Ich möchte mit Ihnen über Roger sprechen.«

Nach dieser Einleitung erzählte ich von meiner Begegnung mit dem Franzosen kurz vor Beginn des Krieges und von dem, was ich, äußerst zurückhaltend, unser Zusammensein nannte. Schließlich gab ich dem unwiderstehlichen Zwang, der uns selber in den Mittelpunkt allen Geschehens drängt, nach und ging unmerklich zu Mitteilungen über, aus denen Rogers Gestalt verschwand, denn ich wollte letztlich über mich, über mich allein sprechen, wie sehr das auch meinen Stolz treffen sollte.

Zum erstenmal in meinem Leben genoß ich die seltsame Lust, mich unter Anklage zu stellen, um mich von einer unerträglichen Last zu befreien. Auf diese Weise setzte ich die ganze Stadt, die mich so hart gestraft hatte, ins Unrecht. Allein dadurch, daß ich Geständnisse ablegte, stellte sich in mir wieder ein ungefähres Gleichgewicht her. Ich schonte mich auch nicht hinsichtlich aller Ausschweifungen, ich gab alles an und bediente mich möglichst gesitteter Ausdrücke, aber auch der offensten. Die Mauern dieses Raums mußten nicht wenig staunen, als die jungen feindlichen Offiziere in ihrer ungenierten Art erschienen. Wie viele waren es wohl gewesen? Ich kam auf etwa drei Dutzend. Noch einmal fuhr ich in ihren großen Autos und zeigte mich den empörten Passanten. Ob ich mir bewußt war, etwas Schlechtes zu tun? Diese Frage, die einzige, die mir der schwarze Mann stellte, vernahm ich und zuckte zusammen, ich antwortete nicht. Wäre ich aufrichtig gewesen, hätte ich ja sagen müssen.

Nach kurzem Schweigen fuhr ich mit leiserer Stimme fort. Die Helligkeit des Himmels nahm allmählich ab, und ich sah vom Gesicht des Mannes nur noch den Umriß der Backenknochen und des Kinns, denn er saß mit dem Rücken zum Fenster. Seine Reglosigkeit und die Aufmerksamkeit, die sich sogar in der Haltung seiner Schultern und seines ganzen Körpers ausdrückte, gaben mir das Gefühl, daß er mir zuhörte, wie man einem Sterbenden zuhört. Diese Rücksicht und dazu das Halbdunkel, in dem wir uns jetzt befanden, machten mir Mut fortzufahren. Am hellichten Tag wäre ich stumm geblieben oder hätte etwas anderes gesagt, doch seit einiger Zeit war mir, als stiege ich hinab in den Schoß einer freundlichen Nacht, in der ich besser atmen konnte. Ich gestand, daß mit Ausnahme des Mannes, der mich verführt hatte, mir nie jemand Aufmerksamkeit geschenkt hatte, und plötzlich fand die Invasion junger Wölfe statt, die in der besetzten Stadt alles mit Beschlag belegten. Ich hatte keine Angst gehabt, ihnen ins Gesicht zu sehen. Ihr gutes Aussehen hatte mich geblendet. Ihre Handschuhe vor allem ... Warum ihre Handschuhe? In völliger Trunkenheit, so schien es, hatte ich Verrat begangen.

Ich war mit meiner Erzählung am Ende – oder fast, denn die letztvergangene Nacht fehlte noch –, ich schwieg und wartete ab. Ein Teil von mir betrachtete die Schranktüren, in denen sich die Lichter der Straße spiegelten, aber in mir war noch ein anderes Wesen, von dem diese Dinge abfielen und das erstaunt feststellte, daß der Schmerz vergangen war. Ich hatte den Eindruck, daß ich mich vor diesem Mann ausgezogen hatte. Die Exhibitionistin war zufrieden.

»Darf ich annehmen, daß Sie alles gesagt haben, was Sie mir zu sagen hatten?« fragte der schwarze Mann.

»Alles.«

Langes Schweigen folgte. Da mein Gesprächspartner nichts sagte, war mir klar, daß er ein zusätzliches Geständnis erwartete, eben das, das ich nicht machen konnte: die Nacht mit Roger, die ich für mich behielt. Wie lange saßen wir uns so gegenüber? Als die Situation unerträglich zu werden drohte, fragte er mit fast liebevoller Stimme:

»Tut es Ihnen leid, daß Sie sich ausgesprochen haben?«

»Nein, im Gegenteil.«

»Wenn Sie mir doch noch etwas anderes zu sagen haben, ich bin stets für Sie da.«

Dieses Wort *etwas anderes* gefiel mir nicht, weil ich wußte, was es bedeutete, und daß er wußte, daß ich es wußte, aber ich tat so, als habe ich ihn falsch verstanden und sagte schroff:

»Geben Sie sich nicht der Hoffnung hin, mich bekehren zu können, in meinem Kopf ist ein zu großes Durcheinander, als daß aus mir eine Katholikin gemacht werden könnte.«

Er lachte fröhlich.

»Das Durcheinander soll Sie nicht daran hindern, zu mir zu kommen, wenn Sie mich brauchen, Fräulein Karin.«

Die Falle ... Dieses bald würdige, bald heitere Gehabe. Ich witterte Verschlagenheit. Doch warum ging ich nicht fort, warum blieb ich und stellte die unvorsichtige Frage:

»Sie überlegen wahrscheinlich, warum ich gesprochen habe?«

Im Licht der Straßenlaterne sah ich, wie sein Gesichtsausdruck sich veränderte, ernst wurde.

»Fühlen Sie sich jetzt ruhiger, nachdem Sie mit mir gesprochen haben?«

»Ja, ruhiger.«

»Suchen Sie nach keiner anderen Erklärung, Fräulein Karin. Sie sind hierhergekommen, um den Frieden zu finden.«

Frieden. Ich mochte dieses Wort nicht, das nach Frömmelei roch. Ob er sich darüber klar war, daß ich bei meinen Geständnissen das Gefühl hatte, die ganze Stadt herauszufordern, indem ich mich an einen ihrer – trotz allem – achtbarsten Vertreter wandte ... Jetzt war es an mir zu lachen, aber mein Lachen klang unecht.

»Offen gestanden, ich weiß nicht, warum ich gekommen bin.« Jetzt wurde diese Unterhaltung im Halbdunkel mit einem Priester lächerlich; vermutlich wollte er zum Abendessen gehen und wußte nicht, wie er sich von dieser lästigen Person befreien sollte. Ich stand plötzlich auf, auch er stand auf, aber gelassen, ohne Hast.

»Hat Roger Ihnen von mir erzählt?« fragte ich unvermittelt.

Ich erhoffte viel von dieser für ihn unerwarteten Frage. Die Antwort kam sofort, ganz ruhig:

»Ja, er hat mir von Ihnen erzählt.«

Mein Herz fing an wie wild zu schlagen. In dem Augenblick, da ich gehen wollte, gestand ich den eigentlichen Grund meines Kommens ein.

»Darf ich wissen ... ich meine, ganz allgemein?«

»Er hofft, daß Sie sich eines Tages zu Gott hinwenden werden.«

Glücklicherweise verbarg die Dunkelheit meine Enttäuschung.

»Ist das alles?«

»Das ist alles, was ich Ihnen sagen kann, Fräulein Karin. Sie müssen verstehen ...«

»Ja, ich weiß. Ihr berühmtes Beichtgeheimnis.«

Schweigen.

»Ich möchte es noch einmal sagen, haben Sie keine Hemmung, zu mir zu kommen.« Er sagte es mit halblauter Stimme, als wolle er sich der Dunkelheit anpassen.

»Selbst mitten in der Nacht?«

Auf diese wunderliche Frage antwortete er gelassen:

»Selbstverständlich. Wir sind für Ratsuchende zu allen Stunden da, wie die Ärzte.«

Ich flüsterte, ich schämte mich für das, was ich bekannte:

»In der Nacht gibt es zuweilen schwierige Stunden.«

»Ich gebe Ihnen meine Telefonnummer.«

Mit der Sicherheit einer Fledermaus im Dunkeln ging er vor mir her, öffnete die Tür, die in die Kirche führte, und drehte an einem Schalter. Mir war, als träfe mich ein Blitz, ich wandte das Gesicht ab. Er hatte kein Licht in der Sakristei gemacht, um mich nicht zu blenden. Nun ging er zurück durch den Raum, und gleich darauf brannte eine bescheidene Lampe mit gedämpftem Licht auf einem Tisch, wie geschaffen für ein vertrauliches Gespräch. Ich konnte nicht umhin, die zugleich naive und gekonnte Regie des Ganzen zu bewundern. Einem Maler hätte die diskrete Beleuchtung gefallen. Über den Tisch gebeugt, schrieb der Priester seine Telefonnummer auf ein Blatt Papier, das er mir mit einem gütigen, ja, ich muß sagen charmanten Lächeln reichte. Vielleicht ließ ich mich zu sehr beeindrucken.

»Ein Talisman gegen die Ängste«, murmelte ich, als ich nach dem Papier griff.

Ich gab ihm die Hand. Er nahm sie in seine Hände und hielt sie einige Sekunden lang fest.

»Gott ist gegenwärtig, Fräulein Karin.«

»Aber Gott ist nicht gegenwärtig wie ein menschliches Wesen, das spricht und das man sieht.«

»Nun, ich werde gegenwärtig sein, auch ich, denn neben dem, der alles ist, brauchen Sie den, der nichts ist.«

Wir gingen in die Kirche, die jetzt leer war. Das Geheimnisvolle, das Poetische war verflogen, sie war zu hell erleuchtet durch die beiden elektrischen Birnen rechts und links vom Altar. Sie wirkte wie eine Küche. Im Mittelgang beugte der schwarze Mann das Knie, dann brachte er mich bis an die Pforte zur Straße. Mit nachdenklichem Gesicht schenkte er mir ein letztes Lächeln, in das er Zuversicht legte. Ohne ein weiteres Wort ging ich meines Wegs.

In meinem Zimmer zog ich die Vorhänge vor die Fenster und zündete die kleine Nachttischlampe an, die nur schwaches Licht im Raum verbreitete. So schuf ich eine Beleuchtung, die ähnlich war wie die in der Sakristei, aber das fiel mir nicht gleich auf. In meiner Verwirrung wußte ich nicht mehr genau, was ich tat, und wurde sogar rot, als ich merkte, daß ich mit mir selber sprach. Was sagte ich? Ich möchte lieber nicht mehr daran denken, ich fühlte mich unruhig, zugleich aber auch glücklich, ja, glücklich, und doch gereizt. Das Wort Heuchelei kam mir unentwegt auf die Lippen, und plötzlich wurde ich von einem Lachen geschüttelt, ich warf mich aufs Bett. Mit dem Gesicht im Kopfkissen hörte ich dumpf den Ausbruch unbändiger Heiterkeit. Es waren eher Schreie. Nach einer Weile fiel ich erschöpft in einen schweren Schlaf.

Als ich aufwachte, war es elf Uhr abends. Ich setzte mich aufs Bett, stützte meinen Kopf auf beide Fäuste und dachte nach. Was war denn? Nichts. Ich war zu Hause, wie sonst. Ich blickte um mich und stellte fest, daß alles an seinem Platz war. Ich war dabei, mich zu ändern, doch die Umgebung, die für mich jetzt der Ausdruck der Langeweile und des Scheiterns war, änderte sich nicht. Sie erinnerte mich an mein Leben, an mein verfehltes Leben. Ich mochte sie nicht mehr, wie ich mich selbst nicht mehr mochte. Haben solche Worte einen Sinn? Ich wollte nicht mehr der Mensch sein, der ich war. Vor mir, in der Zukunft sah ich die aufeinanderfolgenden Jahre, die alle dem ähnlich waren, das ich jetzt vollendete: das achtundzwanzigste. Der Gedanke, daß es so weitergehen würde bis zu meinem Tod, daß ich unabänderlich von Minute zu Minute mehr eine alte einsame Frau, die Angestellte eines Kaufhauses sein und bleiben würde, konnte ich nicht mehr ertragen. Ich hatte Angst.

Am vernünftigsten, am besten wäre es sicherlich gewesen,

wenn ich mich ausgezogen und ins Bett gelegt hätte. Ich konnte es nicht. Ich setzte mich neben das Telefon. Jetzt begann, was ich ohne Umschweife mein Martyrium nennen möchte. Man kann über diese Dinge lächeln, auch über meine übertriebenen Worte, aber ich litt Qualen. Ich sehnte Roger herbei, selbst auf die Gefahr hin, daß er wieder mit seinem katholischen Gerede angefangen hätte. Gern wäre ich auch wieder in der kleinen Kirche gewesen, wo ich Frieden gefunden hatte. Sie war nicht schön, eher häßlich, und die Gipsstatuen fand ich scheußlich, aber sie hatte etwas – ich könnte nicht sagen, was. Und dort war auch der schwarze, so zurückhaltende, so aufmerksame Mann, mit seinem Lächeln, das er taktvoll, doch sehr bewußt benutzte. Ja, das war die Falle, der Sendbote Roms, die kleine vertrauliche Lampe, die bescheidene Einrichtung, der Wachsgeruch, die sanfte, gesetzte Stimme, die so ganz anders klang als mein Zetern – denn ein paarmal hatte ich gezetert –, die Ruhe und Stille, einfach alles . . . Ich würde doch nicht katholisch werden! Wieder brach ich in Lachen aus, hielt aber sofort inne.

Ich wollte nicht allein bleiben, die Einsamkeit erschien mir gefährlich. Es war Viertel nach elf. Ich wählte die Nummer, die mir der schwarze Mann gegeben hatte, und legte sofort wieder auf. Was ich tat, war unsinnig. Einen Priester um diese Zeit zu stören . . . Was sollte er von mir denken? Daß ich eine Frau sei, die konvertieren will? Oder daß ich nervenschwach sei? Ich nahm mir vor, ganz ruhig zu sein, das hielt fünf Minuten vor, währenddessen dachte ich an meine Arbeit, doch auf einmal hörte ich mich selber mit dumpfer und brüchiger Stimme murmeln: »Ich liebe dich.«

Das waren die Worte, die ich Roger gesagt hatte, und nun sagte ich sie einem, der fern war, unterwegs zu jenem Kloster, wo nur Gott geliebt wurde. Und was erhoffte ich jetzt von diesem Telefonanruf? Ich hatte Angst vor mir selber und vor dem, was ich tun wollte. Ich war innerlich überzeugt, daß ich früher oder später den schwarzen Mann anrufen würde, und je länger ich wartete, um so peinlicher würde es sein. Ich konnte doch nicht um Mitternacht oder um zwei Uhr morgens anrufen ... Fähig dazu wäre ich gewesen. Besser war es, jetzt alles zu Ende zu bringen. In einer Art Raserei wählte ich die Nummer, ich wagte nicht zu atmen.

Das Telefon läutete nur einmal, und schon antwortete eine Stimme: »Hallo.« Zunächst war ich nicht imstande, etwas zu sagen, aber geduldig wiederholte die Stimme: »Hallo.«

»Ich bin es, Karin«, brachte ich endlich hervor. »Sie sagten, ich dürfe Sie anrufen.«

»Das haben Sie richtig gemacht, Fräulein Karin. Haben Sie irgendwelche Schwierigkeiten?«

Mir war, als sende diese friedliche Stimme Wellen von Milde und Ruhe in die Nacht, sie drangen zu mir, erfüllten den Raum.

»Ja wirklich, ich habe Schwierigkeiten. Sagen Sie etwas, bitte.«

Ein unsinniges Verlangen! Eine heiße Welle stieg mir ins Gesicht, und ich war drauf und dran, den Hörer aufzulegen. Aber die Stimme hüllte mich wieder mit menschlicher Anteilnahme ein.

»Sie dürfen keine Angst haben. Sie sind wie ein Kind, das sich im Wald verlaufen hat. Das Kind müßte den Herrgott bitten, es bei der Hand zu nehmen und aus dem Wald herauszuführen.«

Ich drückte mit dem Finger auf den Knopf der kleinen Lampe und löschte sie. In der Dunkelheit war diese Stimme viel gegenwärtiger, mir war, als sei der Mann nahe bei mir.

»Der Herrgott ist eine Person«, sagte die Stimme. »Sprechen Sie zu ihm wie zu einer Person.«

»Was soll ich ihm sagen?«

»Die Worte stellen sich von selbst ein.«

»Ich will es versuchen – aber bleiben Sie noch da.«

»Ich bleibe, solange Sie es wünschen.«

»Jetzt fällt es mir leichter, mit Ihnen zu sprechen, als vorhin in der Sakristei. Das Alleinsein macht mich unsicher. Ich sollte eigentlich daran gewöhnt sein, doch heute nacht empfinde ich es als qualvoll. Ihre Stimme gibt mir Sicherheit. Wenn ich Ihnen zuhöre, habe ich den Glauben.«

Was hatte ich gesagt? Dennoch stimmte es. Ich spürte den Glauben des schwarzen Mannes, wie man die Wärme des Feuers spürt.

»Wollen Sie jetzt ein Gebet sprechen und dann noch einmal anrufen?«

»Ich kann doch nicht verlangen, daß Sie die ganze Nacht wachbleiben.«

»Dafür bin ich da. Sagen Sie Gott, daß Sie ihn lieben.«

»Aber ich bin mir gar nicht sicher, daß ich ihn liebe.«

»Sagen Sie, daß Sie ihn lieben, Karin, und Sie werden ihn lieben.«

Ich legte den Hörer geräuschlos auf und zündete die Lampe wieder an. Da schrie eine innere Stimme in mir: »Du bist verloren, Karin, die Falle schnappt zu. Du mußt dich zusammenreißen. Jetzt oder nie.«

Ich war so überrascht, daß ich einen Augenblick mit offenem Mund dasaß. Mein Blick ging zu der Stelle, wo Roger gebetet hatte. Ich löschte die Lampe und kniete mich dorthin, wo Roger gekniet hatte. Mein Herz schlug so stark, daß ich einige Zeit verstreichen lassen mußte. Dann sagte ich nur:

»Ich liebe dich.«

Es war Roger, zu dem ich sprach. Ich durfte mich nicht unterkriegen lassen. Ich gab mir Mühe, mir Gott vorzustellen, aber es gelang mir nicht. Zu welchem Gott betete Roger? Auf einmal dachte ich nicht an Roger, sondern an jemand anderen. In der Dunkelheit konnte ich mir einreden, er befinde sich hier und warte darauf, daß ich ihn anrede. »Und wenn es wirklich so wäre?« sagte ich zu mir selber. »Wenn er wirklich da war, nicht wie ein Schemen, sondern leibhaftig, so wie er in Judäa erschienen war? Diesen Anderen hätte ich geliebt und wäre ihm gefolgt, ich hätte ihm die Füße geküßt und sie mit meinen Haaren bedeckt. Damals hat es eine Frau getan, auch ich hätte es tun können.«

»Ich liebe dich«, flüsterte ich; ich fürchtete, gehört und

falsch verstanden zu werden … Dieser sonderbare Gedanke ging mir einen Augenblick durch den Kopf, erschien mir aber plötzlich töricht, denn mein Herz zersprang fast vor Zärtlichkeit, und es war wirklich jemand da. Ich zitterte, ich war unfähig, ein Wort zu sprechen, aber ich hatte keine Angst. Drei Schritt neben mir im Dunkeln stand jemand. Ich wußte es, wie ich wußte, daß ich lebendig war und auf den Knien lag, stumm vor Freude.

Hier könnte man sicher von einer Sinnestäuschung sprechen, und ich fühle mich auch nicht imstande, darüber zu diskutieren, aber an einer inneren Gewißheit gibt es nichts zu deuteln. Ich besaß keinen Glauben: dessen war ich sicher. Es war jemand zu der Deutschen gekommen, um ihr zu sagen, daß er sie liebe. Ich wäre bereit gewesen, für diese Wahrheit zu sterben, weil sie viel mehr wert war als alles andere. Diese so einfachen Worte besagen fast nichts. Die Welt um mich herum löste sich auf wie ein böser Traum, ich atmete in einer anderen Welt, in der nur die Liebe herrscht, und diese Welt war die wahre.

Nach einiger Zeit fühlte ich, daß ich wieder allein war. Die Gegenwart des Anderen war nicht mehr da, aber die Erinnerung daran blieb, und sie sollte mich nicht mehr verlassen. Beinah eine halbe Stunde blieb ich auf den Knien, der Erde wiedergegeben, aber für alle Zeit Gefangene des unsichtbaren Königreichs.

Am nächsten Morgen gegen neun Uhr klopfte ich an die Tür der Sakristei. Der Priester war nicht da, ich mußte in der Kirche warten. Sie erschien mir genauso banal wie am Tag zuvor, aber ich mochte sie, ich akzeptierte alles, die Gipsfiguren, das kleine Haus auf dem Altar, die Glasfenster, ich dachte an das, was in der letzten Nacht geschehen war, ich war zufrieden, ich hatte meine ganze neue Frömmigkeit im Hersagen eines Vaterunsers ausgeschöpft. Das Geräusch von Schritten und das Rascheln eines Gewands rissen mich aus meinen Grübeleien, ich sah den Mann in der Soutane im Mittelgang auf den

Altar zugehen. Er kniete nieder und verharrte einige Minuten in dieser Stellung, dann kam er auf mich zu und machte mir ein Zeichen, ihm zu folgen.

In der Sakristei fragte er, wie ich mich fühlte.

»Heute nacht ist etwas mit mir geschehen«, sagte ich.

Ich saß ihm gegenüber, sah auf die Wandschränke und die strohgeflochtenen Stühle und wußte zunächst nicht, wie ich ihm von dem wunderbaren Ergebnis berichten sollte.

»Ich hoffe, Sie werden mich nicht für eine Verrückte halten.«

Er lächelte.

»Sehen Sie«, entgegnete er, »so etwas würde eine Verrückte nie sagen.«

Dann begann ich zu sprechen. Bis zum Ende hörte er mir so aufmerksam zu, daß ich die Worte, die ich gebrauchte, mit Bedacht wählte, denn ich wollte die Wahrheit so schlicht wie möglich sagen. Er neigte seinen Kopf ein wenig nach vorn, mir schien, als höre er mir mit allen Fibern zu, nicht nur mit den Ohren, auch mit der Stirn, den Augen ... Als ich meinen Bericht beendet hatte, sagte er eine Weile nichts, und ich fürchtete schon, er habe Zweifel. Daher sagte ich mit leiserer Stimme:

»Sie glauben vielleicht, es sei eine Sinnestäuschung gewesen.«

»Nein«, widersprach er lebhaft. »Der Herrgott spielt nicht mit den Seelen. Er wartet darauf, daß unser Herz bereit sei.«

»Das meine ist bereitet. Wollen Sie mich taufen? Ich möchte katholisch werden.«

Bei diesen Worten stand ich auf, auch er erhob sich. Ich sah, daß er bewegt war, denn er senkte den Kopf, richtete sich wieder auf und sagte:

»Vorher muß ich Sie noch unterrichten, Sie müssen den Katechismus lernen.«

»Können Sie mich nicht sofort taufen?«

»Das geht nicht. Auf jeden Fall ist die Genehmigung des Bischofs notwendig.«

Als er meine Enttäuschung bemerkte, fügte er lächelnd hinzu:

»Seien Sie ganz ruhig, Karin. Der Überzeugung nach sind Sie bereits katholisch.«

»Geben Sie mir bitte einen Katechismus.«

Er öffnete einen Schrank und nahm ein kleines, in Leinen gebundenes Buch heraus. Ich sah, daß in einer Schrankecke etwa zehn solche Bände aufgestapelt lagen. »Das ist der Fliegenleim«, sagte eine Stimme in mir. Ich verjagte diesen Gedanken und griff beinah gierig nach dem kleinen Buch.

»Dick ist es nicht«, sagte ich, »das werde ich schnell lernen.«

»Ich werde es Ihnen nach und nach erklären.«

Wir verabredeten den Tag, an dem ich zu meiner ersten Unterrichtsstunde kommen sollte, und ich verabschiedete mich glückstrahlend. Mir war, als ginge ich wieder in die Schule, als würde ich wieder ein kleines Mädchen, ich empfand diese Stimmung als eine sonderbare Bezauberung, die mein Leben verwandelte. Ich begann zu laufen – warum lief ich? Diese Frage schoß mir plötzlich durch den Kopf. Wohin sollte und wollte ich? Zu mir nach Hause? Um in dem Zimmer zu arbeiten, das eine Verzweifelte beherbergt hatte?

Ein kleiner Stadtgarten schien mich einzuladen mit seinen stillen Wegen, mit einer Bank unter Bäumen. Kinder spielten an den Wiesenrändern. Die Sonne schien durch das leichte Laubwerk und warf goldene Flecken auf den Erdboden, sie flimmerten unter dem lauen Wind. Auf eine Bank wollte ich mich nicht setzen, ich nahm einen Stuhl in einem abgelegenen Winkel. »Gehen wir alles noch einmal durch«, sagte die innere Stimme ganz ruhig und vernünftig. Das war mir sehr recht, ich wollte klarsehen. Was mit mir geschah, mit mir, die ich sonst einen kühlen Kopf bewahrte, war ungewöhnlich. In welches Abenteuer hatte ich mich eingelassen? »Arme kleine lutherische Fliege«, fuhr die Stimme fort, »jetzt sitzt du fest auf dem papistischen Leim.« Unwillkürlich machte ich eine abwehrende Geste, wie wenn diese Worte wirklich in meinen Ohren geklungen hätten. Es war wahr, alles das war wahr. Endlich kam die Vernunft zu Worte. Meine Traumbilder hatten mich in die Irre geführt. Ich konnte nicht einmal behaupten, daß ich blind gewesen wäre. Mit offenen Augen war ich geradewegs dorthin gegangen, wo ich erwartet wurde. Der schwarze Mann, sein schmeichlerisches Lächeln, seine Zurückhaltung, seine Höflichkeit, seine guten Worte und das kleine Buch, das er mir gegeben hatte ... Wie konnte ich nur? Diese Worte sagte ich noch einmal laut vor mich hin, und zwei vorübergehende Damen wandten sich um, zwei sehr achtbare Damen, mit grauen Haaren, die eine in dunkelblauer Seide mit weißem Kragen und Manschetten, die andere in Schwarz, mit einem Faltenrock. Sie sahen mich nur kurz, aber so eindringlich an, daß ich mich beinah bei ihnen entschuldigt, ihnen alles erklärt hätte. Sie hätten mich für überspannt gehalten.

Der Ausgangspunkt dieser ganzen Geschichte war Roger. Ihn hatte ich zu erreichen versucht, und da dies schwierig war, suchte ich Rogers Gott, schließlich Gott allein, der Rogers Platz einnahm – aber ich liebte Roger, und wer konnte seinen Platz einnehmen? Die Folgerichtigkeit dieser Überlegung bestürzte mich. Was tat ich in diesem Park, mit einem römischen Katechismus auf dem Schoß? Ich ließ meinen Stuhl stehen und ging langsam auf die niedrige Gittertür zu, langsam, weil ich ganz ruhig bleiben wollte. War es nicht offensichtlich, daß ich der geistigen Verwirrung, vor der ich Furcht hatte, nur knapp entgangen war? Gott hatte Mitleid gehabt, ja, Gott. Ich glaubte an Gott. Ich empfand ein stilles Vergnügen bei dem Gedanken, daß ich Rom hintergangen hatte, und ich mußte lächeln. Als ich an einem Papierkorb vorbeikam, ließ ich geringschätzig den kleinen Katechismus hineinfallen.

Sonnenstrahlen streichelten mein Gesicht, ein Kind lief mir mit seinem Reifen fast vor die Füße. Wie schön und freundlich mir plötzlich das Leben vorkam. Heute war mein Geburtstag ... Achtundzwanzig Jahre. Eines Tages würde ich vielleicht genug Geld gespart haben, um nach Frankreich fahren und dort leben zu können. Warum nach Frankreich? Es wäre vergeblich.

Jetzt mußte ich ein Wort an den schwarzen Mann schreiben. Ich überquerte die Allee und ging in ein Café; es war fast leer, und ich setzte mich auf eine mit rotem Leder bezogene Bank. Alles war hell und freundlich an diesem Ort, den ich gut kannte. Die Alleebäume spiegelten sich in den gläsernen Wänden. Um mich selber für meine neuen Entschlüsse zu belohnen, bestellte ich mir einen Likör. Plötzlich fühlte ich mich wirklich in einer fröhlichen, ja übermütigen Stimmung. Das dänische Blut in mir machte sich bemerkbar. »Bringen Sie mir Papier und Schreibzeug«, rief ich dem Kellner nach.

Ich mußte meinen Brief sorgfältig bedenken. Er sollte überströmend höflich sein, doch dann entschloß ich mich anders. Ich entwarf einen trockenen, ärgerlichen Text, dann wieder einen etwas ironischen, herablassenden. Sollte ich so weit gehen und diesem Herrn sagen, daß ich ihm einen Streich gespielt habe und daß er, nicht ich, in die Falle gegangen sei? Was in einem solchen Fall das Vergnügen beeinträchtigt, ist, daß man den Gesichtsausdruck des Adressaten nicht in dem Augenblick sehen kann, da er den Brief liest. Ich mußte lachen über diesen niederträchtigen Gedanken, aber ein bißchen schämte ich mich doch. Jetzt wurde der köstliche goldfarbene Likör gebracht und dazu eine Schreibmappe.

»Hat das Fräulein einen Füllhalter?« fragte der Kellner.

Ich hatte keinen. Eilfertig bot er mir seinen an. Er blieb stehen, strohblond, frisches Kindergesicht, neckische blaue Augen. Meiner Meinung nach nicht älter als achtzehn.

»Vielen Dank. Ich gebe Ihnen den Füllhalter gleich wieder.«

»Sehr geehrter Herr, diese Zeilen werden Sie wahrscheinlich überraschen, aber es ist an der Zeit, daß die Vernunft wieder in ihre Rechte tritt. Nehmen Sie die Launen einer jungen Frau nicht ernst, die das Teuerste, was sie auf Erden besaß,

verloren hat und im Glauben irgendwelche mysteriösen Trö-
stungen suchte. Ich bin zu lange getäuscht worden, damit
muß heute Schluß sein, sowohl für Sie wie für mich. Ich
bleibe, was ich bin. Arbeiten Sie Ihrerseits an der Erweite-
rung eines Königreichs, in das ich nie eintreten werde aus
dem einfachen Grunde, weil es nicht existiert. Karin J.«

Es war nicht genau das, was ich hatte schreiben wollen. Die
unbändige Rebellion kam zum Ausdruck, und das Ganze war
nicht sehr brillant. Um es richtig zu sagen, meine schlechte
Stimmung verflog, als ich an den so höflichen und wahrscheinlich gütigen Mann dachte, aber dem Mummenschanz
mußte ein Ende gemacht werden. Mich überkam plötzlich
das Verlangen, irgend etwas Tolles zu tun.

Ich rief den Kellner und beglich meine Rechnung. Langsam steckte er das Geld ein und sah mich dabei unverwandt
an. Ich fragte ihn, woher er käme, er nannte ein Dorf in Jütland.

»Sie sind noch nicht lange hier?« fragte ich und schrieb die
Anschrift des schwarzen Mannes auf den Umschlag.

»Seit drei Wochen.«

»Warum«, fragte ich und nahm den Kopf hoch, »sehen Sie
mich so an?«

Er wurde feuerrot im Gesicht. Mit einemmal sah er aus wie
zwölf, und anstatt zu antworten lachte er nur. Ein wildes Verlangen, umarmt zu werden, überfiel mich. Verzweifelt sehnte
ich mich nach den Freuden, die die Welt mir zu bieten hatte.
Ich stand auf und lächelte dem Kellner zu, dessen Jugendlichkeit und Einfalt mich irgendwie verwirrten.

»Haben Sie die Sprache verloren? Wie heißen Sie? Wie ist
Ihr Vorname.«

»Willy.«

»Willy, Sie sind ein Einfaltspinsel, ein netter Einfaltspinsel, aber trotzdem ein Einfaltspinsel.«

Ich fühlte mich alt, als ich diese Worte sagte. Die Aufforderung war so deutlich ... Ich brauchte ihm nur einen Wink zu
geben, und der Einfaltspinsel würde ihm Folge leisten, aber

ich schämte mich. Jetzt mußte ich gehen, ich konnte doch nicht stehenbleiben und mich wie eine Besessene aufführen. Die Nacht mit Roger hatte die Sinnlichkeit in mir wiedererweckt. Deswegen beachtete ich den Kellner mit dem Kindergesicht, den ich gar nicht wahrgenommen hätte, wäre nicht plötzlich dieser Aufruhr der Sinne in mir entstanden. Zu allem Unglück war ich an einen Dummkopf geraten. Es gibt nicht viele von der Sorte bei uns. Es kann sein, daß ich mit dem einzigen in unserer Stadt zu tun hatte.

»Sie sind vom Land«, sagte ich und nahm meine Handtasche.

»Ja, mein Fräulein.«

Wahrscheinlich hatte er einen angenehmen Körpergeruch. Sein glatter, fester Hals fesselte mich noch einen Augenblick, dann wandte ich, ohne noch ein Wort zu sagen, die Augen ab und ging hinaus.

Auf der Straße stürmten wilde Vorstellungen auf mich ein. Ich mochte sie noch so oft und energisch zurückdrängen, sie stellten sich unerbittlich und beharrlich wieder ein. Was ich ersehnte, war nicht mehr nur Zärtlichkeit, sondern die Umarmung in ihrer animalischsten Form. Ich fühlte das Pochen meines Bluts in der Brust. Niemals zuvor hatte ich die Tyrannei des Geschlechts so stark empfunden. Ich hätte ins Café zurückgehen können – es wäre einfach gewesen, aber es war unmöglich: mein Stolz lehnte sich dagegen auf. Ganz offenkundig wußte Willy nicht, daß ich Karin die Deutsche war, und sicherlich brannte in ihm das gleiche Verlangen wie in mir, aber ich hatte es nicht richtig angefangen. Das dumme Intermezzo ärgerte mich. Ich stieg in die Straßenbahn und legte den Weg nach Hause wie in einem Fiebertraum zurück.

Ich hatte keine Ahnung von der Überraschung, die auf mich wartete! In meinem Zimmer ging ich minutenlang hin und her, einer schmerzhaften Unruhe ausgesetzt, die mich körperlich ermüdete, ohne mir inneren Frieden zu bringen. Und ich bemerkte zunächst nicht, daß ich es bei diesem Auf- und

Abgehen vermied, meine Füße auf eine genau umrissene Stelle zu setzen, dorthin nämlich, wo ich am Abend zuvor gekniet hatte. Jetzt tat ich etwas Merkwürdiges: ich stellte meinen Arbeitstisch so, daß weder ich noch jemand anderer auf die Stelle treten konnte, an der, wie ich mutmaßte, ein unsichtbares Wesen ... doch ich wollte diesen Gedanken nicht zu Ende denken, ich handelte, wie stets, instinktiv.

Es war noch keine halbe Stunde vergangen, als an die Tür geklopft wurde und ich Frau Jensen durch das Guckloch erblickte, die einen großen Strauß Schlüsselblumen in der Hand hielt. Ein Lächeln lag auf ihrem Gesicht. Ich machte unverzüglich auf. Sie nahm mich in ihre Arme.

»Ich wollte die erste sein«, sagte sie lachend. »Hier sind Blumen für Sie, Karin, und herzlichen Glückwunsch zum Geburtstag!«

Sie trug ein hübsches weißes, mit Vergißmeinnicht bedrucktes Leinenkleid, sie war das Urbild der Freude mit ihrem braunen Haar, das noch zerzauster war als sonst, und mit ihren fröhlichen blauen Augen.

»Vielen Dank, Frau Jensen. Aber was ist denn?«

»Ach was, Frau Jensen! Nein, Karin, sagen Sie Marie zu mir. Es ist vorbei, kleine Karin, begreifen Sie?«

»Nein, wirklich nicht.«

»Dann werde ich es Ihnen erklären«, sagte sie und setzte sich. »Es ist vorbei mit der Traurigkeit. Kein Mensch ist Ihnen mehr böse. Ach herrje, sie werden kommen, und ich habe nicht einmal genug Zeit, es Ihnen richtig auseinanderzusetzen. Sie haben viel Schlimmes durchgemacht, Karin, aber Sie haben sich nie beklagt ... und wir sind keine Unmenschen. Heute wollen wir uns mit Ihnen versöhnen.«

Sie stotterte etwas, und ich konnte ihr kaum folgen.

»Karin«, fuhr sie fort und legte ihre Hand auf meine, »wer ist der Herr, der Sie in letzter Zeit oft besucht hat? Ich bin neugierig, nicht wahr? Ist es ein Franzose? Ich meine den Herrn im Kapuzenmantel.«

»Ja, ein Franzose.«

Sie brach in Lachen aus.

»Sie haben stets schöne Männer geliebt, aber wir sind sehr froh, daß es jetzt ein Franzose ist. Sie sind in letzter Zeit genau beobachtet worden. Ich hatte Sie gewarnt. Wir wußten noch nicht, wer der Fremde war. Das unglückliche Fräulein Ott hat alles aufgeklärt, und als die Leute erfuhren, daß Ihr Liebhaber ein Franzose war... Was ist denn, Karin?«

»Nichts, Frau Jensen.«

»Nennen Sie mich Marie. Habe ich etwas gesagt, das Sie getroffen hat?«

»Ganz und gar nicht. Ich will Ihre hübschen Blumen ins Wasser stellen.«

Sie kam mir nach in die Küche.

»Sehen Sie, Karin, der Franzose hat vergeben und vergessen, nun tun wir es auch.«

»Ich habe begriffen. Und wenn der Franzose nicht vergeben und vergessen hätte, wann hättet ihr es getan?«

»Ich habe es sofort getan, Karin, das wissen Sie doch.«

»Ja, Marie. Sie allein hatten ein Herz.«

Ich stellte die Vase in den Spülstein und warf mich in die Arme der Bäckersfrau.

»Was haben Sie, Karin? Sie weinen ja.«

Ich weinte nicht, ich schluchzte. In mir rangen zwei gegensätzliche Meinungen miteinander. Ein Teil meiner selbst fand die Szene ungeheuer lächerlich, der andere labte sich an den Tränen, die mir über die Wangen liefen, zum erstenmal seit Jahren.

»Sie sind doch nicht unglücklich, Karin?«

»Ich weiß nicht. Man kann weinen, ohne unglücklich zu sein.«

»Das stimmt. Aber Sie bringen mich auch noch zum Weinen.«

Die unsinnige Situation dauerte eine ganze Weile an. Über die Schulter der Bäckersfrau hinweg versuchte ich, mir das Gesicht abzuwischen.

»Aber Sie, Marie, haben doch keinen Grund zu weinen«, sagte ich mit stockender Stimme.

»Nein, eigentlich nicht«, entgegnete sie, »aber es ist so erleichternd, von Zeit zu Zeit zu weinen.«

Diese Worte brachten mich wieder zu mir. Ich griff nach meiner Handtasche und zog ein Taschentuch heraus.

»Schluß jetzt damit, Marie«, sagte ich und machte mich von ihr frei. »Ich bin einen Augenblick schwach geworden. Es soll nicht wieder vorkommen.«

Ich trocknete meine Tränen.

»Ach«, sagte die Bäckersfrau, »wir haben wunderbar geweint.«

Sie sprach das so aus, als sagte sie: »Wir haben wunderbar zu Mittag gegessen.« Ihre Harmlosigkeit rührte mich, aber ein wenig verdroß sie mich auch. Ich sah die unordentlichen Locken auf ihrem hellen Nacken, und mir schien, als wäre dort alles versammelt, was an Sanftem, Gutmütigem und Einfältigem in ihr war, dort, unterhalb des Kopfes, in dem nicht viel vor sich ging, doch ihr Herz rührte mich wirklich. Noch einmal drückte ich sie an mich, wie um Verzeihung zu erbitten für mein zu hartes Urteil, und natürlich löste das einen neuerlichen Tränenstrom bei ihr aus. Mir war, als hielte ich einen riesenhaften Wachtelhund in den Armen, denn auch ihre weinerliche Stimme klang wie das Jaulen dieses empfindsamen Tiers.

Wir hatten gerade noch Zeit, uns die Augen mit kaltem Wasser abzutupfen, als wieder geklingelt wurde. Als ich den Boten vom Kaufhaus sah, wurde ich unruhig.

»Sie kommen zu früh«, sagte ich, »ich bin erst heute abend fertig.«

Er lächelte vielsagend und sagte eine Weile nichts, es war, als weide er sich an meinem Schreck. Sein Gesicht wurde ganz faltig vor Schadenfreude, am liebsten hätte ich ihm die Tür vor der Nase zugemacht. Aber er nahm einen Umschlag aus seiner Tasche und sagte:

»Herzlichen Glückwunsch, Fräulein Karin!«

Ich dankte zerstreut und riß den Umschlag auf. Er enthielt einige Zeilen, mit denen der Direktor mir die Erhöhung meines Honorars bescheinigte. Ich würde dadurch zwar nicht reich werden, aber viel besser gestellt sein. Vor Freude war ich ganz durcheinander und rief dem Boten, der gerade wieder auf sein Fahrrad stieg: »Herzlichen Glückwunsch!« nach. Er lachte laut heraus.

»Marie«, rief ich der Bäckersfrau zu, als ich die Tür wieder zugemacht hatte. »Mein Leben ändert sich.«

»Das habe ich Ihnen doch gleich gesagt, Karin. Der Krieg ist nun vorbei.«

»Aber nicht alle Glocken werden gleich und gemeinsam läuten. Das verlange ich auch gar nicht. Ich möchte nur die von der Heilandskirche hören . . . Ich will fort von hier, ich hasse dieses Zimmer.«

Frau Jensen machte große Augen.

»Warum nur? Ihr Zimmer ist doch sehr hübsch.«

»Ach, ich sage nur irgend etwas, weil ich so froh bin.«

Doch mit dem Brief des Direktors in der Hand setzte ich mich und murmelte:

»Nicht ganz und gar froh.«

»Nicht ganz und gar, Karin?«

»Das können Sie nicht verstehen. Mir ist meine Jugend gestohlen worden. Mit Geld kann sie mir nicht zurückgegeben werden.«

Wieder wurde geläutet.

»Sehen Sie bitte nach, Marie. Ich habe Angst, es könnte eine unangenehme Überraschung sein.«

Die Tür ging auf, und ein weißes Kleid kam auf mich zu: die kleine Johanna. Wie eine Geistererscheinung wirkte sie auf mich in der Sonne, die sie wie mit einem Schleier von Licht umgab. Vor Schüchternheit brachte sie kein Wort heraus, reichte mir aber mit einer reizenden linkischen Gebärde einen kleinen Rosenstrauß.

»Johanna«, sagte die Bäckersfrau, »hast du die Sprache verloren?«

»Lassen Sie sie«, sagte ich. »Es ist die Aufregung, nicht wahr, Johanna? Wir beide brauchen nicht miteinander zu sprechen, um uns zu verstehen.«

Ich nahm sie in die Arme und bedeckte ihr hübsches Gesicht mit Küssen. Sie wehrte sich nicht, im Gegenteil, sie lächelte mit einem Anflug von Eitelkeit und Nachsicht. Was für ein hochnäsiges Frauenzimmer du später sein wirst, dachte ich, aber du riechst gut.

»Sie riecht so gut!« sagte ich laut.

»Sie riecht gut«, sagte die Bäckersfrau. »Ich hoffe, du hast kein Parfüm genommen, Johanna!«

»Bestimmt nicht«, widersprach ich. »Das ist der frische Geruch ihrer Haut. Sie riecht nach Früchten. Die Jugend riecht nach Früchten, die jungen Leute . . . Ist Ihnen das noch nicht aufgefallen, Marie?«

»Nein«, antwortete sie mit einer Entschiedenheit, die mir verdächtig vorkam, denn sie war nicht unerschütterlich tugendhaft, sie zitterte vor ihrem Mann, und die Wendung, die das Gespräch nahm, gefiel ihr nicht.

»Oh«, sagte ich lachend, »ich habe das so hingesagt. Übrigens, ich habe ein Geschenk für Johanna.«

Ich zog die Schublade der Kommode auf und nahm – nicht ohne Bedauern, ich gebe es zu – eine Korallenkette heraus, die ich als kleines Mädchen getragen hatte. Ich kniete mich vor dem zukünftigen hochnäsigen Frauenzimmer hin und legte ihr die Kette um den Hals. Die rosenroten Perlen auf ihrer hellen Haut erinnerten mich plötzlich heftig an die Zeit, als ich zehn Jahre alt gewesen war. Ich sah mich an der Hand meines Vaters, in einem Garten, er nannte mich sein kleines liebstes Fräulein, ich war glücklich, und er sagte mir den Namen der Blumen, an denen wir vorübergingen. Ich hätte sterben mögen.

»Geh«, sagte ich zu Johanna. »Du siehst entzückend aus . . .«

»Warum bleiben Sie auf den Knien, Karin?« fragte die Bäckersfrau.

»Heute morgen bin ich wirklich zerstreut«, entgegnete ich und stand schnell auf. »Und weil heute mein Geburtstag ist, will ich mir meinen schönen Saphir umhängen.«

Ich nahm das wertvolle Schmuckstück aus der Schublade, in der auch die Korallenkette gelegen hatte. Ich hatte es von meiner Mutter bekommen, sie trug es, als sie glücklich war, ich selber trug es fast nie. An diesem Morgen jedoch befestigte ich den Anhänger an einer dünnen Kette und legte sie mir um den Hals.

»Oh, wie schön Sie sind mit diesem Juwel!« rief die Bäckersfrau. »Darf ich es sehen?«

Mit glänzenden Augen trat sie zu mir und berührte mit den Fingerspitzen den kostbaren Stein.

»Meiner Mutter stand er noch besser«, sagte ich wehmütig.

»Setzen Sie kein trauriges Gesicht auf, Karin. Ich habe einen großen Kuchen für Sie gebacken, mit Vanille und vielen Mandeln. Sie mögen doch Mandeln?«

Die Türklingel läutete. Ich flüchtete in die Küche.

»Sehen Sie nach, wer es ist, Marie«, flehte ich sie an. »Ich möchte mit niemandem sprechen. Sagen Sie irgend etwas.«

Durch die Küchentür hindurch hörte ich nach einer Weile das Stimmengewirr einer höflichen und freundlichen Unterhaltung. Dann klopfte Marie leise. Ich machte die Tür auf.

»Es ist der Lehrer«, flüsterte sie und zog die Tür hinter sich zu.

»Ich will mit dem Lehrer nichts zu tun haben.«

»Aber, Karin! Ein so korrekter Mann ...«

»Sagen Sie ihm, ich fühlte mich nicht wohl.«

Sie ging ins Zimmer zurück. Wiederum wurde geläutet. Diesmal kamen mehrere Personen, und ich überlegte, auf das Fenster über dem Spülstein blickend, ob ich nicht auf die Straße springen könnte, um der mir peinlichen Begegnung mit meinen Feinden von gestern zu entgehen ... Vor allem konnte ich den Gedanken, sie kämen wahrscheinlich, um Versöhnung mit mir zu feiern, nicht ertragen. Auf einmal schämte ich mich meiner Feigheit und riß, widerborstig und empört, die Tür auf.

Ich stelle mir vor, daß ich in diesem Augenblick wie eine Furie ausgesehen habe, denn das fröhliche Gesumm nahm mit einem Schlag ein Ende, und in ein drückendes Schweigen hinein hörte ich eine harte, klare Stimme, die meine, die sich an die acht oder zehn Besucher richtete:

»Was wollen Sie hier bei mir?«

Ich blickte in die Runde und erkannte die Metzgersfrau, die mich vier Jahre lang mit unausgesprochenem, aber ausdauerndem Haß verfolgt hatte, die Frau vom Eisenwarenhändler, der früher jeden Sonntagabend vor meiner Tür ausgespuckt hatte, den Briefträger, der nur spöttisch gegrinst hatte, wenn er Briefe in meinen Kasten warf, einen älteren, bleichwangigen Herrn, der mir mit zweifelhaften Absichten an den Straßenecken aufgelauert hatte, drei lustige Gymnasiasten und, neben der Tür, etwas verlegen, einen robusten, steifen Mann mit ziegelrotem Gesicht, den Herrn Lehrer.

Die Szene kam mir ungeheuer eindrucksvoll vor, ich genoß meine Wut, denn ganz offensichtlich jagte ich diesen Leuten Angst ein. Innerlich jauchzend, ließ ich meine Augen über die erstaunten Gesichter schweifen, langsam von einem zum andern, und ich lächelte das Lächeln einer Tigerin.

»Nun? Keiner sagt etwas?«

Als wäre mein Lächeln ansteckend, sah ich jetzt, allerdings zaghaft, auch Lächeln auf den stummen Lippen entstehen. Dann warf einer der Schüler den Kopf hoch und rief:

»Ach, Karin, sei nicht so zornig, so abwehrend. Wir wollen dich nicht fressen!«

Mit einem nicht ganz echt wirkenden Lächeln wurden diese Worte aufgenommen, und ich wurde einfach überrumpelt. Aus reiner Nervosität lachte ich laut. Nun war der Bann gebrochen, sie kamen mit ausgebreiteten Armen auf mich zu, mit vor Freude glänzenden Augen, wie Leute, denen man verziehen hat, denn mir entging es nicht, daß sie gekommen waren, um sich zu entschuldigen, nicht, wie ich geglaubt hatte, mir zu vergeben – sich zu entschuldigen dafür, daß sie mich vier Jahre lang in das Gefängnis des Schweigens und der Einsamkeit eingesperrt hatten, aus dem ich jetzt gealtert und betrogen herauskam. Ohne mir klarzuwerden, was ich tat, stellte ich mich hinter meinen langen Arbeitstisch und lehnte mich an die Wand, ich wollte so all diesen Händen entgehen. Jetzt löste sich der Lehrer aus der Gruppe, stützte die Hände auf den Tisch und sah mich voller Güte an.

»Karin«, sagte er salbungsvoll, »heute entdecken wir unsere kleine Meerjungfrau wieder.«

»Nein, nein!« schrie ich. »Ich bin nicht eure kleine Meerjungfrau. Wenn Sie hergekommen sind, um mir das zu sagen, können Sie gleich wieder gehen.«

Er zuckte zusammen, sein Unterkiefer fiel herab, sein Mund stand offen, und das Rot seines Gesichts ging ins Violette über. Mit einem Schulterzucken schob er die Leute, die vor der Tür standen, zur Seite und ging hinaus. Sein Verschwinden wurde von den drei Schülern mit Grinsen quittiert, und auch die anderen murmelten zustimmend.

»Höre, Karin, du bist zu hübsch, um dich so bösartig zu geben«, sagte einer der Jungen und beugte sich weit über den Tisch. »Laß uns Frieden schließen, ja?«

Er wirkte anziehend mit seiner langen goldblonden Strähne, die ihm über die Augen und den sinnlichen Mund fiel. Unbewußt lächelte ich, doch auf einmal spürte ich, wie mein Gesicht und meine Hände eisig kalt wurden. Am anderen Ende des Raums, aus der offengebliebenen Küche kommend, wie mir schien, sah ich jemanden: Ott.

Sie war es wirklich, ich träumte nicht, es war Ott, und ihrem Wesen, ihrer Natur dadurch noch ähnlicher, daß sie wie ein Mann gekleidet war. Unbeweglich und lächelnd hob sie ein wenig die Hand, wie um mich zu begrüßen. Mir wurde schwindlig, ich fiel in den Sessel neben dem Tisch.

»Karin, was ist?« fragte die Bäckersfrau.

»Nichts, Marie, laß mich.«

»Aber du bist ganz blaß. Ist dir nicht gut?«

Ich merkte nicht einmal, daß wir du zueinander sagten. Entsetzen schlug über mir zusammen. Ich hörte meine Besucher reden, sah wie in einem Alptraum die Frau des Eisenwarenhändlers und die Metzgersfrau so ungeniert hin und her gehen, wie sie es getan hätten, wenn ich abwesend oder tot gewesen wäre. Ich konnte keinen Ton herausbringen. »So ist es also, wenn man den Verstand verliert«, sagte ich zu mir und fragte mich, in welche Anstalt man mich einliefern würde. Hoffentlich nicht in die, in der meine Mutter gewesen war. Das wäre zu schrecklich. Jetzt ging es darum, möglichst normal zu erscheinen, und ich versuchte, mit einem der Schüler zu sprechen, der mich irgend etwas gefragt hatte. Aber was? Seit zwei oder drei Sekunden konnte ich auch nichts mehr hören.

Marie kam um den Tisch herum und zeigte lächelnd auf Ott, die sich auf mich zu bewegte. Ich ergriff Maries Hand und drückte sie fest.

»Nein«, sagte ich mit einer Stimme, die mir fremd vorkam.

Jetzt rief Maria so laut, als wende sie sich an eine Schwerhörige:

»Das ist Ib, der Bruder des armen Fräulein Ott.«

Plötzlich wurde es dunkel im Raum, es geschah etwas ganz Lächerliches, gegen das ich aber nichts tun konnte: Ich verlor die Besinnung.

Als ich wieder zu mir kam, brannten meine Wangen von den Schlägen, die die Bäckersfrau mir verabreicht hatte, ich vernahm eine gerührte Stimme:

»Das ist die Aufregung. Arme kleine Karin, sie ist so glücklich, daß wir alle da sind.«

Das Zimmer war gestopft voll mit Menschen. Durch die offen gebliebene Tür kam herein, wer wollte. Wie durch einen sich zerteilenden Nebel erkannte ich undeutlich Gesichter, die einst feindselig gewesen waren, jetzt aber das breite Lächeln trugen, mit der die Freigesprochene belohnt wurde. Auf dem Tisch stand ein riesiger Kuchen, er sah aus wie eine Stufenpyramide, hatte weißen Zuckerguß und trug auf der Spitze eine dünne rosa Kerze, die gerade von einer Frau angezündet wurde. Ich starrte auf die kleine Flamme, die in der Zugluft flackerte. Ob sie verlöschen würde? Einen Augenblick lang war das für mich die wichtigste Frage.

Eine Hand legte sich auf meine Schulter, und ich hörte, wie eine fast kindlich hohe Stimme sanft meinen Namen aussprach. Ich hob den Kopf und sah Fräulein Otts Bruder vor mir, der mich ernst anblickte.

»Herzlichen Glückwunsch zum Geburtstag«, sagte er.

Er hatte die Augen seiner Schwester, ihren gezierten Mund, ihre kecke Nase, mir wurde die Kehle trocken, weil diese unwahrscheinliche Ähnlichkeit mit der Toten einer Halluzination gleichkam, aber auf dem Grund seiner Augen las ich etwas, das ich bei Fräulein Ott nie bemerkt hatte: die Unschuld eines neugeborenen Kindes.

»Herzlichen Glückwunsch, Karin«, wiederholte er lächelnd. Ich stammelte:

»Sie sind der Bruder von Fräulein Ott. Wenn ich Sie anblicke, glaube ich sie zu sehen.«

»Armes Schwesterchen«, sagte er. »Sie wäre ebenfalls gekommen. Sie mochte Sie gern. Darf ich Ihnen einen Kuß geben? Es ist, als würde sie selbst es tun.«

Ich riß mich zusammen, ich stand auf, legte meine Arme um ihn und, außer mir, sagte ich auf französisch zu ihm:

»Ich habe deine Schwester umgebracht.«

»Ja, ja«, sagte er lachend.

Seine regelmäßigen Zähne waren weiß geblieben, trotz der vierzig Jahre, die er alt sein mochte, und die kleinen Falten in seinem Gesicht gaben ihm das Aussehen eines unheimlichen alten Babys. Ganz sicher verstand er kein Wort Französisch, so daß meine Kühnheit ungefährlich war, doch die Worte, die ich gesagt hatte, erleichterten mich, und von neuem stiegen mir Tränen in die Augen. Ib tat jetzt etwas sehr Kindliches, das mich rührte: er streichelte mir unbeholfen die Wange.

»Ott«, sagte er, »arme kleine Ott, sie ist jetzt im Paradies. Sie dürfen nicht weinen.«

Und er küßte mich. Auf meinem glühenden Gesicht spürte ich seine weichen, kühlen Lippen; es war mir unangenehm, doch ich ließ es geschehen. Plötzlich hörte ich neben mir eine lauttönende Stimme, bei der ich zusammenzuckte. Es war einer der Schüler, der frechste von den dreien, er war um den Tisch herumgekommen und machte Anstalten, mich zu umarmen.

»Los, Karin«, rief er, »gib mir einen Kuß.«

Ich wehrte mich.

»Ihnen nicht, nicht allen!«

Er lachte albern. Es entstand ein Wirbel um mich herum, sie kamen sogar hinter den Tisch, der mich nicht mehr schützte. Ich stieß den Jungen, dessen Atem nach Alkohol roch, zurück und griff in meiner Verwirrung nach dem Arm des Mannes, der neben mir stand.

»Ib«, schrie ich, »helfen Sie mir!«

Aber es war gar nicht Ib. Verblüffung: es war Emil.

Im allgemeinen Gedränge spürte ich Emils Hand auf meiner Schulter, er zog mich zu sich, sprang dann mit einem Satz wie ein Teufel über den Tisch, und ich mußte wirklich an einen Teufel denken, weil etwas Feuriges und Bezwingendes von ihm ausging. Ein paar Sekunden lang verlor ich ihn aus den Augen, dann sah ich ihn wieder inmitten einer Gruppe, die er zur Tür hindrängte. Es gab Hohngelächter und Widerspruch, doch seine schroffe Stimme, die so klang, als treibe er sein Vieh an, übertönte alle:

»Hinaus! Die ganze Gesellschaft!«

Die Frauen wehrten sich ein bißchen, während die von Natur aus feigeren Männer sich vor dem energischen Burschen, der mit den Ellbogen nachhalf, aus dem Staube machten. Nur zwei Schüler unternahmen noch einen Vorstoß, aber ein paar Ohrfeigen zeigten ihnen den richtigen Weg.

Eine kreischende Stimme erhob sich in dem Tumult. Nicht unberechtigt verlangte eine der Frauen ihren Anteil an dem Kuchen:

»Wir haben alle zusammengelegt, um ihn Karin zu schenken«, beklagte sie sich.

Jetzt mischte ich mich ein und rief ebenfalls laut:

»Kommt später, wir werden ihn gemeinsam essen.«

Und mich fast überschreiend, fügte ich noch hinzu:

»Vielen Dank, euch allen vielen Dank!«

Denn schließlich und endlich hatten sie alle sich bemüht, eine beschämende Vergangenheit auszulöschen, aber nicht meine Vergangenheit, sondern ihre. Die Sünderin wurde zur Richterin. Das war das Berauschende an diesem erhebenden Augenblick, doch ein ebenso erhebender folgte, als die Tür zufiel und Emil und ich allein im Zimmer waren.

Er hatte sich verändert: er war stärker und auch schöner geworden. In der hellen Leinenhose und dem blaßblauen Hemd, das oben seine Brust freiließ, erschien er mir als das Bild der dänischen Jugend: sieghaft und herausfordernd. Indes, andere hätten ihn vielleicht gar nicht angesehen. In seinen großen dunklen, weit auseinanderstehenden Augen glimmte Feuer, wirklich ein rötlichgoldenes Licht, das ich nur bei ihm, bei niemand anderem sonst, je gesehen hatte. Aber das war nicht das einzig Ungewöhnliche an ihm: Sein breiter, voller, kühn geschwungener Mund hatte die Farbe rohen Fleisches, was durchaus mißfallen konnte, wie auch sein Nacken und seine aus den hochgekrempelten Ärmeln herausschauenden Arme Angst einflößen konnten. Unwillkürlich stellte man ihn sich hinter einem Pflug vor, wenn es so etwas überhaupt noch gab. Ich wußte, daß diese Kraft und Stärke durch Zärtlichkeit gemildert wurde, aber ich fürchtete sie auch. Doch eine weitere Überraschung erwartete mich.

Eine Zeitlang sahen wir uns schweigend an, wir lächelten und waren verlegen. Ich dachte, er würde sich auf mich stürzen, wie früher, mit dem Ungestüm seiner Jugend, doch nein, er sagte und tat nichts. Ich wurde unruhig. Die Jahre und die Schicksalsprüfungen hatten auch mich verändert, aber in anderer Weise als ihn. Vielleicht war ich in seinen Augen nicht mehr jung genug. Ich merkte, daß er zauderte, dann sagte er mit einer Stimme, die bemüht sanft und leise klang, meinen Namen:

»Karin ...«

Ich schwieg. Er kam ganz nah an mich heran, ich spürte seinen Atem an meinem Ohr und an meinem Nacken, während er mich mit einem Arm umfaßte

»Karin, willst du meine Frau werden?«

Vor Verblüffung war ich unfähig zu antworten. Wir standen uns gegenüber, neben uns der kuriose Kuchenberg. Um es offen zu sagen, ich hatte mir alles ausgemalt: körperlichen Rausch, halbwahre Liebesworte, Versprechungen, alles das im Bett hinter dem Wandschirm, wie früher, aber einen Heiratsantrag neben einem Hochzeitskuchen hatte ich nicht vorausgesehen. Das Wort Heirat wirkte auf mich wie ein kalter Wind, und ich schäme mich schreiben zu müssen, daß mich schauderte. Behutsam nahm Emil den Arm von meinen Schultern, und ich hörte ihn traurig seufzen.

»Du antwortest nicht, Karin. Bedeutet das nein?«

»Durchaus nicht«, sagte ich und berührte mit den Fingerspitzen seine Brust. »Aber darauf war ich nicht vorbereitet ... Das muß ich dir leider sagen, Emil. Bitte laß mir Zeit zum Nachdenken.«

»Wie lange? Zwei Stunden?«

»Einen Tag.«

»Einen Tag – das ist lang, aber ich werde geduldig sein.«

Sein enttäuschter Blick rührte mich, und fast war ich versucht, ja zu sagen, nur damit dieses braune bäuerliche Göttergesicht sich wieder erhellte. In dem Licht, das ihn von vorn traf, wurden seine harten, hohen Backenknochen kupferfarben, und in seinen großen Augen flackerte das sonderbare Feuer, das mich so faszinierte.

»Ich habe mich verändert, Karin. Ich bin nicht mehr der wilde Bursche, der ich vor zwei Jahren war. Du wirst sehen, ich bin ganz vernünftig geworden.«

»Ich weiß nicht, ob ich vernünftige Jungen sehr gern habe«, sagte ich lächelnd.

»Ich liebe dich, Karin. Der vernünftige Junge ist auch toll vor Liebe.«

»Wo willst du mit mir zusammen leben, Emil?«

»Auf dem Lande, bei mir zu Hause. Meine Eltern sind gestorben, das Haus gehört mir. Es ist eines der schönsten im ganzen Land.«

Plötzlich stand ein Eßzimmer, in dem es nach Bauernhof roch, vor meinen Augen. Ich aber war ein Großstadtmensch und sah zahllose Schwierigkeiten vor mir, einsame, langweilige Stunden, Besuche von Nachbarn mit lauten Stimmen, dann das Altwerden, die Falten auf meiner und auf Emils Stirn ...

»Nein«, sagte ich laut.

Er nahm meine Hände, mir war, als flösse die ganze Wärme seines Körpers in den meinen, sein ganzes Begehren und alle seine Träume.

»Du willst nicht, Karin?«

»Ich habe nicht gesagt, daß ich nicht will. Ich dachte an etwas ganz anderes. Küß mich, du Tölpel.«

Er küßte mich, das war alles. Meine Arme, die ich um seinen Hals geschlungen hatte, lockerten sich, und unmerklich wich ich zurück. Ein vernünftiger Bursche, das war er tatsächlich geworden. Mir gegenüber zumindest bewahrte er, was man eine korrekte Haltung nennt. Er gab mir noch einen Kuß, flüchtig und schicklich. Erstaunt sah ich mir den feinen und zugleich brutalen Kopf an, den ich einst überall auf meinem Körper gespürt hatte und der, wenn er nicht da war, mir die Nächte zur Qual gemacht hatte. Nicht wissend, was ich sagte, hörte ich folgende Worte aus meinem Mund kommen:

»Läufst du noch immer den Mädchen nach, Emil? In Kopenhagen ...«

»Ich laufe niemandem nirgendwo mehr nach.«

»Reizt es dich nicht mehr?«

»Nein. Nur du reizt mich noch.«

»Du lügst. Du hast doch immer Feuer in den Adern gehabt.«

»Ich habe mich geändert. Ich sage dir noch einmal, daß ich brav geworden bin.«

»Ist dir etwas zugestoßen?«

»Nein. Ich habe alles gehabt, was ich wollte. Jetzt ist das vorbei. Das einzige, was ich nun will, ist, mit dir zusammen leben.«

Verdrossen ließ ich mich in einen Sessel fallen und musterte den leidenschaftslosen Mann, der vor mir stehenblieb. Wenn ich sage, ich regte ihn nicht mehr auf wie früher, so ist das wenig gesagt. Unbeholfen knöpfte er seine Manschetten zu, dann den Kragen.

»Du siehst nicht so aus, als wärest du froh, mich zu sehen«, sagte er schließlich.

»Ich bin starr vor Staunen.«

»Und warum bist du so erstaunt?«

»Ich habe das Recht erstaunt zu sein, wann ich will, nicht wahr? Es macht mir Spaß, erstaunt zu sein.«

»Du machst dich lustig über mich, Karin.«

»Nein, ich denke an früher.«

»Ach, früher...«

Hätte er nicht so gut ausgesehen, würde ich ihn weggeschickt haben, doch ob ich wollte oder nicht, ich bewunderte ihn, ich bewunderte seine Kraft, seine breiten Schultern, seine starken Lenden – und vor allem das umdüsterte und verschlossene Gesicht: das Gesicht eines Dummkopfs war das nicht. Irgend etwas reimte sich nicht zusammen.

»Warum bist du nicht früher zu mir gekommen?« fragte ich.

»Ich konnte nicht von zu Hause fort, mein Vater und meine Mutter waren krank, ich mußte mich um alles kümmern.«

»Wann hast du sie verloren?«

»Meinen Vater vor acht Monaten, meine Mutter erst kürzlich.«

»Liebtest du sie sehr?«

»Meine Mutter? Nein.«

»Bitte setz dich. Es macht mich nervös, wenn du stehenbleibst.«

Er nahm einen Stuhl, setzte sich aber nur auf den Rand, und ein Schweigen trat ein, das ich absichtlich in die Länge zog. Schließlich sagte ich leise:

»Von heute an bekommt mein Leben ein anderes Gesicht: ich bin, so scheint es, nicht mehr die Deutsche.«

Er fuhr mit der Hand durch die Luft.

»Für mich bist du nie die Deutsche gewesen, Karin. Erinnere dich daran.«

»Du denkst an deine heimlichen Besuche? Glaub mir, was du jetzt sagst, rührt mich, aber da ich neugierig bin, möchte ich gern wissen, warum du gerade heute gekommen bist, um mir einen so wichtigen Besuch zu machen – sogar einen Heiratsantrag. Sag bitte nicht, weil heute mein Geburtstag ist.«

Er wurde ganz rot, was sein Gesicht noch liebenswerter machte, doch er verdarb alles durch ein gezwungenes Lachen.

»Nein. Ich muß ehrlich gestehen, daß ich gar nicht wußte, wann du Geburtstag hast. Meiner Ansicht nach ist das nicht so wichtig.«

»Das finde ich auch. In dem Punkt sind wir uns einig. Warum also, Emil?«

»Warum was?«

»Warum bist du heute morgen mit all den anderen gekommen?«

»Das hat sich so ergeben. Ich war selber überrascht.«

»Du wußtest nichts von dem, was in die Wege geleitet wurde? Hat deine Tante Marie dir nichts davon gesagt?«

Er sprang auf, und mir wurde plötzlich klar, mit welchem Hitzkopf ich leben müßte, wenn ich seinen Antrag annähme.

»Was soll die ganze Fragerei, Karin? Worauf willst du hinaus? Ich verstehe nicht, was du meinst.«

»Ich will es dir erklären. Es ist sehr einfach: du lügst.«

Er stieß den Stuhl zurück, der umfiel, ohne daß er es merkte.

»Karin, wie kannst du es wagen?«

»Möchtest du, daß ich jetzt gleich mit dir rede oder daß ich bis morgen warte?«

Der frostige Ton, in dem ich sprach, schien ihn zu beruhigen. Er bückte sich leicht verlegen nach dem Stuhl und stellte ihn wieder hin. Ich wußte, daß er sich überlegte, ob es vorteilhaft für ihn wäre zu warten. Ich wußte ganz genau, was in diesem dänischen Schädel vor sich ging.

»Was die Antwort angeht, um die ich dich vorhin gebeten habe, so möchte ich sie gleich haben. Ich liebe dich zu sehr, als daß ich länger in Ungewißheit bleiben könnte.«

»Warum liebst du mich?«

»Aber Karin, warum verliebt man sich? Ich liebe, was und wie du bist, ganz einfach, ich bin glücklich, wenn ich dich sehe.«

»Aber nicht in diesem Augenblick, nicht wahr? In diesem Augenblick komme ich dir unausstehlich vor. Und ich werde noch eine Weile unausstehlich bleiben. Willst du dich nicht setzen? Du wirst von mir erfahren, warum du heute morgen gekommen bist und warum du mich heiraten willst. Du darfst mich nicht unterbrechen. Verstanden?«

Er nickte. Ich beugte mich zu ihm hin und fuhr ernst und eindringlich in meiner Rede fort.

»Heute morgen ist in den Augen der Leute mein guter Ruf wiederhergestellt worden. Man hat beschlossen, zu vergeben und zu vergessen, und ich bin wieder ... weißt du was? achtbar geworden. Du brauchtest dich meiner nicht mehr zu schämen, wenn du mich heiratest. Nein, bleib still sitzen. Überdies findest du mich zwar nicht mehr so verführerisch wie früher – schweig bitte! –, du erinnerst dich aber, daß es zwischen uns hinter diesem Wandschirm recht gut geklappt hat. Deshalb meinst du, als Mutter deiner Kinder wäre ich durchaus vorzeigbar.«

Kurz zuvor war er noch rot im Gesicht gewesen, aber jetzt

wich das Blut aus seinen Wangen ebenso schnell, wie es gekommen war; jetzt saß ein bleicher, stummer Mann vor mir, der an sich halten mußte, um mich nicht zu schlagen.

»Muß ich daraus schließen, daß deine Antwort nein heißt?« fragte er mit tonloser Sümme.

Mit hochgezogenen Augenbrauen tat ich so, als sei ich überrascht.

»Nein? Ich habe nicht nein gesagt. Noch nicht. Weiß ich denn, was ich im nächsten Augenblick meinen werde?«

Ich stand auf, langsam und würdevoll wie eine Königin. Hätte er mich in diesem Augenblick geschlagen, ich hätte es verstanden, doch die Schläge hob er sich wohl für den Tag nach der Hochzeit auf. Das war kein Liebhaber mehr, das war ein Ehemann, der mit den Zähnen knirschte. Und wenn ich sage, er knirschte mit den Zähnen, so übertreibe ich nicht. Ich hörte dieses Geräusch, ich kannte es wohl, denn ich gehörte zu denen, die solche primitiven Reaktionen auslösen. In sanfterem Tonfall fuhr ich fort:

»Jetzt will ich dich nicht mehr aufhalten. Komm morgen wieder, wenn du willst. Zuerst hatten wir ja auch von morgen gesprochen. Bleiben wir bei morgen.«

Er machte einen Schritt zurück, drehte mir dann den Rücken zu, öffnete die Tür und stürzte auf die Straße. Durch die Fensterscheibe sah ich seine wütende Nase und mußte, wenn auch etwas gezwungen, lachen.

»Er liebt mich nicht«, sagte ich laut vor mich hin, »aber er wird wiederkommen.«

Lange dachte ich darüber nach, welche Antwort ich ihm geben solle. Das Für und Wider schienen sich eine Schlacht in meinem Kopf zu liefern, dieses Hin und Her von Sinnlosigkeit und Vernunft, das geradewegs ins Ungewisse führt. Ließ ich mir, wenn ich nein sagte, eine unverhoffte Chance entgehen? Und wenn ich ja sagte, willigte ich dann ein, eine nervöse Landfrau zu werden? Und letztlich: wollte ich mich wirklich verheiraten?

Um ruhiger nachdenken zu können, setzte ich mich vor

meinen Kuchen. Er sah lächerlich aus mit dem in Spiralen bis zur Spitze aufsteigenden Weg, wo jetzt anstelle der heruntergebrannten Kerze eine winzige bunte Papierfahne steckte. Einen Turm zu Babel aus Zucker brachte man mir dar, als Trost für vier Jahre der Erniedrigung und sexuellen Fastens. Jetzt, da ich einen Mann wollte, wurde mir einer, ein Prachtstück sogar, angeboten, und ich war dabei, es abzulehnen. Spielte ich die Schwierige?

Nachdenken? Ich konnte nicht nachdenken, schon seit meiner Kindheit folgte ich nur meinen Gefühlsregungen, wie viele Frauen, die die Männer nie verstehen werden, weil sie mit der überheblichen und beschränkten männlichen Logik nicht fertig werden. Ich nahm ein Messer, stach in den unteren Teil des Kuchens und schnitt mir ein Stück ab. Er schmeckte köstlich, das Vanillearoma gab ihm einen Hauch von Unschuld, aber gerade das verdüsterte meinen Sinn noch mehr. Mein Leben erschien mir als kläglichster Mißerfolg. Für ein paar Tage nicht ungetrübter Freude im Jahre 1939 zahlte ich mit unendlich vielen Tagen der Schande und des Zorns!

Ich hatte mich wieder an die Arbeit gesetzt, denn ich mußte ja leben, oder wenigstens so tun, als ob. Ich zeichnete ein Mädchengesicht, als plötzlich an die Tür geklopft wurde, ein bißchen zaghaft, wie mir schien. Ein Blick durchs Guckloch, und ich machte die Tür auf. Es war die Bäckersfrau. Sie sank in meine Arme und sagte:

»Karin, was hast du zu Emil gesagt? Er ist in einem furchtbaren Zustand.«

»Ach was!«

Sie schob sich eine blonde Strähne aus dem Gesicht.

»Ja, er kam in den Laden und benahm sich wie ein Irrer. Zum Glück war kein Kunde da. Und weißt du, was er gesagt hat?«

»Wie soll ich das wissen? Ich bin keine Hellseherin.«

»Wenn Karin mich nicht will, heirate ich überhaupt nicht. Das hat er gesagt. Er benimmt sich wie einer, der eine Dummheit zu machen imstande ist. Weißt du, was ich glaube? Er wird sich vielleicht umbringen.«

»Ach?«

»Das ist alles, was du sagst?«

»Ja. Im Augenblick kann ich nichts anderes sagen. Doch sei unbesorgt. Emil wird sich nicht umbringen.«

»Paß auf!« sagte sie und hob theatralisch den Zeigefinger.

»Emil hängt viel zu sehr am Bier und am Geld, als daß er sich umbringen würde. Und bestimmt auch an den Mädchen.«

»Er liebt die Mädchen nicht.«

»So? Das ist interessant. Willst du dich nicht setzen?« Sie nahm sich einen Stuhl mir gegenüber.

»Ein Stück Kuchen, Marie?«

Ihr Gesicht erhellte sich.

»Später. Mit einer kleinen Tasse Kaffee würde ich dazu vielleicht nicht nein sagen.«

»Du liebst die guten Dinge dieser Welt. Du bist eine echte Dänin, Marie.«

Bei diesen Worten war ich in die Küche gegangen und setzte Wasser auf.

»Dann ist dein Neffe kein Schürzenjäger mehr?« fragte ich, ohne mich umzuwenden.

»Nein«, erwiderte sie, »er ist ordentlich geworden.«

»Ordentlich!«

»Ja, ordentlich.«

Ich ging ins Zimmer zurück.

»Dein Neffe ist ein Scheinheiliger, Marie. In seinem Alter wird man nicht auf einmal ordentlich.«

»Doch, das kommt vor. Mein Vater hat mit Fünfundzwanzig geheiratet und dann ein vorbildliches Leben geführt.«

»Willst du damit sagen, er ist treu gewesen?«

»Natürlich!«

»Nun, werde nicht gleich ärgerlich. Dein Vater war ein ruhiger Mensch. Emil hingegen war, als ich ihn kennenlernte, keineswegs ein ruhiger Mensch, verstehst du?«

»Ich weiß nicht, was du meinst.«

»Ich weiß es. Ich kann es auch beurteilen. Du hattest ihn zu mir geschickt. Das war nett von dir, Marie. Ich habe es nicht vergessen. Zwei Tage und zwei Nächte lang hat er mich glücklich gemacht. Emil war ein großartiger Liebhaber. Fürs Reden war er nicht sehr begabt, aber für etwas anderes. Und was das andere angeht, kenne ich keinen wie ihn. Wenn du mir also jetzt sagst, er sei ordentlich geworden...« Ich weiß nicht, was über mich kam, daß ich so redete. Dieser Blick in die Vergangenheit hatte etwas zugleich Schreckliches und Köstliches. Als wollte mein Gedächtnis mich höhnen, sah ich diesen Mann wie in einem Traumbild nackt vor mir, diesen Mann, dessen Liebkosungen ich schmerzlich begehrt hatte.

»Ich erinnere mich noch an die erste Nacht. Hier in diesem Zimmer... Er hatte die Lampe umgestoßen, sie war nicht entzweigegangen und lag dort auf dem Teppich, sie beleuchtete ringsum alles mit einem sanften, merkwürdigen, verwirrenden Licht... Ich sah seine Schultern über den meinen, seine starken braunen Arme...«

In diesem Augenblick ereignete sich etwas, dessen Sinn mir erst später klar wurde. Ich hatte die Gewißheit, daß eine Stimme leise aus der Stille zu mir sprach, einer Stille, die über dem Gewirr meiner Worte lag wie eine Wüste über einer Stadt. »Warum sagst du das alles?« fragte die Stimme.

Ich schwieg. Ich sah die Bäckersfrau an und begegnete ihrem gespannten Blick aus Augen, die vor Neugier zusammengekniffen waren, und auf einmal fand ich diese Frau widerlich, wie mich selber auch. Aber das war nur wie ein Blitzstrahl.

»Was rede ich nur für Unsinn«, sagte ich schroff.

»Ganz und gar nicht!« widersprach sie, sie war ärgerlich und enttäuscht über diese Unterbrechung. »Aber du siehst selber, daß du an ihm hängst und er an dir. Und er ist immer noch ein gutaussehender Junge.«

»Laß mich, Marie.«

»Soll ich gehen?«

Ich antwortete nicht. Unbeholfen stand sie auf, sie hätte gern etwas gesagt. Ihr Mädchengesicht zeigte deutlich, daß ich sie brüskiert hatte, und es tat mir leid. Am liebsten hätte ich sie umarmt, weniger, das muß ich gestehen, um meinen Fehler wiedergutzumachen, als um ein menschliches Wesen zärtlich an mich zu drücken, mein Sehnen nach Liebe war so stark, daß ich sogar die Frau des Eisenwarenhändlers in die Arme genommen hätte, wäre sie an Maries Stelle gewesen. Diese unsinnige Vorstellung brachte mich zum Lachen, ich warf mich in die Arme der verblüfften Bäckersfrau und rieb mein Gesicht an ihrem.

»Was ist mit dir, was hast du, Karin?«

»Ich weiß nicht, Marie. So ist es schon seit heute morgen.«

»Ich glaube, du möchtest Emil heiraten.«

»Nein, nein. Schnell ein Taschentuch. Hol mir eins aus der Kommode.«

Ich fiel wie ein Klotz in den Sessel und blieb stumm sitzen, bis Marie mit einem Taschentuch kam. Ich nahm es ihr aus der Hand und drückte mein Gesicht hinein.

»Du hast Kummer«, sagte sie mitfühlend.

»Oh, nein, laß uns nicht wieder von vorn anfangen, Marie. Geh in die Küche und mach das Gas aus.«

Ich wollte ihr nicht sagen, daß meine Beine mich nicht mehr tragen würden. Aus der Küche hörte ich einen Schrei.

»Dein Kochtopf ist hin, Karin! Er hat ein Loch.«

»Das ist einerlei. Nimm einen anderen und mach uns einen Kaffee, einen richtigen, ganz starken Kaffee, der uns umbringen könnte, einen Selbstmord-Kaffee!«

Nun mußten wir beide lachen, wie zwei Verrückte, und doch war in mir seit einiger Zeit ein anderer Mensch, der nicht mehr lachte. Wie soll man diese Dinge ausdrücken, mit welchen Worten? Dafür gibt es keine.

Ich sah Marie in der Küche hantieren, hörte sie Worte sagen, deren Sinn mir entging. Auf gut Glück rief ich:

»Ja!«

Sie schüttelte sich vor Lachen.

»Eine komische Antwort! Ich frage, wo der Zucker ist.«

»Marie, entschuldige, ich höre nicht, was du sagst. Der Zucker ist im Schrank.«

Sie kam zu mir und ergriff meine Hand.

»Sag, Karin, was hast du?«

Ich antwortete nicht und sie verschwand von neuem, wahrscheinlich fürchtete sie, der zweite Kochtopf könnte dasselbe Schicksal erleiden wie der erste. Während der nächsten Minuten – oder war es viel länger – wußte ich nicht, wo ich mich befand, nicht einmal, wer ich war.

Dann sah ich die Bäckersfrau mir gegenübersitzen, die Kaffeekanne und zwei Tassen standen auf dem runden Tischchen.

»Höre, Karin, willst du mir nicht alles sagen?«

Ihr rosiges, blondes Gesicht schien wie im Nebel auf mich zuzukommen und wieder zurückzuweichen. Ich empfand ein Schwindelgefühl, wie es einen manchmal befällt, ehe man einschläft. Irgend etwas war mit mir geschehen, dessen war ich sicher. Ich hatte einen Anfall von Geistesabwesenheit gehabt, wie man den Zustand zu Recht nennt. Unbewußt streckte ich eine Hand aus nach der Frau, sie hielt sie fest.

»Trink den Kaffee«, sagte sie. »Das wird dir guttun. Du wärst fast wieder ohnmächtig geworden.«

»Das kommt alles von der Aufregung, von der Erschöpfung.«

»Arme Karin«, sagte Marie und wischte sich die Augen ab.

Um dem Ausbruch einer neuen Sintflut vorzubeugen, stand ich auf, beugte mich hinunter und gab ihr einen Kuß. Sie roch nach Brot. Ich hatte es vorher nie bemerkt.

»Wir müssen uns jetzt trennen, Marie. Ich will versuchen zu schlafen.«

»Und der viele Kaffee?«

»Trink du den Kaffee. Ich will und kann nicht mehr.«

»Ich habe schon eine Tasse getrunken. Ich nehme noch eine und dazu ein Stück Kuchen.«

»Nimm, soviel du willst.«

»Du bist reizend«, sagte sie erfreut, nahm ein Messer und teilte sich ein ordentliches Stück zu, sie schnitt es aus den oberen Regionen des Gebäudes und gab acht, daß sie das Gleichgewicht des prächtigen Zuckerwerks nicht gefährdete. Gedankenverloren sah ich der kleinen, leichtsinnigen Person zu, die sich gütlich tat und mir dankerfüllte Blicke zuwarf.

»Warum willst du Emil nicht heiraten?« fragte sie mit vollem Mund.

Ich schüttelte den Kopf.

»Ein so hübscher Kerl«, fuhr sie fort und verdrehte die Augen.

Geduldig wartete ich, bis das Festmahl vorüber war. Dann stand ich auf.

»Marie, wir sagen uns jetzt auf Wiedersehen. Ich muß meine Arbeit tun, und du hast deine Kunden.«

»Johanna vertritt mich im Laden, aber du hast recht«, pflichtete sie mir bei und umarmte mich. »Danke, Karin, du bist ein Engel.«

Ihr Gesicht roch jetzt nach Vanille.

»Wie dem auch sei«, seufzte sie, »um Emil wird es dir noch leid tun.«

»Ich glaube nicht«, entgegnete ich und schob sie sanft aus der Tür.

Als ich allein war, griff ich nach meinen Zeichenstiften, aber meine Hand war so schwer, daß ich sie kaum bewegen konnte, und meine Gedanken waren ganz woanders.

Ich stand auf, um die Vorhänge vor die drei Fenster zu ziehen, ich wollte den Raum etwas verdunkeln, aber es war nicht einfach, der Mittagssonne den Angriff auf dieses Zimmer zu verwehren. Der Kretonnestoff bot dem strahlenden Licht, das Jubelrufe auszustoßen schien, nur eine klägliche Schranke. Ich mußte die Fensterläden schließen, um ein angenehmes Halbdunkel zu schaffen, in dem ich besser nachdenken konnte.

Ich wünschte mir, es wäre schon Nacht, ich wollte mich verkriechen.

Warum? Hätte ich eine Antwort auf diese Frage gewußt, dann hätte ich auch gewußt, wer und was ich war, aber in mir war etwas, das ich nicht zu fassen vermochte. Ich wußte nicht mehr, was ich wollte, allerdings wußte ich, was ich nicht mehr wollte. Eine merkwürdige Idee ging mir durch den Kopf.

Irgendwo im Hintergrund hatte sie schon eine Zeitlang gelauert. Ich rückte den Tisch nach rechts, so daß er wieder an den Platz kam, den er zwei Stunden zuvor eingenommen hatte. Ich blieb reglos stehen, einen Schritt von der Stelle entfernt, an der in der vergangenen Nacht jemand gestanden hatte. Ein Brausen war in meinen Ohren, und ich ließ mich langsam auf die Knie sinken. Das war es, was ich hatte tun wollen.

»Du, der du heute nacht hier warst«, murmelte ich, »sei jetzt wieder da!«

Mein Herz schlug heftig. Ich glaubte, ich würde erhört werden, aber nein, es war niemand da.

So hatte ich mich also geirrt. Aber es war doch nicht möglich. Mein Gedächtnis betrog mich nicht. Allerdings war es recht naiv zu glauben, daß ein Kniefall an dieser Stelle unfehlbar die unsichtbare Präsenz herbeirufen sollte. Was die Gläubigen Gnade nennen, wird so nicht erlangt. Es gab Gottes Wohlgefallen und die Beweise seiner unergründlichen Güte.

Wie lange lag ich auf den Knien? Ich weiß es nicht. Ich hatte weder die Absicht noch den Drang zu beten, gleichwohl sprach ich zu dem, der in der Nacht zuvor mit mir gesprochen hatte: »Ich rücke den Tisch wieder dorthin, wo er soeben stand, so daß niemand seinen Fuß auf die Stelle setzen kann, wo du gewesen bist.«

Jetzt lauschte ich nur noch. Das Gesumm von der Straße, das durch die geschlossenen Fenster zu mir drang, störte die Stille nicht, die seit einer Weile in mir herrschte. Sprechen war unnötig geworden. In einer Art Betäubung, bei der die Welt um mich herum verging, formte sich ein einziger Gedanke in meinem Kopf: Ich will nur dich lieben, auch wenn du ewig schweigst und ich dich nie erblicke.

Wurde ich vom Gewicht dieser Liebe überwältigt? Ich neigte mich nach vorn, bis ich mit der Stirn fast den Boden berührte, und obwohl die Präsenz sich nicht wie gestern einstellte, war die Erinnerung, die ich daran hatte, gleichbedeutend mit einer neuerlichen Gegenwart. Die Freude ersetzte mir die Gewißheit. »Du bist verliebt in Gott«, sagte mir eine innere Stimme, »verliebt in Rogers Gott.«

Lange Zeit verging.

»Rogers Gott ist auch Karins Gott«, sagte ich leise.

Etwas später verließ ich das Haus, ohne daß ich an Essen auch nur einen Gedanken verschwendet hätte. So plump der Vergleich sein mag, ich fühlte mich leicht, als hätte ich getrunken – was ich, nebenbei gesagt, nie tat. In diesem Zustand geistigen Rausches sah ich die Dinge mit völlig anderen Augen. Die Herrlichkeit der Welt offenbarte sich mir. Sie offenbarte sich mir vor allem im Laub der Linden, deren Zweige Lichttrauben glichen, Sonnenstrahlen rieselten von oben nach unten durch sie hindurch, und niemand achtete darauf. Lachend redete ich die Kinder an, die ich in der Allee traf. In ihren Augen sah ich ebenfalls die strahlende Schönheit der Welt. Das alles glich wirklich einer Offenbarung, doch wie gewöhnlich fielen mich Zweifel und Verdacht an und trübten mein hochgespanntes Glück: »Du phantasierst, Karin, so fängt es an ...«

Mir war, als würden meine Beine lahm. Eine Bank in einiger Entfernung erschien mir wie ein sicherer Hafen, und endlich konnte ich mich setzen, ich tat es so korrekt wie möglich, anstatt mich der Länge nach hinsinken zu lassen, wie ich es gern getan hätte.

Eine ältere Frau setzte sich lächelnd und geschwätzig neben mich. Das schöne Wetter gab ihr Bemerkungen ein, auf die man gefaßt sein konnte, von Zeit zu Zeit unterbrach sie sich mit einem kindlichen Lachen, doch ich ermutigte sie nicht fortzufahren. Wie hätte ich es auch können? Ich fühlte mich unfähig, ein Wort zu sagen, und vermutlich hielt mich die Alte für eine Ausländerin, denn sie schwieg schließlich auch. Tausend Falten waren in ihr schlaffes Gesicht gezeichnet, und ihre dicklichen Hände, die sie wie unnütze Gegenstände in den Schoß gelegt hatte, waren gefleckt wie die unzähligen Kartoffeln, die sie in ihrem Leben geschält hatte. Jetzt war sie am Ende ihrer Tage und bewunderte, wie ich, das Licht. Vielleicht war diese Frau einmal angebetet worden. Ich konnte die Neugier nicht unterdrücken und musterte ihre Kleidung. Die Schicklichkeit und Einfachheit ihrer Aufmachung beeindruckten mich: ihr dunkelblaues, mit kleinen weißen Blumen übersätes Kleid, ihr runder, durch die Jahre vergilbter Strohhut mit dem schwarzen Ripsband. Augenscheinlich kam diese Frau vom Lande, doch besaß sie mehr Würde als manche Kopenhagenerin. Ich wollte ihr gern etwas Nettes sagen, doch statt dessen – welch Schrecken! – kam unerklärlicherweise ein irres Lachen in mir auf.

Ich stand hastig auf und ging schnell davon, um die bestürzende Heiterkeit, die mich schüttelte, nicht zu zeigen. Ich zwang mich, ganz natürlich zu gehen, und das Lachen, das mir aus dem Mund sprudelte, zu unterdrücken.

Wie zufällig brachte mich dieser ziellose Gang in die Nähe des Rathauses, auf dessen Turm die Dame mit dem Sonnenschirm beständiges schönes Wetter anzeigte. Es schlug drei Uhr in der lauen Luft, und die Sonne verjagte die Schatten von den Mauern. Nur wenige Fußgänger waren zu sehen, alle Welt war am Strand von Klampenborg, und ohne viel zu wagen, hätte man wetten können, daß ein Drittel der Bevölkerung im Sand auf dem Bauch, das zweite Drittel auf dem Rücken lag. Übrig blieben die anderen, die vom Alter oder irgendeinem unmenschlichen Büro an die Stadt gefesselt waren, ich aber, ich war frei.

»Frei!« rief ich plötzlich aus und machte eine Handbewegung, die ein Straßenfeger bemerkte, der unter weiser Schonung seiner Kräfte sein Brot verdiente. Und obwohl er bestimmt schon über die Sechzig hinaus war, zwinkerte er mir zu.

»Auch ich bin frei«, sagte er, sich auf seinen Besen stützend. »Wenn ich Ihnen nützlich sein kann, mein Fräulein...«

Ich schenkte ihm mein schönstes Lächeln und bog um die Straßenecke. Der Gedanke, mir Ferien zu verordnen, war mir ganz plötzlich gekommen. Auch ich wollte es mir gutgehen lassen...Auf der anderen Seite der Allee sah ich die Straßenbahn nach Klampenborg. Mich am Strand zur Schau zu stellen, davon konnte keine Rede sein, nichts aber hinderte mich daran, einen Spaziergang durch den Wald zu machen, wie einst.

Ich stieg in das altmodische Fahrzeug, setzte mich in eine Ecke, gleich darauf in eine andere, launisch wie ein Schulmädchen, ich konnte mir das erlauben, denn ich war noch allein im Wagen. Ich hätte gern zu singen angefangen, aber dann stiegen einige Personen zu, und schließlich fuhren wir los.

Die Fahrt kam mir kurz vor. Mir war, als entdeckte ich mein Dänemark von neuem (es gehörte mir trotz allem ein wenig). Wirklich, es lag Liebe in der Luft, selbst in dieser häßlichen Straßenbahn, die in ihren Schienen kreischte. Ich hatte es eilig, nach Klampenborg zu kommen, denn in meine Freude mischte sich eine kaum zu ertragende Ungeduld. Ich fühlte mich wie ein Mädchen, das zu einem Rendezvous fährt. Ein Rendezvous mit wem?

Diese Frage verdrängte ich ein paarmal, aber die Antwort war zu einfach, als daß sie sich in meinem Kopf nicht Bahn geschaffen hätte. Ein Rendezvous mit Roger natürlich. Tränen kamen mir in die Augen: Roger, das war vorbei.

Es war vorbei, aber in dem Wald, durch den ich jetzt ging, suchte ich die Wege, die wir gegangen waren, als wir jung waren. Das sprießende Grün dämpfte das Licht ringsum, ich hatte das schöne Gefühl, durch einen Laubengang zu gehen – aber ich war allein. Vögel sangen laute, fröhliche, herzzerreißende Weisen. Ich malte mir aus, was hätte sein können, und erkannte, daß ich eine romantische Seele besaß. Das welke Laub vieler Jahre raschelte unter meinen Füßen, es strömte einen herben Geruch aus, den ich mit Wonne einsog, weil er mich an meine Kindheit erinnerte. Mit aller Macht holte ich die Bilder der Vergangenheit hervor, als wäre sie die sicherste Zuflucht vor dem Schmerz. Wäre Roger bei mir gewesen, hätte er von den Bäumen und vom Himmel gesprochen, so wie nur er es konnte. Die Dinge verschönten sich, wenn er sie betrachtete. Ich suchte die Stelle, wo ich ihm auf dänisch und ohne jegliche Hemmung gesagt hatte, daß ich verliebt in ihn war, ich wußte, daß er kein einziges Wort verstand, und jetzt, allein, wiederholte ich die Ansprache, ich machte meine Liebeserklärung einem Schemen, doch diesmal auf französisch, einem Französisch, dem unsere herrliche skandinavische Natürlichkeit abging.

Zweige brachen unter fremden Schritten, ich blieb stehen und schwieg. Auch andere wollten das schöne Wetter ausnutzen und schlenderten durch diesen Wald, manchmal mit zweifelhaften Absichten. Ohne Eile ging ich wieder auf die Straße, auf das große Hotel zu, das sich schon von weitem durch die Klänge einer draußen spielenden Kapelle ankündigte.

Auf der Terrasse, über dem Strand, wurde Tee getrunken, und ich überlegte, ob ich mich an einem so öffentlichen Ort sehen lassen konnte. Die Gäste saßen dort wie auf einer Bühne: ich würde erkannt, möglicherweise abgewiesen werden. An anderer Stelle war mir das schon passiert. Heute jedoch fühlte ich mich mutiger, ich dachte an den Besuch all der Leute am Morgen und zudem – ich wollte nicht mehr zittern.

Ich ging also in der Sonne auf die Front des Hotels zu und trat in die Halle, wo Pagen neben dem Empfangsbüro halblaut miteinander schwatzten. Gab es etwas, das banaler sein konnte?

Links der Aufzug, rechts die große Treppe. Vor mir, jenseits des Speisesaals, sah man die vollbesetzte Terrasse. Ich ging entschlossenen Schritts darauf zu, und währenddessen lief in meinem Kopf eine kleine Ansprache ab, genauso ruhig wie der Vortrag eines Professors: »Nun ist unsere Karin wieder sie selbst geworden, vernünftig, intelligent, von ihren mystischen Hirngespinsten befreit . . .«

»Unsere Karin . . .« Es war nicht meine Gewohnheit, so feierlich mit mir selbst zu sprechen. Die Worte brachten mich zum Lachen, ich blieb plötzlich stehen. Ein Oberkellner kam auf mich zu, machte eine leichte Verbeugung und fragte, was ich wünschte.

»Auf der Terrasse Tee trinken.«

Er hielt mir eine Glastür auf, und wie eine Schlafwandlerin – denn das Ganze hatte etwas Unwirkliches – ging ich auf einen Tisch zu, der etwas abseits stand.

In Wahrheit hatte ich etwas Unwirkliches vor Augen: den Strand. Mehrere Hundert Badegäste lagen so dicht nebeneinander, daß der Sand unter ihnen kaum zu sehen war; ihre Haut zeigte erste Bräune, bald würde sie, wenn es richtig heiß wurde, gold- und bronzefarben werden. Neben einigen wenigen häßlichen Dickbäuchen war die ganze Jugend der Stadt anwesend, Jungen und Mädchen lagen aufgereiht da wie Soldaten, die in ihrer Schlachtordnung plötzlich umgefallen waren. Was dänische Schönheit als Schönstes aufzuweisen hatte, lag vor mir, fast nackt, das versteht sich von selbst, allerdings eben nur fast: die völlige Nacktheit ist keusch, während die Jugend hier dem Blick nur das entzog, was das Begehren entflammt. Aber die allgemeine Auffassung über die Schamhaftigkeit wirft diese Unterschiede über den Haufen. Wie dem auch sei, dieses unbewegte Gewoge heller Körper wirkte überwältigend und erregend. Wenn ich je geglaubt hatte, vor dem Überfall der Sinne sicher zu sein, konnte ich dieser Illusion Lebewohl sagen.

Ein Tablett mit den verschiedensten Kuchen und Torten wurde mir präsentiert, zuerst schüttelte ich verneinend den Kopf, doch dann nickte ich. Eine Decke wurde über den Tisch gebreitet, Untertasse, Tasse und Teekanne folgten nach, aber das alles nahm ich kaum wahr. Nur an eine Nebensächlichkeit erinnere ich mich: daß das Orchester die Ouvertüre zu *Ruy*

Blas von Mendelssohn mit übertriebenem Schwung spielte. Ich hätte es sicherlich vergessen, wäre nicht der Gegensatz zwischen der aufwühlenden Musik und der starren Teilnahmslosigkeit der nackten Leute am Strand so auffällig gewesen.

Man könnte mir entgegenhalten, daß dieses Schauspiel für eine Dänin doch nichts Neues war. Für mich aber war es neu, jedesmal wieder, wenn ich es genießen durfte. Während all der Jahre, die ich sozusagen in der Verbannung gelebt hatte, wagte ich mich nicht nach Klampenborg, zumindest nicht in die Nähe des Hotels, doch heute glaubte ich mich bedenkenlos den wonnigen Qualen der Lüsternheit hingeben zu können. »Du bist doch noch jung«, sagte ich mir, »und auf der Straße ziehst du die Blicke der Männer auf dich. Dies alles ist auch für dich, Karin.« Ich zuckte zusammen, als hätte ein anderer mich angesprochen. »Schau hin«, sagte Karin zu Karin, »weide deine Augen an dem unerschöpflichen Wunder. Du wirst nicht mehr lange leiden. Du wirst dein Teil haben. Unfaßlich, daß du drauf und dran warst, dich wie die Heldin eines erbaulichen Films bekehren zu lassen ...«

Bei dieser Überlegung mußte ich lächeln. In den schauerlichen Büchern, die man als christliche Romane bezeichnet, wird in der Tat gezeigt, wie die Hauptfigur automatisch folgsam zur Moral zurückkehrt. Mit Hilfe mehr oder weniger verschleierter Winkelzüge führt der Verfasser auf den letzten Seiten den Sieg der Religion herbei, meistens erscheint ein Pfarrer ... oder ein Priester, in einem Beichtstuhl sitzend, wie die Spinne in der Mitte ihres Netzes. Das war meine Ansicht über diese widerwärtige Literatur, und ich gehörte nicht zu denjenigen, die sich in den feinen Fäden des Katholizismus verfangen. Ich war froh, einen harten, rebellischen Kopf auf den Schultern zu haben – lutherisch von Natur aus, wenn nicht vom Glauben her – und daß ich hier war, um Tee zu trinken. Ich goß eine Tasse voll und ließ meine Augen über das jugendliche und herrlich menschliche Schauspiel, das sich so freimütig meinen Blicken darbot, schweifen.

Und doch mußte ich mir eingestehen, daß in mir ein unbehagliches Gefühl aufkam. Was ich sah, ähnelte in seiner Ausdehnung und Vielfalt einem Traumbild. Gleichwohl wußte ich, daß, wenn der Tag zur Neige ging, diese Männer und Frauen sich aus dem Sand erheben und in den Kabinen verschwinden würden, um dann, durch ihre Kleidung dem Alltag wiedergeschenkt, entzaubert herauszukommen. Dann würde die Nacht mit ihrem künstlichen Licht folgen und für viele dieser Menschen – nun ohne die göttergleiche Grazie, die ihnen die Sonne verliehen hatte – das übliche Zusammensein mit den allbekannten Gesten und Gebärden, und nichts wäre mehr da, um den Abscheu zu maskieren – ja, den Abscheu vor der *Sache*.

Abscheu? Was für ein Abscheu? Plötzlich fühlte ich den alten Widerwillen. Kann man angezogen werden von etwas, das einen abstößt? Auf diese Frage konnte ich keine Antwort geben, aber mein Wunsch war, daß am Ende der Liebe Zärtlichkeit sein möge. Dieses Wort sagte ich innerlich immer wieder vor mich hin, es war wie ein Gebet gegen die erotische Raserei des Menschen.

Die Kapelle spielte einen Foxtrott, einige Paare tanzten auf der Terrasse. Ich knabberte an dem köstlichen trockenen Gebäck, das es so gut, glaube ich, nur bei uns und nirgendwo anders gibt, und dachte darüber nach, was in meinem neuen Lebensabschnitt wohl aus mir werden würde, als ein Mann an meinen Tisch kam und, sich verbeugend, fragte, ob ich ihm die Ehre erweisen würde, mit ihm zu tanzen.

Um diesen Menschen zu beschreiben, wäre meiner Meinung nach die Feder eines Romanschriftstellers besser am Platz als die meine, aber es ist auf jeden Fall keine Phantasiegestalt, die ich jetzt vorführe. Ich will nur sagen, daß der Unbekannte mir angenehm erschien, mehr als angenehm: verführerisch. Vor allem – darüber wird man wohl lächeln – hatte er einen hinreißenden Gang. Die meisten Männer schreiten nicht, sie bewegen sich vorwärts, wohingegen dieser mit natürlicher Grazie und so federnd einherging, daß man unwillkürlich an einen Tänzer erinnert wurde. War er schön? Diese Frage brauchte ich mir nicht zu stellen, er war mehr als das. Wäre er jünger gewesen, hätte er sich gewiß mit all den Kopenhagenern am Strand zur Schau gestellt; ich gab ihm dreißig, ja fünfunddreißig Jahre wegen der Fältchen in seinen Augenwinkeln und dem irgendwie scharfsinnigen Ausdruck in seinem Gesicht. Er war ziemlich groß, hatte breite Schultern und bewundernswert schmale Hüften, seine elegante Gestalt zeichnete sich gegen den blaßblauen Himmel mit einer solchen Deutlichkeit ab, daß ein Maler früherer Zeit seine helle Freude gehabt hätte – und dazu diese Art zu gehen ... Doch ich will nicht ins Schwärmen kommen. Aus dem gebräunten Gesicht blickten mich klare graue Augen so eindringlich an, daß ich es wie eine Liebkosung empfand. Kann man einfältiger und empfindsamer sein als ich? Ich behielt immerhin so viel Verstand, daß ich nicht ohne einen Anflug von Herablassung antwortete:

»Mein Herr, ich kenne Sie nicht.«

Er ließ eine Reihe makelloser weißer Zähne sehen.

»Ich kenne auch Sie nicht, mein Fräulein, aber Sie sind viel zu hübsch, als daß ich der Versuchung widerstehen könnte, Ihnen das zu sagen,«

Ein leichter östlicher Akzent verlieh seiner kleinen Rede einen gewissen Charme, doch ich konnte nicht umhin zu bemerken, daß sie aufgesagt klang, wie eine eingelernte Lektion. Ich stand auf, und einen Augenblick später waren wir auf der Tanzfläche.

»Meinten Sie, ich würde Ihnen einen Korb geben?« fragte ich, als ich in seinen Armen war.

Ich redete wie ein Mädchen, das entführt wird, ich redete zu viel, ich konnte mich nicht beherrschen. Zweifellos geschah das alles dieser Augen wegen, in denen meine Seele zu versinken schien. Man sollte sich in acht nehmen vor der Anziehungskraft mancher Blicke. Es gibt Augen, in denen man schwimmt wie in einem See. So rein, so verlockend ist dieses geheimnisvolle Gewässer, daß die Sehnsucht, sich darin zu verlieren, für Naturen wie die meine, die nach Zärtlichkeit dürsten, unwiderstehlich ist. Einige Minuten lang – sie gehören zu den berauschendsten meines Lebens – war ich unsterblich in diesen Mann verliebt, dessen Namen ich nicht einmal kannte.

Im Rhythmus führte er mich unmerklich an den äußersten Rand der Terrasse.

»Wie heißen Sie?« fragte ich.

»Wollen Sie das wirklich wissen? Bitte, lachen Sie nicht. Ich heiße Aloysius, aber mir ist es lieber, wenn ich Louis genannt werde. Hier bin ich bei allen unter dem Namen Louis bekannt.«

»Österreicher?« fragte ich auf deutsch.

»Nein, das nicht. Das Blut mehrerer Völker fließt durch meine Adern, und ich trage einen Nachnamen, der völlig unaussprechlich ist. Louis genügt.«

»Slawe?«

»Ja, ein bißchen.«

Er hielt mich eng an sich gedrückt, seine Hand streichelte meinen Nacken, es war eine Liebkosung, bei der ich vor Lust erbebte. Sein Blick wurde immer magnetischer, und auf einmal las ich darin eine Frage, die mich vollends kopflos machte.

»Sagen Sie mir, was Sie denken«, flüsterte ich.

»Oh, das kann ich mit Worten nicht ausdrücken«, sagte er, ebenfalls flüsternd. »Aber glücklicherweise kann man sich hier in Ihrem Land küssen, wo man will, ohne daß es jemanden stört, nicht wahr?«

Wie hätte ich widerstehen können? Einer Ohnmacht nahe, schloß ich die Augen und fühlte seine Hand an meinem Hals. Als ich die Lider wieder aufschlug, sah ich in den Augen des Unbekannten etwas, das mich schlagartig ernüchterte, einen harten und eisigen Willen, dessen Bedeutung nur allzu klar war: das Begehren.

»Wir essen natürlich gemeinsam zu Abend«, sagte er mir ins Ohr.

»Ich weiß nicht. Meinen Sie?«

Er wirkte so anziehend und legte so viel Schmeichlerisches

in seine rauchfarbenen Augen, daß mich trotz allem dieser unsagbare Sinnentaumel ergriff.

»Ich bin ganz sicher, Liebling«, antwortete er. »Ich bringe Sie jetzt im Wagen nach Hause, und um acht Uhr läute ich wieder an Ihrer Tür.«

»Ich möchte lieber allein nach Hause gehen.«

In diesem Augenblick war der Tanz zu Ende, und ich machte Anstalten, an meinen Platz zurückzugehen, wenn auch nur – ein sehr prosaisches Zwischenspiel –, um die Rechnung zu begleichen; ich sagte das meinem Tanzpartner.

»Lassen Sie das«, erwiderte er mit einem bestrickenden Lächeln. »Um diese Nichtigkeiten kümmere ich mich. Würden Sie mir Ihre Adresse geben?«

Ich sagte sie ihm, er schrieb sie in ein kleines Notizbuch mit Goldschnitt.

»Nur eines vergessen Sie«, sagte er dann und fuhr mir mit den Fingerspitzen über die Wange, »Ihren Namen, meine Schöne.«

»Karin.«

»Das ist alles?«

»Es genügt, weil ich allein in dem Haus lebe, Sie brauchen nur zu läuten.«

»Ich liebe Karin«, sagte er.

»Sie lieben den Namen?«

»Heute nacht werde ich Ihnen erklären, was ich meine, liebste Karin.«

»Würden Sie mir ein Taxi holen?«

Wir stiegen die drei Stufen, die auf einen Kiesweg führten, hinunter. Während der Portier vor dem Hotel nach einem Wagen pfiff, drückte meine Eroberung mich ohne die geringste Scham an sich. Ich wurde vor Verlegenheit rot und machte mich aus seinen Armen frei.

»Sie werden doch nicht grausam sein?« fragte er auf französisch.

»Sehe ich so grausam aus?« gab ich, ebenfalls auf französisch, zurück.

»Ja, fürchterlich grausam, aber ich liebe Sie so, wie Sie sind.« Er schloß die Wagentür und blieb mit den Fingern an den Lippen stehen, bis ich weggefahren war.

Im Taxi kam mir die Ahnung, daß dieses Abenteuer, in das ich mich da einließ, nur eine flüchtige Laune sein könnte und daß ich darunter leiden würde. Offensichtlich gehörte Louis nicht zu denen, die eine dauerhafte Liaison suchen. Ich mußte ihn festhalten. Der kleine Spiegel im Inneren des Wagens zeigte mir das Bild einer frühzeitig müde gewordenen Frau.

Nach viertelstündiger Fahrt hielt der Wagen, und ich merkte es nicht einmal.

»Ist Ihnen nicht gut, Fräulein?« fragte der Fahrer, als er die Wagentür aufmachte.

Ein junger Mann mit offenem sympathischem Gesicht, trotz der roten Hautfarbe und der leeren blauen Augen.

»Ganz und gar nicht«, antwortete ich. Ich machte meine Handtasche auf.

»Was schulde ich Ihnen?«

»Genau drei Kronen.«

Als ich nach Kleingeld suchte, kam mir ein Gedanke, über den ich mich schämte.

»Warum haben Sie gefragt, ob mir nicht gut sei?«

»Weil Sie die Augen geschlossen hielten, als wären Sie krank. Ich habe es im Rückspiegel gesehen.«

»Ich hoffe, ich sehe nicht krank aus«, sagte ich lachend.

»Jetzt nicht mehr.«

»Auf jeden Fall war es nett von Ihnen, sich um meine Gesundheit zu sorgen. Hören Sie: ich habe kein Kleingeld, nur einen Fünfzigkronenschein. Können Sie wechseln?«

»Ich glaube.«

Er holte ein großes Portemonnaie hervor.

»Geben Sie mir auf vier Kronen zurück. Die Fahrt war ziemlich lang.«

»Vielen Dank.«

Nachdem ich die Scheine in meiner Tasche untergebracht hatte, sagte ich mit schwacher Stimme:

»Würden Sie mir bitte beim Aussteigen helfen?«

Vor Staunen riß er den Mund auf und streckte mir beide Arme hin.

»Sehen Sie, ich wußte doch, daß es Ihnen nicht gutgeht.«

Ich stützte mich leicht auf seine Schulter und spielte die Komödie so gut, daß ich schließlich selbst daran glaubte. Zugleich wurde mir klar, wie verlogen das alles war, aber ich konnte einfach keinen Mann sehen, ohne erfahren zu wollen, was er über mich dachte. Insbesondere heute brauchte ich Zustimmung.

»Sie sind wirklich sehr nett«, murmelte ich ihm ins Ohr. Er hatte mich bis an die Tür meines kleinen Hauses geleitet.

»Mit einem so hübschen Fräulein ist das keine Mühe.«

Er roch nach Alkohol, aber das machte mir nichts aus. Ich hatte ein Kompliment bekommen, so banal es auch war. Ich richtete mich auf und steckte den Schlüssel ins Schloß.

»Gut«, sagte ich mit kühlerer Stimme. »Ich danke Ihnen, Sie waren sehr liebenswürdig.«

Schnell ging ich über die Schwelle und schlug die Tür heftig zu. Durch das Guckloch beobachtete ich den Fahrer und sein überraschtes Gesicht. Es tat mir leid, daß ich zum Schluß so schroff gewesen war. Er wird sich anderswo entschädigen, dachte ich. Er ist das, was man allgemein einen gutaussehenden Mann nennt, mit der ganzen Gewöhnlichkeit, die dieses Prädikat einschließt, ob er nun Taxifahrer oder Botschafter ist.

Jetzt brauchte ich mich nur auf mein Rendezvous vorzubereiten. Es war Viertel nach sechs. Also noch viel Zeit, aber ich hatte auch noch einiges zu tun. Ich zog meine Kleider aus und stieg in ein lauwarmes, nach Lavendel duftendes Bad. Um ein Haar wäre ich unter der Liebkosung des Wassers, das meinen vor Aufregung verkrampften Körper entspannte, eingeschlafen. Mit unerbittlich strengem Auge musterte ich mich, von der Brust bis zu den Füßen, und stellte wieder einmal fest, daß ich nackt besser aussah als angezogen. Am Strand von Klampenborg hätte ich keinen Vergleich zu fürchten brauchen, mit niemandem.

Ich stieg aus der Wanne, trocknete mich ab und brachte mit größter Sorgfalt meine Frisur in Ordnung.

Als ich damit fertig war, stand die Sonne schon tief. Ich ging an meinen Schrank, um ein Kleid auszusuchen. Aussuchen ist eigentlich nicht das richtige Wort, ohne zu zögern nahm ich das hübscheste, das aus hellblauer Seide, das den Schimmer – ich hatte nachgeholfen – meiner Haut und das Gold meiner Haare – dieses Gold war echt – gut zur Geltung brachte. »Du bist recht ansehnlich, meine Schöne!« Ich sagte diesen Satz vor mich hin, weil er mich so genannt hatte, ich fand es ein bißchen töricht, aber auch charmant.

Ich ging vor dem Spiegel auf und ab und lächelte meinem Bild mit geneigtem Kopf zehn- oder zwanzigmal zu. Wer könnte sagen, was der Abend mir bringen würde? Vielleicht ein großes Glück. Ich wollte die Karten befragen und legte sie auf dem Tischchen aus. Ein Blick auf die Wanduhr sagte mir, daß ich noch drei Viertelstunden zu überbrücken hatte.

»Liebe Karten«, sagte ich laut (man muß stets höflich zu den Karten sein), »sagt mir die Wahrheit: werde ich froh sein über mein Rendezvous?«

Die Karten jedoch verweigerten mir die Antwort. Ich hatte von anderen gehört, daß sie bestimmte Dinge, die die Unschicklichkeit streifen, mit Schweigen übergehen. Ich stellte die Frage in anderer Form:

»Werde ich mich am Ende dieses schönen Tages in Ruhe schlafen legen können?«

Die Antwort kam, sie war aber nicht eindeutig. Der Sinn indes schien mir klar zu sein: ich war verliebt, und eine Verliebte ist niemals ruhig. Wieder mußte ich an die Augen dieses Mannes denken, an diesen schmeichlerischen Blick, den er auf mich heftete, während seine Finger meinen Nacken und meine Brust streichelten, doch besser war es, an diesen berauschenden Augenblick nicht zu denken. Ich wollte ganz ruhig bleiben. Es war fünf Minuten vor acht.

Hatte ich ihm gesagt, wo ich wohne? Ja, gewiß. Er hatte dem Taxifahrer die Adresse mehrfach wiederholt, in jenem unnachahmlichen Tonfall, der auch den gebräuchlichsten Worten etwas ungereimt Poetisches verlieh. Ich versuchte wie er Faahrrer... zu sagen, höflich, aber etwas herablassend, um die gewünschte Distanz herzustellen. »Faahrrer, brringen Sie das Frräulein...« Ob er ein Grandseigneur im Exil war? Das war mir im Grunde völlig gleichgültig, ich machte mir nichts aus Adelstiteln. Und dennoch...

Acht Uhr. Genau gesagt acht Uhr zwei Minuten. Ich stand auf und legte die Karten ins Schubfach des Arbeitstisches zu den Zeichenstiften, die den ganzen Tag über gefaulenzt hatten. Morgen würde ich den Direktor anrufen und ihm sagen, daß bei mir ein kleines Fest stattgefunden habe. Vielleicht wußte er Bescheid. Er war mir sehr gewogen, der Herr Direktor. Ich glaube, ich gefiel ihm, doch halt, Vorsicht! Keine Unvorsichtigkeiten.

Auf eine Freude warten, ist bereits eine Freude, bis zu einem gewissen Punkt. Man nimmt das Glück vorweg. Sobald das Glück beginnt, geht es auch schon dem Ende zu, aber man kann sich wünschen, die Erwartung möge noch ein bißchen dauern – nicht zu lange. Jetzt war es acht Uhr zehn. Mit welchem Recht konnte eine Dänin Pünktlichkeit verlangen? Im Geiste billigte ich dem Ausländer eine gute halbe Stunde zu. Auf einmal läutete die Klingel. Endlich...

Ich war so nervös, daß ich die Sicherheitskette an der Tür kaum aufbrachte, meine Hände zitterten. Ich wartete ein paar Sekunden: er sollte mich in diesem Zustand nicht sehen... Dann setzte ich ein gleichgültiges Gesicht auf und öffnete die Tür.

Vor Schreck wäre ich fast umgefallen! Nicht er stand draußen, sondern die Bäckersfrau und Fräulein Otts Bruder. Lächelnd sahen sie mich an, als hätten sie mir einen Streich gespielt, sie in ihrem blauen Kleid mit wirrem Haar, er eingezwängt in einen schwarzen Anzug, mit freudestrahlendem Gesicht. Und vor diesem Gesicht wich ich unwillkürlich zurück: die Ähnlichkeit mit seiner verstorbenen Schwester war noch verwirrender als beim erstenmal, ich geriet fast in Panik.

»Wir wollten dich überraschen«, sagte die Bäckersfrau mit breitem Lachen.

»Ja, überraschen«, wiederholte Ib und wedelte mit den Armen. »Wir verbringen den Abend mit dir, kleine Karin. Es ist nicht gut, daß du allein bist. Du sagst gar nichts. Kommen wir ungelegen?«

Sie kamen herein, schoben mich freundschaftlich beiseite, denn ich verstellte ihnen den Weg. Ib schloß die Tür.

»Ich ... ich erwarte Besuch«, sagte ich schließlich mit tonloser Stimme.

»Dann verstecken wir uns in der Küche, wenn dein Besuch kommt«, sagte Marie und schlug in die Hände. »Der Besuch wird doch nicht die ganze Nacht bleiben. Es ist doch nicht dein Franzose? Herrje, wie bin ich indiskret!«

»Nein, Marie. Es ist jemand, mit dem ich ausgehen will. Du wirst verstehen ...«

»Natürlich, natürlich. Wenn es klingelt, verschwinden wir in die Küche.«

Wie zufällig ging ich hinter den langen Tisch und stellte mich in die Ecke, die für mich eine Zuflucht vor jedem Gegner geworden war.

»Nein«, entgegnete ich, »das ist nicht möglich.«

»Ach, Karin«, sagte Ib mit einer flehenden Gebärde, die komisch wirken sollte, »jag uns nicht davon.«

Ich sah ihn schreckerfüllt an und antwortete nicht. Nur aus Sorge, meine Frisur in Unordnung zu bringen, griff ich nicht mit den Händen an meinen Kopf. Ich warf einen Blick auf die Uhr und setzte mich auf einen Stuhl. Es war acht Uhr zweiundzwanzig. Wortlos bot ich den beiden Eindringlingen an, sich auf die Sessel zu setzen. Sie beobachteten mich jetzt mit beginnender Besorgnis.

»Fühlst du dich nicht wohl?« fragte Marie. »Soll ich dir eine Tasse Kaffee machen?«

»Eine gute Tasse Kaffee«, ahmte Ib sie nach, schob das Kinn nach vorn und faltete lächelnd die Hände.

»Danke, nein. Ihr könnt bleiben.«

Sie konnten bleiben, weil das Klingelzeichen, auf das ich wartete, nicht ertönen würde. Ich wußte es jetzt. Ein- oder zweimal in meinem Leben war mir das schon passiert: der Betreffende war nicht gekommen, und es war jeweils der Augenblick eingetreten, in dem die Wartende plötzlich die Gewißheit hat, daß sie vergebens wartet. Im Grunde wußte ich es schon seit acht Uhr, aber ich wollte es nicht wahrhaben.

»Oh, wie nett«, rief Marie aus.

»Nett, sehr nett«, wiederholte Ib.

Marie beugte sich zu mir herüber, setzte eine Verschwörermiene auf und flüsterte:

»Erlaubst du, daß wir uns einen kleinen Kaffee machen?«

Ich nickte, und Marie stieß einen leisen glücklichen Schrei aus. Dann, wiederum mit geheimnisvoller Miene, setzte sie, immer noch flüsternd, hinzu:

»Und Kuchen? Dürfen wir uns ein Stückchen abschneiden?«

»Ja, so viel ihr wollt, Marie.«

Im Nu war sie in der Küche, Ib hinter ihr her, sein Gang war nicht ganz sicher. Ich legte mich aufs Bett. In dem Zustand, in dem ich mich befand, war es mir völlig gleichgültig, ob mein Kleid zerknitterte. Mir schwindelte, ich sah, daß die Möbel schwankten, die Wanduhr zum Fenster hin, die Fenster nach der anderen Seite. Ich machte die Augen zu. Mir war jetzt, als drehe sich das ganze Haus langsam um mich herum wie eine Gondel des Riesenrads, in dem ich als kleines Mädchen gesessen hatte. Vielleicht muß ich sterben, dachte ich. Ach, wenn ich jetzt einfach vergehen könnte! Der Anfall dauerte nur kurze Zeit, dann hörte ich Ib und Marie ins Zimmer kommen, sie stellten Tassen und Teller auf den kleinen runden Tisch.

»Karin!« rief die Bäckersfrau.

Wie aus einem Tunnel kommend hörte ich meine Stimme:

»Kümmert euch nicht um mich, ich ruhe mich nur aus.«

Sie kam um den Wandschirm herum und sah mich eine Weile mit offenem Mund an.

»Karin, was ist denn?«

»Wirklich nichts, Marie. Trink deinen Kaffee mit Ott.«

»Ott?« rief sie aus.

»Ott!« wiederholte Ib wie ein Echo. »Warum redet ihr von meiner teuren Ott?«

»Entschuldigen Sie«, murmelte ich, »ich weiß nicht, was ich rede. Ich bin ganz schwach. Ich wollte sagen Ib.«

Er stellte sich neben mein Bett und sah mich liebevoll an.

»Sie dachten an meine Schwester«, sagte er. »Ott ist immer bei mir, wie ein Engel, der mich beschützt, denn sie ist bei den Engeln, und sie sieht uns, ich weiß genau, daß sie uns hier auf der Erde sieht.«

Sein Gesicht bekam beim Sprechen etwas Farbe, und seine Augen glänzten wie die seiner Schwester, wenn sie sich getroffen fühlte.

»Ganz gewiß sieht sie uns«, sagte Marie und nahm Ib beim Arm.

So gerührt sie auch war, sie vergaß das Wasser nicht, das auf dem Gas stand.

»Wir gehen in die Küche«, fuhr sie fort. »Der Kaffee, Ib!«

»Arme Ott«, greinte er. »Wie glücklich wäre sie gewesen, wenn sie mit uns hätte Kuchen essen und Kaffee trinken können. Sie mochte den Kaffee gern ganz stark wie in Italien. Sie ist nie in Italien gewesen, aber sie kannte eine italienische Dame, die ihr manchmal Kaffee machte, wie man ihn dort unten trinkt. Wie heißt er nur . . . ?«

Er dachte nach.

»Ib«, rief Marie aus der Küche.

»Ich komme. Brauchen Sie irgend etwas, Karin?«

»Nein, lassen Sie nur«, murmelte ich, »ich bin müde.«

Ib lief in die Küche und schrie plötzlich:

»Espresso! Es ist mir eingefallen: Espresso.«

Dieses fremdländische Wort wurde fröhlich wie ein Siegesschrei herausgeschmettert. Ich lag auf dem Rücken und starrte auf den Lichtkreis, den die Lampe an die Zimmerdecke warf. In meiner Phantasie wirkte er wie eine Sonne, die mich tötete, die in mir etwas tötete. Weil der Unbekannte nicht kam, schien das Leben für mich keinen Sinn mehr zu haben. Ich sah in dem, was man Leben nennt, nur noch die Absicht, die Lebewesen zu peinigen: man wurde geboren, um unglücklich zu sein.

Nach einer Weile kamen Marie und Ib zurück.

»Wie geht es dir, Karin?« fragte sie.

»Ich ruhe mich aus, aber das Licht stört mich. Könntest du das ändern?«

Ib ergriff die Lampe und stellte sie lachend auf den Teppich, fast unter den kleinen runden Tisch, so daß der Wandschirm sie völlig verdeckte und ich den Raum geheimnisvoll sanft erleuchtet sah, was mich an Emils ersten Besuch erinnerte.

»Ib, du bist so drollig«, sagte die Bäckersfrau.

»Es ist eine sehr gute Idee«, sagte ich halblaut, »laßt die Lampe, wo sie ist. Und seid bitte still, ich will versuchen zu schlafen.«

Sie setzten sich an den Tisch und kicherten wie Kinder, ich hörte sie beim Klappern von Tellern und Löffeln miteinander sprechen. Ich konnte sie hinter dem Wandschirm nicht sehen, aber ihre Schattenbilder wurden auf eine der Wände als große verschwommene Silhouetten geworfen. Von Zeit zu Zeit lachten sie mit vollem Mund, und als sie dachten, ich sei eingeschlafen, wurde ihr Flüstern immer deutlicher.

»Es ist gut, daß wir gekommen sind, ihr Gesellschaft zu leisten«, sagte Marie. »Es geht ihr nicht gut.«

»Das fürchte ich auch. Arme Karin ... Sie hat vielleicht zu viel gearbeitet.«

»Soll ich dir noch ein Stück abschneiden?«

»Ja, bitte. Dieses hier habe ich fast aufgegessen.«

»Ich muß achtgeben und es oben abschneiden, dann ist es zwar dünner als unten, aber wenn ich unten zuviel wegnehme, plumps! bricht alles zusammen.«

Sie prusteten vor Lachen, hielten sich die Hände vors Gesicht, um ihre Fröhlichkeit zu dämpfen, aber das Gelächter explodierte hinter ihren Fingern, ich erriet das alles, ohne es zu sehen.

»Wie spät ist es, Marie?« fragte ich plötzlich.

Sie meinten, mich aufgeweckt zu haben, und schwiegen verlegen. Dann sagte Marie mit einer Stimme, die natürlich klingen sollte:

»Es ist neun Uhr, kleine Karin.«

»Punkt neun auf der großen Wanduhr«, wiederholte Ib.

»Dein Besuch hat Verspätung?« fragte Marie.

Ich zögerte einen Augenblick, dann nahm ich alle Kraft zusammen und sagte so gelassen wie möglich:

»Er kommt nicht.«

»Er kommt vielleicht ein andermal«, sagte Ib fröhlich.

»Willst du nicht ein bißchen Kaffee mit uns trinken, Karin? Er ist stark und wird dir sicher wieder auf die Beine helfen.«

»Nein. Was ich möchte ... Weißt du, was ich gern möchte? Daß du mir die Karten legst.«

»Aber ich kann gar nicht Karten legen, Karin.«

»Die Karten sind vom Teufel«, mischte sich Ib ein.

Marie stand auf und kam zu mir auf die andere Seite des Wandschirms.

»Kleine Karin«, sagte sie und griff nach meiner Hand. »Ich werde dir sagen, was du brauchst: einen guten Ehemann wie meinen braven Emil.«

Wie sie da im halben Licht vor mir stand, sah sie aus wie eine mit dem Pinsel schwarz angemalte Statue. Nur ihre hellen Haare fingen einen Lichtstrahl auf und leuchteten auf ihrem Kopf.

Ich antwortete nicht.

»Ein leeres Bett ist etwas Trauriges«, sagte sie nach einer Weile.

Dann wieder Stille, in die hinein ich mit tonloser, aber deutlicher Stimme murmelte:

»Geh jetzt, Marie.«

Sie sah mich schweigend an. Ich konnte mir vorstellen, welch ärgerliches Erstaunen in ihren hellen Augen lag.

»Karin«, sagte sie endlich, »bist du mir böse?«

»Nein, aber ich möchte allein sein.«

Auf der rechten Seite des Wandschirms erschien Ibs Kopf: »Möchten Sie, daß ich Ihnen meine kleine norwegische Ballade vorsinge?« fragte er mit dem Lächeln eines Trolls. »Meine Schwester hatte sie so gern.«

»Nein, vielen Dank. Ein andermal.«

»Schade, es würde mir solche Freude machen!«

»Also, dann eine Strophe«, sagte Marie, »nur eine kleine Strophe und nichts weiter, nicht wahr, Karin?«

Sie setzte sich resolut ans Fußende meines Bettes. Mir fehlte die Kraft, mich zu wehren. Und gleich war hinter dem Wandschirm eine dünne, aber reine Stimme zu hören, in die Stille hinein bohrte sich die Spirale eines sehnsuchtsvollen Liedes, dessen klagende Töne ein wenig tremolierten, wenn sie in die Höhe gingen. Die Melodie war mir ebenso vertraut wie die Worte, sie verherrlichten die geheimnisvollen, riesigen Tannen am Ufer stiller Seen und den klaren blauen Himmel als das gute Gewissen. Obwohl ich nicht wollte, hörte ich zu, wurde eingefangen von der zarten Stimme, die durch das Halbdunkel schwang, doch plötzlich hatte ich genug, genug von dieser sentimentalen und zugleich unheilvollen Stimmung, von der einfältigen Unschuld dieses Liedes, von dem zwielichtigen Schein, den die Lampe unter dem Tisch verbreitete, ich sprang mit einem Satz vom Bett.

Marie zuckte zusammen und stand auf. Der Sänger schwieg.

»Was ist denn?« fragten sie wie aus einem Munde.

»Nichts. Wie spät ist es? Stellen Sie die Lampe wieder auf den Tisch.«

»Es ist neun Uhr zwanzig«, sagte Ib und bückte sich nach der Lampe.

Mein Haar war in Unordnung geraten, in dem hellen Licht mußte ich mir die Augen reiben. Marie sah mich bewundernd an.

»Wie gut du aussiehst in diesem hübschen Kleid!«

»Ich hasse es und werde es nie wieder anziehen.«

»Das wäre ganz falsch, aber du solltest den schönen Saphir dazu tragen, den du heute morgen um den Hals hattest.«

Mein Herz schien stillzustehen, meine Hand griff an die Brust.

»Der Saph...«

Ich stieß einen Schrei aus.

»Marie, ich weiß nicht, wo er geblieben ist. Hilf mir beim Suchen.«

»Bist du heute fort gewesen?«

»Natürlich. Ich bin erst gegen sechs nach Hause gekommen, ich habe ein Taxi genommen.«

Die Erinnerung lockerte den Schraubstock, der sich um meine Brust gezwängt hatte. Ich hatte mich ausgezogen, hatte das Schmuckstück gedankenlos irgendwo hingelegt. Wir würden es gewiß wiederfinden.

»Ein Saphir!« rief Ib aus. »Das ist etwas Hübsches.«

»Beteilige dich am Suchen«, befahl die Bäckersfrau.

Nun suchten wir alle drei, sie, wie wenn es sich um ein Gesellschaftsspiel handelte, ich, in der Seele getroffen, denn allmählich erriet ich die schreckliche Wahrheit. Ib kroch auf allen vieren über den Teppich, hob die Volants der Sessel hoch, verschwand unter den Tischen und lachte kindlich dabei, was mir jedesmal einen Stich versetzte, oder er stieß plötzlich überraschte Rufe aus, was grausam falsche Hoffnungen in mir erweckte. Marie ging mit gebeugtem Rücken durch den Raum, sie lachte töricht, wenn der alte Kerl mit dem Finger auf Stecknadeln und abgebrannte Streichhölzer zeigte, die er in den Ritzen des Fußbodens entdeckte.

Ich schleppte mich ins Badezimmer und durchsuchte auf den Knien alle Ecken und Winkel. Als ich traurig die Fußmatte vor der Wanne hochhob, durchschoß mich ein Gedanke, den ich aber sofort als falsch empfand: Wenn ich den Saphir finde, konvertiere ich. Natürlich fand ich ihn nicht.

Im Wohnzimmer stand Marie, hob die Hände zur Decke und ließ sie wieder fallen.

»Nichts!« sagte sie.

»Wo ist Ib?«

»Er ist draußen auf der Straße, er sucht vor dem Haus.«

Die Haustür war offen geblieben. Ich zuckte die Schultern und ließ mich in den Sessel neben dem Telefon fallen.

»Gib mir das Telefonbuch, Marie. Dort, unter dem runden Tisch.«

»Was hast du vor?«

Ohne zu antworten blätterte ich in dem dicken Band und wählte die Nummer des Strandhotels in Klampenborg. Ich brauchte nicht zu warten.

»Strandhotel.«

»Ich möchte bitte Herrn Louis sprechen.«

»Einen Augenblick, bitte. Wer ist am Apparat?«

Ich zögerte.

»Hier spricht Fräulein Karin.«

»Ach, Fräulein Karin . . . Bleiben Sie am Apparat.«

Eine völlig überflüssige Ermahnung. Ich klammerte mich an den Hörer wie an ein Seil über einem Abgrund. Es dauerte eine Weile, dann die Stimme:

»Hallo, unter unseren Gästen ist niemand dieses Namens. Können Sie mir den Nachnamen des Herrn sagen?«

Mein Hals war wie zugeschmiert.

»Er hat mir gesagt, Louis genüge, er sei im Hotel bekannt. Heute nachmittag war er auf der Terrasse. Groß, dunkel, in einem weißen Anzug.«

»Groß, dunkel . . .«

»Ja, genau das. Ausländer.«

»Über unsere Terrasse kommen und gehen viele Gäste. Oh, ja. Ein Page sagt mir gerade, er sei ihm aufgefallen. Einen Augenblick bitte . . . In weißem Anzug?«

Die Frage war nicht an mich gerichtet, dennoch antwortete ich verzweifelt:

»In weißem Anzug, ja!«

Am anderen Ende hörte ich Stimmengemurmel, dann:

»Hallo, Fräulein Karin. Dieser Herr ist fast unmittelbar nach Ihnen weggefahren, in seinem Wagen.«

»In seinem Wagen!«

»Ja. Hallo, Fräulein Karin, hören Sie?«

»Ja.«

»Wir waren so erfreut, Sie nach so vielen Jahren wiederzusehen. Erlauben Sie mir, Ihnen nur noch zu sagen, daß Sie vergaßen, den Tee und das Gebäck, das sie auf der Terrasse zu sich genommen haben, zu begleichen. Fünf Kronen, einschließlich Bedienung.«

»Der Tee ... Ich dachte ... Ich werde es selbstverständlich bezahlen.«

Ich fiel im Sessel zurück. Ich hatte den Hörer nicht aufgelegt, er pendelte an der Schnur hin und her.

»Nun, was ist geschehen?« fragte die Bäckersfrau.

»Der Saphir ... gestohlen ... von jemandem, mit dem ich getanzt habe.«

Ich war mit meinen Nerven am Ende. Ich fing an zu schreien und fuchtelte mit Händen und Füßen in der Luft herum, es war bestimmt ein lächerlicher Anblick. Bei dem Lärm stürzte Ib herein, er hielt einen Kieselstein in den Fingern.

»Karin, seien Sie nicht traurig. Sehen Sie, was für einen hübschen Stein ich zwischen den Straßenbahnschienen gefunden habe. So etwas sieht man nicht alle Tage.«

»Seien Sie still!« schrie ich. »Ach, Ott!«

Jäh überfiel mich die Einsicht, das alles sei ein übernatürlicher Racheakt meiner Feindin.

»Ott!« schrie nun auch Ib. »Sie wird Ihren Saphir finden, Karin. Ich werde heute abend ein schönes Gebet zu ihr schicken, und dann wird sie Ihnen helfen.«

»Schaff ihn fort, Marie«, flehte ich sie an.

Sie gab sich einen Ruck und setzte eine gewichtige Miene auf. »Wir müssen die Polizei benachrichtigen«, sagte sie.

»Nein, nein. Macht, daß ihr hinauskommt!«

Ich nahm die Arme vors Gesicht, legte sie auf die Sessellehne und fing an zu heulen. Vermutlich bekamen Ib und Marie Angst, denn durch mein Schreien hindurch vernahm ich, wie sie miteinander flüsterten und das Scharren ihrer Füße, als sie zur Tür gingen.

Sobald ich allein war, wurde ich ruhiger. Ich litt zwar noch Qualen, nachdem die Zuschauer gegangen waren – das zu sagen zwingt mich die Ehrlichkeit –, doch es war anders. Vielleicht hätte ich den Nervenanfall nicht erlitten, wenn die Tröpfe nicht dabei gewesen wären, doch eine Komödie war es diesmal nicht. Jedenfalls war ich sie los, vor allem war ich Ib los, der mir Grausen einflößte.

Im Badezimmer trocknete ich mir die Augen und sah lange mein Gesicht im Spiegel an. »So sieht man also aus, wenn man sich von einem Dieb hat blenden lassen, man ist nicht mehr taufrisch und hat seine Komplimente ernst genommen.«

»Meine Schöne«, sagte ich laut vor mich hin.

Es klang seltsam in die Stille hinein. Ich sagte es noch einmal und beobachtete die Bewegungen meines Mundes, und dann wiederholte ich in natürlichem Tonfall – ich ahmte genau die deutsche Sprechweise nach, in der ich mit ihm geredet hatte – meine Frage an den Unbekannten:

»Österreicher?«

»Nein, das nicht.«

Er hatte mit einem verführerisch unwiderstehlichen Lächeln geantwortet und hinzugesetzt:

»Das Blut mehrerer Völker fließt durch meine Adern.«

Da war mir der törichte Gedanke gekommen, ich tanzte in den Armen eines Prinzen. Welch ein Abenteuer, wenn er mich womöglich heiratete ... Hingebungsvoll hatte ich ebenfalls gelächelt, so bestrickend ich konnte, und gemurmelt:

»Slawe?«

»Ja, ein bißchen.«

Seine Finger strichen sanft über meinen Nacken. Er

merkte, daß ich beeindruckt und der Augenblick günstig war, den Verschluß des Kettchens aufzumachen. Währenddessen streichelte seine andere, kühnere Hand meine Brust und fing den Saphir auf. Und ich, ich bebte wie ein albernes Ding unter der aufflackernden Wollust, er indes ...

»Schurke!« sagte ich laut.

Es war niederträchtig, was er getan hatte, aber die Männer sind niederträchtig und feige. Gewiß, sie marschieren mutig dem Feind entgegen und lassen sich sogar töten. Unser Mut ist anderer Art, aber lassen wir das. Ich ging zum Telefon und rief die Polizei an.

Man hörte mich an, man notierte alles, machte mir aber nicht viel Hoffnung. Erwähnen will ich noch, und es hört sich sicherlich ein bißchen verrückt an, daß ich beim Beantworten der mir gestellten Fragen behauptete, mein Dieb habe dunkle Augen und blonde Haare gehabt, während er doch dunkle Haare und graublaue Augen hatte. Die Erinnerung an diese Augen hatte meinen plötzlichen Umfall bewirkt: auf einmal wollte ich die Spuren verwischen, ich war unverbesserlich, andere würden sagen unheilbar. Alles in allem verliebt.

In dieser Nacht irrte ich durch die Straßen, sie waren fast menschenleer. Es war schönes Wetter, und der Tivoli lockte wie gewöhnlich alle Leute an. Die köstlich milde Luft beflügelte die Sinne, und trotz meiner Traurigkeit genoß ich die wundervolle Stimmung. Ich hätte ebenfalls durch den großen Park schlendern können, aber zu viele Dinge hätten mich dort zurückdenken lassen an jenen Sommer 1939, als ich mich an der Liebe zu Roger berauscht hatte – denn Roger war noch immer gegenwärtig.

Ich mied die Hauptstraßen, weil ich unangenehme Begegnungen fürchtete, ich führte meine Unrast in der Nähe der Heilandskirche spazieren. In der Wahl dieses Weges lag keine versteckte Absicht. Ich ging dorthin, wo ich glaubte, ruhiger werden zu können. Vor allen Dingen wollte ich weit weg von meinem Zimmer sein, wo die vielen schlimmen

Stunden etwas Feindliches angehäuft hatten, was ich körperlich spürte.

In der nächtlichen Stille hörte ich das Geräusch meiner Schritte auf dem Pflaster. Die Silhouette des spiraligen Turms reckte sich über mir hoch bis zu den Sternen. Ich schaute so lange hinauf, bis ich einen Schwindel empfand, es war, als verlöre ich das Gleichgewicht und stürzte von oben herab. Irgend etwas schienen die Sterne mir sagen zu wollen. Aber was? Sie zogen jenen Teil von mir zu sich hin, den ich nicht benennen kann, dessen Realität ich jedoch fühlte, und sie sagten … Mir tat der Nacken weh, weil ich den Kopf so lange zurückgebeugt hielt und nach oben blickte. Sie sagten, daß nichts wichtig und von Bedeutung sei. Das entnahm ich ihrer Botschaft, wenn es eine Botschaft war.

Ich setzte mich auf eine Bank in einem Winkel des Marktplatzes, verschränkte die Hände hinter dem Hals und versuchte, in den dunklen Weiten noch anderes zu lesen. Anderes … Blinde Gleichgültigkeit, ohne Grenzen, eine unendliche Gleichgültigkeit, oder Freude, eine Freude, die mit Worten nicht umschrieben werden kann und die sich in alle Richtungen verströmt, bis in die tiefsten Tiefen des Raums. Und in diesen unvorstellbaren Weiten andere Sterne, zu Tausenden. Ich war dort oben, nicht hier.

Ich stand auf, ein bißchen benommen, aber ruhiger. Roger, der ganz in der Nähe sein Zimmer gehabt hatte, war für mich plötzlich so weit weg, daß er der Erinnerung einer anderen, nicht meiner Erinnerung anzugehören schien. Ebenso der Saphir und der Saphir-Dieb. Ich konnte nicht glauben, daß all das wahr sei. Aber morgen wirst du es glauben, dachte ich. Darum ist es besser, tapfer ein Ende zu machen, wie dein Vater. Ich werde die Augen schließen und im Tod alle diese Sterne sehen.

Meine Füße trugen mich zu der Stelle am Hafen, wo ich mit Roger gesessen hatte. Ich sage bewußt, daß sie mich trugen, als hätten sie einen Willen besessen, der unabhängig von meinem war. Ich ließ mich von ihnen mitnehmen.

Dort setzte ich mich unter die Bäume. Vom anderen Ufer herüber kam der Schein der Lichter der Stadt, eine lange Lichterkette, aber kein Lärm drang bis zu mir, außer dem Plätschern der Wellen gegen den Rumpf der Boote, ganz nahe bei mir. Ich hätte nur aufzustehen und an den Rand des Kais zu gehen brauchen und dann noch einen Schritt weiter, wie man im Dunkeln eine Treppe hinabsteigt. Ein Augenblick Atemnot, dann Frieden, das Ende allen Leidens auf Erden. Mein Vater hatte es getan, nicht weit von hier entfernt, dort rechts, hinter dem Granitsockel mit der Eisenkette, den ich sehen konnte, wenn ich mich etwas vorbeugte. Ich wollte es auch wagen.

Ein Mann und eine junge Frau kamen vorüber, sie wollten sich hinsetzen, besannen sich aber eines anderen. Er flüsterte etwas, worüber sie lachte. Sie lachten beide, als sie weitergingen, und sie küßten sich.

Ich stand auf. Ein Schritt nach vorn, noch einer... Ich hatte nicht den Mut dazu, ich war feige. Ich mußte mich wieder setzen und warten, bis schließlich der Mut den Sieg davontragen würde.

Ich schlief ein. Im Traum sah ich einen jungen Mann, er setzte sich neben mich, ein Offizier in grauer Uniform. Ich sagte: »Du bist zurückgekommen!« Worauf er lachend antwortete: »Gewissermaßen ja, Karin.« Ich blickte ihn an, und schon hatte er ein anderes Gesicht, das ich erkannte. »Du bist es! Ich glaubte, du wärst dort drüben.« Er schüttelte den Kopf. »Rußland«, sagte er. »Du warst so schön!« Er antwortete mit einem Lachen, aber es war wieder ein anderer, der an seiner Stelle lachte, den ich aber ebenfalls wiedererkannte, ein ganz junger Mann diesmal, fast noch ein Knabe, an den ich mich fast mit Beschämung erinnerte: er hatte sich älter gemacht, als er sich freiwillig meldete, ich sagte, er sähe aus wie ein Trommelbube, er war mir nachgelaufen, er hatte mich angefleht. Jetzt hielt er seine starren, weit aufgerissenen Augen auf mich gerichtet, und seine Lippen waren bleich. Ich fragte ihn: »Und du, woher kommst du?« Das Wort Rußland formte sich in seinem Mund, ich sah es mehr, als daß ich es hörte. Er murmelte: »Willst du mit den Toten schlafen, Karin?«

Ich wachte auf. Alles flößte mir jetzt Angst ein: der Schlaf und was sich im Schlaf verbarg, die Nacht, die Welt, das plätschernde Wasser, die Einsamkeit und vor allem ich selber; ich fürchtete mich vor dem, was ich tun wollte. Kann man sich selbst entfliehen, wie man einer Stadt entflieht?

Es schlug elf. Die Schläge fielen breit und schwer vom spiraligen Turm, ich zuckte bei jedem Schlag zusammen. Ich mußte diesen gefährlichen Ort schnell verlassen, das Wasser lockte mich leise... Ich stand wieder auf dem Marktplatz, ging durch die Straßen.

Ich kam an einer gläsernen Telefonzelle vorüber. Ich ging hinein und blätterte im Telefonbuch. Glücklicherweise hatte ich Geld bei mir. Ich steckte eine Münze in den Apparat und wählte die Nummer, doch sowie ich das Läuten hörte, legte ich wieder auf, die Münze fiel heraus.

»Nein«, sagte ich, »das nicht.«

Jetzt war ich draußen, ich mußte lachen, ich bog mich wie in einem Lachkrampf, ich konnte nicht aufhören. Das Bild, das ich vor Augen hatte, war komisch: dieser Mensch, der wahrscheinlich schlief und den ich aus dem Bett reißen würde, in einer Bekleidung, die ich mir recht sonderbar vorstellte.

Ich lachte so laut, daß aus einem offenstehenden Fenster im ersten Stock eines Hauses eine fröhliche, verständnisinnige Stimme zu mir herunterrief:

»Wenn deine Geschichte so witzig ist, erzähl sie uns doch auch!«

Aus dem Fenster beugte sich ein Bursche in Hemdsärmeln hinter seiner Schulter erschien der Kopf einer Frau. Ich lief davon.

Als ich auf der Allee war, die zum Hafen führt, bemerkte ich einen Wagen, der mir verdächtig vorkam, weil er in langsamer Fahrt hinter mir herfuhr. Ich wurde verfolgt. Ich irrte mich nicht. Meinem Haus gegenüber, auf der anderen Seite der Allee, hielt der Wagen an, und eine junge Frau stieg aus. Sie war einfach, doch nicht unelegant gekleidet, und fast hübsch, sie kam lächelnd auf mich zu.

»Fräulein Karin.«

Ich wollte gerade das Schlüsselbund aus meiner Handtasche nehmen und fragte kühl:

»Was wünschen Sie?«

»Eine kurze Unterhaltung.«

»Es tut mir leid, ich habe keine Zeit. Wer sind Sie überhaupt?«

»Oh, bitte, entschuldigen Sie. Ich heiße Ursula Janning. Wir haben eine gemeinsame Freundin. Eine Freundin – zumindest eine gemeinsame Bekannte: Marie, die Bäckersfrau.«

»Ich verstehe trotzdem nicht …«

»Das kann ich mir denken. Marie hat Sie sehr gern; sie ist vorhin zu mir gekommen. Es tut mir leid, daß Sie sich heute nicht wohl fühlten.«

»Ich? Das stimmt nicht.«

Ich steckte den Schlüssel ins Schloß. Die Unbekannte griff nach meiner Hand, als wollte sie mich zurückhalten.

»Nur eine Minute, Fräulein Karin. Ich möchte Ihnen helfen.«

»Das ist nicht nötig. Gute Nacht.«

Ganz schnell, so daß ich selber überrascht war, ging ich ins Haus und schlug die Tür geräuschvoll zu. »Wer ist das?« fragte ich mich und sah durch das Guckloch. Ihr von einer Straßenlaterne seitlich beleuchtetes Gesicht kam mir jetzt weniger angenehm vor, denn sie lächelte nicht mehr: die Augen waren hart und das Kinn ein bißchen zu eigenwillig. Nach kurzem Zögern drehte sie sich um und überquerte die Allee. Von neuem mußte ich lachen.

»Marie ist verrückt, sie schickt mir ihre Freundinnen«, sagte ich laut. »Bald wird die ganze Stadt hinter mir her sein, um Entschuldigungen anzubringen und mir irgendwelche Dienste anzubieten.«

In der Eile hatte ich vergessen, Licht zu machen. Als es hell wurde, mußte ich blinzeln. Ich hatte den Eindruck, das Zimmer springe mir ins Gesicht. Der Teppich schien mir feindlich gesinnt zu sein, die Vorhänge auch, doch vielleicht etwas weniger intensiv. Es mag geheimnisvoll klingen, was ich hier sage. Aber es hat einen Sinn. Alles hat einen Sinn.

Jetzt konnte ich ungestört lachen, so viel ich wollte – und auch weinen, heulen, mit dem Unbekannten von Klampenborg tanzen, aber ohne ihn. Auch das hatte einen Sinn, aber es würde zu lange dauern, das zu erklären, und außerdem wäre es schwer zu verstehen. Aus Neugier blickte ich noch einmal durch das Guckloch. Der Wagen stand noch immer da, auf der gegenüberliegenden Straßenseite, und am Steuer sah ich Ursula Janning. Neben ihr war noch eine andere Person, eine recht stämmige Frau, wie mir schien. Jetzt packte mich die Wut. Ich riß die Tür auf und schrie:

»Worauf warten Sie?«

Eine Antwort bekam ich nicht. Dann fuhr der Wagen langsam an, blieb jedoch in einiger Entfernung wieder stehen. Ich schlug die Tür heftig zu, und wie jeden Abend drehte ich den Schlüssel zweimal im Schloß herum.

»So!« rief ich mir selber zu. »Endlich habe ich Ruh.«

Aber ich war nicht ruhig. Ich hatte Angst. Nicht ausgesprochene Angst vor dieser Frau, nicht vor dem Auto, doch Angst vor allem ringsum, vor der Zimmerdecke, vor den Straßenlaternen, vor dem Meer, vor der Erde, die sich im Himmelsraum dreht, ohne daß man weiß warum, auch vor mir ein wenig. Ich hatte Angst, das zu tun, was ich nicht sollte.

Zum Beispiel wollte ich zu dieser Nachtstunde das Telefon benutzen, die Wanduhr zeigte elf Uhr dreißig. Trotzdem war ich dabei, diese absonderliche Sache zu tun. Ich setzte mich neben den kleinen Tisch, und die Wanduhr tickte: »Nein – nein – zu – spät – zu – spät – nein – Karin – nein – zu ...« Ich nahm den Hörer ab und wählte die Nummer, die gleiche wie vorhin in der Telefonzelle. Meine Hände waren feucht. Ich wartete. Das Telefon läutete in einem Zimmer, das ich mir kalkweiß vorstellte, wie eine Zelle, mit einem Feldbett. Einmal, zweimal, viermal – achtmal ... Niemand. Ich wollte gerade auflegen, als ich die Stimme hörte:

»Hallo.«

Vor Überraschung stieß ich einen Schrei aus.

»Hallo«, sagte die geduldige Stimme, die ich kannte, noch einmal, die Stimme, die ich hören wollte und mußte.

»Ich bin es, Karin.«

»Guten Abend, Karin. Ist etwas vorgefallen?«

»Oh, ich störe Sie. Ich habe Sie aufgeweckt.«

»Das ist ganz unwichtig. Was ist denn?«

»Ich habe Ihnen diesen dummen Brief geschrieben ... Können Sie mir verzeihen?«

»Ich habe nichts zu verzeihen, Karin. Ihr Brief hat mich nicht überrascht.«

Ich wußte nicht, was mir geschah, ich fing an zu weinen. Die Güte dieses Mannes rührte mich. Er mochte ein Abgesandter des Papstes sein ...

»Entschuldigen Sie bitte, ich bin sehr aufgeregt. Ich habe Ihnen dumme Dinge geschrieben.«

Sehr sanft fragte er:

»Karin, was haben Sie mir zu sagen?«

»Ich habe Angst, ich brauche jemanden, der mit mir spricht, der mir etwas sagt.«

»Haben Sie keine Angst. Niemand will Ihnen Böses tun.«

»Vor dem Haus steht ein Wagen. Zwei Frauen sitzen darin und warten anscheinend. Die eine hat vorhin mit mir gesprochen.«

»Kennen Sie sie?«

»Nein. Sie hat mich angeredet, sie hat gesagt, sie mache sich Sorge um meine Gesundheit. Es war genau wie damals, bei meiner Mutter.«

»Was wollen Sie damit sagen, Karin?«

»Meine Mutter ist eingesperrt worden. Zuerst sind sie ums Haus herumgestrichen, dann sind sie mit honigsüßen Worten gekommen und haben Fragen gestellt.«

»Karin, sehen Sie nach, ob der Wagen noch immer dort ist.« Ich legte den Hörer hin, ging an die Tür und schaute durch das Guckloch. Dann ging ich zurück.

»Nein«, sagte ich, »er ist weggefahren.«

»Handelte es sich um etwas Ernstes, wäre er noch da.«

»Er kommt vielleicht wieder.«

»Karin, Sie sind doch ein vernünftiger Mensch, nur Ihre Phantasie spielt Ihnen manchmal einen Streich.«

»Ich will nicht allein sein.«

»Sie sind nicht allein, Karin.«

»Kann ich Sie aufsuchen?«

»Morgen, ja. Morgen nachmittag nach fünf Uhr.«

»Vorher nicht?«

Er zögerte.

»Morgen früh vor der Siebenuhrmesse. Aber das ist wohl zu früh?«

»Warum haben Sie gesagt, ich sei nicht allein? Wollen Sie damit sagen – daß Gott noch immer gegenwärtig ist?«

»Ja.«

Jetzt zögerte ich. Mein Blick ging zu der Stelle hin, auf die kein Fuß gesetzt werden durfte und die ich geschützt hatte, indem ich meinen Arbeitstisch darübergerückt hatte.

»Kann man seine Gegenwart spüren, wie man die Gegenwart eines Menschen spürt?«

Die Antwort kam nicht sofort.

»Sie stellen mir, ohne sich dessen bewußt zu sein, eine schwierige Frage, aber ich kann Ihnen antworten, daß dies in der Tat vorkommt.«

»Man kann völlig klaren Geistes sein und die Gewißheit dieser Gegenwart haben?«

»Gewiß, viele Heilige haben sie gehabt.«

Wahrscheinlich hatte er irgendeinen Verdacht, denn er setzte hinzu:

»Natürlich ist eine Illusion bei gewöhnlichen Menschen, wie wir es sind, stets möglich.«

»Illusion ... In bestimmten Fällen muß sie unmöglich sein.

Kann man über Erfahrungen solcher Art, wenn man sie gemacht hat, sprechen?«

»Besser ist es, diese Dinge für sich zu behalten. Jetzt möchte ich, daß Sie sich hinlegen. Bis morgen, kleine Karin. Der Friede sei mit Ihnen.«

Er legte auf. Ich rief ihn sofort wieder an.

»Warum lassen Sie mich allein, jetzt, da ich jemanden brauche, jemanden, der mit mir über Gott spricht? Der Herrgott hätte das nicht getan, was Sie jetzt tun. Begreifen Sie nicht, daß ich nahe daran bin unterzugehen? Ich rufe um Hilfe, ich rufe Gott zu Hilfe, und Sie, die ihn vertreten, brechen das Gespräch ab.«

Dieser Ausbruch wurde mit Ruhe und Demut aufgenommen. »Ich glaube, Sie haben recht, Karin. Sagen Sie mir jetzt, was Sie quält.«

Diese Schlichtheit verwirrte mich, ich verlor wiederum den Kopf und sagte, über mich selber erstaunt, in einem Atemzug:

»Ich war während der Besatzungszeit die Dirne der deutschen Armee. Haben Sie das gewußt?«

»Karin, ich weiß, was jedermann weiß, doch heute zählt nur die Reue, die Sie über Ihre Schuld empfinden.«

»Was nützt das? Es ändert nichts an der Vergangenheit. Zudem würde ich morgen von neuem damit anfangen, wenn ich es könnte.«

»Sie würden von neuem anfangen?«

»Ja, ich kenne mich, ich würde von neuem anfangen.«

»Das können Sie nicht wissen. Und dann«, fügte er mit einem Anflug von Ironie, woran ich in ihm den Dänen erkannte, hinzu, »besteht die Hoffnung, daß Sie keine Gelegenheit dazu haben. Aber beten Sie, um die Zerknirschung zu erlangen, an der es Ihnen mangelt. Der Friede wird Ihnen zuteil werden.«

»Zerknirschung?«

»Eine so starke Reue, daß sie Ihnen das Herz bricht. Das menschliche Herz muß brechen, damit Gott eintreten kann.«

Dieses Wort, das aus der Tiefe der Nacht zu mir kam, hatte eine erstaunliche Wirkung auf mich: ich empfand es nicht als hart, es eröffnete meinen Augen eine neue Welt, und ich wurde mir bewußt, daß ich dieser göttlichen Strenge bedurfte.

»Gott tritt in das zerbrochene Herz ein«, wiederholte ich.

»Das darf Sie nicht erschrecken, Karin. Vor Gott braucht man sich nicht zu fürchten.«

»Ich habe keine Furcht. Jetzt sprechen Sie eine Sprache, die ich verstehen kann.«

Mein Herz fing so ungestüm an zu schlagen, als wollte es diesen geheimnisvollen Bruch herbeiführen. Ohne ein weiteres Wort legte ich auf.

Eine Erschöpfung, als hätte ich gerade den Gipfel eines schroffen Felsens bestiegen, überfiel mich plötzlich. Ich hatte kaum die Kraft, mich bis zu meinem Bett zu schleppen, und ich weiß nicht mehr, wie ich meine Kleider auszog. Ich nahm nur noch wahr, daß das Licht gelöscht war und daß ich in meinem Bett lag. Dann schlief ich augenblicklich ein.

Es war noch dunkel, als ich aufwachte, ich zuckte zusammen wie jemand, den man an der Schulter berührt. Ich versuchte, mich an einen Traum zu erinnern, dessen letzte Bilder sich in meinem Gedächtnis verwischten, ich konnte mich nur an eine schweigende Menschenmenge erinnern, durch die ich mir einen Weg bahnen wollte. Die Anstrengungen, die ich unternahm, um voranzukommen, rissen mich aus dem Schlaf.

Ich tastete mich durch die Dunkelheit zu dem langen Tisch hin und kniete dort auf dem bloßen Parkett nieder. Warum? Ich befand mich in einem Zustand zwischen Wachen und Schlafen, ein Traum ging in mir weiter, und ich schloß die Augen. Ich hätte wieder einschlafen können, aber ich wollte nicht. Was ich ersehnte, war die Präsenz. Vielleicht kam der Unnennbare in der Nacht und in der Stille zurück. Vielleicht konnte ich ihn zu mir rufen, indem ich mit ihm sprach, und kaum hörbar kamen die Worte wie von selbst aus meinem Mund:

»Sei hier, wie neulich. Du, der alles kann.«

Ich wartete, doch niemand war da, ich sprach mit mir allein. Nun warf ich mich zu Boden, ich zitterte, so kalt war mir in meinem Hemd, meine Stirn berührte den Fußboden. Ich konnte nicht laut sagen, was in meinem Kopf war. Er würde meine Gedanken lesen können. »Weißt du nicht, daß ich dich liebe? Von allen Frauen in dieser Stadt habe ich am meisten Böses getan. Das ist kein Grund dafür, daß du dich von mir entfernst, im Gegenteil. Denke an die Frau, die gesteinigt werden sollte. Mir wäre es lieber gewesen, sie hätten mich gesteinigt. Sie haben mich auf andere Weise umgebracht. Sie haben mich nicht umgebracht, indem sie mich gewalttätig bestraften. Der richtige Tod wäre besser gewesen als der lebendige Tod, zu dem sie mich verdammten, der Tod, den sie für mich erfunden haben. Ihre Verzeihung kommt zu spät. Jetzt liege ich zu deinen Füßen, Christus, meine letzte und erste Liebe. Komm zu mir. Wie muß ich mit dir sprechen, damit du mit mir sprichst? Wie lange muß ich weinen?«

Die Tränen kamen von allein, sie flossen mir über das Gesicht. Niemand war hier, niemand war in meiner Nähe. Nach einiger Zeit stand ich auf und machte Licht. Das Zimmer kam mir vor wie jemand, den man im Schlaf überrascht und der plötzlich mit weit geöffneten Augen um sich guckt. Das Wirkliche war dies: die dummen Möbel, der bunte Chintz, und die Zuckerruine, der Kuchen der Bäckersfrau.

Ich nahm ein Aspirin und legte mich wieder hin, dann machte ich das Licht aus. Wieder umgab mich Dunkelheit, diese Welt voller Bilder und Dinge ... Ich sah mich hinten im Zimmer knien, dann ausgestreckt auf dem Boden. Wie konnte ich das tun? Verlor ich wirklich den Verstand? Und doch war jemand dagewesen, neulich abend, ich war ganz sicher. Plötzlich war mir, als rede eine Stimme zu mir. War das meine, die Stimme meiner fiebernden Gedanken? Nein. Sie sagte und wiederholte es langsam, ohne den Klang von Worten: »Warum suchst du mich draußen, da ich doch in deinem Herzen bin?«

Einen Augenblick blieb ich reglos liegen, wie betäubt, dann stand ich auf, ich zögerte noch, fiel dann aber auf die Knie:

»Herr«, murmelte ich. »Jesus!«

Mehr als diesen Namen konnte ich nicht sagen, ich wiederholte ihn sicher zwanzigmal.

Mit der Morgenpost kam ein maschinegeschriebener Brief. Ehe ich ihn öffnete, wußte ich, von wem er war.

»Meine kleine Karin, wenn Du diese Zeilen liest, bin ich bereits unterwegs nach Südamerika, wo ich versuchen will, ein neues Leben zu beginnen. Ich habe, nach dem, was zwischen uns geschehen ist, rechtzeitig, glaube ich, das ganze Ausmaß meines Irrtums ermessen, des Irrtums zu meinen, ich wäre zum mönchischen Leben bestimmt. Es steht außer Zweifel, daß ich den Glauben bewahre, aber ich fühle, daß ich nicht mehr derselbe Mensch bin, und ich entsage deshalb dem Opfer, das vielleicht von mir nicht gefordert wurde. Ich liebte Dich, Karin, und ich liebe Dich noch immer. Du bist wie eine Erscheinung in meiner Nacht gewesen, und das Bild, das ich von Dir habe, hat mich während des langen Weges durch die Gefangenschaft aufrechterhalten. Aber da ist etwas, das ich mir selbst nicht verhehlen kann. Die Hoffnung, das Glück mit Dir wieder zu erobern, hat mich plötzlich verlassen, nicht durch Deine Schuld, sondern durch meine. Im vorigen Jahr habe ich ein Angebot aus Brasilien bekommen, dort hoffe ich, meine Architekturkenntnisse nützlich anwenden zu können. Ich brauche Dir nicht zu sagen, wie sehr ich leide. Du würdest es vielleicht nicht glauben. Von nun an lebe ich mit einer Wunde: ich habe sie in dem abenteuerlichen Wald erhalten. Wir wollen versuchen, schnell zu vergessen. Ich kann meine Jugend nicht wieder zurückholen. Ich empfinde Scham, und ich fliehe. Geh zu dem Priester, von dem ich Dir gesprochen habe, er wird Dir vielleicht helfen, den Glauben wiederzugewinnen, den ich so mißbraucht habe. Ich möchte zärtlich mit

Dir sprechen, aber die Zärtlichkeit ist gefährlich, sie würde mir das bißchen Mut, das mir bleibt, nehmen. Ein letztesmal sehe ich Dich an, und jetzt ist es vorbei, alles ist für mich vorbei, die Jugend und die Freude. Es bleibt nur die Liebe, die ich Dir gegeben habe und die ich bewahre. Roger.«

Mir war, als sei dieser Brief vor Jahren geschrieben worden, von jemandem, den ich nicht kannte. Ich ließ ihn zu Boden fallen und sah lange auf ihn nieder, trotz allem gefesselt von diesem Blatt Papier, das eine Sprache sprach, die mir nun nicht mehr verständlich war. Als hätte ein Toter mir geschrieben. Indes, unten auf dieser maschinegeschriebenen Seite war die handgeschriebene Unterschrift lebendig, die, vor drei Tagen noch, mein Herz hätte höher schlagen lassen. Nach einer langen Weile nahm ich den Brief auf und zerriß ihn ganz langsam, erst längs und dann quer. Ich warf die Schnitzel in den Papierkorb, ohne jede Gefühlsregung, aber in dem Bewußtsein, eine unheilvolle Handlung zu begehen, sie erinnerte mich an die Schaufel Erde beim endgültigen Abschied.

An diesem Tag arbeitete ich nicht gut und mußte fast alle Zeichnungen neu beginnen. Ich weiß nicht, wie die Zeit verging, langsam und schnell zugleich. Ich nahm die Bibel meiner Mutter zur Hand und schlug sie irgendwo auf, in der Hoffnung, auf eine magische Stelle zu stoßen, auf einen für mich geschriebenen Text, aber ich begriff nicht, was ich las. Es lag ein Schleier über dem Buch.

Gegen vier Uhr machte ich mich zu Fuß auf den Weg zu der katholischen Kapelle, ich ging gemächlich und fragte mich unaufhörlich, welchen Sinn mein Gang dorthin haben könnte. Der Himmel war grau und die Luft viel frischer. Vergebens suchte ich einen Sonnenstrahl, alles kam mir eintönig und unfreundlich vor. Die Gesichter, denen ich begegnete, verschlossen sich vor mir, und die Häuser verhielten sich wie Menschen, die die Schultern einziehen und sich unmerklich abwenden. Ich sehnte mich plötzlich danach zu sterben, mir das Leben zu nehmen, wie mein Vater, weil nichts mehr nichts sagen wollte. Das war es: nichts wollte nichts sagen. Mithin wollte auch atmen nichts mehr sagen. Man muß aufhören zu atmen, man muß ins Wasser springen.

Als ich zu der Kapelle kam, mußte ich innerlich lachen. Die Schwelle einer katholischen Kirche zu überschreiten, war das äußerste Nichts, das nichts sagen wollte. Wahrscheinlich gab es verschiedene Grade des Nichts. Ich ging hinein. Die Kapelle war leer.

Nur eine alte schwarzgekleidete Frau kniete andächtig und fast erschreckend regungslos in einer der Bänke und betete mit zum Altar erhobenem Haupt. Ich achtete nicht auf sie, ich blickte herausfordernd um mich, aber dieses Verhalten gab ich beinahe augenblicklich auf, ich gehorchte unbewußt einer Regel der Höflichkeit. Allerdings war ich enttäuscht, daß der freudvolle Eindruck des Geheimnisträchtigen, den dieser Ort beim erstenmal auf mich gemacht hatte, sich heute nicht einstellte. Das trübe Licht des Himmels belebte die Glasfenster nicht, ihre starken, heftigen Farben wirkten feindlich auf mich. Nur die Stille in diesen Mauern behielt ihre Macht, ich setzte mich auf eine Bank, weit vom Altar entfernt.

Auf dem Altar stand etwas, das ich noch nicht gesehen hatte: vor dem kleinen Haus ein Gegenstand ähnlich der Sonne, eine helle Scheibe, von Strahlen umgeben, auf einem Sockel ruhend, der leuchtete wie Gold. Zu welcher Götzenanbetung mochte das dienen? Diese Frage stellte ich mir, nicht ohne eine Spur Mitleid für die Katholiken und ihre Merkwürdigkeiten zu empfinden.

Was tat ich dort? Nichts. Ich ruhte mich aus, ich war erschöpft, fast gebeugt vor Müdigkeit – und von der Verzweiflung, ja, von der Verzweiflung. Ich murmelte dieses Wort in die unerschütterliche Stille, deren Wellen meine Stimme umfluteten, als wollten sie mein Wort verschlingen.

Ich wollte den Priester nicht sehen. Gerade als ich wieder gehen wollte, ging die Tür der Kapelle auf, und es kam jemand herein.

Ein junges Mädchen, fast noch ein Kind, in einem hellblauen Kleid mit kurzen Ärmeln, die hübschen, wundervoll gerundeten Arme waren bis zu den Ellbogen bloß. Sie ging nah an mir vorüber, ich sah ihr etwas einfältiges – sagen wir unschuldiges –, doch auch reizvolles Profil, die Fülle dunklen, glänzenden Haars, wie ich es noch nie gesehen hatte, fiel verschwenderisch über die Schultern und den Rücken. Ich dachte: Sie wird leicht einen Mann finden. So wie sie aussah, hätte sie die unglückliche Ott in Verwirrung gebracht. Aber warum kam mir Fräulein Ott in den Sinn? Das Mädchen ging langsam auf die Balustrade vor dem Altar zu, kniete auf dem mit einem Kachelmuster bedruckten Linoleum nieder, dann neigte es sich tief vor der kleinen Sonne.

Da ging etwas in mir vor. Ich fand das Mädchen nicht lächerlich und auch das, was es tat, erschien mir nicht lächerlich. Sie zumindest glaubte nicht, daß nichts nichts sagen wollte. Für sie bedeutete diese helle Scheibe etwas. Nach einer Weile setzte sie sich in eine der Bankreihen und begann mit einem Rosenkranz in den Händen ein Gebet zu sprechen. Wie hübsch sie anzuschauen war, die Götzenanbeterin! Bis zu einem gewissen Punkt, aber auch nur bis zu einem gewissen Punkt, begriff ich die Neigungen von Fräulein Ott. Und zu denken, daß später ein Mann, ein Geliebter vielleicht, mit der Hand über den marmorweißen Nacken streichen würde, über diese Arme, über diesen heute noch unberührten Körper… Sonderbare Gedanken gingen mir durch den Kopf, sogar unreine und für mich in dieser Plötzlichkeit ganz neue. Ich nahm mir vor – warum nicht? –, die verführerische kleine Person anzusprechen, wenn sie wieder hinausging. Ich wollte sie irgend etwas fragen…

Sie blieb lange sitzen und ließ die Perlen des unendlichen Rosenkranzes durch ihre hübschen, geduldigen Finger gleiten. Endlich schlug sie das Kreuz, kniete noch einmal vor der kleinen Sonne nieder und stand dann auf, um hinauszugehen. Ich trat auf sie zu, aber was sollte ich ihr sagen?

»Entschuldigen Sie, kleines Fräulein«, flüsterte ich, »darf ich Ihnen eine Frage stellen?«

Ihr wundervolles, ovales Gesicht wandte sich mir zu. Diese Züge spiegelten die Unkenntnis des Lebens, des Fleisches wider, und doch, welche Begierde lag um ihre vollen Lippen, und darüber der herrliche Blick aus ihren erstaunten Augen.

»Eine Frage?«

Was sollte ich sie fragen? Bevor es mir bewußt wurde, formten meine Lippen völlig unerwartete Worte, die fast heftig hervorgestoßen wurden:

»Sie sehen so vernünftig aus, wie können Sie diesen Gegenstand aus Metall anbeten, denn . . .«

Ihre schönen Augen weiteten sich, ich hörte die mit Entsetzen gemurmelten Worte:

»Lassen Sie mich in Ruhe. Sie sind verrückt.«

Verrückt! Irgend etwas in mir geriet ins Wanken, und ich hatte das Gefühl, als wäre mein Kopf in brennendes Licht getaucht.

»Verzeihen Sie«, stammelte ich, »ich habe mich falsch ausgedrückt . . .«

Das Mädchen schien einen Augenblick unschlüssig, dann ging es zwei oder drei Schritte weiter. Mit flehender Stimme, in der ich meinen gewöhnlichen Tonfall nicht mehr erkannte, sagte ich:

»Sie müssen mich anhören, kleines Fräulein, ich bin sehr unglücklich.«

Sie blieb stehen und sah mich mit jenem unbestimmten Ausdruck an, den alle Leute, selbst die besten, haben, wenn sie glauben, man wolle Geld von ihnen. Ich fuhr fort:

»Ich bin selber nicht katholisch und war deshalb überrascht von dem, was Sie taten. Ich würde so gern verstehen . . .«

Sie setzte ein Lächeln auf, das die schlimmen Gedanken, die ich gehabt hatte, auslöschte.

»Die Monstranz enthält eine geweihte Hostie«, sagte sie sanft.

»Eine Hostie . . .«

»Das ist die kleine helle Scheibe. Da, wo die Hostie ist, ist der Herr.«

»Sie sehen ihn nicht.«

»Der Glaube bedarf des Sehens nicht.«

Ich wollte sie noch mehr fragen und machte eine Bewegung mit der Hand, sie aber wandte mir den Rücken zu und ging rasch hinaus. Der Klang ihrer verständigen, leicht bewegten Stimme war noch in meinem Ohr, sie hatte in einem Tonfall gesprochen, der etwas Fremdartiges hatte, obwohl ich keinen Akzent erkennen konnte.

Ich ging auf den Altar zu, ich blickte, nicht ohne ein unerklärliches Mißtrauen, auf den Gegenstand, den sie Monstranz genannt hatte. Das Gebilde war, das muß ich zugeben, sehr schön, aber in der Art, wie es seine goldenen Strahlen aussandte, lag etwas von Anmaßung, eine Herausforderung. Ich erkannte darin den römischen Hochmut, der uns Protestanten irritiert. Und dazu diese unglaublich weiße Hostie …

»Da, wo sie ist, ist der Herr.« Merkwürdig. Er sollte dort sein, und zwei Meter entfernt nicht mehr? Mir hätte es eher eingeleuchtet, wenn er überall wäre, und ich bereute es, daß ich diesen Gedanken dem kleinen, so selbstsicheren Fräulein nicht vorgehalten hatte.

Festen Schritts ging ich zu der Balustrade hinauf, die den Chor abschloß, aber dort blieb ich stehen, ich wagte mich nicht weiter vor. Und die Stimme murmelte mir wieder ins Ohr: »Der Glaube bedarf des Sehens nicht.«

»Wenn du für das Mädchen da bist«, sagte ich leise, »sei auch für mich da.«

Mußte ich hinknien wie die alte Frau hinter mir? Ich wehrte mich eine Zeitlang, dann warf sich die Hoffärtige mit brennendem Gesicht und klopfendem Herzen auf die Knie. Was geschah? Ich kann es nicht genau sagen, aber auf einmal fühlte ich mich ruhig und glücklich. Vor allem erstaunte mich diese plötzliche innere Ruhe. Alle Furcht war aus mir gewichen, als hätte ein starker Windstoß sie weggefegt. Zum erstenmal fühlte ich mich in Sicherheit, geschützt gegen jegliches Unglück und jegliche Traurigkeit. Doch dieser köstliche Zustand des Verharrens in der Zeit dauerte nicht an.

Im Hintergrund der Kirche ging die Tür auf. Mein Herz begann heftiger zu schlagen; es war, als hätte es mir etwas anzukündigen. Ich erriet, daß der schwarze Mann gekommen war und daß er wartete. Ich wandte mich um und sah ihn wirklich: er war niedergekniet und hatte die Augen zum Altar erhoben. Jetzt stand ich auf, und als habe er auf dieses Zeichen gewartet, stand er ebenfalls auf, er öffnete die Tür zur Sakristei, ich ging hinein, nicht wie eine Frau, die träumt, sondern wie jemand in einem Traum, und wie in einem Traum hörte ich, daß die Tür sich hinter mir schloß. Eine innere Stimme flüsterte das Wort, vor dem ich mich fürchtete: »Die Falle.«

Unwillkürlich senkte ich die Augen, um den schwarzen Mann recht zu sehen. Seine Schuhe waren staubig, und vergebens suchten meine Augen die Falten der Soutane. Er trug eine schwarze Hose ohne Bügelfalte, der Stoff war durch langen Gebrauch schlaff geworden. Ich weiß nicht, warum ich bestürzt darüber war, daß dieser Priester das merkwürdige Gewand abgelegt hatte, das ihn von den übrigen Menschen absonderte.

Als ich die Augen hob, traf mich der Blick aus seinen hellen Augen, in denen ich Strenge zu lesen glaubte.

»Karin«, sagte er nur.

»Sie wußten, daß ich kommen würde«, sagte ich, ohne zu überlegen, was ich sagte.

»Ich habe Sie erwartet, Karin.«

Es beginnt wie ein Gespräch zwischen Liebenden, dachte die unverbesserliche Dänin, die ich in mir nicht zum Schweigen bringen konnte.

Plötzlich wurde ich rot, ich machte zwei Schritte auf einen Stuhl zu und ließ mich auf ihn fallen. Um meine vor Verwirrung roten Wangen zu verbergen, schlug ich die Hände vor mein Gesicht, eine Geste, die gut in diesen Rahmen paßte. Herr, dachte ich, erspare mir die Lächerlichkeit, peinliche Dinge äußern zu müssen! Durch meine Finger hindurch sah ich den Priester sich in einiger Entfernung von mir auf den anderen strohgeflochtenen Stuhl setzen. Wieder roch ich das Bohnerwachs, und als ich die Hände vom Gesicht nahm, sah ich auch die großen gelben Schranktüren wieder, dann das Kreuz auf der hinteren Wand.

»Sprechen Sie, wenn Sie möchten«, sagte der Priester, »oder bewahren Sie Schweigen, Karin. Um Ihnen zu helfen, klarzusehen und den Frieden zu finden, bin ich hier.«

Seine Worte klangen beruhigend, und in seinen Augen entdeckte ich die Zärtlichkeit, der ich so schlecht widerstehen konnte.

»Ich möchte Ihnen eine Frage stellen. Glauben Sie, daß dort, wo sich die Hostie in der Sonne aus Gold befindet, wirklich der Herr ist, der zu den Menschen gesprochen hat?«

»Ja, Karin.«

»Auch ich glaube es«, sagte ich.

Das Gesicht des schwarzen Mannes erhellte sich, er lächelte und ließ ein paar Sekunden verstreichen, ehe er redete.

Plötzlich packte mich die Lust, das erbauliche Schweigen durch eine unvermittelte, maßlose Bemerkung zu brechen.

»Eigentlich«, sagte ich und warf den Kopf in den Nacken, »bin ich in eine Falle geraten.«

»Eine Falle, Karin?«

»Oh, bitte verstehen Sie mich. Wenn er mit dem Teufel spielt, um eine Seele zu retten, muß der Herr manchmal unredlich sein.«

»Auch diesmal hat der Teufel verloren«, sagte er. Er nahm meine beiden Hände, als wollte er mich umarmen, aber er umarmte mich nicht, und ich ließ ihn allein.

Vierter Teil

20. April 1949

Fürchtet euch nicht vor denen,
die den Leib töten und die Seele nicht
töten können ...
Matthäus 10,28

Der Tag ging zur Neige, als sie diese letzten Zeilen schrieb, sie konnte fast nichts mehr sehen. Von draußen drangen durch das offene Fenster die Geräusche, die sie so gut kannte, ins Zimmer, das ferne Rollen der Straßenbahn und auf der Allee viele Stimmen und manchmal Gelächter. Zu dieser Stunde machte sie gewöhnlich mit der großen Lampe auf dem Arbeitstisch Licht, doch an diesem Abend wollte sie lieber in der Dämmerung sitzen bleiben, zusehen, wie allmählich die Möbel verschwanden, das Sofa, der kleine runde Tisch und hinten in dem länglichen Raum die Wanduhr, deren Zifferblatt aus Emaille noch undeutlich schimmerte, all das der Rahmen unendlicher Widrigkeiten. Aber sie bedauerte auch, nichts mehr schreiben zu können, ihre reglose Hand hielt noch immer den Füllhalter.

Mit der Plötzlichkeit, die ihr eigen war, sprang sie auf, zog die Schublade auf und legte die letzte Seite ihres Manuskripts hinein. »Zu Ende!« rief sie aus. »Es ist für immer zu Ende. Ich gehe fort.«

Wohin? Das war unwichtig. Hinaus. Hinaus aus diesem Roman, dachte sie, und dabei klang Ironie mit, die ihr half, die Prüfungen zu ertragen. Ein erbauliches Ende vermeiden. Sie lächelte und machte die Lampe an. Schlagartig stand die Umgebung in ihrer ganzen tyrannischen Banalität vor ihr, sie schrak zusammen angesichts dieser unausweichlichen Hölle der Einsamkeit, die darauf wartete, sie aufzunehmen und einzusperren. Noch jahrelang würden diese Möbel um sie sein, diese Wände und diese Fenster. Im reifen Alter und im schrecklichen Greisenalter würde sie noch immer hier sein, verkümmert, besiegt.

»O nein«, sagte sie lebhaft. »Ich nicht, nicht Karin. Ich werde in ein Kloster gehen, ich werde fromme Lieder singen, ich werde den wiederfinden, der einen Augenblick hier gestanden hat, ich werde glücklich sein mit ihm – ihm allein . . .«

Sie sprach laut vor sich hin, wie im Bann eines Rausches, wie einer Anbetung verfallen, in der ihr Leben mit der Liebe und die Erinnerungen einer gläubigen Kindheit sich überlagerten. Sie sah, wie sie die Füße des Heilands küßte, sie ließ sie nicht aus ihren Händen, um ihn festzuhalten, sie bedeckte mit ihren langen Haaren die helle Haut, die feingliedrigen Knochen, und plötzlich, wie in einem Blitz, sah sie die Wunden und stieß einen Schrei aus. Furchtbare Wunden, über deren geschwollene Ränder schwärzliches Blut quoll, es floß und verteilte sich wie zerfetzte Bänder über die Haut. Noch einmal schrie sie auf, dann verschwand die Vision. Mit äußerster Willensanstrengung ging sie zum Fenster, schloß es und zog die Vorhänge zu. Sie sah, daß ihre Hände in den Falten des schwarzen Stoffes zitterten, es war, als gehörten sie nicht zu ihr, aber allmählich beruhigte sich ihr wildklopfendes Herz, und große Sanftheit durchdrang sie, eine merkwürdige Sanftheit, die wie ein Brennen war. Karin spürte diese Wärme eine Minute lang in ihrer Brust, sie blieb regungslos stehen und schloß die Augen, um diese unsagbare Freude in ihrem Innern auszukosten. Sie dachte: Sterben. Jetzt sterben. Doch schon ließ das Brennen nach. Die Frau, die eben noch in eine andere Welt versetzt worden war, war jetzt wieder nur die Karin aller Tage, die wie jeden Abend mit den gewohnten Gesten die Vorhänge zuzog. Sie war betroffen, entzückt und enttäuscht zugleich. »Was habe ich?« fragte sie sich. »Was ist geschehen?«

Sie verließ das Haus. Am Himmel erlosch das Licht, die ersten Straßenlaternen leuchteten in der Stadt, auf der gegenüberliegenden Seite des Hafens, den sie wie einen langen, funkelnden Streifen umgrenzten. Unter den Bäumen der Allee, wo sie sich jetzt befand, hing noch Dämmerschatten, der von Minute zu Minute dichter wurde. Einen Augenblick war sie unschlüssig, dann ging sie auf den Kai zu, der zu dieser Stunde menschenleer war, sie wußte nicht, was sie vorhatte. Vielleicht würde sie sich an das Wasser setzen, dessen Plätschern klang, als plauderten Stimmen im Halbdunkel. Etwa fünfzig Meter entfernt stand die Bank, auf der sie mit Roger gesessen hatte. Dorthin wollte sie gehen und dem Abwesenden sagen, was ihr geschehen war, denn die Liebe überflutete ihr Herz, sie konnte nichts dagegen tun. War es möglich, einen Mann zu lieben und gleichzeitig Gott? Diese Frage ging ihr durch den Kopf, brachte sie aber nicht in Verwirrung, sie fühlte sich unendlich glücklich mit diesen inneren Gesprächen, die zu nichts führten. Ringsum sprach alles von anderen Dingen, die bunten Häuserreihen, die Masten der Boote, die sich hin und her wiegten, und sogar das Pflaster, von dem sie jeden Stein kannte und auf dem sie trotzdem hin und wieder stolperte.

Einmal wäre sie fast hingefallen. Ein Arm umfing sie, hielt sie fest, und für den Bruchteil einer Sekunde glaubte sie, es wäre Emil. Doch eine höhnische Stimme belehrte sie eines anderen. »Fräulein ...«, sagte die Stimme auf deutsch.

Karin riß sich los und wich zurück. Sie war verfolgt worden. Im Dämmerlicht sah sie nur den Umriß einer reglosen Männergestalt, untersetzt und breitschultrig. Als plötzlich die Laternen am Kai aufleuchteten, zuckte sie zusammen. Der Unbekannte starrte sie mit einem breiten Lächeln an, das seine gelben Zähne entblößte. Das grobe, einfache Gesicht war von Falten durchzogen, sie schienen mit einem scharfen Messer in die rötliche Haut geritzt zu sein. Ein schwarzer Sweater und verbeulte Kordhosen umschlossen seinen stämmigen, ungestalten Körper. Ohne eine Bewegung zu machen, blieb Karin stehen, sie war wie gebannt von dem Unheilvollen, das in dieser Begegnung lag. Das ist doch nicht möglich, dachte sie, es ist nicht wahr. Auf einmal riß sie sich zusammen und fragte: »Warum sagen Sie Fräulein zu mir?«

»Hast du dein Deutsch verlernt?« fragte hinter ihr eine ironische, fast höfliche Stimme.

Sie drehte sich um und sah einen Burschen in einem hellblauen Drillichanzug, er hatte die Hände in den Taschen, auch er starrte sie an. Sein schmales, lüsternes Gesicht ließ unwillkürlich an ein Tier denken, das mit grausamer Lust auf seine Beute lauert. Als sie ein paar Schritte machte, um zu entkommen, sprang er, ohne die Hände aus den Taschen zu nehmen, auf sie zu und versperrte ihr den Weg.

»Nicht so schnell, meine Hübsche. Wir haben uns doch einiges zu erzählen.«

»Lassen Sie mich durch!« erwiderte Karin heiser.

Jetzt kam der Komplize des Burschen von hinten an sie heran und legte ihr seine schweren Hände auf die Schultern. Unbewußt beugte sie sich nach vorn und konnte sich freimachen, sie rannte los, merkte aber sogleich, daß sie in der Aufregung an den Rand des Hafenbeckens geriet. Zitternd blieb sie stehen.

Langsam kamen die beiden Männer auf sie zu, in Armlänge voneinander entfernt, um sie aufhalten zu können, falls sie versuchen sollte, zwischen ihnen durchzuschlüpfen.

Sie hatte nur einen Gedanken: leben. Vor Angst und Schrecken schlugen ihre Zähne aufeinander. Zuerst ging sie am Kai entlang, ganz nahe am Wasser. Die Männer folgten ihr, im gleichen, regelmäßigen Schritt, was unheimlich und bedrohlich wirkte.

»Du brauchst keine Angst zu haben«, sagte der Jüngere bedächtig, aber mit hinterhältigem Unterton. »Wir tun dir doch nichts Böses, im Gegenteil.«

»Bestimmt, ich habe nicht die Absicht, dir Böses anzutun«, setzte der andere hinzu. »Du mußt nur vernünftig sein und entgegenkommend, wie mit den Deutschen.«

Sie rückten immer näher an sie heran, Karin beschleunigte ihre Schritte, noch immer am Kai entlang, und so nahe am Rand, daß sie nicht zu laufen wagte.

»Was denn? Willst du einen Schluck trinken?« sagte der jüngere. »Du tätest besser daran, mit uns zu kommen.«

Karin wollte um Hilfe rufen, sie machte den Mund auf, merkte aber, daß sie keine Stimme mehr hatte. Nicht ein Ton kam aus ihrer Kehle. Es fiel ihr ein, daß auch Fräulein Ott nicht mehr hatte schreien können, als sie sie in der offenen Tür stehend, vom Flur aus, hämisch aufgefordert hatte, die Nachbarn zu Hilfe zu rufen.

Sie fing an zu laufen, erst hierhin, dann dorthin, in der Hoffnung, die beiden Männer auf diese Weise abschütteln zu können, doch der Jüngere folgte allen ihren Bewegungen, und sie zingelten sie ein. Plötzlich stieß sie gegen einen der großen eisernen Ringe auf dem Boden, sie verlor das Gleichgewicht und stürzte ins Leere.

Der Schreck befreite ihre Stimme, sie stieß einen Schrei aus. Ihr war, als falle sie ganz langsam, wie in einem Traum, doch plötzlich, mit betäubendem Getöse, öffnete sich das eiskalte Wasser und schlug wieder über ihrem Kopf zusammen. Einmal noch kam sie mit zusammengepreßtem Mund an die Oberfläche, nur ein Gedanke beherrschte sie: leben. Dann versank sie kraftlos und wehrlos.

Die beiden Männer auf dem Kai blickten eine Zeitlang auf das Wasser. Der Jüngere pfiff leise durch die Zähne, um seiner Enttäuschung Ausdruck zu geben.

»Heute nacht kann sie sich mit den Toten amüsieren«, sagte er. »Wir wollen lieber gehen«, fügte der andere hinzu. »Wir treffen uns im Tivoli.«

Sie gingen nach verschiedenen Seiten auseinander und verschwanden.

Julien Green im dtv

>Julien Green ist Weltliteratur. Seine Bücher… gehören zu
den bedeutendsten Werken des 20. Jahrhunderts.«
Iris Radisch in der ›Zeit‹

Paris
ISBN 3-423-**10997**-1
Mit den Augen des Dich-
ters: kein Reiseführer.

Jugend
Autobiographie 1919–1930
ISBN 3-423-**11068**-6

Von fernen Ländern
Roman
ISBN 3-423-**11198**-4
Eine Familiensaga aus dem
amerikanischen Süden.

Der andere Schlaf
Roman
ISBN 3-423-**11217**-4

Die Sterne des Südens
Roman
ISBN 3-423-**11723**-0
Liebesroman und Kriegs-
epos im Sezessionskrieg.

Treibgut
Roman
ISBN 3-423-**11799**-0

Moira
Roman
ISBN 3-423-**11884**-9
Moira soll den frommen
Provinzler Joseph Day ver-
führen. Ein frivoles und
gefährliches Spiel…

**Jeder Mensch in
seiner Nacht**
Roman
ISBN 3-423-**12045**-2

Der Geisterseher
Roman
ISBN 3-423-**12137**-8

Leviathan
Roman
ISBN 3-423-**12384**-2
Guéret entflammt in Leiden-
schaft zu der hübschen
Angèle.

Der verruchte Ort
Roman
ISBN 3-423-**12640**-X
Louise wird zum Objekt
der Begierde.

Varuna
Roman
ISBN 3-423-**12741**-4

Dixie
Roman
ISBN 3-423-**12808**-9
Elizabeth, eine junge
Engländerin, verliebt sich
in einen einfachen Soldaten
der Südstaaten.

Englische Suite
Literarische Porträts
ISBN 3-423-**19016**-7